조선후기 문학비평의 이론

강민구 지음

보고사

담졸 강희언[澹拙 姜熙彦, 1710~1784]의 〈사인삼경도(士人三景圖)〉

　조선후기 문학 창작의 공간과 현장을 잘 보여 주는 그림이다. 한참 작시(作詩)에 열중하는 문인이 있는가 하면, 시상 구상을 하느라 서성이며 수염을 꼬는 문인도 있다. 이와 같은 창작의 공간에는 비평도 공존하였기에 당시의 문인들은 더더욱 치열하게 창작에 임할 수밖에 없었다.

겸재 정선[謙齋 鄭敾:1676~1759]의 「금강전도(金剛全圖)」

겸재 정선(謙齋 鄭敾)의 「임진적벽(臨津赤壁)」
이화여대 박물관 소장

진재 김윤겸(眞宰 金允謙)의 『영남기행화첩(嶺南紀行畵帖)』 중 「환아정(換鵝亭)」
동아대학교 박물관 소장

허유[許維:1808~1893]의
「소장공입극상(蘇長公笠屐像)」
『간송문화』 24호

머리말

　조선후기 비평의 양상은 매우 다양하고 역동적이다. 이 책은 조귀
명과 그를 중심으로 문학적 관계를 형성한 임상정·이천보·이정섭
의 비평 이론을 탐색하였다. 그리고 그들과 문학적 관계를 맺은 당대
의 유수한 비평가들도 거론하였다.

　조귀명은 당대 문학 논쟁의 진원지였다. 그의 비평이론은 당대의
걸출한 문인·비평가들과 치열한 논쟁을 거치면서 형성되었다.

　조귀명을 위시한 당대의 문인과 비평가들이 당면한 문제는 '창조'
였다. 낡은 틀을 깨고 새로운 작품을 만들어 내기 위한 문학 이론이
정비되고 제시되었으며 지속적이고 치열한 논쟁이 진행되었다. 그들
의 비평이론은 서화 등 문화의 제분야에 적용되었을 뿐만 아니라,
현실 사회의 모순을 비판하는 논리로 기능하였다.

　비평 담론과 논쟁은 당색과 나이, 지역적 거리, 친소 관계를 모두
뛰어 넘었다. 조귀명을 중심으로 형성된 논단은 우호적 관계를 기반
으로 하는 중세 비평의 정체성(停滯性)을 극복하였다. 따라서 참으로
다양하고 치열한 비평이 열린 공간 속에서 진행되었고, 나 역시 그
공간을 수시로 드나들었다.

이 책은 조신후기의 비평 이론을 탐색한 결과물로서, 저자가 1998년에 박사학위논문으로 제출한 『영조대 문학론과 비평에 대한 연구』 중에서 비평이론에 해당하는 부분을 별도로 취하여 수정 개고한 것이다.

학위 논문을 작성할 당시에 이민홍 선생님, 이명학 선생님의 지도와 격려가 있었고, 임형택 선생님은 귀중한 자료를 선뜻 내어주셨다. 특히, 연청 오대영 선생님이 아니었다면 한문비평이라는 어려운 영역에 발을 들이지 못했을 것이다.

수정 개고라고 하지만, 13년 전 학위논문을 작성할 때보다 결코 품이 덜 들지 않았다. 지금의 연구 환경은 당시와 비교할 수 없을 정도로 좋아졌다. 문헌 자료가 풍부해졌을 뿐만 아니라 다양한 검색 시스템이 구축되었기에, 미제로 남겨 두었던 의문 중 상당수가 해결되었다.

박영호 교수님과 장호성 선배님의 격려도 큰 힘이 되었다. 이군선 교수는 소중한 조언을 많이 해 주었다. 김선화 선생은 색인을 뽑아주었을 뿐만 아니라 여러 날 밤을 새워가며 교정을 봐주었다. 이번에도 박진수·김기범·구자헌 군과 정진옥·김주희 양이 늦은 시간까지 교정을 도와주었다. 이들을 통해 교학상장(敎學相長)이 가능하다는 사실을 새삼 깨닫는다.

이 책이 세상에 나올 수 있도록 애써준 보고사 황효은 선생님도 참으로 고맙다.

2010년 광복절에 강민구 씀.

차 례

1. 문제의 제기

　조선후기, 그 중에서도 17·18세기는 중세적 질서의 동요와 그에 따른 대책과 수정의 모색이 동시에 진행되었다. 그럼에도 불구하고 그러한 변화 현상에 대한 연구는 주로 사회적·경제적·사상적 측면에만 초점이 맞추어져 진행되어 왔다. 문학에서도 그와 같은 편중 현상은 예외가 아니다.[1] 이 시기의 문학은 실학파 문학이 개화되기 이전의 단계 정도로 홀시되는 경향이 있기 때문이다.

---

1) 이 시기를 통합적으로 고찰한 연구는 보기 힘들다. 그나마 영정 시대를 통합한 연구 업적이 참고가 된다. 이병주 선생은, "영정시대(英正時代)의 한문학은 시대사조의 변천에 따른 숭신(崇新)의 발분과 시의(時議)에 맞는 문학을 작흥(作興)하려는 결의로 도련(陶鍊)된 자아의 징명(徵明)이다. 환언한다면 생활의 녹화(錄化)인 동시에 새 시대의 영상인 것이다"라고 하였는데, 이는 영정대의 문학적 상황에 대한 매우 적절한 개괄이다.(「영·정 시대의 한문학」,『동악어문논집』10집, 1976) 한편 정원표 교수는, 영조와 정조가 재위한 75년간의 문학은 그 성격을 일목요연하게 정리할 수 없을 정도로 복잡하고 다양한 양상을 띠고 있다고 하면서, 그 4가지 원인을 제시하였다. 그는 첫째, 문학 활동을 하는 문사(文士)가 어느 시대보다 많다는 점. 둘째, 경학과 문학의 통합·분리의 갈등 현상이 심화되어 그 혼미를 거듭하면서 대립과 조화의 길을 모색하던 시기이기 때문에 문학 연구가 그 본령을 찾기 힘들다는 점. 셋째, 대청(對淸) 관계가 빈번해짐에 따라 국내에서 해결하지 못한 여러 가지 문제점의 해답들을 중국의 문학 현상에서 새 것을 모색하고 조화를 이루어 보려는 노력의 시기라는 점. 넷째, 우리 문학에 대한 자각 등으로 구별하여 분석함으로써 문학 발전의 내외적 요인을 제시하였다.(「영·정시대의 문학 활동 양상」,『홍익어문』5집, 1986)

이 책에서 연구의 대상으로 설정한 문학가는 조귀명(趙龜命)·임상정(林象鼎)·이천보(李天輔)·이정섭(李廷燮) 네 사람이다. 그들을 연구의 대상으로 설정한 근거는 조귀명의 문집인 『건천고(乾川藁)』에 있다. 『건천고』는 조귀명의 산문 사본(寫本)인데, 여기에 임상정·이천보·이정섭 3인이 비평을 가하였다. 따라서 그들은 창작과 비평을 포함한 문학 활동에서 밀접한 관련성을 지닌다. 그러나 그와 같은 관련성이 바로 친분 관계를 의미하지는 않는다. 『건천고』의 작가인 조귀명과 밀접한 친분 관계를 갖는 비평가는 임상정 한 사람뿐이다. 물론 조귀명은 임상정과 같이 친밀하지는 않지만 나머지 3인과도 문학적 교류를 하였다. 그러나 그들 중 일부는 서로 일면식도 없었기에, 비평가 3인들 간에는 친교 관계가 형성되지 않는다. 이는 흥미로운 점이 아닐 수 없다. 그들은 문학가로 자처하거나 또는 명문장가로 평가된 인물들이다. 그러나 조귀명을 제외한 그들은 친교적 관계가 아니기 때문에, 그들에게서 각각의 상이한 문학 현상을 볼 수 있다.

조귀명은 당대의 가장 탁월한 산문가로 평가되는 인물인데, 문학 이론과 그것을 추동한 세계관적 기저, 작품에 대한 본격적인 연구가 꾸준히 이루어지고 있다.2) 조귀명의 문학세계에서 중요한 의미를 갖

---

2) 이종호, 「18세기초 사대부의 새로운 문예 의식 – 동계 조귀명의 문예 인식과 문장론」(『벽사 이우성 교수 정년퇴임 기념논총』, 1990). 졸고, 『동계 조귀명의 문학론과 산문 세계』(성균관대학교 석사학위논문, 1990). ――, 「18세기 전기 문예론의 일 추이–조귀명의 도문분리론과 창신론을 중심으로–」(『서지학보』 14호, 1994). ――, 『영조대 문학론과 비평에 대한 연구–조귀명·임상정·이천보·이정섭을 중심으로–』(성균관대학교 박사학위논문, 1997). 유호선, 『17C 후반~18C 전반 경화사족의 불교수용과 그 시적 형상화–김창흡·최창대·이덕수·이하곤·조귀명을 중심으로–』(고려대학교 박사학위논문, 2004). 박상영, 『동계 조귀명 산문 연구』(고려대학교 석사학위논문, 2004). 이태희, 『조귀명의 산문 연구』(한국정

는 것은 새로운 문학의 창조에 대한 진지한 모색이다. 그 결과물이 『건천고』인데, 조귀명은 당대 최고의 문학가들에게 그것의 비평을 요구하였다.

『건천고』의 비평을 의뢰받은 임상정은 당시에 활발하게 태동하였던 문학 사상의 변화 추이를 파악하는데 매우 적절한 대상임에도 불구하고 연구 성과가 희박하다. 임상정은 조귀명과 가장 절친한 문학적 지우(知友)이므로 그의 문학세계는 조귀명과 밀접한 관계를 갖는다. 양자의 문학론은 상이할 뿐만 아니라 대립적인 양상을 보이기까지 한다. 조귀명은 당대의 거센 비난을 감수하면서도 문학과 도학이 별개의 분야임을 증명하였다. 그러나 임상정은 도학이 문학에 절대적으로 우선한다고 주장하는 한편 문학의 지고한 가치와 창작의 지극한 즐거움에 대해서 강조하였다. 임상정에게서 나타나는 그와 같은 이중적 성향은 조선후기 문학사에서 볼 수 있는 중요한 문학 현상이다.

이천보는 영조대 4대가의 일인으로 지목되는 비중 있는 문학가이다. 동시에 영의정을 역임하기까지 요직을 두루 거치면서 환로(宦路)에서 활동을 한 인물이다. 그의 정치적 활동과 위상은 박광용 교수가 '탕평파와 정국의 변화'를 논하는 논문에서 대체적으로 규명하였다.3) 그리고 그의 문학론은 임유경 교수에 의하여 논의되었는데,4)

신문화연구원 석사학위논문, 2000). 송혁기, 「18세기 초 산문이론의 전개 양상 일고-이의현·신유한·조귀명의 대비를 중심으로-」(『한국한문학연구』 31집, 한국한문학회, 2003). 이홍식, 「동계 조귀명의 '화왕본기(花王本紀)' 연구」(『한국언어문화』 26권, 한국언어문화학회, 2004).

3) 「탕평파와 정국의 변화」(『한국사론』 10, 서울대, 1984)

4) 『영조조 사가의 문학론 연구-이천보·오원·남유용·황경원-』(이화여자대학교 박사학위논문, 1990)

그를 오원(吳瑗) · 남유용(南有容) · 황경원(黃景源)과 함께 '사가(四家)'라는 범주에서 문학론을 추출하였기 때문에 개별성의 규명에는 아쉬움이 남는다. 이 책에서는 이천보의 문학론과 비평을, 주로 모방에 대한 의혹의 제기와 그에 대한 해명에 초점을 맞추어 보았다. 이를 통해 독창성의 가치가 강조되던 시대적 요구를 확인하고자 한다.

이정섭은 이천보와 일면식도 없으면서 그의 비평 활동을 주시할 정도로 권위를 지닌 비평가이다.[5] 이 책에서는 그의 비평 활동과 양상, 그리고 문학 이론과의 연관성에 초점을 맞추고자 한다.

조귀명의 『건천고』를 중심으로 임상정 · 이천보 · 이정섭이 문학적 관계를 형성하고 있고, 이들은 다시 이덕수(李德壽) · 이하곤(李夏坤) · 임상덕(林象德) · 조현명(趙顯命) · 이정보(李鼎輔) · 남유용(南有容) · 오원(吳瑗) · 임상원(林象元) · 황경원(黃景源) · 김양택(金陽澤) · 서명응(徐命膺) · 최홍간(崔弘簡)과 같은 문학적 명사들로 문학적 관계를 외연하였다. 그들 간에는 활발한 문학비평 활동의 공간이 형성되어 있었다. 여기에서 주목되는 현상은 문학가, 즉 인물을 중심으로 관계가 형성된 것이 아니라, 작품을 중심으로 관계가 형성되었다는 것이다. 이는 조선후기의 문학계가 이전 시기와 비교할 수 없을 정도로 발전했다는 것을 의미한다. 이 책은 당대의 가장 대표적인 비평가들이 제기하고 논쟁하였던 이론을 검토함으로써 17, 18세기 우리 문단과 논단의 역동적이고 다양한 문학적 현상을 고찰해 보았다.

---

5) 이정섭의 생애에 대한 연구는 김윤조 교수의 「저촌 이정섭의 생애와 문학」(『한국한문학연구』 14집, 1991)이 있다. 이정섭의 문학이론 연구는 김영주 교수의 『조선후기 문학론 연구』(이회출판사, 2009)가 있다. 이정섭의 작품 연구는 졸고 「이정섭의 시에 대한 고찰-현실 비판적 시를 중심으로-」(『한국한문학연구』 21집, 한국한문학회, 1998). 김영죽, 『저촌 이정섭 한시 연구』(성균관대학교 석사학위논문, 2003) 등이 있다.

2. 조귀명(趙龜命)의 문학론

동계 조귀명(東谿 趙龜命)[1]은 오원(吳瑗)·이천보(李天輔)·남유용(南有容)·황경원(黃景源)·이덕수(李德壽)·조최수(趙最壽)·임상원(林象元)과 함께 당대 팔문장(八文章)의 일원이며, 그들 중에서도 황경원과 함께 가장 출중하다고 평가되는 문학가이다.[2] 조귀명에 대한 기록을 검토해 보면 모두 그의 문학적 성취를 서술의 중심으로 하고 있다.[3]

조귀명의 문학세계에서 가장 중요한 의미를 갖는 것은, 새로운 문학의 창조에 대한 진지한 모색이다. 새로운 문학의 창조는 '무엇으로 어떻게 문학 행위를 할 것인가?'라는 문학론에서 해결하여야 할 문제

---

1) 조귀명(趙龜命) : 1693(숙종 19) ~ 1737(영조 13). 자는 석여(錫汝)·보여(寶汝), 호는 동계(東谿)·건천(乾川)·건천자(乾川子)·연륜도인(蓮輪道人). 1712년 생원시에 합격하였고 1722년에 영희전참봉(永禧殿參奉)이 제수되었으나 부임하지 않았다. 1735년 동몽교관(童蒙敎官)이 되었다가 사축서별제(司蓄署別提)로 승진되고 이후에 공조좌랑(工曹佐郎)이 제수되었다. 태인(泰仁)·개령(開寧) 현감이 제수되나 모두 나가지 않았고, 시직익위(侍直翊衛)를 지냈다.

2) 『幷世才彦錄』, 〈文苑錄〉.

3) 조귀명의 문학적 성과에 대한 평가는 졸고, 『동계 조귀명의 문학론과 산문세계』(성균관대학교 석사학위논문, 1990) 참조.

이다. 그리고 의도적 작가 의식을 갖는 본격적 문학 행위는 '문학을 어떻게 보는가?'라는 문학관의 변화 없이는 불가능하다. 조귀명은 우리 중세 문학사의 한 전환기에 문학 활동을 하면서 그 이론적 근거로 '도문분리론(道文分離論)'을 제시하였다. 동계의 '도문분리론'은 저변에서 일어나고 있는 중세 해체기의 변화를 감지하여 문학의 분야에서 적절히 반영해내고 다음 세대로 그 경험의 성과를 이월시켰다. 그리고 연암의 유명한 문학 명제인 법고창신론(法古創新論) 이전에 '방고이적의, 창신이적의(倣古而適意, 創新而適意)'란 이론을 제시하여 창조적 문학의 추구를 강조하였다. 문학 작품은 문학론의 견제로부터 자유로울 수 없으며 문학론은 문학관의 이념적 규제에서 벗어날 수 없다. 조선후기에서 높이 평가되는 문학 작품들은 관념적 도문일치론의 견제에서 일탈하려는 성향을 보이거나 상당 정도 일탈하였다. 그러한 역사의 진전 과정에서 보이는 징후를 민감하게 포착하고 문학에서 선구적인 이론을 제시한 문학가가 바로 동계이다. 도문일치론에서 도문분리론으로 변화된 문학관은 상고주의(尙古主義)와 모화주의적(慕華主義的) 모방으로부터 벗어나 시의(時宜)에 가장 적절하며 민족의 주체성을 가장 잘 살릴 수 있는 문장으로 창작 행위를 하여야 한다는 문학론을 도출하게 하였다. 그러므로 조선후기 문학사에서 독창성을 강조하는 문학론과 작품들은 동계의 변화된 문학론에 직간접적으로 영향을 받았다고 하겠다.

1) 도문분리론(道文分離論)

'도(道)와 문(文)의 관계' 이것은 조선의 문학비평론에서 가장 오래

되고 주된 논쟁거리 중 하나이다. 조선이 사상면에서 성리학을 전면적으로 수용한 이래로 문학에서도 도문일치론은 지배적이며 보편적인 문학관으로 공인되었다. 따라서 문학은 성리학적 세계 질서를 표현해야 한다는 대원칙이 별다른 반발 없이 유지되어 왔다. 그럼에도 불구하고 도문일치론은 원론으로서 허구적 권위만을 유지하기에도 급급한 상태였고, 저변에서는 도학으로부터 독립된 문학의 독자적 영역이 확대되는 추세에 있었다. 그러나 이러한 현상은 당시의 문학 작품을 통하여 추출되는 징후일 뿐, 그것이 하나의 문학론으로 정립되어 제시된 사례는 많지 않다.

동계는 문학이 도에 복속되어야 한다는 '도문일치론'이 문학의 진보를 질곡한다고 여겼다. 그래서 문학과 도학은 별개의 영역이며, 그렇기 때문에 문학가와 도학자는 목적하는 바를 달성하기 위한 표현 수법 또한 다를 수밖에 없다는 도문분리론을 주장하였다. 그러므로 동계의 도문분리론을 살펴봄으로써 '도'와 '문'이 분리되는 과정과 독립된 문학가의 출현에 대한 규명이 용이해질 것이다.

동계는 자신의 경우에 있어서 도학과 문학이 분리되는 심리적 동기와 과정을 보여주는 자료를 남기고 있다.

내가 어렸을 적에는 덤벙덤벙 아무 도량이 없이 어슴푸레하게 '성선(性善)의 이치'와 '자연의 조화를 빼앗는다'는 설을 본 것이 있어서 망령되게 성현을 그 자리에서 당장 이룰 수 있고 문장을 힘써서 차지할 수 있다고 생각하였다. 그래서 두 가지 도가 함께 행하여지더라도 서로 어긋나지 아니하거늘 옛 사람들의 지혜는 여기에 미치지 못한다고 생각하였다. 항상 주공·공자 등 성현과 반고·사마천 등 문장가

를 마음속에 내치시켜 놓고 어지러이 내달리며 상상하고 더듬어 보기
를 마치 송기(宋祁)가 반비(半臂) 옷을 얻은 것이 많기는 많으나 여러
벌을 껴입기는 형편상 할 수 없고, 한 벌만 입자니 어떤 것은 입고
어떤 것은 버렸다는 혐의를 받을 수 있기에, 실상은 한번 따뜻하게
몸을 덥히는 보람이 없는 것[半臂忍寒]4)과 같았다. 6·7년간 이처럼
하자 마침내 도학에 대해서는 문과 담을 찾아내기 어렵고 문장에 대
해서는 길을 대충 익혀서 어느덧 부화한 습관이 지나치게 되고 진실
한 뜻이 쇠하게 되었다. 그래서 날마다 항상 먹는 음식은 싫증내고
해외의 진기한 맛을 좋아하여 겉으로는 들뜨게 주공과 공자를 사모하
면서 속으로는 반고·사마천 등 문장가를 사사로이 좋아하여 미쳐
날뛰고 방종에 빠져서 스스로 반성하지 못한 것이 또 6·7년이었다.5)

동계는 청년기에 문학과 도학을 동시에 성취할 수 있다고 여겼다.
이 시기에 동계는 도와 문은 각각 공부하고 성취할 수 있는 것이 아니
라 동시에 이룰 수 있다고 생각하였는데, 언뜻 보면 도문일치의 입장
을 취한 듯하다. 그러나 동계의 경우는 그 출발부터가 엄밀한 의미의

---

4) 반비인한(半臂忍寒) : 송나라의 송기[宋祁 : 998~1061]는 총애하는 여인이 많았
   다. 하루는 금강(錦江)에서 연회를 하고 있었는데, 날씨가 쌀쌀하기에 반비(半臂)
   옷을 가져 오라고 하자 모두 한 벌식 보내 10벌이나 되었다. 송기는 특정인에게
   후하고 박하게 대한다는 혐의가 있을까 걱정이 되어 마침내 그 옷을 입지 못하고
   추위를 견디었다는 고사가 있다.
5) 僕幼少時, 狂春無度量, 而髣髴有見於性善之理, 奪造化之論, 妄以爲聖賢可立地
   成, 而文章可强力占, 謂二道幷行而不相悖, 而古人之智不及此也. 常以周·孔·
   班·馬, 對峙於胸中, 紛紜馳驟, 想像揣摩, 譬如宋子京之得半臂, 多則多矣, 而幷穿
   勢有不能, 單着嫌于取舍, 實則無益於一煖之功. 如是者, 凡六七年矣, 而卒之於學
   則門墻難尋, 於文則路逕稍熟, 駸駸然逸至乎浮華之習勝, 而眞實之意衰, 厭日間之
   常食, 而悅海外之奇味, 陽浮慕於周·孔, 而陰自私於班馬, 猖狂淫泆, 而不自反者,
   又六七年矣.(『東谿集』, 卷10, 「答李生益幹書」)

도문일치가 아니었다. 왜냐하면 동계는 도학과 문학을 동등한 위치에 놓고 양자를 병행하여 성취하고자 했기 때문이다. 이는 도문일치론의 '도를 터득하면 그에 따라서 문장도 자연히 훌륭하게 된다'는 논리와는 기본적으로 현격한 차이가 있다.

그는 6·7년간 도와 문을 병행하여 학습하다가 점차로 문학만 전공하였다. 그러나 시대적 상황은 여전히 문학을 전면에 내세우고 문장가로 자처할 만큼 성숙되지 못하였다. 그래서 겉으로는 주공·공자를 사모한다고 표방을 하고 속으로는 문장가의 길을 갔노라고 술회하고 있다. 그는 이처럼 표리부동한 상태를 "부화한 습관이 지나치게 되고 진실한 뜻이 쇠하게 되었습니다. 그래서 날마다 항상 먹는 음식은 싫증내고 해외의 진기한 맛을 좋아하게 되었습니다"라고 비유하였으니, 자신이 문학의 심미적 가치 쪽으로 경도되었음을 의미한다. 즉 문학의 효용적 가치에 의하여 그 발전이 억압되거나, 적어도 드러내 놓고 공공연하게 표명하지 못하였던 문학의 심미적 가치를 인식하게 된 것이다.

이후로 동계는 '문'과 '도'가 별개의 분야임을 입증하기 위하여 노력하게 된다.

제가 말하는 '문(文)'은 후세에 전할 만한 말을 남기려는 '문(文)'이 아니고, 바로 필묵(筆墨)으로 하는 작은 기술의 '문(文)'으로 잠깐 사이에 스스로 유쾌하게 함이요, 후세의 양웅(揚雄)을 기다리는 것이 아닙니다. 대체로 삼대 이전에는 '문'과 '도'가 하나였다가 진·한(秦·漢) 이후에는 두 갈래의 길이 되었습니다. 이러한 까닭에 정자·주자 등 여러 선생님들이 덕은 이윤·주공·공자·맹자와 짝할 수

있지만 이윤·주공·공자·맹자와 같은 문장이 될 수 없었는데, 한
유·유종원은 도리어 적전(嫡傳)에 참여하였습니다. 무릇 지금의 학
자들이 걸핏하면 '문과 도가 하나'라고 일컫는 것은 모두 억지로 장한
척하되, 어린아이도 속일 수 없는 이치와 같습니다. 그래서 글은 그대
로 글이고 도는 그대로 도여서 서로 섞일 수 없기에 그 크고 작은
것이 서로 나타납니다. 그러니 유비가 다팔머리를 묶는 것을 낙으로
삼으면서 천하를 병탄할 꾀를 품고 있었던 것에 대해서와 혜강(嵇康)
이 대장장이질 하면서 온 천하에서 방종할 뜻을 가진 것에 대해서
어찌 거리끼는데 혐의되는 바가 있다 하여 바꿀 수 있겠습니까?6)

　조현명(趙顯命)에게 보내는 위의 편지에서 동계는 '도'는 시대의 변
화와 무관하게 가치를 지니는 진리이지만 '문'은 시대적 구체성을 띠
고 변할 수밖에 없다고 말하였다. 즉 정자·주자 등의 덕은 삼대의
성인인 이윤·주공·공자·맹자와 견주어지지만 그들의 문장이 서
로 다른 현상과, 문장가인 한유·유종원이 유가의 적통에 참여한 것
이 그 증거라고 하였다. 또 도문일치론은 이 시기에 이르러 논리적
탄력성을 상실하고 상투적인 구호로 전락하여 버렸는데, 그것은 마
치 '어린아이도 속일 수 없는 것'처럼 유치한 짓이라고 강한 어조로
비판을 하였다. 그러므로 '문'은 그 자체로 '문'이고 '도' 역시 그 자체
로 '도'일 뿐 서로 혼효될 수 없는 독자적 가치를 갖는다는 것이다.

---

6) 吾所謂文, 非立言之文, 而乃翰墨小技之文, 聊以自快於一時之間, 亦非有待於後世
　之子雲. 夫三代以上, 文與道爲一, 而秦·漢以後, 便成二途. 故程·朱諸夫子, 德可
　配於伊·周·孔·孟, 而不能爲伊·周·孔·孟之文, 韓·柳反與其嫡傳焉. 凡今學
　者, 動稱文與道一者, 皆强自壯也, 兒童之不可欺, 故文自文道自道, 不可以相混, 而
　其大小相形, 則亦結髦之於幷呑天下之謀, 鍛鐵之於揮斥八極之志也, 烏可以有所嫌
　於妨, 而易焉矣乎?(『東谿集』, 卷10, 「答稚晦兄書」)

유비가 천하를 통일하기 전에 남들이 보기에는 하찮은 다팔머리 묶는 것을 낙으로 삼으면서 자신의 영웅적 기질과 천하를 병탄할 야망을 숨겼다. 그리고 혜강은 온 천하에서 방종할 큰 뜻을 품고 있으면서도 하천한 대장장이 일을 하여 원대한 뜻을 노출시키지 않았다. 유비나 혜강이나 각각 나름대로의 지향과 가치관을 가지고 그와 같은 행동을 한 것이므로 일률적인 기준으로 그 가치를 판단해서는 안 된다. 도학의 가치와 그것의 추구, 그리고 문학의 가치와 그것의 추구에 대해서도 마찬가지의 논리가 성립된다.

이 시기까지도 문학과 도학의 분리는 인정되지 않았고 오로지 도학에 종속되는 문장만 그 가치가 인정되었기 때문에 문학의 독자성을 전면적으로 내세울 수 없었다. 그러나 동계는 문학과 도학의 독자적 영역에 대하여 그 가치를 인정하게 되면 각각의 분야를 전담하는 문학가와 도학자는 자연스럽게 분리된다는 견해를 피력하였다. 그리고 각각 자신들이 전공하고자 하는 바를 힘쓴다면 두 독립된 분야는 서로 방해될 까닭이 없다고 하였다.

> 제가 어려서는 일에 노둔하여 투철하게 깨달은 것이 없었습니다. 오로지 깨달은 바가 없었기에, 깨달은 것이 생기면 전념하여 좋아하였습니다. 문사(文辭)를 좋아하는 데 전념한 것이 지금 또 20년입니다. 그러나 오로지 노둔한 까닭에 오래도록 터득하지 못하였는데, 비록 터득하지 못하더라도 다른 일로 제가 좋아하는 일을 바꾸지 아니하였습니다.[7]

---

7) 不佞, 少而魯於事, 無所通曉. 惟無所曉也, 其所曉者好之專. 專於文辭之好, 今且二十年矣. 惟魯也, 故久而不能得, 雖不得而亦未有它物以易吾好也.(『東谿集』, 卷10, 「答趙盛叔爾昌書」)

동계는 조이창(趙爾昌)[8]에게 보내는 위의 편지에서 자신은 진작에 문학을 전공하기로 마음먹었고 그 이후에도 문학만 전공하였다고 술회하고 있다. 퇴계는 "한번 문인이라 불리면 족히 볼 것이 없다"고 하였다. 조선의 문화에 미친 퇴계의 영향력을 감안한다면 동계의 위와 같은 언명은 매우 대담한 것이며 동시에 시대의 추이를 엿보게 해준다 할 만하다.

정자·주자가 육경에 비밀스럽고 은미하게 간직되어 있는 진리를 모조리 파헤치고 노출시킨 까닭에 후대의 문장이 이에 연유하여 잘못되었다고 조이창이 주장한 일이 있었다. 조이창은 정자·주자의 주소어록체(註疏語錄體)를 못마땅하게 생각하였다. 그러므로 그는 정주주소체(程朱註疏體)를 배격하고 육경으로 회귀하려는 복고주의적 자세를 견지하였다. 주자학 일색이었던 조선조는 어떠한 형태의 사상적 일탈도 허용하지 않았지만, 그들의 문체에 대해서는 그렇지 못하였으니 주소체가 섞인 문장은 가치가 떨어지는 것으로 인정하였다. 주소 어록은 문어체가 아니기 때문에 고문가들이 금기시하였던 것이다.

동계는 조성숙의 도문일치론에 입각한 논리는 현상의 한 단면만을 파악한 그릇된 관점이므로 도와 문의 관계를 역사적 관점 하에서 파악하여야 한다고 역설하였다.

화곡자(華谷子)는 육경(六經)을 바다에 비유하고, 정자와 주자가 그 교룡(蛟龍)과 용, 곤어(鯤魚), 암코래, 야광명월주(夜光明月珠) 등

---

8) 조이창(趙爾昌)에 대한 상세한 내용은 최홍간(崔弘簡)의 「조성숙전(趙盛叔傳)」(『崔從史文草』)을 참고할 만하다.

의 지극히 비밀스럽고 은밀하게 간직되어 있는 것을 들추어내서 그 진실되고 정밀한 것을 누설시키고 노출시켜 원기가 사라지게 되었으니 후대의 문장이 그 탓에 예스럽지 않다고 하셨습니다. 이것은 화곡자께서 하나만 알고 둘은 알지 못하며 고원하게는 우주의 밖으로 벗어났으면서 사소하게는 가을 터럭의 끝을 내버리는 것입니다.9)

육경의 고문을 문장의 최고 이상으로 여기는 화곡자 조이창은 정자·주자 때에 이르러서 육경의 비밀스럽고 은미하게 간직된 진리를 모두 파헤치고 노출시켜 버려서 후대의 문장이 이에 연유하여 잘못되었다고 주장하였다. 조이창 역시 육경을 추숭하는 고문가들과 같이 주소어록체를 못마땅하게 생각하였다. 조성숙은 정자·주자 주소체의 번잡함과 명증성을 배격하고 육경의 원형으로 회귀하려는 복고주의적 자세를 견지하였다. 조성숙과의 논쟁에 있어서 주된 문제는 정자·주자의 주소체에 대한 평가이다. 조성숙이 정자·주자의 주소체에 대한 비판을 하였다는 사실을 통하여 조선조가 주자학 일색으로 어떠한 형태의 일탈도 허용하지 않았던 반면에 그들의 문체에 대해서는 사정이 달랐음을 알 수 있다. 김도련 선생이 "정주학(程朱學)의 보급으로 익재(益齋)의 문인 이색(李穡)으로부터도 고문(古文)이 금기하는 어록과 주소체가 담긴 글을 썼으니 제대로 된 계승이란 있을 수 없었다"10)라고 하였듯이 주소체가 섞인 문장은 고문의 품격을 손상시키는 것이었다.

---

9) 華谷子, 以六經譬諸海, 以程·朱夫子, 爲發其蛟龍鯤鯢夜光明月, 至秘弔隱之藏, 使其眞精泄露, 元氣索然, 後之文章, 坐是而不古. 此華谷子, 知其一, 未知其二, 高出於宇宙之表, 而細遺於秋毫之末者也.(『東谿集』, 卷10, 「答趙盛叔爾昌書」)
10) 「고문(古文)의 원류와 성격」(『한국학논집』 2집, 국민대, 1978)

조이창은 정자·주자의 어록이 육경의 오묘함과 순수함을 손상시켰다고 하여 문체 자체에만 국한시키지 않고 정자·주자가 경전의 내용을 해석 부연한 행위에 대해서도 비판하였다. 조이창은 허목[許穆 : 1595~1682]의 경우와 같이, 주자주소의 번잡함과 비순수성을 배격하고 원시 유학 본연의 사상에 회귀하려는 성향을 보이는데, 그와 같은 복고성은 성리학의 폐쇄성과 독단성에 대한 반동이면서 동시에 새로운 활로 모색을 위한 의지에서 나타난 것이라고 하겠다.11)

　　옛날 삼대 이전에는 문과 도가 하나였다가 삼대 이후로는 문과 도가 둘로 되었습니다. 문과 도가 하나였던 까닭에 이윤·주공·공자·맹자의 문장은 문사(文辭)와 이치가 겸비되었고, 문과 도가 둘로 나뉜 까닭에 사마천·반고·한유·유종원의 문장은 문사를 얻었으나 이치는 잃어버렸고, 저 정자·주자의 문장은 이치를 얻은 것입니다. 그들[정자·주자]의 생각은 대개 "글이란 이치를 밝히는 것이니, 이치가 밝지 않다면 그런 글은 없어도 괜찮다"는 것입니다. 이윤·주공·공자·맹자 때에는 사람들이 이치를 깨닫기 쉬웠기에 구태여 번잡하게 고할 필요가 없었고 구태여 드러나게 말할 필요가 없었습니다. 번잡하지 않은 까닭에 간약(簡約)하였고 드러내지 않은 까닭에 오묘하였습니다. 그러나 지금 사람들은 이치를 깨닫는 것이 어렵기에 번잡하게 고하지 않을 수 없으며, 드러내어 말하지 않을 수 없으니, 이는 간약하고 오묘함을 싫어해서 그런 것이 아니라 형세가 어쩔 수 없기 때문입니다. 그래서 그 간약한 것을 가지고 쪼개어 번잡하게 만들고 그 오묘한 것을 가지고 환하게 말을 하여 드러낸 것입니다. 이에 이치가 밝아질수록 문사가 더욱 쇠하여졌지만 정자·주자는 진실로 문장

---

11) 정옥자, 「미수 허목 연구-그의 문학관을 중심으로」(『한국사학』 5집, 1983)

의 성쇠에 책임을 지지 않습니다.12)

동계는 조이창의 도문일치론을 반박하면서 도와 문의 관계 양상을
시대의 변화에 입각하여 파악하여야 한다고 주장하고 있다. 동계는
삼대 이전에는 도와 문이 하나였다가 그 이후로 분리되었다고 하면
서 그 원인을 문학의 인식·교양적 측면에서 해명하였다. 독자의 지
적 수준에 맞는 문체, 시대가 요구하는 문체가 출현한다는 것이다.
농계는 하·은·주 삼대, 공자와 맹자가 살던 춘추전국 시대에는 사
람들이 이치를 쉽게 깨달아서 그들의 문장은 간약하면서도 오묘하였
고, 지금 사람들은 이치를 어렵게 깨닫기에 문장이 번잡하고 세세한
이치까지 드러나게 만든다는 것이다. 그렇다고 동계가 지금 사람들
의 인지능력이 고대 사람들의 인지 능력보다 저급하다고 생각했던
것은 아니다. 동계는 역사와 사회의 진보에 따라 인간의 인지능력도
발전한다는 견해를 지니고 있었다.

> 요즘 사람들은 옛 사람들보다 나은 점이 많다. 길을 다니는 것이
> 낫고, 기이한 산수를 보는 것이 낫고, 옷과 음식, 몸을 편하게 해주는
> 도구가 낫고, 역대의 치란(治亂)과 기궤(奇詭)한 자취를 갖추어 두루
> 다 아는 것이 낫다.13)

---

12) 昔者, 三代以上, 文與道一, 而三代以下, 文與道二. 一故伊·周·孔·孟之文, 辭
理備, 二故遷·固·韓·柳之文, 得其辭而失其理, 彼程·朱夫子, 得其理者也. 其意
盖曰: "文者, 所以明理, 理之不明, 無文可也." 伊·周·孔·孟之時, 人之喩於理也
易, 故告之不必繁, 而言之不必露. 不繁故簡, 不露故奧. 今之時, 人之喩於理也難,
故告之不得不繁, 言之不得不露, 非簡奧之惡, 而勢有不能也. 故就其簡者, 析而繁
之, 就其奧者, 暢而露之. 於是乎理益以明, 而辭益以衰, 彼固不自任於文章之盛衰
也.(『東谿集』, 卷10, 「答趙盛叔爾昌書」)

동계는 역사 사회가 진보함에 따라 인간의 물질문명과 심미 능력, 그리고 역사 발전의 법칙성에 대한 인지능력이 발전해 간다는 견해를 갖고 있었다. 그렇기 때문에 삼대의 사람들이 지금의 사람들보다 인지 능력이 높았다고는 생각하지 않았다. 다만 삼대의 사람들은 후대의 사람들보다 생활이 단순하였고 이후로는 점차로 복잡해졌기 때문에 문체도 그에 따라 점차로 복잡해졌으며, 고대의 문장을 이해시키기 위해서 그것을 부연하게 되고 따라서 문장이 더욱 번잡하여지며, 숨겨진 사상을 드러내기 위하여 현시적으로 될 수밖에 없다고 동계는 생각하였다.

저는 언젠가 "사람이 뜻을 가진 것은 마치 벌이 꿀을 먹고, 좀벌레가 종이를 갉아먹는 것 같다"고 말한 적이 있습니다. 지금 잎에는 꿀을 찍어 놓고 종이에는 먹물을 적셔 놓은 뒤에 벌과 좀벌레를 풀어놓으면 벌은 같은 잎인데도 오로지 꿀만 다 먹어 치우고 꿀이 묻지 않은 잎은 건드리지 않으며, 좀벌레는 같은 종이인데도 오로지 종이만 먹어 치우고 먹자국은 침범하지 않습니다. 똑같은 육경의 글인데도 사마천·반고·한유·유종원은 문사(文辭)에 뜻을 두어 그 문사만 다 배우고 이치에는 관심이 없었으며, 정자·주자는 이치에만 뜻을 두어서 그 이치만 다 배우고 문사에는 관심이 없었습니다. 지금 문장의 성쇠를 정자·주자의 죄로 여긴다면 이것은 남쪽의 월(越)나라 사람들이 그 수레를 북쪽으로 향하지 않는다고 책망하는 것과 같습니다.[14]

---

13) 今人勝古人者多. 行路勝, 見奇山水勝, 衣食便身之具勝, 備知歷代治亂奇詭之蹟勝.(『東谿集』, 卷8, 〈靜諦〉, 「靜坐 第一」)

14) 不佞, 嘗謂人之有志, 猶蜂之食蜜, 蠹之齧紙. 今夫點蜜於葉, 浣墨於紙, 而放蜂蠹也, 則同是葉也, 而惟蜜之旣, 而未嘗犯乎空葉, 同是紙也, 而惟紙之旣, 而未嘗侵乎墨痕. 同是六經之文也, 而遷·固·韓·柳, 志乎辭, 而旣其辭矣, 無關乎理, 程·朱

동계는 정자·주자의 주소체에 대하여 문학적으로 '좋다', '나쁘다' 평가하는 그 자체를 비합리적이라고 여겼다. 정자·주자와 같은 도학자들은 그 출발부터 문학에는 관심을 갖지 않았기 때문이다. 똑같이 육경을 학습하되 도학자와 문장가들은 각각 그들이 목적하는 바의 실현을 위하여 육경에 대한 관심의 분야가 다르다. 그래서 도학자와 문장가는 마치 벌은 잎에 발린 꿀만을 빨아먹고 좀벌레는 먹이 묻지 않은 종이만 갉아먹듯이 그 생리를 달리 한다고 비유하였다. 그러므로 도학자의 관점에서 문장가를 평가하거나 반대로 문장가의 입장에서 도학자를 평가하는 시각부터가 잘못되었다는 것이다.

> 문장의 성쇠는 시대에 관계가 있으니 진·한(秦·漢) 문장의 웅건함으로도 『서경(書經)』의 훈체(訓體), 고체(誥體)의 호대(浩大)하면서 엄정(嚴正)한 데는 오히려 손색이 있고, 당나라의 혼란스런 국면을 다스려 정상을 회복한 공으로서도 진·한의 문장과 비교하여 보면 꽤나 차이가 있습니다. 이것이 어찌 정자·주자 주소(註疎)의 죄이겠습니까? 명의 이반룡(李攀龍)·왕세정(王世貞)같은 이는 평소 있는 힘을 다하여 정자·주자를 욕하였을 따름이었습니다. 그러니 어찌 달갑게 주소(註疎)의 자취에 국한되면서 스스로 진·한의 문장을 하는 사람이라고 하겠습니까? 그러므로 또 정자·주자에게 죄를 돌릴 수 없습니다. 저는 "문장의 성쇠가 시대에 달렸다"는 것은 돌아보건대 어쩔 수 없는 것이라고 생각합니다.[15]

夫子, 志乎理, 而旣其理矣, 無關乎辭. 今以文章之盛衰, 爲程·朱之罪, 是猶責之越之人以不北其轍也.(『東谿集』, 卷10, 「答趙盛叔爾昌書」)

15) 抑文章之盛衰, 係於時代, 秦·漢之雄建, 而尙遜於訓誥之灝噩, 唐之撥亂反正之功, 而視秦·漢不啻隔塵矣. 此豈程·朱註疎之罪乎? 如明之滄溟·滄州, 平時罵程朱不遺力耳, 豈肯囿於註疎之軌轍, 而其所自以爲秦·漢者耶? 又不得歸罪于程·朱

문장의 성쇠가 시대의 변화에 영향을 주기도 하였지만 그것은 상호 규정 관계로서 문학의 반작용에 불과하며 기본적으로는 사회 토대에 의하여 문학의 내용과 형식이 제약을 받는다. 그러므로 동계는 정·주의 주소 역시 사회 토대의 영향에 의하여 생겨난 것이므로 그 자체를 비난할 것은 아니라고 주장하였다.16)

조이창은 동계가 '도'와 '문'을 둘로 나누는 것에 대하여 매우 못마땅하게 생각하고 도문일치의 입장을 거듭 천명하였다. 이에 대하여 동계는 도문분리론의 논리를 더욱 강화하여 제시할 필요성을 느꼈다. 그와 같은 필요성에 의하여 "문사(文辭)는 이치와 무관하고 이치는 문사와 무관하다[辭無關乎理, 理無關乎辭.]"는 이론을 제시하였다.

> 또한 "사마천·반고·한유·유종원은 이윤·주공·공자·맹자의 두각(頭角)을 쓰고 이윤·주공·공자·맹자의 웃는 모양을 그대로 따라 하니, 마치 우맹(優孟)이 손숙오(孫叔敖)를 본뜬 것과 같다"고 하셨는데, 저는 우맹이 손숙오를 본뜸에 그 마음과 본성까지 빼앗을 수 있는지, 아니면 다만 그 의관과 담소하는 모습이나 흉내 내는 것인지 모르겠습니다. 마음과 본성은 비유하자면 '도'이고, 의관과 담소는 비유하자면 '문'입니다. 우맹은 진정 손숙오의 마음과 본성을 빼앗을 수 없으며 사마천·반고·한유·유종원도 공자와 맹자의 도를 깨달을 수 없습니다. 또한 노자·장자·열자 등의 무리가 어찌 일찍이 이윤·주공·공자·맹자의 두각을 쓰고, 이윤·주공·공자·맹자의

也. 若不佞之意, 其盛衰之係乎時代者, 顧無如之何.(「上揭書」)

16) 조이창과의 논쟁에서 주목하여야 할 점은 동계가 정·주를 옹호하는 견해를 개진한 것이 아니라 도·문의 분리를 주장하기 위하여 정·주의 문장을 문학과 무관한 도학자의 문장으로 완전히 분리시켰다는 사실이다.

웃는 모습을 따라 하여 그 문장이 넓고 크고 괴기하여 육경과 함께
빛나는 것이겠습니까? 부처는 서방 오랑캐의 땅에서 출생하여 일찍
이 중국 성인의 가르침에 통하지 못한 까닭에 그 이치가 더욱 어그러
지고 그 설(說)이 더욱 괴이하되, 『원각경(圓覺經)』의 간약하고 오묘
함과 『능엄경(楞嚴經)』의 기이하고 웅변됨, 그리고 『유마경(維摩經)』
의 웅건하고 호방함은 진・한 문장의 수준을 바로 뛰어 넘으려고 하
니, 이것이 이른바 '공자・맹자의 이치를 벗어나면서도 능하다'는 것
이 아니겠습니까? 그런 까닭으로 "문사는 이치와 무관하다"고 하는
것입니다.[17)]

조이창은 반고・사마천・한유・유종원 등의 문장이 이윤・주공・
공자・맹자의 외형만을 형식적으로 본떴으니 그것은 마치 배우인 우
맹이 재상인 손숙오의 의상을 입고 손숙오의 흉내를 내는 것처럼 외
형적 모방에 지나지 않는다고 단정하였다. 이 문제에 대하여 동계는
"여러 형태로 존재할 수 있는 문사(文辭)는 유가(儒家)의 이치와 무관
하다[辭無關乎理]"는 명제를 제시하였다. 그는 근거로 첫째, 반고・사
마천・한유・유종원뿐만 아니라 노자・장자・열자의 문장에 담겨
있는 내용이 육경의 내용과는 하등의 관계가 없지만 각각의 특색을
지녀서 육경과 대등한 문학적 가치를 지닌다는 사실과, 둘째, 불가(佛

---

17) 且謂 "遷・固・韓・柳, 冒伊・周・孔・孟之頭角, 襲伊・周・孔・孟之笑貌, 如優
孟之效孫叔敖." 僕未知孟之效敖, 能奪其心性耶? 抑但爲其衣冠談笑耶? 心性譬則
道也, 衣冠談笑譬則文也. 孟固不能奪敖之心性, 而遷・固・韓・柳, 亦不能覺孔・
孟之道也. 且如老聃・莊周・列禦寇之徒, 何嘗冒伊・周・孔・孟之頭角, 襲伊・
周・孔・孟之笑貌, 而其文博大瑰奇, 與六經幷輝? 佛氏出西方夷狄之地, 未嘗通中
國聖人之敎, 其理尤舛, 其說尤怪, 而圓覺之簡妙, 楞嚴之奇辯, 維摩之雄肆, 直欲超
秦漢之乘, 玆非所謂外是理而能之者耶? 故曰: "辭無關乎理."(『東谿集』, 卷10, 「復
答趙盛叔書」)

家)의 경(經)들은 중국과 지역적으로 거리가 멀리 떨어져 있기 때문에 중국 성현의 문장과는 아무런 영향 관계도 없이 형성되어 내용상 현격한 차이가 나지만, 『원각경(圓覺經)』의 간약하고 오묘함과 『능엄경(楞嚴經)』의 기이하고 웅변됨, 그리고 『유마경(維摩經)』의 웅건하고 호방함은 진·한의 수준을 바로 뛰어 넘을 만큼 우수하다는 점을 들었다. 제자백가의 문장이나 불경들은 유가에서 말하는 이치의 정통성이 결여되어 있지만 그들의 문장 자체는 유가의 문장과 무관한 독자적 가치를 지닌다. 그러므로 '문사는 이치와 무관하다'는 것이다. 이러한 논리는 동계가 이른 시기부터 제자백가와 불경 등을 섭렵하는 등 사상적 개방성을 보이고, 사물을 보는 관점에 있어서도 상대성 이론을 적용하는 세계관적 기저로부터 추동된 것이다.[18]

더욱 흥미로운 것은 동계가 논리를 전개할 때 제자백가의 고사를 적절히 사용함으로써 자신의 문학론을 창작 행위로 실천하고 있다는 점이다.

① 지금 저 고라니와 사슴이 풀을 뜯어먹고 지네는 뱀을 달게 먹으며 올빼미가 쥐를 즐겨 먹는 것은 진실로 천하의 바른 맛은 아니로되, 창자를 배부르게 하고 몸을 살찌우기는 마찬가지이다.[19]

② 화곡자(華谷子)의 지킴은 묵자보다 낫거늘 나의 공격은 공수반(公輸般)에게 못 미친다.[20]

---

18) 동계의 사상적 개방성과 세계관에 대해서는 졸고, 『동계 조귀명의 문학론과 산문세계』(성균관대학교 석사학위논문, 1990) 참조.
19) 今夫麋鹿食薦, 蝍且甘帶, 鴟鴉嗜鼠, 是固失天下之正味, 而其於飫腸而肥身則同矣.(『東谿集』, 卷10, 「復答趙盛叔書」)

①은 『장자(莊子)』 〈제물론(齊物論)〉에서 취하여 왔고, ②는 『묵자(墨子)』 〈공수(公輸)〉에서 '수공묵수(輸攻墨守)'의 고사를 취하여 왔다. 동계는 이 뿐만 아니라 불가의 문자도 때때로 사용하고 있는 바, 여러 사상의 섭렵은 문학 창작의 폭을 넓히는 데 직접적 역할을 하였으며, 그들의 가치에 대하여 인지하였기 때문에 성리학적 문학관으로부터 탈피할 수 있었던 것이다.

동계는 '이치가 지극하게 된다면 문장은 따라서 저절로 공교로워지는가?'라는 문제에 대한 해명으로 다음과 같은 논리를 전개하였다.

> 집사께서 또 "정자·주자의 뜻은 상세히 분석하는데 전념하여 추풍(追風)·섭일(躡日)[21]과 같은 재주는 대단히 여기지도 않았고 그럴 여유도 없었다."고 하셨습니다. 그 추풍·섭일과 같은 재주는 과연 이치 상 그만둘 수 없는 것입니까? 그만둘 수 없는데도 그만둔다면, 이는 이치에 배반되는 것이고, 그만둘 수 있는데 그만둔다면, 이는 이치에 부합되는 것입니다. 그러니 정자·주자는 이치에 부합되었다고 하는 것이 옳겠습니까? 이치를 배반하였다고 하는 것이 옳겠습니까? 이미 "이치가 지극하다면 문장은 저절로 공교로워진다"라고 하였는데, 정자·주자는 이치가 지극한데도 문장은 유독 공교롭지 못한 이유는 무엇입니까? 그래서 "이치는 문사(文辭)와 무관하다"라고 하는 것입니다.[22]

---

20) 華谷之守, 愈於墨子, 僕之善攻, 不及輸般.(「上揭書」)
21) 추풍(追風)과 섭일(躡日)은 모두 명마(名馬)의 이름임.
22) 執事又以爲程·朱志, 專於縷析, 若其追風·躡日之才, 不屑亦不遑也. 夫其秋風·躡日者, 果理之不可以已者耶? 不可以已而已, 是背於理者也, 可以已而已, 是合於理者也. 謂程·朱合理可乎? 背理可乎? 旣曰: "理至, 則文自工矣", 而程·朱之理至而文獨未工者, 抑又何也? 故曰: "理無關乎辭"(『東谿集』, 卷10, 「復答趙盛叔書」)

'이치가 지극하게 된다면 문장은 그에 따라서 저절로 공교롭게 되는가?'라는 문제에 대하여 동계는 정자와 주자가 뛰어난 문장가의 재주에는 관심을 갖지 아니하였고 그럴만한 여유도 없었다고 하였다. 그들이 추구하는 대상은 도학이었기에 그럴 수밖에 없었다. '도문일치론'에서 주장하는 바대로라면 정자·주자의 문장이 공교하지 않은 이유는 무엇인가? 그들은 문장에 관심을 갖지 않았기 때문이다. 그러므로 '이치는 문사와 무관하다[理無關乎辭]'는 결론이 도출된다.

문장의 지극한 경지는 작가가 자득한 묘리로 이루어지는 것이지, 이윤·주공·공자·맹자 등 유가에서 정한 이치를 준수하여야만 되는 것은 아니다. 제자백가나 불경들은 고라니가 풀을 먹고 지네는 뱀을 달게 먹으며 올빼미가 쥐를 맛있어 하는 이치와 같이 반드시 유가에서 말하는 올바른 이치를 내포하고 있지 못하더라도 나름대로의 독자적 가치가 있다. 한편 육경을 문장의 준거로 하여야 한다는 유가적 규율에 구애됨 없이 제자백가와 불가의 문장이 가치를 갖는다는 논리가 성립된다면, 정자·주자의 문장도 나름대로의 가치가 인정되어야 한다. 왜냐하면 그들의 문장은 철저한 시대성을 띠고 있기 때문이다. 정자·주자는 천하의 상리(常理)를 밝히고자 하였다. 그런데 당시에는 문풍이 번잡하였고, 문사(文辭)에 특별한 관심을 갖고 있지 않던 그들로서는 자신들이 터득한 이치를 당시의 번잡한 문장에 그대로 담아 낼 수밖에 없었다. 그러한 연유로 그들의 문장은 늘 대하는 베·비단·콩·조 등의 일반 의식물(衣食物)처럼 범상하게 보였고, 이상하게 여겨지지 않는다고 하였다.23)

---

23) 程朱夫子, 惟不自任於文章, 而不幸當辭繁之世, 其所得者又天下之常理, 常而繁, 故不見其奇, 布帛菽粟, 固不見奇於人也.(『東谿集』, 卷10, 「復答趙盛叔書」)

2) 방고(倣古)와 창신(創新)의 '적의(適意)'

헤겔은, "작자의 창작적 독창성은 창작 주체의 내재적 정신을 현시(顯示)하고 또 다른 방면에서는 대상 자체의 특징을 현시한다. 그러나 대상의 특징은 작자의 주체성으로부터 오는 것이다. 당연히 주체의 특징은 객체의 특징을 대체할 수 없다. 그리고 객체의 특징은 자연의 상태로 존재한다. 다만 주체의 특징과 하나로 결합될 뿐이다. 그러므로 창작의 주체는 독창성의 가장 본질적인 내재적 요소가 된다"고 하였다.[24]

동계의 창작론에서 가장 중요한 문제는 독창성의 표현이다. 문학 본체의 내부에서 무엇이 문학 본체의 발전을 추동하는 요인인지 고찰할 경우, 창작의 주체가 핵심적인 문제로 부각된다. 독창성은 예술 표현 속의 주체와 대상 두 방향에서 융합된다. 창작 주체는 객체의 객관성과 통일되어야 하며 외재적 대립의 양상을 보여서는 안 된다. 그러므로 독창적 작가는 자신의 내면 세계를 가장 적실하게 현시하는 동시에 대상의 본질을 제시하여야 하는데, 대상의 창조적 모습은 창작자의 주체성으로부터 연유된다. 왜냐하면, 창작 주체인 작가와 객체인 창작 대상은 내재적인 통일 관계를 맺고 있기 때문이다. 그러므로 문학 창작에서 작자의 창조적 정신은 창작 결과물의 가장 중요한 요소가 된다. 따라서 작가는 자신의 감수(感受)를 전달하기 위하여 전력하며 묘사 대상에 주체적 특색을 부여하기 위해 노력한다.

조귀명은 도문분리론을 통해서 문학의 독자성을 강조하는 동시에 모방을 배격하였다. 따라서 그의 문학세계에서 가장 중요한 특징은

---

24) 『美學』 1, 商務印書館, 1979.

독창성이다. 조귀명은 문학 이론에서만 독창성을 강조한 것이 아니
라 그것을 자신의 창작으로 실천하였다. 그와 같은 사실은 동계의
작품을 평가한 기록에서 찾아볼 수 있다.

조귀명은 …… 사람됨이 청수(淸修)하고 문장을 잘 지었는데, 그의
문장은 지극히 묘한 이치가 있다. 그의 이취(理趣)와 의기(意氣)는
소식(蘇軾)을 몹시도 닮았다. 입의(立意)와 철조(綴藻)가 경박하고 거
칠며 썩어 문드러진 양태를 한 바탕 씻어 내서 그 득의처는 왕왕 사람
의 마음을 기쁘게 하고 사물에 대한 이해와 분석 능력이 탁월하였다.
당시의 문장가 중에서 서로 필적할 수 있는 인물은 조귀명과 황경원
(黃景源) 뿐이다. 한 번 그의 작품을 보면 훈고에 순종하는 모양이
아니라는 것을 바로 알 수 있다.
조귀명은 수려하고 밝은 점에서 뛰어나고, 황경원은 전아하고 호
탕한 점에서 뛰어나니, 요컨대 근세에 이같은 작품은 없다.25)

『병세재언록(幷世才彦錄)』에서 동계의 작품은 그 내용에 지극한 묘
리가 있으며, 주제 의식의 설정과 수사에서도 진부함을 극복하였다
고 평가하였다. 동계의 문학세계에서 가장 큰 특징은 독창성에 있었
던 것이다. 창강 김택영[滄江 金澤榮 : 1850~1927]도 『여한구가문(麗韓
九家文)』을 편찬할 때에 조귀명을 황경원[黃景源 : 1709~1787]・홍길
주[洪吉周 : 1786~1841]와 함께 그 선정 대상자로 거론하였다. 그런데

---

25) 趙龜命 …… 爲人淸修而善文, 文極有妙理. 理趣意氣, 酷描東坡. 立意綴藻, 一洗
腐率陳餒態, 其得意處, 往往怡人神解. 當時文家, 方駕而齊鑣者, 趙龜命・黃景源
而已. 一見便知其非帖帖訓詁模樣. 趙以秀朗勝, 黃以雅浩勝, 要之近世無此等作.
(『幷世才彦錄』,〈文苑錄〉)

창강이 최종적으로 조귀명을 여한구가(麗韓九家)에 포함시키지 않은
이유를 통해 그의 문학적 특질을 알 수 있다.

> 조선의 황경원은 기사문(記事文)에는 퍽 뛰어나지만 그 외의 다른
> 체(體)에는 모두 부족한 점이 있다. 동계 조귀명과 항해 홍길주(沆瀣
> 洪吉周)는 비록 둘 다 누추한 데에서 뛰쳐나왔으나, 굽은 것을 바로
> 잡으려다 곧은 것을 잘못되게 하였으니 경박한 것이 흠이다. 이것이
> 선발하지 않은 이유이다.[26]

창강은 조귀명을 여한구가(麗韓九家)에 선정하지 않은 이유를, 굽
은 것을 바로 잡으려다 곧은 것을 잘못되게 한 데 있다고 했다. 여기
에서, '굽은 것'이란 『병세재언록』에서 말한 '경박하고 거칠며 썩어
문드러진 양태'와 통하는 말이다. 즉 조귀명이 일관되게 비판하던 독
창성이 결여된 조선의 문풍이다.

도문일치론에서 도문분리론으로 전환된 동계의 문학관은 자각된
작가의 독창성을 강조하는 문학론으로 구체화된다. 동계는 자신의
많은 글을 통하여 모방하는 태도에 대하여 신랄한 비판을 하였는데,
모방을 일삼는 자는 기가 약하고 재주가 비천하여 비록 자신의 능력
을 최대한으로 발휘하더라도 원하는 바를 획득하지 못하는 부류로
간주하였다.

> 나는 금세(今世)의 문장이 창작도 아니고 조술(祖述)도 아니면서

---

26) 如吾韓黃江漢, 頗長於記事, 而他體皆短. 趙東谿・洪沆瀣, 雖皆能跳出於陋而矯枉
過直, 病於佻薄, 故選不及之矣.(『韶濩堂文集』, 卷8, 〈雜言〉)

그 정신을 피곤하게 하고 그 힘을 부려서 유속(流俗)의 입으로 항상
하는 평범한 말을 모아 엮거나, 옛사람의 문적(文籍)에 실린 진부한
글을 획일적으로 본떠서 집안에 그득히 쌓아 두고 남들에게 자랑하여
"나는 한유를 하였다", "나는 구양수를 하였다", "나는 진·한(秦·漢)
을 하였다"고 말하는 것을 괴이하게 생각한다. 이것은 바로『장자』의
이른바 '기와를 겹쳐 놓고 새끼를 매듭지은 것'처럼 쓸데없는 말이니
그 역시 수고로울 뿐이다.[27]

위의 인용문에서 동계의 독창성에 대한 내용을 구체적으로 파악할
수 있다. 동계가 제시한 '독창성'이란, 누구나 말할 수 있는 평범한
문장과 고인들의 진부한 문장을 모방하여 그들에게 가장 가까운 형
태로 접근하는 것을 최고의 가치로 여기는 부류의 문장을 거부하는
것이다. 또, "옛날에는 모의(模擬)하는 문장이 없었는데 문장이 쇠하
면서 모의가 일어났고 모의가 일어나자 문장이 더욱 망하였다"[28]라
고 하면서 모의를 문장의 발전을 해치는 최악의 요인으로 단정하였
다. 그러므로 동계가 '죽은 글'이라고 일컫는 것은 바로 모방을 함으
로써 자득의 의취(意趣)가 결여된 문장이다.

명나라가 천하를 차지한 뒤로 세대가 내려올수록 문장의 수준이
더욱 비천해지니 학사·대부들이 그것을 진작시킬 생각을 하였지만
적당한 방법을 찾지 못하였다. 이에『좌전(左傳)』·『국어(國語)』의

---

27) 余怪夫今世之文章, 不作不述, 而罷其神役其力, 裒綴流俗齒牙爛熟之常論, 規畫
故人載籍陳腐之遺文, 以充溢於棟宇, 而夸務於人曰: "我爲韓也", "我爲歐也", "我
爲秦·漢也". 是乃莊周所謂'累瓦結繩', 無用之言, 其亦勞苦而已矣.(『東谿集』, 卷
1, 「贈羅生沈序」)
28) 古者, 文章無摹擬, 文章衰而摹擬作, 摹擬作而文章益亡矣.(「上揭書」)

구절을 끌어 모으고 사마천의『사기』와 반고의『한서』의 글자를 지우
고 고친 뒤에 천하에 내걸어 표준으로 삼고는 "이것이 고문이다"라고
하였다. 공동(崆峒)에서 문장의 근원을 열고 엄주(弇州)·창명(滄溟)
에서 물결을 드날려 천하의 문장을 두드리며 서로 어울려 주머니를
뒤지고 상자를 여는 버릇이나 들인다. 아! 저들은 화장을 하고 향수를
뿌리면 서시(西施)를 만들 수 있고 손뼉치고 담소하면 손숙오(孫叔敖)
를 만들 수 있고 원숭이도 의관을 씌우면 주공을 만들 수 있다고 생각
한다 …… 명나라의 문장은 훔쳐 온 글로 빌려 온 말을 꾸며서 거꾸로
매달리고 치우치며 어그러져서 그 가슴 속에 쌓인 것을 나타내지 못
하였다. 글 지은 사람은 살아 있는데, 그 마음은 죽고 또 썩은 지 오래
되었으니 어디에 소위 '어두워지지 않는 것은 마음이요, 썩지 않는
것은 문장이다'[29)라는 것이 있겠는가?[30)

　동계는 여러 글에서 명대의 문학을 비판하였다. 비판의 초점은 복
고의 기치를 들고 진·한의 문장을 추종하여 모방과 표절을 일삼으며
현실을 외면하여 창작성이나 개성이 없었던 전후칠자(前後七子)에게
집중되고 있다. 특히 이반룡(李攀龍)·왕세정(王世貞)에 대한 비판이
신랄하였으니 위의 인용문에서 공동(崆峒)은 전칠자(前七子)의 일원인
이몽양[李夢陽 : 1472~1529]을 일컫고, 엄주(弇州)·창명(滄溟)은 후칠
자(後七子)의 일원인 왕세정[王世貞 : 1526~1590]과 이반룡[李攀龍 :

---

29) 李攀龍曰: "不朽者文, 不晦者心."(『弇州四部稿』, 卷144)

30) 至皇明有天下, 世代益降, 文章益卑, 則學士大夫, 思有以振之, 而不得其術也. 於
是擪掇乎左傳·國語之句, 塗改乎馬史·班書之字, 揭以爲的於天下曰: "此古文也".
濬源於崆峒, 揚波於弇州·滄溟, 鼓天下之文章, 而相與爲探囊胠篋之習. 嗚呼! 彼謂
粉飾薌澤之可以爲西施, 抵掌談笑之可以爲孫叔, 猿狙依冠之可以爲周公也. …… 明
之文章, 以儓竊之文, 飾借備之說, 懸跂辟戾, 不能以形其胸中之所蘊. 其人存而其
心死且朽, 久矣, 烏在所謂不晦者心, 不朽者文哉?(「上揭書」)

1514~1570]을 각각 지칭한다. 형식주의에 대한 배격은 전후칠자(前後七子) 뿐만 아니라, 위·진 시대의 문학은 아예 그 존재를 인정하지 않을 만큼 철저한 태도를 견지하였다.31) 그리고 표절하고 빌려다 쓰는 문장은 자신의 사상과 감정을 충분하게 표현할 수 없고 기형적인 문장이 될 수밖에 없다고 하였다. 그러한 문장은 이반룡이 "썩지 않는 것은 문장이고 어두워지지 않는 것은 마음이다"라고 한 말과는 반대로 작가의 생존시에도 문장에 투사된 사상과 감정이 타인과 변별성을 갖지 못하고 불분명하기 때문에 그것은 이미 썩고 죽은 것에 지나지 않는다고 하였다. 환언하면, 표절한 문장으로 작가의 사상과 감정을 전달한 글은 독자에게 문학적 감동을 전해 줄 수 없다는 것이다.

위의 인용문은 『서경』·『좌전』·『국어』를 모의하여 문장을 짓는 정석유(鄭錫儒)에게 보낸 글의 일부이다. 인용문의 내용으로 보아 정석유는 의고문(擬古文)의 작법을 추종한 인물로 볼 수 있다. 따라서 의고문과 그 작법을 추종하는 문인들에 대한 동계의 견해를 여실히 볼 수 있는 언명이라고 하겠다. 동계의 의고문에 대한 비판은 복고주의에 대한 비판에 그 이론적 기반을 두고 있다.

현주(玄酒)를 숭상하면서도 예주(醴酒)를 사용하고, 난도(鸞刀)를 귀하게 여기면서도 할도(割刀)를 사용한다. 성인이 예를 만들 때에도 억지로 고대(古代)로 되돌리려고는 처음부터 생각하지 않았다.32)

---

31) 동계는 「증정생석유서(贈鄭生錫儒序)」에서 중국의 문학사를 개괄하였다. 그는 이 글에서 위·진(魏·晉)시대에는 문장으로 인정할 만한 것이 없다고 단정하였다. 또한 명나라 때에는 지나친 모의로 문학이 매우 비천하게 타락하였다고 평가하였다.
32) 盖玄酒之尙, 而醴酒之用, 鸞刀之貴, 而割刀之用. 聖人之爲禮也, 亦未始强反乎古耳.(『東谿集』, 卷10, 「答趙盛叔爾昌書」)

고대의 문명 제도는 현실에 그대로 적용할 수 없다. 육경(六經)을 문장의 규범으로 삼아야 한다는 의고문가들의 주장은 현주(玄酒)·난도(鸞刀)[33] 등 현실적으로 전혀 사용할 이유가 없는 고대의 기물을 사용하자는 주장과 같다. 현실적이고 실용적인 단술[醴酒]과 할도(割刀)를 사용하는 것이 당연한 이치이듯 문장도 현실에 가장 적합한 것을 창조하고 활용함이 옳다는 주장이다.

> 천하의 사업이 무궁하여 요·순은 요·순의 사업이 있었고 삼대(三代)는 삼대의 사업이 있었으며 한·당은 한·당의 사업이 있었으니 한·당이 발돋움하여 삼대가 될 수 없는 것은 마치 삼대를 끌어 당겨 요·순 시절로 만들 수 없는 이치와 같다.[34]

반복고주의(反復古主義)에 대한 태도가 분명하게 나타나 있는 말이다. 각각의 시대에는 해당 시대에 적절한 일이 있다. 귀고천금(貴古賤今)의 입장에서 언필칭 '요순시대'니 '삼대'니 하는 것은 현실성이 결여된 무모한 공상에 불과하다는 말이다. 동계는 '복고(復古)'란, 절대로 불가능하다는 견해를 가지고 있었던 것이다.

---

33) '현주(玄酒)'는 고대 제례(祭禮)에 사용하던 물이다. 그 색이 검기에 현주(玄酒)라고 한다. 고대에는 술이 없었기 때문에 이것으로 술을 대신하였다. '난도(鸞刀)'는 고대 제례에서 희생을 자를 때 사용하던 칼로 코등이에 방울이 달려 있다. '난(鸞)'은 방울이라는 의미이다.

34) 天下之事業無窮, 唐·虞有唐·虞之事業, 三代有三代之事業, 漢·唐有漢·唐之事業, 漢·唐之不能翹以爲三代, 猶三代之不能引以爲唐·虞也.(『東谿集』, 卷12, 〈策經二〉, 「事功」)

천하의 집안을 잘 다스리는 사람으로는 공자보다 나은 이가 없는데 지금 집안을 다스리는 사람들이 어떻게 모두 공자일 수 있으며, 공자가 아니라면 폐기해 버리고 집안을 다스리지 않겠는가? 또 어버이 섬기고 윗사람 받드는 절차를 어떻게 모두 법칙에 합당하게 할 것이며, 관혼상제의 의례를 어떻게 모두 예에 부합되게 하겠는가? 그러니 각각 스스로 자기 마음이 아는 바를 따르고 자기 힘이 미치는 바에 맡겨서 자기 집안을 잘 다스릴 수 있다.[35]

의고문가들은 문장에서만 의고(擬古)를 주장하였던 것이 아니고 관혼상제 등의 절차까지도 의고를 주장하였다. 미수(眉叟)는 서체까지도 전서(篆書)를 숭상하였을 정도였으며 현종 때의 두 차례 예송(禮訟) 또한 우리의 현실과 무관하게 고대의 전적에 근거하여 그대로 적용하자는 공론(空論)의 성격도 지녔다. 그러나 그들이 신봉하고 절대시하는 의례와 도덕률은 그 자체에 이미 실현 불가능성을 내포하고 있다. 시대와 지역적인 거리가 있으며, 개개인의 인식 능력과 실천할 수 있는 역량의 차이가 내재되어 있기 때문이다. 동계는 만약 고대의 의례나 도덕률을 그대로 실행하려고 한다면, 사회와 역사의 진보를 질곡하고 제도에 의하여 삶이 소외되는 부작용이 초래됨을 간파했던 것이다.

동계의 이와 같은 반복고주의적 관점은 문학에도 그대로 적용이 된다. 임상원(林象元)[36]은 동계의 작품에 조탁(彫琢)의 기미가 많고

---

35) 天下之善理家者, 莫尙於孔子, 今之理其家者, 豈皆孔子, 而非孔子則廢之而不理歟? 事親奉長之節, 豈皆當於則矣, 冠婚喪祭之儀, 豈皆合於禮矣? 而然而各自隨其心之所知, 任其力之所及, 以成其爲家焉.(「上揭書」)
36) 임상원(林象元) : 1709(숙종 35)~1760(영조 36). 자는 언춘(彦春). 동래부사 의주

검박(儉樸)함이 부족하다고 지적한 일이 있다.[37] 정인보(鄭寅普)가 임
상원의 문학을 "아결(雅潔)하며 고대 작가의 법도가 있다"[38]고 평한
것으로 보아 임상원은 박고한 문학을 추구하였음을 알 수 있다. 이에
대하여 동계는 임상원의 지적과 같이 수식을 제거하여 검박하고 박
고하게 할 수도 없고 그렇게 하고 싶은 생각도 없다고 하였다.

> 내가 문장을 지음에 검담(儉淡)하게 할 수 없고 수식을 제거하여
> 빅고(樸古)한 데로 되돌릴 수 없다. 또 검담하게 만들거나 수식을 제
> 거하고 박고한 데로 돌리려고 하지도 않으니 순일(純一)하게 되지 않
> 기 때문이다. 나는 말세의 사람인지라 이미 넓은 방과 안락한 침상이
> 구비된 집에서 편안히 살아서 초가집과 부들자리로 다시 돌아갈 수
> 없고, 이미 달고 연한 음식과 술 맛에 배가 불러서 다시 간을 하지
> 않은 대갱(大羹)과 맹물인 현주(玄酒)를 먹을 수 없다. 오직 나만 그런
> 것이 아니다. 삼대의 성인도 그러하였다. 어째서인가? 아주 오랜 옛
> 날의 초기에는 오로지 몸을 편하게 하고자 집을 지었고, 오로지 입에
> 맞추고자 음식을 만들었으니 그들이 일부러 화려함을 내버리고 검소
> 한 것을 취하거나 단 음식을 싫어하고 담백한 음식을 좋아했던 것이
> 아니다. 나무둥지집에서 초가집·부들자리로 옮겨서 살아보니 몸이
> 편안하였고, 나무 열매를 먹다가 대갱·현주를 먹어보니 입에 잘 맞
> 았다. 그러다가 시대가 내려와서 삼대에 이르러 지혜와 사려가 날로
> 넓어지고 제도가 날로 갖추어졌다. 이에 초가집과 부들자리를 없애버
> 리고 넓은 방과 안락한 침상으로 대체하여 집의 법식(法式)이 확립되
> 었고, 대갱과 현주를 폐지하고 달고 연한 음식과 술로 대체하여 음식

부윤을 거쳐 승지와 참의를 지냈다. 저서로 『삼일록(三一錄)』이 있다.

37) 『家稿全集』, 卷5, 「再呈乾川子書」.

38) 其文章雅潔, 有古代作家繩槼.(『羅州林氏大同譜』, 「墓表陰記」)

의 분수가 정해졌으니 오로지 그 때에 맞는 것이다. 저 문장의 도(道)
역시 마찬가지이다. 기사(記事)를 예로 든다면 좌씨가 『서경』의 호대
(浩大)하면서 엄정한 것처럼 만들 수 없고, 사마천이 좌씨의 간약하고
오묘한 것처럼 만들 수 없다. 찬언(纂言)을 예로 든다면 『주역』의 상
(象)이 이미 단(彖)보다 상밀(詳密)하고 『십익(十翼)』이 상(象)[39]보다
자세하다. 이는 대체로 풍기(風氣)가 점점 변해서이니 시대에 가장
적절한 문체는 어쩔 수 없이 그러한 것이다.[40]

동계는 임상원의 제안과 같이 자신의 문장에서 수식을 제거하고
담박하며 박고하게 할 수도 없고 그렇게 하고 싶은 생각도 없다는
단호한 입장을 표명하였다. 동계 자신이 살고 있는 현재 사회는 고대
보다 문명이 발달하였고 그것은 인간에게 안락한 물질적 조건을 제
공하고 있다. 그렇기 때문에 복고하여야 할 아무런 이유가 없다는
것이다. 인간의 행복한 생활을 위하여 물질 문명이 발달하였듯, 문장
도 시대의 변화에 따라 그 시대가 요구하는 가장 알맞은 형태로 변화

---

39) 상(象)은 『주역』의 괘상(卦象)이다. 단(彖)은 단사(彖辭)로 주공이 지었다고 전해진
    다. 십익(十翼)은 『주역』의 「상단(上彖)」·「하단(下彖)」·「상상(上象)」·「하상(下
    象)」·「상계(上繫)」·「하계(下繫)」·「문언(文言)」·「설괘(說卦)」·「서괘(序卦)」·
    「잡괘(雜卦)」 10편으로 공자가 지었다고 전해진다.

40) 僕之爲文, 非能儉淡也, 非能去雕反樸也. 亦非欲爲儉淡, 欲去雕反樸, 而不能純
    也. 僕季世人也, 已安於廣廈匡牀之居, 不能復就茅屋越席也, 已飫於甘毳麯蘗之味,
    不能復食大羹玄酒也. 非惟僕如此, 三代聖人亦如此. 何則? 邃古之初, 惟欲便體而
    爲宮室, 惟欲適口而爲飮食, 則彼非故爲舍華而取儉, 惡甘而喜淡. 自巢居而茅屋越
    席, 體已便矣, 自木實而大羹玄酒, 口已適矣. 降而至於三代, 智慮日廣, 制度日備.
    於是乎廢茅屋越席, 代之以廣廈匡牀, 而宮室之則立, 廢大羹玄酒, 代之以甘毳麯蘗,
    而飮食之分定, 惟其時而已. 彼文章之道亦然, 以記事則左氏不爲書之灝噩, 而史遷
    不爲左氏之簡奧, 以纂言則易象已密於彖, 而十翼又嘗於象. 此盖風氣之漸變, 而時
    措之體, 不得不爾.(『東谿集』, 卷10, 「又答林彦春書」)

할 수밖에 없다는 것이다. 기사문(記事文) 중에서 가장 간약하고 호방하고 엄숙한 것이 『서경(書經)』이지만, 그것의 영향을 받아 만들어진 『좌전(左傳)』·『사기(史記)』 가운데 그 어느 것이 더 훌륭하다고 평가할 수는 없다. 찬언(纂言)의 글로서 『주역』의 상(象)은 단(彖)보다, 『십익(十翼)』은 상(象)보다 간결하지 못하다. 그러나 그들의 글도 시대의 필요와 요구에 의하여 형성된 것들이다. 즉 시대에 가장 적절한 글이라고 할 수 있다. 그러므로 몸에 편한 주거 조건이나, 입에 맞는 맛난 음식을 일부러 거절하고 복고할 이유가 없듯이 현실에 가장 알맞은 문장을 거부하고 복고하여 고대의 문장을 모방할 이유가 없다는 것이다.

그러면 시대에 가장 잘 맞는 문장이란 무엇인가? 사회 역사의 변화 발전에 따라 진보된 문장이며, 자신이 터득한 식견으로 '의(意)'를 밝히는 것이다. 자신이 처한 사회현실과 존재를 기반으로 형성된 인식이, 독창적 문장 형식으로 표현된 문학이 가장 시기적절한 문학이라고 하였다.

동계는 평소 소식을 문장 학습의 모범으로 삼았지만, 당송고문을 추종한 것은 아니다. 의고문의 추종이나 당송고문의 추종이나 양자는 모두 모방의 성향을 공유한다는 점에서, 비판의 대상이 될 수밖에 없었다.

> 고인들은 『시경』·『서경』을 표준으로 삼아서 진·한(秦·漢)의 문장을 만들었고 진·한의 문장을 표준으로 삼아서 당·송의 문장을 만들었다.[41]

문학의 진보는 전대(前代) 유산의 계승과 부정에 의하여 이루어진
다. 그것이 바로 '방고창신(倣古創新)'이다. 조선의 문학가들에게 당
송의 팔대가는 하나의 모범으로 되었다. 그러나 동계에게 있어서는
당송고문 역시 의고문가가 모범으로 삼는 삼대의 육경과 같이 문학
학습의 자료에 불과할 뿐이었고 그들에 가장 가깝게 접근하는 모방
을 목표로 삼지 않았다.

동계는 육경을 모범으로 삼는 의고문가나 당송고문을 숭상하는 부
류들이 공히 칭하는 '고문(古文)'의 학습 자세에 대하여 어떤 견해를
가지고 있었는가?

> 그대[林象元]는 '고문(古文)'을 힘써 추구하고자 하는가? 그렇다
> 면 그 알맹이를 좇고 그 이름을 좇지 말 것이며, 그 '의(意)'를 배우
> 고 그 소리나 웃는 모양은 배우지 마라. 그리고 스스로 터득한 진
> (眞)을 구하는데 힘쓸 것이요, 그 모의하는 가짜를 구하는데 힘쓰지
> 는 마라.42)

자득한 진(眞)을 추구하여 자신만의 문학을 창작해 내려는 것이 고
문을 배우는 목적이다. 고문을 배운다고 하면서 그들의 이름이나 추
종하고 형식을 배워 모방하는 것은 가짜에 지나지 않는다는 것이다.
그러므로 고문이 담고 있는 독창적 사상·내용성을 섭취하는 것이
진정한 고문의 학습법이며, 그로써 고문의 정신에 도달할 수 있다는

---

41) 盖古人準詩書而爲秦·漢, 準秦·漢而爲唐·宋.(『東谿集』, 卷10, 「答金生鎭大書」)
42) 彦春將力追古文乎? 追其實, 毋追其名, 學其意, 毋學其聲音笑貌. 務求其自得之
　　眞, 毋務求其模擬之贗.(『東谿集』, 卷10, 「又答林彦春書」)

것이다.

　　뼈가 굳세고 힘이 세며 생각이 깊고 법도가 간약하여 그로써 한
유·유종원을 좇는다면 넉넉하게 여유가 있을 것입니다. 비록 풍신
(風神)과 색택(色澤)이 조금 모자란 면은 있지만 이것을 일로 삼아
후세에 늘어지고 부화(浮華)한 말이라고 평가되지 않으면 또한 낭패
를 보지 않을 것입니다. 이것이 제가 아랫자리에서 기꺼이 절하려는
이유입니다. 다만 이것을 따라 나아간다면, 과연 범속함을 뛰어 넘어
서 백대(百代)를 업신여기며 천지 간의 한 가지 물건으로서 자격을
갖출 정도가 되어 끝내 군더더기 혹과 시렁 위에 시렁을 만드는 지경
으로 귀착됨을 면하게 될는지는 알지 못하겠습니다.43)

　편지의 내용으로 보아 이정섭(李廷燮)은 한유나 유종원 같은 당송
팔대가의 학습을 강조하였던 것으로 보인다. 이정섭은 서명응(徐命
膺)에게 보내는 편지에서 주희(朱熹)의 말을 인용하여, "'시를 지을
때는 도연명과 유종원의 문정(門庭)으로부터 들어가야만 한다'라고
하셨다. 이 말을 근거로 한다면 백거이와 소옹(邵雍)은 우선 그만두는
데에 있다는 것을 알 수 있네. 어떻게 생각하는가?"44)라고 하여 유종
원의 학습을 제안하였다. 반면에 조귀명은 당송팔대가의 학습을 강
력하게 부정하였다. 임상정은 조귀명에게 보내는 편지에서 그가 당

---

43) 骨勁力大, 思深法簡, 以之步趨韓·柳, 將綽然有裕, 雖風神色澤, 少有所遜, 職此
　　而不爲後世纚靡曼語, 亦未見其失. 此僕所以樂拜於下風者也. 但未知率是以進,
　　果能超拔凡俗, 高視百代, 備天地一物之數, 而終免於贅疣加疊之歸耶.(『東谿集』,
　　卷10,「與李季和延燮書」)
44) 朱夫子以謂"爲詩, 當從陶·柳門庭入."以此觀之則香山·康節, 在所姑舍, 可知之
　　矣, 如何如何?(『樗村集』, 卷4,「答徐君受」)

송팔대가의 학습을 무시하는 경향에 대하여 강한 어조로 비판하였다.[45] 조귀명은 한유나 유종원을 학습함으로써, 문세(文勢)가 강하며 주제 의식이 깊고 간약한 작법을 구사한 문장을 만들 수 있다는 장점을 긍정하였다. 그리고 후세에 늘어지고 부화한 말이라는 비난을 받지 않을 수 있다면 그 또한 긍정적으로 평가할 수 있다고 하였다. 그러나 그들을 학습만 하고 만다면, 당송팔대가의 노예가 되는데 불과할 뿐이다. 그들과는 또 다른 문학을 창조하지 못한다면 후대에 높이 평가받을 수 없을 뿐만 아니라 궁극적으로는 군더더기 혹과 시렁 위에 시렁을 만드는 것처럼 가치 없는 모방에 지나지 않는다. 자신이 모범으로 삼은 학습 대상의 핵심적인 면을 취하되 그들을 모방하는 단계를 뛰어 넘어 독창적인 문학을 창조하여야 함을 역설한 것이다. 여기에서 '독창적인 문학'이란, 범속하지 않은 것, 즉 누구나 범상하게 생각해 낼 수 있는 것이 아니어야 한다. 또 백대를 업신여기는 것, 즉 역사상 이전에 존재하지 않았던 것이라야 한다. 이와 같은 요건을 갖춘 작품이라면 천지 사이에서 존재 의미를 갖는 물(物)로서의 가치를 획득하게 된다는 것이다.

> 왕세정·이반룡이 반고·사마천을 배운 것을 세상이 병통으로 여기는 것은 반고·사마천을 병통으로 여기는 것이 아니고, 자구(字句)로 반고·사마천을 배우는 태도를 병통으로 여기는 것이다. 한유·구양수·소식은 비록 반고·사마천을 배우지는 않았지만 그들이 스스로 터득한 뜻은 역시 반고·사마천과 같으니 이것이 그들이 반고·사마천을 계승하게 된 이유이다. 지금 한유·구양수·소식으로써 왕세

---

45) 『自娛錄』, 「答趙錫汝書」.

정·이반룡 등을 다스리고자 하면서도 자기는 자구(字句)로만 한유·구양수·소식을 배울 따름이라면 이는 한유·구양수·소식의 노예를 몰아 반고·사마천의 아관(衙官)을 공격하는 것과 같다.
　한유·구양수·소식의 힘이 진실로 반고·사마천의 아관보다 굳건한 것이 의당하지만 한유·구양수·소식의 노예의 힘이 반고·사마천의 아관을 당해 낼 수 없는 것이 분명하다.[46]

　왕세정·이반룡에 대한 비난은 그들이 복고의 기치를 세우고 형식적 모방을 하는 태도를 대상으로 하는 것이지, 그들이 진범으로 삼았던 반고·사마천 자체를 비난하자는 것이 아니다. 그들은 자구로나 반고·사마천을 모방하여 문장을 지었지만, 한유·구양수·소식 등은 반고·사마천을 모방하지 않고 스스로의 문장을 만들었다. 그들은 비록 반고·사마천의 문장을 배우고 흉내 내지는 않았지만 그들의 기본 취지를 이었다. 그렇다면 한유·구양수·소식을 학습하여 왕세정·이반룡을 공격할 것인가? 아니다. 그것은 한갓 한유·구양수·소식의 노예가 되어 반고·사마천을 지켜 주는 왕세정·이반룡의 아관(衙官)을 공격하는 것에 지나지 않는다. 한유·구양수·소식, 그 자체는 모방을 일삼는 의고문파의 문장보다 굳건하다. 그렇지만 당송고문의 형식만을 배워서 그 영향권에서 벗어나지 못하고 모방이나 일삼아, 도리어 노예 상태로 전락한다면 의고문가에게도 대적할 수

---

46) 夫世之病王·李之班·馬, 非病其班·馬, 病其以句字爲班·馬. 盖韓·歐·蘇則雖不爲班·馬, 而其意之自得也, 亦班·馬也. 此其所以接武于班·馬. 今以韓·歐·蘇治王·李, 而吾之爲韓·歐·蘇也, 又其句字而已, 則是驅韓·歐·蘇之奴隷, 以攻班·馬之衙官. 夫韓·歐·蘇之力, 固宜健乎班·馬之衙官, 而韓·歐·蘇之奴隷之力, 其不適於班·馬之衙官也, 審矣.(『東谿集』, 卷10, 「又答林彦春書」)

없는 나약한 글이 되고 만다는 것이다. 즉 형식만을 모방하는 의고문가나 당송고문 추종자들은 모두 그들이 모범으로 삼는 전적(典籍)에 예속됨을 면할 수 없지만, 그 중에서도 당송 고문을 모방한 문장이 더욱 나약하다는 것이다.

> 오직 마땅히 나의 견식이 끝닿는 데까지 내달리고 나의 마음이 즐거운 바를 유쾌하게 하여 비록 육경(六經)에 근본하면서도 육경의 장구(章句)에 죽지 아니하고, 선진·한·당을 두루 채취하면서도 선진·한·당에 얽매이지 않고, 위 아래로 옮겨가며 시의(時義)에 응할 것입니다.[47]

동계 자신이 소식(蘇軾)을 문학의 최고 이상으로 삼았고 그를 평가하는 제인(諸人) 또한 그러한 사실을 지적하였다. 그러나 소식은 동계가 도달하여야 할 최종 목표가 아니고 독창적인 문학의 완성을 위한 학습의 대상일 뿐이라고 규정한 바 있다.[48] 동계는 육경이나 당송고문 등의 추종을 독창성이 결여된 모방 또는 모화주의의 한 형태로 간주하였다. 다만 육경을 근본으로 하되 선진·한·당의 문장까지 곁들여 학습하는 것을 독창적 문학의 성취를 위한 학습 방법으로 제시하였다. 그리고 학습 자료인 그들에게 도리어 구속되어서는 안 됨을 강조하였다.

---

47) 惟當騁吾見之所極, 快吾心之所樂, 雖本之六經, 而不死於六經之章句, 旁採先秦·漢·唐, 而不爲先秦·漢·唐所縛, 推移上下, 以應時義.(『東谿集』, 卷10, 「答趙盛叔爾昌書」)

48) 「復題茱莫軒詩畵帖」(『東谿集』, 卷6)에서도 소식에 대한 맹목적인 추종과 모화주의에 대한 비판을 볼 수 있다.

　　천지가 이 인간을 냄에 각각 이목(耳目)을 갖추어 천만 사람의 이
목이 한결같지 않고, 각각의 생각과 태도를 지녀 천만인의 생각과
태도가 한결같지 않습니다. 이것은 천만인으로 하여금 각각 그들의
몸을 그들의 몸으로 만들어서 남과 비슷하지 않게 하고 각각 그들의
생각을 그들의 생각으로 만들어 남에게 간섭받지 않게 한 것입니다.
그런 까닭에 똑같이 하나의 물체를 볼 때 나는 일찍이 남의 시각을
빌리지 아니하고, 똑같이 하나의 소리를 들을 때 나는 남의 청각을
빌리지 않으니, 유독 견식(見識)과 해오(解悟)에 있어서만은 머리를
굽혀 옛사람이 노예가 되는 것은 어떤 까닭입니까? 제 생각으로는
천고(千古)의 학술을 움켜쥐어다가 앞에 늘어놓고 그 명목에는 구애
되지 아니하고, 천고의 문장을 죽 늘어놓고 손으로 장악하고서 그
등급을 계산하지 않고, 다만 자기의 견식과 해오(解悟)로써 그 속에
서 탐색하여 내 뜻에 부합되는 것은 취하고 부합되지 않는 것은 내버
리고자 하는 것입니다. 요는 천고의 학술·문장으로 하여금 나의 제
재를 받게 하고 나를 제재하지는 못하게 하며, 나의 부림을 받게 하
고, 나를 부리지 못하게 할 것입니다. 그렇지만 그 모두가 나에게 부
합되지 않는다면 차라리 나의 학문을 학문으로 삼고 나의 문장을 문
장으로 삼아 기치와 북을 별도로 세우고 종횡무진 내달려서 천하의
후세로 하여금 유자(儒者)도 아니고 불자(佛者)도 아니며 한유도 아
니고 유종원도 아닌, 우뚝하게 홀로 선 건천자(乾川子)가 있음을 알
게 할 뿐입니다.[49]

---

49) 天地生斯人也, 各具耳目, 而千萬人之耳目, 無一同焉, 各有意態, 而千萬人之意
態, 無一同焉. 是使千萬人者, 各身其身, 而不與人模擬, 各意其意, 而不爲人管攝者
也. 故同視一物, 而吾未嘗借人之視, 同聽一聲, 而吾未嘗借人之聽, 則獨於見識解
悟, 屈首爲古人之奴僕, 抑何爲哉? 區區妄意, 竊欲搏千古之學術, 列之於前, 而不拘
其名目, 櫛千古之文章, 攬之於手, 而不計其等級, 但以吾之見識解悟, 採索乎其中,
合者取之, 不合者舍之. 要使千古學術文章, 爲吾之裁而不能裁吾, 爲吾之役而不能
役吾. 其皆不合于吾, 則寧學吾學, 文吾文, 別建旗鼓, 橫馳旁騖, 使天下後世, 知有

귀와 눈 등의 감각 기관은 사람이면 누구나 갖춘 것이고, 모든 인간은 독립된 개체이기에 개별 감각 기관의 활동은 타인의 간섭을 받지 않는다. 감각 대상인 객관세계는 인간의 감각 기관을 통하여 감지되고 감각 주체의 주관적 상태에 따라 각기 다른 형태로 인식된다. 현상을 보는 감각 활동만이 그러한 것은 아니다. 사물의 본질을 파악하는 인식 활동 역시 주체의 인식 능력과 그가 처해 있는 구체적 존재 양상에 따라 각기 다른 형태로 나타나기 마련이다. 그럼에도 불구하고 독창적인 문학 창작의 기본 요건이 되는 견식과 해오(解悟)는 다른 사람이나 옛사람들의 전례를 따르려고 하는 것은 결국 그들의 노예가 되는 짓일 뿐이다.

절대적인 권위를 갖는 경전류의 글이나 문장에도 자신을 매몰시켜서는 안 된다. 미리 정하여진 명목이나 등급 등은 그것들의 실체에 접근할 수 있는 공정하고 객관적인 시각을 화석화시켜 버린다. 만약 전대의 문학 유산에 미리 차등을 정하여 두고 학습한다면 선입견에 고착되어 그 대상의 노예로 전락되고 말 것이다. 그렇다면 그것의 취사선택 기준과 근거는 무엇인가?

나 자신만의 견식과 해오가 기준이 된다. 과거의 타인이 정하여 둔 명목이나 등급에 개의치 않고 오로지 자신의 견식과 해오에 부합되는 것만을 선택하고 그렇지 못한 것은 내버린다. 전대의 문학 유산을 기준으로 자신의 작품을 제재(制裁)하는 것이 아니라 현재 자신의 견해로 과거의 문학 유산을 제재하고 품평해야 한다는 것이다.

동계는 창작 주체의 무한한 자유를 갈구하였다. 문장가로 자임하

不儒不釋不韓不柳, 嵬嵬獨立之乾川子爾.(『東谿集』, 卷10, 「與李季和延爕書」)

였지만 문장 자체까지도 하나의 법식으로서 존재하는 것이라면, 그
역시 창작 주체의 자유를 구속할 수 있는 질곡으로 여겼다.

> 저 문장이라는 한 가지 기술이 어떻게 감히 저를 구속하여 속박할
> 수 있겠습니까? 소위 '법도'란 어떤 물건이며, '승묵(繩墨)'이란 어떤
> 형상입니까? 누가 정통이 되며, 누가 비정통이 된다는 말입니까? 제
> 가 스스로 저의 말을 하는데 남들이 장차 저를 어떻게 하겠습니까?[50]

법도·규범 등도 자유로운 창삭 역량의 실천에 아무린 엉항을 미
칠 수 없는 하나의 대상에 불과하다. 더구나 '정통이다', '정통이 아니
다'하는 시비의 근거는 어디에 있는 것이냐고 동계는 반문하였다. 그
모든 반문은 동계가 처하여 있던 당대의 가치 체계 전반에 걸친 회의
이다.

동계의 변화된 문학관은 새로운 문예론을 산생케 한 바, '방고이적
의(倣古而適意), 창신이적의(創新而適意)'가 그것이다.

> 인생의 귀함은 내 뜻대로 맞춤에 있으니, 일마다 고인을 모방하는
> 사람은 참으로 '가짜'라는 데 결점이 있고, 반드시 스스로 고인의 밖에
> 서 새로운 격조를 창출하려는 사람도 수고로움만 당한다. 오로지 옛
> 것을 본받되 내 뜻대로 맞아야 내가 말하는 '모방'이고 새것을 창출하
> 되 내 뜻대로 맞아야 내가 말하는 '창출'이다.[51]

---

50) 彼文章一技, 豈敢囿吾而縛束之歟? 所謂法度者何物, 而繩墨者何狀歟? 孰爲正宗
　　而孰爲閏位歟? 吾自言吾之言, 而人將乃何吾歟?(「上揭書」)

51) 人生貴在適意耳, 事事欲模倣古人者, 固失之贗, 而必欲自刱新格於古人之外者, 亦
　　見其勞矣. 惟倣古而適意, 斯倣之矣, 刱新而適意, 斯刱之矣.(『東谿集』, 卷1, 「續蘭
　　亭會序」)

연암(燕巖)의 '법고이지변(法古而知變), 창신이능전(創新而能典)'이 법고(法古)와 창신(創新)의 폐단을 동시에 지적하고 두 가지의 이상적 통일을 주장한 개념이라면, 동계의 '방고이적의(倣古而適意), 창신이 적의(創新而適意)'는 '창신' 쪽에 더 많은 비중이 있다고 할 수 있는데, 그것은 '의(意)'의 강조에 기반한다. '적의(適意)'란 자신의 독자적 의취에 맞춘다는 것이다. 즉 옛것을 모방하되 자신의 뜻에 맞춰야 하고, 새롭게 창조를 하되 역시 자신의 뜻에 맞춰야 한다는 것이다.

전통의 비판적인 계승은 '방고이적의(倣古而適意)'에 해당한다. '적의(適意)'란 과거의 그 어느 때와도 다른 현재의 세계에서 구체적 삶을 영위하는 작가의 존재에 규정되면서 형성된 인식에 부합되는 것을 말한다. 한편 과거의 유산 중에서 창작 주체의 목적성에 부합되는 것만을 선택하되, 만약 부합되는 것이 없고 부정의 대상일 뿐이라면 어떻게 할 것인가? 이것은 '창신이적의(創新而適意)'로 해명될 수 있는 문제이다. "나의 학문을 학문으로 삼고, 나의 문장을 문장으로 삼는 다"는 말이 바로 그것에 해당한다. 이와 같은 '창의'의 강조를 통하여 최종적으로 도달하고자 하는 목표는 이전의 어떤 작품과도 변별되는 독자적 작품 창작에 있었다. 동계는 유·불(儒·佛) 등 모든 사상이나 이념의 구속으로부터 탈피하고, 문장대가의 아류가 되기도 거부하며 오로지 '건천자(乾川子)만의 문장'을 후세에 알리겠다고 하였다.

그러면 '적의(適意)'에서 '의(意)'란 구체적으로 무엇을 의미하는가? 이 문제에 대해서 동계는 작문의 세 가지 요결로 '작문삼결(作文三訣)'을 제시하고 그 가운데에서 가장 중요한 요건으로 '의(意)'를 거론하였다.

그런데 조귀명의 창신에 대한 강력한 지향은 '기(奇)'의 추구라는

비판을 받게 되었다.

족제(族弟)인 조계명(趙啓命)52)은 조귀명에게 '기(奇)'의 추구를 중지하라고 강력하게 권고한 바 있다.

고대의 성인이 문장을 지은 이유는 그로써 우리 도(道)를 실으려는 것이니, 저는 이런 말을 들었을 뿐이지 '기이함을 추구한다'는 말은 들어보지 못했습니다. …… 대체로 기이한 것을 좋아하는 자들은 학문이 올바른 데서 나오지 못하고 말이 상도(常道)에 맞지 못하면서 신기하게 만들기만 힘써 남보다 높아지기를 추구할 뿐입니다. …… 또 남이 하지 않는 것 하기를 힘쓰는 까닭에 항상 어렵기만 하고 풍부하지 못하며 껄끄럽기만 하고 이롭지 못할까 걱정하니 비록 그것을 하는 당사자라도 어근버근하여 어렵지 않겠습니까? …… 이에 나아가서 형의 글을 취해서 물러 나와 읽어보고 가만히 마음에 의혹됨이 없을 수 없어 문득 다시 나아가서 질정하니, "나는 이상한 것을 좋아해서 그런다"라고 하셨습니다. 형의 어진 학문으로 어찌하여 바른 말에서 나오지 못하며 상도에 맞지 못하고 도리어 이런 것을 하여 신기하게 하기를 힘써서 남보다 높아지기를 추구한단 말입니까? 형은 비록 극도로 신기하게 하기를 힘쓰지만 신기하게 하기를 힘쓰지 않는 어떤 이가 형의 얕음을 비웃지 않으리라고 어떻게 장담할 수 있겠습니까?53)

---

52) 조계명(趙啓命) : 1708(숙종 34)~1737(영조 13). 호는 남곡(南谷), 자는 사심(士心).

53) 古之聖人作爲文章, 將以載吾道者, 而吾聞道是而已, 未聞爲異也. …… 夫好異者, 學不能出乎正, 言不能中乎經, 而務爲新奇, 而求高於人爾. …… 且其務爲人之所不爲, 故常患艱難而不豐, 澁苦而不利, 雖其爲之者, 亦豈不憂憂而難乎哉? …… 於是進取其文, 退而讀之, 竊不能無惑於心者, 輒復就而質之, 則曰 : "吾好異而然." 夫以吾兄之賢學, 豈不能出於正言, 豈不能中乎經, 而反爲此, 務爲新奇, 以求高於人者

조계명은 조귀명의 문장을 '신기(新奇)'로 단정하고 그 부작용으로 난삽하고 내용이 풍부하지 못하며 떫고 쓰면서 이롭지 못한 점을 지적하였다. 이것은 언어 표현에서 사용되는 어휘와 결구(結構)가 평이하지 못하다는 지적이다. 그 원인은 학문이 바른 데서 나오지 아니하고 말이 상도(常道)에서 나오지 않았기 때문이라고 진단하였다. 조계명은 '기(奇)'에 '신(新)'자를 결합하여 새롭다는 의미를 부가함으로써 '기(奇)'의 의미를 구체적으로 파악할 수 있도록 하였는데, 위희(魏禧)의 『일록논문(日錄論文)』에서 '신기(新奇)'에 대한 구체적인 용례가 보인다.

　　글을 교묘하고 심각하게 하여 전대 현인의 단점을 공격하면서도 그 요해처(要害處)를 적중시키지 못하고, 새로움을 취하고 기이함을 내어 옛사람의 안(案)을 번복하면서도 정실(情實)에 절실하지 못하니 이 두 가지는 옳지 못한 작법이다.[54]

위희가 설리산문(說理散文)의 작법에서 금기되는 사항 중 하나로 신기(新奇)의 추구를 거론한 것이 위의 인용문이다. '취신출기(取新出奇)'의 작법이 기도하는 목적은 기존의 설을 전복하는 데 있다. 그러나 정실(情實)에 절실하지 못한 단점이 있기 때문에 금기되는 것이다. 위에 인용한 위희의 견해는 조계명의 견해와 일치한다. 조계명은 조귀명이 '신기'를 추구하는 이유는 조귀명의 성향이 남다른 것을 좋아

　　邪? 吾兄雖極務爲新奇, 安知不有不務爲新奇者, 竊笑其淺哉?(『東谿集』, 〈附錄〉, 「上侍直兄書」)

54) 巧文刻深, 以攻前賢之短, 而不中要害, 取新出奇, 以飜昔人之案, 而不切情實, 此二不可作也.(『日錄論文』)

하기 때문이며, 남다른 것을 좋아하는 이유는 남보다 월등해지려는
욕구 때문인 것으로 단정하였다. 결국 남보다 월등해지기 위하여 신
기함을 추구하지만 문학의 본원적 목적과 기능은 상실하고 말았다는
것이다. 조계명이 말하는 문학의 본원적 기능이란, 자신의 언급처럼
'재도지기(載道之器)'에 다름 아니다. 조계명의 비평 방식은 규범적 비
평55)에 비견된다. 즉 조계명은 유가적 문학관과 문학론에서 일탈되
거나 예외적인 성향의 작품을 유가의 일반적 규범으로 회귀시키려는
강한 의도를 보이고 있다.

조귀명은 이미 '도'와 '문'의 분기를 강력하게 주장하였으므로 조계
명이 언급하고 있는 '도'가 더 이상 문학을 규정하는 대상이 아니었
고, 창신을 강조한 그의 문학론이 반영된 작품들은 '신기'한 경향을
보인 것이다.

신기 추구에 대한 조계명의 비평에 대하여 조귀명은 다음과 같이
반박하였다.

> 문장의 기이함을 좋아하는 것은 내가 처음 시작하지 않았다. 예부
> 터 성현의 문장이 대개 말하지 않고 기억하고 몰래 사용하여 천재일률
> 로 하면서 다만 표지(標指)하여 그것을 '기이함을 좋아한다'고 명명하
> 지 않았을 따름이다. 만약 성현이 평상스러운 것만 말하고 기이한
> 것을 말하지 않았다면, 『주역』은 어째서 그 설(說)을 평이하게 하지
> 않고 뇌풍(雷風) · 산택(山澤) · 용마(龍馬) · 우시(牛豕) · 귀괴(鬼怪)

---

55) 규범적 비평 : 프랑스의 Vaugelas(1595~1650) · Bouhours(1628~1702)에 의해
  주도된 문학비평 방식으로, 예외적인 작품을 시대의 수준으로 재단하려고 하였으며
  작품을 작품의 고유한 요구 이외의 요구에 복종케 하려고 하였다.(죠르즈 폴레 저,
  김붕구 역, 『현대 비평의 이론』, 홍성사, 1979)

한 사물에 가탁하여 상(象)으로 만들었는가?『시경』은 어째서 바로
상정(常情)을 서술하지 않고 조수(鳥獸)와 초목(草木), 비흥(比興)의
의(義)와 청탁(淸濁), 고하(高下)와 성음(聲音)의 절주(節奏)를 취하
여 풍유하였는가?『서경』은 어째서 하늘을 끌어대고 귀신을 끌어대며
『춘추』는 어째서 미묘한 말 속에 포양하고 기휘하며 폄하하고 뜻이
깊으면서도 표현이 간약한 것을 붙였는가?56)

조귀명은 조계명과 같은 견해를 지닌 사람들이 문장의 모범으로
삼는 경전 그 자체가 신기하고 평상적이지 않으며 설이 난해한 점을
근거로, 문학이란 신기함을 추구한다는 사실을 논증하였다.

『주역』에서는 각 괘를 하늘·연못·불·우레·바람·물·산·땅
등의 자연물이나 말·소·용·닭·돼지·꿩·개·양 등의 동물로 상
징한 기술법을 사용하였다.57)『시경』에서는 직서(直敍)하지 않고 우
회적·간접적·상징적 서술법인 비흥(比興)을 사용하였다.『서경』에
서는 천(天)을 인격화 내지 신격화하거나,58) '귀신기의(鬼神其依)'·
'산천귀신(山川鬼神)'·'능사귀신(能事鬼神)'과 같이 귀신에 대한 언급

---

56) 夫文之好異, 非吾始刱之也. 從古聖賢文章, 盖皆默識潛用, 千載一律, 特未作爲標
指, 命之曰: '好異'而已. 若使聖賢, 語常而不語奇, 則易何不平易其說, 而託之雷風
山澤龍馬牛豕鬼怪之物, 以象之也? 詩何不直敍常情, 而取諸鳥獸草木比興之義, 淸
濁高下, 聲音之節, 以諷之也? 書何以援天援鬼神, 而春秋何以寄褒諱挹損隱約之微
辭也?(『乾川稿』, 卷10, 「答士心書」)
57)『주역』〈설괘전(說卦傳)〉에 "乾爲馬, 坤爲牛, 震爲龍, 巽爲雞, 坎爲豕, 離爲雉,
艮爲狗, 兌爲羊"이라는 말이 있다.
58)『서경』에서 천(天)을 인격화 또는 신격화한 예로는, '天乃錫王勇智'·'夏王有罪矯
誣上天'·'予迓續乃命于天'·'格于皇天'·'天旣孚命'·'天旣訖我殷命'·'乃能責命
于天'·'天乃佑命成湯'·'天乃錫禹洪範九疇'·'天乃大命文王'·'矧日其尙顯聞于
天'·'登聞于天'·'皇天旣付中國民' 등이 있다.

이 있다. 또『춘추』의 표현 기법은 '춘추필법(春秋筆法)' 또는 '한 글자로 포폄을 한다[以一字, 爲褒貶.]'59)라고 하는데, 이는 일종의 완곡어법으로 사건이나 인물을 논평하는 수법인데, 서술의 객관성을 확보하여 독자에 대한 설복력을 강화시킨다. 춘추필법의 특징을 '미언대의(微言大義)'60)라고 하는데 하나의 합당한 글자를 선택하여 포폄의 의사를 간접적으로 붙이기 때문이다. 따라서『춘추』는 문사(文辭)를 정치(精緻)하고 은미(隱微)하게 구사한 저술이므로 결코 평이하다고 할 수 없다.

> 사자의 포효는 개 짖는 소리와 같지 않고, 수놓은 비단의 문채는 베와 같지 아니하고, 성현의 문장은 또 유속인(流俗人)의 문사(文辭)와 다르다. 저들은 모두 극도로 높고 극도로 깊은 견식을 소유하여 남들이 깨닫지 못하는 것을 깨닫고 남들이 보지 못하는 것을 보아서, 그것을 발현한 말은 심오하고 신묘하여 그 끝을 엿볼 수 없다. 나는 희다고 생각하는데 사람들은 그것을 보고는 검다고 하고, 나는 보통이라고 생각하는데 사람들은 놀라서 기이하다고 생각한다. 육경 이후로 문(文)은 좌씨·장자·태사공[太史公 : 사마천]보다 뛰어난 것이 없고, 소부(騷賦)는 굴원·사마상여보다 훌륭한 것이 없으니 지금 취하여 읽어보면 어찌 일찍이 한 마디 말이라도 평범하고 진부해서 뭇 사람들에게 함께 말해지는 것이 있는가?61)

---

59) 杜預,「春秋左傳序」.

60)『漢書』,〈藝文志〉.

61) 獅吼不同於犬吠, 錦繡之采, 不同於布褐, 而聖賢之文章, 亦異乎流俗人之辭也. 彼皆有窮高極深之識, 悟人之所不能悟, 覩人之所不能覩. 其發之言也, 淵奧神妙, 莫窺端倪. 吾以爲白而人視之爲玄, 吾以爲常而人駭之爲異也. 六經以下, 文莫高於左氏·莊子·太史公, 騷賦莫尙於屈原·司馬相如, 今取而讀之, 何嘗有一語, 庸常陳

동계는 육경이 결코 평이하지 않다는 논리의 전개에 이어서, 자신의 성향이 잘못되었다는 비판을 반박하였다. '남다른 것을 좋아한다', '신기한 것을 좋아한다'고 조계명이 비판을 하지만 동계 자신은 그렇지 않다고 부정하였다. 다만 자신은 유속인(流俗人)들이 깨닫지 못한 것을 깨달았다는 차이가 있기에 자신은 전혀 신기하지 않은 것도 남들은 기이하다고 놀랄 뿐이라고 하였다. 선각적인 인식과 세계관이 투사된 작품이 유속인의 시각에는 신기한 것으로 보인다는 것이다. 자신의 작품을 신기하게 보는 사람은 무지한 유속인이라는 말이다. 여기에서 문학가의 임무를 규정한 언급을 찾을 수가 있다. 문학가는 수사적 기교를 추구하는 차원에 머무는 것이 아니라 심오한 이치를 연역해 내어 그것을 문장으로 발현시켜야 한다는 것이다. 심오한 이치가 발현된 문장은 이전에 존재하지 않던 것이므로, 언제나 '신기(新奇)'할 수밖에 없다. 육경 이외에도 추앙받는 명문장들은 모두 그러하다고 하였다.

> 사심[士心 : 조계명]이 평소 추존하여 신주(神主)와 축문(祝文)처럼 여기는 사람은 한유뿐이다. 그런데 한유는 또 "집안의 온갖 기물은 모두 의지하여 사용하는 것이다. 그러나 보배로 여기고 아끼는 것은 반드시 보통 기물은 아니다. 대저 군자가 문장에 대해서도 어찌 이와 다르겠는가?"[62]라고 하였다. 한유는 그 뜻을 세우는 것이 심상(尋常)하지 않고 인습하지 않는 데 있었다. 이러한 까닭에 유종원은 한유를 지목하여 "용과 뱀을 잡고 호랑이와 표범을 때려 잡는다"[63]

腐, 爲衆人之所共道者哉?(『乾川稿』, 卷10, 「答士心書」)

62) 家中百物, 皆賴而用也. 然其所珍愛者, 必非常物. 夫君子之於文, 豈異於是乎? (『東雅堂昌黎集註』, 卷18, 「答劉正夫書」)

고 하였고, 소순(蘇洵)은 한유를 "무수히 괴이하고 의혹스럽다"라고
논평하였다.64) 사심(士心)의 이른바 "편벽되고 괴이한 문사와 궤변
스럽고 기이한 논(論)이 없다"고 한 말은 아마도 고찰이 정밀하지 못
한 듯하다.65)

조귀명은 조계명이 한유를 추존하는 것을 또 하나 논박의 근거로
들었다. 조계명의 논리를 고려한다면, 그는 한유가 "나의 뜻은 옛날
의 도에 있으며 그 언사(言辭)를 더욱 심하게 좋아한다"66)라고 말한
바와 같이 유가의 이념을 포양하고 문이재도(文以載道)를 상소한 성향
을 추숭하였을 것이다. 그래서 조계명은 한유의 문장은 "편벽되고 괴
이한 문사와 궤변스럽고 기이한 논이 없다"라고 하여 조귀명의 괴벽
한 문장을 공격하는 논거로 제시하였다. 그렇지만 조귀명은 이를 수
긍하지 않고 한유의 문장은 유종원이나 소순 등이 논평한 바와 같이
괴벽하다고 반박하였다.

한유는 그 자신이 "한 가지 능통한 것만을 오로지 하지 않고 괴이하
고 괴이하며 기이하고 기이하다",67) "기이한 것을 찾고 괴이한 것을
들춰내어 문자를 아로 새긴다"68)라고 술회한 것처럼 한유의 문학은

---

63) 『柳河東集』, 卷21, 「韓愈所著毛穎傳後題」.
64) 『嘉祐集』, 卷12, 「上歐陽內翰 第一書」.
65) 士心平日所推尊而尸祝者, 退之耳, 不亦曰: "家中百物, 皆賴而用. 然所珍愛者, 必
    非常物. 君子之於文, 豈異於是?" 盖其樹立, 亦在乎不尋常不因循也. 是故, 柳州目
    之以捕龍蛇搏虎豹, 老蘇評之以萬怪惶惑. 士心所謂無僻異之辭, 詭奇之論者, 恐考
    之不細也.(『乾川稿』, 卷10, 「答士心書」)
66) 愈之志在古道, 尤甚好其言辭.(『東雅堂昌黎集註』, 卷16, 「答陳生書」)
67) 不專一能, 怪怪奇奇.(『東雅堂昌黎集註』, 卷36, 「送窮文」)
68) 搜奇抉怪, 雕鏤文字.(『東雅堂昌黎集註』, 卷20, 「荊潭唱和詩序」)

기괴한 일면이 있다. 또, "오로지 진부한 말을 제거하기를 힘쓴다",69) "반드시 자기에게서 나왔으며 앞사람의 한마디 말이나 한마디 구절도 도습하지 않았다"70)라고 한 것은 전인(前人)의 문사를 도습하지 않고 창신해야 함을 강조한 언명으로 유명하다. 고문운동의 과정 중에서 이 언명은 일부 작가들에 의해 기괴 · 괴벽한 경향을 추구하는 이론적 근거로 사용되었다. 한유가 '문이재도(文以載道)'와 '문종자순(文從字順)'을 주장하였지만, 조귀명은 그보다는 '진언무거(陳言務去)'를 더욱 부각시켰다. 유종원과 소순이 한유의 기괴한 문학적 성향에 대하여 평한 말을 인용한 것이 바로 그러한 의도라고 하겠다.

> 우리나라 문장의 폐단은 천박하고 거칠며 평이하고 범범하여 외면은 비록 순정한 것 같지만 내면은 실로 빌려온 것이다. 매양 중국의 문자를 보면 바로 길바닥에서 하는 말이나 골목에서 하는 말이라도 내면의 이치와 잘 맞아 떨어져 정밀한 이해가 있다. 비유하자면 키가 크고 작고, 곱고 추한 모습이 제각각이지만 혈기와 지각이 있는 것은 바로 사람이고, 흙 인형 · 나무 인형은 비록 몸뚱이가 아홉 이랑이나 되도록 웅장하고 허리가 열 아름이나 되도록 굵으며 눈썹과 눈 · 코 · 입을 매우 솜씨 좋게 조각하고 색칠하였더라도 사람의 일에 종사하게 할 수 없는 것과 같다. 그러므로 "우리나라의 문장이 한 번 변해야 중국의 수준에 이르고 중국이 한 번 변해야 옛날의 수준에 이른다"고 한 것이다. 내가 어렸을 때에 오직 우리나라 문장의 폐단을 바로잡고자 스스로 기약하였을 따름이었으나, 학식이 천박하고 힘이 미약하여 깊이 나아가지 못하였으니 지금 하는 바가 과연 우리나라의 문장과

---

69) 惟陳言之務去.(『東雅堂昌黎集註』, 卷16, 「答李翊書」)
70) 必出于己, 不襲蹈前人一言一句.(『東雅堂昌黎集註』, 卷34, 「南陽樊紹述墓誌銘」)

다른지 알지 못할 따름이다. 어렵고 껄끄러운 병통이 진실로 때때로 있지만 묵은 말을 힘써 제거하고 어근버근 어렵게 만드니 한유도 초기에는 이 같음을 면하지 못하였다. 나도 역시 솜씨가 익숙해지고 기(氣)가 성하여 드넓게 패연(沛然)해질 때를 기다린다. 그러나 같은 성인이라도 공자의 글은 통달하고 주공의 글은 어려우니, 『주역』의 상(象)과 『서경』의 여러 고(誥)들이 그 예이다. 같은 현인(賢人)이지만 순경(荀卿)의 글은 통창(通暢)하고 양웅(揚雄)의 글은 껄끄러우니, 『태현경(太玄經)』과 『법언(法言)』이 그 예이다. 문장은 각각 체(體)가 있으니 사심(士心)의 기롱(譏弄)은 음(陰)을 스승으로 삼고 양(陽)을 무시하는 것에 가까운 것은 아닌가?[71]

조귀명은 한유의 '진언무거(陳言務去)'로 논리를 진행시키고 있다. 조귀명은 우리나라의 문풍을 천박하고 거칠며 평이하고 범범한 것으로 단정하였다. 그 이유는 우리나라가 중국의 문자를 빌려다 쓰기 때문이라고 진단하였다. 중국은 아무리 하찮은 사람이 심상하게 하는 말이라도 그 내용과 형식이 부합되지만, 우리나라는 비록 순정해 보이는 문장이라도 빌려다 쓰는 문자에 의존하므로 그렇지 못하다는 것이다. 이것은 사람과 인형의 차이와 같다고 하였다. 중국의 문자를

---

71) 竊以爲東文之弊, 膚率平泛, 外若純正, 而內實借備. 每覽中國文字, 卽街談巷說, 切中骨理, 有精微之解. 譬如長短姸媸不齊, 而有血氣知覺者, 酒人也, 若土塑木偶, 雖雄之以九畝之身, 寬之以十圍之腰, 眉目鼻口, 極雕琢塗飾之巧, 不可使之從人之事. 故曰: "東文一變而至於華, 華一變而至於古." 幼少時, 所自期者, 惟欲力矯東文之弊而已, 學淺力弱, 未能深造, 未知今所爲之, 果異東文否耳? 艱難澁苦之病, 固時有之, 務去陳言, 憂憂乎難, 退之之初, 未免如此. 吾亦待手熟氣盛, 浩乎沛然之時矣. 然同爲聖人也, 而孔子之辭達, 而周公之辭艱, 易象諸誥是矣. 同爲賢人也, 而荀卿之文暢, 而揚雄之文澀, 太玄法言是矣. 文章各有體, 士心之譏, 毋近於師陰而無陽乎?(『乾川稿』, 卷10, 「答士心書」)

빌려다 쓰는 글은 생명력이 없다는 의미이다. 그러므로 내용과 형식의 불일치 현상을 최소화하려는 것이 조귀명의 목표이고 그러한 과정에서 난삽한 표현을 쓰는 경향이 나타나게 되었다는 것이다. 그러한 현상은 자신뿐 아니라 한유도 그렇다고 하였다. 또 작가 특유의 문체를 인정해야 하는 바, 주공의 저술과 양웅의 저작들은 난해하지만 그 가치가 폄하되지 않는다는 것을 논거로 제시하였다. 따라서 그는 조계명의 논리는 '음(陰)' 즉 정형화·화석화 되어 죽은 글을 스승으로 삼고, '양(陽)' 즉 살아 있는 글을 무시하는 것이라고 하였다.

이상 조귀명과 조계명과의 논쟁에서 보았듯이 조귀명의 작품에서 '신기(新奇)'는 하나의 경향으로 나타난다. '신기'는 '창신'과 밀접한 관련을 갖는다. 기존에 존재하지 않는 작품의 창작에 힘을 쓰기 때문에 '신기'한 성향이 나타날 수밖에 없다는 것이다. 그러나 한유가 그러했듯이 조귀명 역시 '창신'을 위해서라면 '신기'도 감수할 수밖에 없다는 견해를 피력하였다.

3) '작문의 세 가지 요결' – 의·기·법(意·氣·法)

동계가 전대 문학 유산의 계승과 독창성의 관계에 대하여 언명한 '방고이적의(倣故而適意), 창신이적의(創新而適意)'는 '적의(適意)'에 무게 중심이 있는 이론이다. 여기에서 '의(意)'란, 자득(自得)의 의(意)로 구체화할 수 있다.

동계는 의·기·법(意·氣·法) 3개의 개념을 문학 창작의 필수요소로 제시하였다.

글을 짓는 요결(要訣)이 세 가지가 있으니, 의·기·법(意·氣·法)이다.

'의(意)'로 내용을 채우고, '기(氣)'로 문장을 운행하고 '법(法)'으로 문장을 장식한다. '의'는 문장의 장수이니 '기'에 명에 하여 '법'에서 이룬다. 이런 까닭에 '의'는 문장의 근본이 되어 중요하고 '법'은 문장의 말단이 되어 가볍다. 그런데, 지금 그대가 진정 알고자 하는 것은 '법'일 따름이니, 근본을 버리고 말단을 추구하며, 가벼운 것을 끌어당기고 무거운 것을 망각하는 것은 아닌가?

견식(見識)과 오해(悟解)를 '의'라 하고 승묵규구(繩墨規矩)를 '법'이라 하니, 옛사람의 문장이 후세까지 전해져서 썩지 않고 무궁히 빛나는 이유는 보통 사람들이 보지 못하는 깊은 이치를 홀로 보고 보통 사람들이 발현하지 못하는 묘리를 홀로 발현하기 때문이다. 나의 말이 나오지 않았을 때에는 천하 사람들이 귀머거리, 장님과 같아서 당초에 이런 이치가 있는지도 알지 못한다. 그러다가 나의 말이 나온 뒤에야 천하의 귀먹었던 자가 듣게 되고 눈멀었던 자가 보게 되어, 마치 이 이치가 나의 말로 말미암아 있는 것 같아서 지난날 똑같이 귀를 가지고도 남이 듣는 것을 듣지 못하고 똑같이 눈을 가지고도 남이 보는 것을 보지 못하였던 것에 대해서 괴이하게 여긴다. 육경과 사서는 물론이고, 주·진(周·秦) 이하 제자백가로 폐기되지 않고 지금까지 이른 것에는 비록 순정한 것, 하자가 있는 것, 완전한 것, 편벽된 것도 있지만 그것들이 각각 오해(悟解)를 지키고 그 뜻을 발휘한 점에서는 한결같다. 그렇지 않다면 저 '법'은 빈 껍질일 뿐이니 장차 저 빈 껍질을 어디에 쓰겠는가?

수레를 조종하고 말을 채찍질하여 길의 바퀴 자국을 따라가는 데에 비유하자면 북쪽의 연(燕)나라로 가고 남쪽의 월(越)나라로 가는 것은 사람이 타고 있기 때문이다. 만약에 사람이 없다면 수레와 말의

상태가 제 아무리 좋고 길의 바퀴 자국이 선명하다고한들 장차 무엇
을 싣고 이를 것인가?[72]

위의 인용문은 동계가 임상원에게 답한 편지의 일부이다. 임상원
은 「정건천자서(呈乾川子書)」[73]에서 창작의 요소로 지·위·지(知·
爲·至) 세 가지를 제시하였다. 그런데 '지(知)'에는 진실됨과 진실되
지 못함이 있고, '위(爲)'에는 힘찬 것과 힘없는 것이 있으며, '지(知)'
와 '위(爲)'는 노력 여하에 따라 성취할 수 있지만 '지(至)'는 작가의
의지나 능력과는 무관한 절대적 가치라고 말하였다. 임상원은 "문장
은 도를 싣고 인의(仁義)를 말하는 도구"[74]라는 견해를 갖고 있었다.
즉 문장은 성리학적 철리(哲理)의 구현을 위한 수단이라는 견해를 지
니고 있었으므로, 문학의 독자적 가치를 인정하지 않은 것이다. 따라
서 임상원의 문학론은 동계의 '도문분리론'과 정면으로 대립할 수밖
에 없었다.

임상원의 '지(知)'와 동계의 '의(意)'는 양자가 모두 창작의 제요소들

---

72) 作文之訣有三, 曰意曰氣曰法. 意以實之, 氣以行之, 法以飾之. 意者, 文之帥也,
駕乎氣而成乎法. 是故意爲之本而重, 法爲之末而輕. 今足下所欲眞知者法耳, 無乃
舍其本而趨其末, 挈其輕而忘其重乎? 夫見識悟解, 謂之意, 繩墨規矩, 謂之法, 古人
之文, 所以垂不朽耀無窮者, 以其獨見常人所未見之奧, 獨發常人所未發之妙. 吾言
之未出也, 天下之人爲聾爲瞽, 而未始知有此理. 吾言之旣出也, 天下之人聾者聽瞽
者視, 若此理由吾言而有, 而怪向之同有耳而不能聽人之聽, 同有眼而不能視人之視
也. 六經四書毋論已, 彼周·秦以下諸子百家之不廢, 而至于今者, 雖有醇有疵, 有
全有偏, 而其各執悟解, 發揮其意也則一. 不然, 彼法者, 空殼而已矣, 將焉用彼空殼
爲哉? 譬諸調車策馬, 循其途轍, 以之燕而之越者, 有人而爲之乘也. 苟無人也, 車馬
雖飾, 途轍雖明, 將何所載而致之哉?(『東谿集』, 卷10, 「答林姪彦春書」)

73) 『家稿全集』, 卷5.

74) 「上揭書」.

에 우선되고 중시된다는 점과 작품의 주제사상성을 구성하는 요소라
는 점에서 공통성을 갖는다. 그렇지만 임상원은 '지'가 그 자체로 가
치를 갖는다고 생각하지 않았다. 그는 '지'를 다시 진실된 것과 진실
되지 못한 것으로 이분하였으며, 전자만을 문장의 요건으로 인정하
고 후자를 부정, 배척하였음은 물론이다. 반면 동계는 '의'를 다시 세
분하지는 않았다. 즉 어떠한 종류의 '의'이든지 나름대로의 가치를
갖는다는 사고가 투영된 것으로 그의 상대주의적 세계관이 여기에서
도 관철된다고 하겠다.

　동계가 제시한 '의'의 의미를 구체적으로 이해하기 위해서는 그가
제시한 '진(眞)'에 대하여 파악하여야만 한다. 동계는 개개인의 '의'가
모두 가치 있는 것이라고 하였듯이 '진'도 그 자체로는 모두 가치 있
는 것이라고 단언하였다. 모든 인간의 '참된 뜻'에 가치를 부여하였으
니, 외물에 구속되지 아니하고 자득한 것을 '진'이라고 본 것이다.[75]
이는 당시의 선진적 의식을 지닌 문인들이 '사물의 객관적 본질'을
'진'이라고 규정한 의식과 거리가 있다. 동계는 '진'을 '사물의 객관적
본질'에서 한 걸음 더 나아가 그것이 개개인의 차원에서 적용되고 응
용되는 차원까지 인식한 것이다. 따라서 '의'도 기존의 가치 규범에
의하여 규정된 것이 아님을 알 수 있다. 개개인이 갖는 견식과 깨달음
을 '의'라고 정의하였기에 '의'가 투사된 문장이라면 후세에까지 감동
을 주는 가치를 지니게 된다는 것이다.

　자신만이 갖는 견식과 깨달음이 '진(眞)'이다. 그러므로 그 '진' 역
시 상대주의적 세계관에 입각한 것으로서 도학자들이 말하는 절대적

---

75) 超然自得之謂眞.(『東谿集』, 卷1, 「兵學大成序」)

가치 개념으로서의 '진'과는 다르다.

> 견식은 진실된 것이 가장 좋고 이치는 궁극적인 것이 가장 좋다. 누구는 "삼대 이후로 문장 하는 선비들이 어찌 모두 이치가 궁극적이며 견식이 진실되랴?"라고 말을 한다.
> 도학자의 시각으로 측량해 보면 저들은 대체로 이치가 궁극적이지 않은 바가 있고 견식이 진실되지 않은 바가 있다. 그렇지만 그 사람의 처지로 말하자면 저마다 나름의 이치가 있어서 일찍이 궁극적이지 않은 적이 없고, 저마다 나름의 견식을 갖고 있어서 일찍이 진실되지 않은 적이 없다.76)

위의 인용문은 동계가 조재호[趙載浩 : 1702~1762]에게 보낸 편지의 일부이다. '견식'은 진실되어야 좋다는 것은 이론의 여지가 없다. '이치'가 궁극적이어야 좋다는 것도 마찬가지이다. 그런데 도학자들은 삼대 이후로 모든 문인들의 이치가 궁극적이거나 견식이 참되지만은 않다고 말을 한다. 그렇지만 그것은 도학자들의 잘못된 판정 기준에 의한 주관적 판단일 뿐이다. 사람들은 누구나 그들의 처지에서는 참되다. 참된 것은 모두 나름대로의 의식을 지니고 있기 때문이다. 도학자의 견해로는 '부진(不眞)'이 있다. 임상원도 기본적으로는 도학자와 입장을 같이 한다. 그러나 동계는 누구나 개별적인 삶의 양태를 갖고 있으며, 그들의 그러한 존재가 작가의 의식을 규정한다는 사실을 인정하고 있다.

---

76) 識莫如眞, 理莫如窮. 或謂: "三代以下文章之士, 豈皆理之窮而識之眞哉?" 夫自道學律之, 彼盖理有所不窮, 而識有所不眞矣. 自其人言之, 則各有其理, 而未嘗不窮, 各有其識, 而未嘗不眞.(『東谿集』, 卷10, 「答敬大書」)

한나라의 동중서 · 가의 · 양웅 · 유향과 당 · 송의 한유 · 구양수 ·
증공 · 왕안석은 문로(門路)가 정대(正大)하고 온축된 것이 깊고 두터
워 진실로 학식으로써 자부하였다. 사마천 · 유종원 · 소씨(蘇氏) 부
자 같은 이들은 학문이 진실로 주된 바가 없다. 그렇지만 사마천의
식견은 원망(怨望)에 진실되고 유종원의 식견은 궁한(窮寒)에 진실되
고 소씨의 식견은 임기응변과 불기방달(不羈放達)에 진실되다. 그런
까닭에 그 문자에 발현되는 것이 모두 골수에 사무치고 영롱하고 투
철할 수 있다. 비유하자면 마치 식탐 내는 사람이 맛을 평가하고 탕아
가 정을 말하는 것 같아서, 이지는 비록 바르지 않지만 경계는 진실되
어 저절로 사람의 마음을 움직이게 하니 이것을 '자득'이라고 한다.
자득이 깊으면 바르거나 치우치거나 높거나 낮거나 따질 것 없이 문
장이 모두 좋다.[77]

역사적으로 유명한 문학가들은 각기 다른 특색을 지닌다. 도학자
의 입장에서 진선진미하다고 할 수 없을지 몰라도 사람들은 자신만
의 삶이 갖는 특성에 기인한 저마다의 식견을 갖고 있다. 삶의 특수
성은 문학가 개개인들이 처한 특수한 역사적, 사회적 환경에 기인하
여 형성된다. 그러하기에 자득의 진(眞)은, 개개인들이 갖는 개성으
로서 작품에 투사된다. 이러한 자득의 진은 바르고, 편벽되고, 높고,
낮고 할 것 없이 모두 가치를 획득할 자격이 있다. 심지어는 객관적
으로 그 가치를 인정할 소지가 없는 식탐 내는 사람이나, 주색에 빠

---

77) 漢之董 · 賈 · 揚 · 劉, 唐 · 宋之韓 · 歐 · 曾 · 王, 門路正大, 蘊積深厚, 固以學識,
自命矣. 若如太史 · 柳州 · 蘇氏父子, 其學誠無所主, 而太史之識, 眞於怨, 柳州之
識, 眞於窮, 蘇氏之識, 眞於權變放達. 故其發於文字者, 類能刺骨洞髓, 玲瓏透徹.
譬如饞人評味, 浪子說情, 理雖非正, 而境則實眞, 自足以動人心腸也. 是之謂自得.
自得之深, 毋論正偏高下, 而文皆好.(「上揭書」)

진 방탕한 건달까지도 그들이 자득한 식견은 그 자체만으로 볼 때 일면적인 긍정성이 있다는 것이다. 사마천·유종원·소식은 사상적으로 순정하지 못하기에 유가적 차원의 정통성을 부여할 수 없다. 그럼에도 불구하고 그들의 문학이 가치 있는 이유는 그들의 독특한 삶이 작품에 진지하게 투사되어 있기 때문이다. 환언한다면, 작가의 '진(眞)'이 이상적으로 형상화되었기 때문에 독자에게 감동을 줄 수 있다는 것이다.

여기에서 주목되는 되는 사항은 '자득(自得)'이다. '자득'이라는 개념을 조귀명은 여러 곳에서 사용하고 있다. '자득'은 원래 금대(金代)의 왕약허[王若虛 : 1174~1243]가 제창한 문학 개념이다. 그는 "문장은 자득이 바야흐로 귀하니, 의발을 서로 전하는 것이 어찌 진(眞)이겠는가?"[78]라고 하였고, 『호남시화(瀒南詩話)』에서 "옛날의 시인들은 비록 취향이 같지 않고 체제가 한결같지 않아도 요는 모두 자득에서 나왔다. 그 사달리순(辭達理順)에 이르러서는 모두 충분히 명가가 될 만하니 어찌 일찍이 구법(句法)으로 사람을 구속할 수 있었겠는가?"[79]라고 하였다.

원래 왕약허가 자득을 제창한 것은 당시에 풍미하던 강서파(江西派)가 '의발상전(衣鉢相傳)'·'분분법사(紛紛法嗣)'를 주장하여 모방과 조탁을 일삼던 풍조를 쇄신하기 위해서였다. 따라서 자득의 가장 중요한 것은 진실성이고, 그 다음은 자연스럽고 허위적으로 조작되지

---

78) 文章自得方爲貴, 衣鉢相傳豈是眞?(『瀒南集』, 卷45, 「山谷於詩, 每與東坡相抗, 門人親黨, 遂謂過之, 而今之作者, 亦多以爲然, 予嘗戱作四絕云.」)

79) 古之詩人, 雖趣尙不同, 體制不一, 要皆出于自得. 至其辭達理順, 皆足以名家, 何嘗有以句法繩人哉?(『瀒南集』, 卷40, 〈詩話〉)

않는 것과 독창성이다.

오직 오해(悟解)에서 자득하고 그 의(意)를 밝히면『좌전』은『서
경』과 같아지고, 『사기』는『좌전』과 같아지고, 『주역』의 상(象)은
단(彖)과 같아지고, 익(翼)은 상(象)과 같아진다. 자득하여 큰 것이
마땅하면 크게 하고, 자득하여 작은 것이 마땅하면 작게 하고, 자득
하여 긴 것이 마땅하면 길게 하고, 자득하여 짧은 것이 마땅하면 짧
게 하고, 자득하여 검박(儉朴)한 것이 마땅하면 검박하게 하고, 자
득하여 농후하고 화려한 것이 마땅하면 농후히고 화려하게 하고,
자득하여 박실(樸實)하고 예스러운 것이 마땅하면 박실하고 예스럽
게 하며, 자득하여 조식(彫飾)하고 지금의 세련된 것이 마땅하면 조
식하고 지금의 세련된 것으로 한다. 비유하자면 심령(心靈), 신식
(神識)을 갖추면 다 사람인지라, 체격이 크나 왜소하나 키가 크나
작으나 역시 모두 사람이고 심지어 옛날 사람이나 지금의 사람이나
모두 사람이기는 마찬가지인 것과 같다. 그렇지 않다면 나무 인
형·흙 인형일 뿐이다. 지금 중국의 학교에는 모두 성현의 화상(畵
像)을 받들어 놓았지만, 천하의 학자들은 차라리 말학(末學)인 이패
림(李沛霖)80)을 좇아서 공부할지언정 성현의 화상 앞에 나아가지
않으니, 그가 심령(心靈)과 신식(神識)을 갖추고 있기 때문이다. 나
역시 심령(心靈)과 신식(神識)을 갖추고자 할뿐이다.81)

---

80) 이패림(李沛霖) : 청대의 경학자. 이정(李楨)과 함께『사서주자이동조변(四書朱子
異同條辨)』을 편찬하였다.

81) 惟自得乎悟解, 而明其意也, 則左猶書, 史猶左, 象亦彖, 翼亦象. 自得而宜大則大,
自得而宜小則小, 自得而宜長則長, 自得而宜短則短, 自得而宜儉淡則儉淡, 自得而
宜濃華則濃華, 自得而宜樸而古則樸而古, 自得而宜彫而今則彫而今. 譬如其心靈神
識則人也, 大亦爲人, 小亦爲人, 長亦爲人, 短亦爲人, 以至古亦人, 今亦人. 不然,
木偶土偶而已. 今中土學校, 皆奉聖賢之像, 然而天下學者, 寧從末學李霈霖而講書,
不于先聖賢之像者, 爲其心靈神識之所在也. 僕亦欲具心靈神識而已.(『東谿集』, 卷

위에서 동계가 제시한 '자득'의 개념을 좀 더 구체적으로 볼 수 있다. 그는 깨달음과 이해를 자득하고 그 다음 뜻을 밝히는 순차적인 단계를 설정하였다.

자신만이 터득한 이치는 어떠한 형태로 표출이 된다고 하더라도 그 자체로 가치와 의미를 충분히 지닌다. 오해(悟解)에서 자득하고 그 의(意)를 밝히면, 비록 용도와 내용, 형식이 다른 전적(典籍)이라고 하더라도 그것의 본질적 속성이 갖는 공통점을 알 수 있게 된다. 다양하고 상이한 전적의 해독에서 그 본질을 정확하게 포착해 낼 수 있을 뿐만 아니라, 창작에서도 복잡다단한 소재와 주제의 표현을 자유로우면서도 적절하게 해 낼 수 있다. 이는 전적에서 생명력을 포착해 내고 창작에서도 생명력을 담보하는 것이다. 아무리 정교하게 사람을 닮은 인형이라도 생명력이 없기에 보는 사람으로 하여금 어떠한 감흥도 줄 수 없는 반면, 사람은 어떠한 모양새를 하고 있더라도 모두 사람으로서의 가치를 갖는 것과 같다. 심지어는 이미 죽은 옛날 사람도 지금 살아 있는 사람과 다름없다는 것이다. 옛날의 전적이라고 하더라도 심령과 신식을 지니고 있다면 고전으로서 영원한 생명력을 지닌다는 것이다.

방탕한 건달도 그가 자득한 식견인 '정(情)'은 그 무엇보다도 진실된 것이므로 가치가 있다고 하였듯이, 위의 인용문에서는 학교에 모셔둔 성현의 화상보다도 말학인 이패림이 더 효용적 가치가 있다는 과감한 논리를 개진하였다. 생명의 유무가 가치의 유무를 결정한다는 것이다. 문학 작품의 생명은 작가가 터득한 참된 뜻에 달려 있다고

10, 「又答林彦春書」)

할 수 있다. 작가의 참된 뜻이 투사된 작품은 비록 식탐을 내는 사람이나 탕아처럼 저급한 것이라고 할지라도 그 자체로는 가치가 있다. 반면에 아무리 훌륭한 내용이라고 할지라도 작가의 참된 뜻이 결여된 작품은 나무 인형·흙 인형이나 성현의 화상처럼 생명이 없다는 것이다.

동계가 말한 '살아 있으면서 새로운 문장'이란, 미추(美醜)가 기존의 고정된 가치 체계로부터 탈피하여, 작가의 존재를 충분히 반영하여 문장으로 표출된 것임을 확인할 수 있다.

동계가 '의(意)'를 중시한 것은 문학 영역의 무한한 확장성을 담보해 냈다는데 핵심이 있다. 그것은 방고(倣古)보다는 창신(創新), 즉 독창적인 문학의 모색을 염두에 두고 많은 글을 통하여 역설한 것이다. 이 점은 연암의 법고창신론(法古創新論)보다 한층 더 개성적인 문학을 강조하였다는 데 큰 의의가 있으며, 연암은 '창신'의 측면을 동계에게 계승하였던 것이다.

정리하자면, '의(意)'는 진(眞)의 자득에 의하여 명백해지며 작품의 생명이 되는 중요한 요소라고 할 수 있다는 것이다.

작문삼결(作文三訣)에서 의(意)는 기(氣)로 기운차게 운행되고, 기(氣)가 의(意)를 싣는 것으로 규정하였는데, 기는 의와 법에 비하여 언급이 매우 간략하다. 임상원이 중시하는 법보다 의가 중요하다는 것을 역설하는 데 주안점을 두고, 논의의 전개를 의에 집중시켰기 때문에 기에 대해서는 상대적으로 많은 지면을 할애 하지 않은 것이다. 동계의 '기(氣)'에 대한 설명은 비록 양이 많지는 않지만, 연구자가 그 실체를 파악하는 데 소중한 자료를 제공하여 주는 것이라고 하겠다.

동계는 문학에서의 '기(氣)'를 어떻게 개념화하였는가?

① 문장은 기질과 통한다. …… 서화(書畵)도 기질과 통한다.[82]

② 지금 사람들이 옛날처럼 하지 못하는 것은 재주의 차이 때문이 아니라 '기(氣)'때문이니 '기'가 꿀리고 얕기 때문이다.[83]

인용문 ①에서 동계는 문장이나 서화는 작가의 기질과 통한다고 하였다. 즉 작가의 기질이 작품에 투사되므로 작품을 통하여 그 작가의 기질을 알 수 있다는 것이다. 여기에서는 '기(氣)'를 작가의 '기질(氣質)'이라고 명시하였다.

인용문 ②에서 동계는 옛날 사람들과 현재 사람들의 문학이 다른 근본적 원인이 어디에 있는지 분석하고 있다. 사람들마다 기질이 다르듯이 시대마다 풍기(風氣)도 변하게 된다. '기'는 사람마다의 개성과 시대마다의 역사적 구체성을 띤다. 그러므로 이상으로 상정되는 옛 사람들에 미치지 못하는 이유는 결코 재주 때문이 아니고 열등한 기질 때문이라고 하였으니, 이것은 임상원이 말한 '위(爲)' 중에서 '힘이 없는 것'에 해당한다. 그러나 임상원은 지·위·지(知·爲·至) 세 가지 중에서 '위'를 힘있게 하는 것이 가장 쉽다고 하였다. 이는 '위'를 문학 창작 과정에서 학습을 통하여 개발할 수 있는 요소로 여긴 것이다. 이 점에 있어서는 동계의 '기(氣)'와 차이가 있다. 그런데 동계는 임상원이 말한 '위(爲)'를 자신의 작문삼결 중 '법'에 가까운, 또는 '법'에 내포될 수 있는 개념으로 생각하였다. 그래서 동계는 임상원이 "문장은 도를 싣는 것"이라고 말하면서도 실제로는 문장을 세련

---

82) 文章與氣質通. …… 書畵亦與氣質通.(『東谿集』, 卷8, 〈靜諦〉, 「學之第四」)
83) 抑今人之不能爲古, 非才也, 氣也, 氣詘以淺矣.(『東谿集』, 卷1, 「華谷集序」)

되게 다듬는 '법'에만 관심을 갖는다고 생각하였다.

임상원이 당송고문을 착실히 학습함으로써 당송고문가의 작법을 터득할 수 있다고 여긴 반면, 동계는 시대적 구체성의 영향을 받으며 형성된 작가의 개성을 터득해야 한다고 파악하였던 차이가 있다.

작문삼결(作文三訣)의 마지막 요소인 '법(法)'은 무엇을 의미하는가?

> 또 옛사람들의 문장의 '법(法)'은 옛사람들의 문장을 읽고 배울 수 있거니와 옛사람들의 문장의 '의(意)'는 옛사람들의 문장을 읽어서 배울 수 있는 것이 아니다. 다만 그 '의(意)'를 발생하게 한 이유를 배울 따름이다. 그렇다면 어떤 방법이라야 가능한가? 사물의 이치가 형상으로 나타나기 전에 탐구하고, 식견과 이해를 문장화되기 전에 함양하여 눈이 포착한 바와 마음이 간직한 것으로 하여금 그 현묘한 것을 궁극되게 한다면 그것을 발현함에 입이 신령스럽고 손이 지혜로우며, 종이가 신묘하고 먹이 화(化)하여 그 문장이 절로 아름다워진다. 그리하여 옛사람의 법에 부합될 뿐 아니라 옛사람의 법도 나와 어긋나지 않을 수 있다. 저 옛사람의 문장이 또한 어찌 법을 천착한 적이 있는가? 바로 후세의 사람들이 그 아름다운 것을 보고 억지로 '법'이라고 이름 붙였을 뿐이다. 그렇지 않다면 옛사람들은 또 어디에서 그 법을 받았겠는가? …… 옛사람들의 문장의 법은 마치 하늘이 스스로 한 일을 알지 못하는 것과 같은데, 요즘 사람들의 문장의 법은 새기고 그리며 화려하게 문채 내어 조화의 신묘함을 좇고자 하지만 그 거리가 멀다. 비록 그렇지만 문장에 법이 있는 것은 마치 승묵규구와 같다. 지금 사람들의 재주가 옛사람들의 재주가 아닌데, 어찌 이것을 폐기시키고 살피지 않을 수 있으랴? 다만 그 본말경중(本末輕重)의 차례를 살필 뿐이다.[84]

이상은 '법(法)'에 대한 설명인데 다음과 같이 정리할 수 있다.

'법'은 문장의 승묵규구(繩墨規矩), 즉 규범이나 법도를 의미하는데, 문장을 최종적으로 완성시키는 요소이며, '의(意)'보다는 상대적으로 말단적이며 비중이 덜 하다. 그리고 '법'은 학습을 통하여 익힐수도 있으나 간접 경험인 독서로는 터득할 수 없는 한계가 있으니원칙적으로 고정된 '법'이란 존재하지 않는다. 그러나 요즘의 '법'은 문장 수식만을 지칭한다.

옛사람의 문장을 읽고 그 법은 배울 수 있지만 그 작가의 진정한의식은 독서를 통해서 터득할 수 없다. 그렇다면 '의'는 어떻게 터득하여 실제 창작에 활용할 수 있는가? 현상계로 나타나기 이전의 본질을 파악하는 것이 가장 중요하다. 문학 소재의 원천인 현실, 자연 세계의 본질과 법칙성을 충분히 관찰·이해한 상태에서 훌륭한 문학작품이 탄생한다. 그것이 '의'가 '법'에 우선시 되고 중시되는 이유다. 그러나 동계는 문학가답게 '법'도 결코 소홀히 하지 않았다. '법' 또한훌륭한 문학 작품을 창작하기 위하여서는 필수불가결한 요소이기에그것의 학습을 경시하여서는 안 된다고 하였다.

동계가 작문삼결에서 제시한 의·기·법을 관통하는 핵심을 추출할 수 있으니, 바로 무엇에도 구속되지 않는 작가의 개성이 투사된

---

84) 且古人之文之法, 讀古人之文而可學矣, 古人之文之意, 非讀古人之文所可學也. 特學其所以生發其意者而已. 然則何道而可也? 探透物理於未形之初, 涵養識解於無文之先, 使目之所攬, 心之所藏, 窮其妙而極其玄, 則其發之也, 口靈手慧, 紙神墨化, 而其文自佳. 不惟合乎古人之法, 古人之法, 乃不能違乎吾. 彼古人之文, 亦何嘗罄罄於法? 乃後世見其佳, 而强名之法耳. 不然, 古人又何所棄其法哉? …… 古人之文之法, 如天之不自知, 今人之文之法, 欲以刻畵華彩, 追造化之神, 其去遠矣. 雖然, 文之有法, 猶繩墨規矩也, 而今之才, 非古之才, 則豈可廢是而不省哉? 但審其本末輕重之序而已.(『東谿集』, 卷10, 「又答林彦春書」)

작품만이 가장 가치 있다는 것이다. 그러하기에 고정된 어떤 작법도 문학의 궁극적인 표준이 될 수 없으며, 개성적이고 독창적인 문학 창작 행위를 위해서만 존재 가치를 갖는다는 것이다.

이상에서 임상원이 제시한 지·위·지(知·爲·至)와 그것에 대응하여 동계가 제시한 '작문삼결'을 중심으로 독창과 개성을 중시한 창작론을 검토해 보았다. 그러면 그것이 갖는 의미는 무엇인가?

임상원은 "문장은 도를 싣는 것이요, 인의를 말하는 도구이다"라고 하는 도학자의 논리에 입각하여 있으면서도 문학가인 한유를 모범으로 삼아 문장 학습을 하는 양면성을 지니고 있었다. 반면 동계가 제시한 '의'는 기존의 문학론에서 '문장은 도를 싣는 것'이라는 논리에서 철학적 개념인 '도'를 문학적 개념으로 전환하였다는 데에 의의가 있다. 성리학적 세계관 혹은 그 지향 이념으로 정리되는 종전의 '도'란 개념이 주는 관념성에서 탈피하여 본격적인 문학 창작론을 전개하였다는 것은 주목할 만한 일이 아닐 수 없다. 그는 '의' 뿐만 아니라 '기' 역시 철학적 개념과 변별되는 문학적 개념으로 선명히 제시하였다. 그리고 '법'의 의미와 기능, 학습 방법, 그리고 '의'와의 관계에 대해서도 상세한 논리를 개진하여 창작 요소를 체계화하였다는 의의가 있다.

4) 사실적 창작 원리의 중시

동계의 문학 창작론에서 또 하나의 큰 특징이 되는 것은 사실적 창작 원리의 중시이다. 다음의 일화에서 창작에서 사실성을 중시한 동계의 견해를 볼 수 있다.

내[임상정]가 석여[錫汝 : 조귀명]에게 말하였다.

"지난번에 어떤 의원(醫員)이 내게 장모의 제문을 지어 달라고 부탁하였다오. 나는 마음으로는 그것이 옳지 못한 줄 알면서도 그의 간청을 이기지 못하여 마침내 지어 주지 않을 수 없었으니 그대는 어떻게 생각을 하오?"

석여가 말하였다.

"저도 지난번에 역시 어떤 친한 사람에게 이런 일로 간절한 부탁을 받았는데 그 자리에서 바로 사양을 하지는 못하였습니다만, 마음속으로 생각하기를 '저 사람과 제사 지내는 대상은 매우 친한 관계이고 나는 저 사람이 제사 지내는 대상과 매우 먼 관계이다. 매우 관계가 먼 내가, 저 사람이 매우 친한 사람을 제사 지내는 글을 짓는 것은 거짓이다. 설령 저 사람이 글을 잘 짓지 못하더라도 그 정(情)을 바로 쓴다면, 다만 몇 줄로 제사를 지내더라도 충분할 것이다. 이마저 불가능하면 비록 한글로 정(情)을 쓰더라도 역시 안 될 것이 없다. 심지어 그 솜씨가 좋지 못한 것을 꺼려서 남을 시켜 대신 짓는 경우는 몹시 말할 거리도 못된다'고 생각하였습니다. 이것이 제가 사양하고 짓지 않은 까닭입니다."

내가 그 말을 듣고 몹시 두려워 이것을 써서 뒷날을 경계하려 한다.85)

당시에 흔히 있었던 '대작(代作)'에 관한 일화이다. 묘지명(墓誌銘)

---

85) 余謂錫汝曰: "頃有一醫人, 要我製祭其外姑文. 余心知其不可而被渠敦迫, 遂不免製之, 子以爲如何?" 錫汝曰: "吾頃亦爲一相親人, 以此事相迫, 吾直以不能辭之, 然吾心則以爲彼之於所祭者, 盖至親也, 吾之於彼之所祭者, 盖至疏也. 以我至疏而製彼祭至親之文, 誣也. 設令彼不善於文, 則當直書其情, 只數行以祭足矣. 此又不能, 則雖以諺字書情, 亦無不可. 至於嫌其不工, 而倩人代製, 甚無謂也. 此所以辭而不爲也." 余聞之, 甚瞿然, 書此以戒日後. (『自娛錄』, 〈隨筆錄〉)

이나 제문(祭文)과 같이 망자를 위한 글은 일반적으로 망자의 가속(家屬)이 문장에 능한 사람에게 막대한 대가를 지불하고 대작을 의뢰하는 경우가 많았다. 그렇기 때문에 망자의 악(惡)을 감추고 선(善)을 과장하여 망자에게 아첨하고 꾸미기 마련이었다.[86]

임상정은 제문 대작의 간청을 거절하지 못하여 결국 지어 주었는데, 그것이 옳지 못한 일이라는 생각을 갖고 있었지만 논리적으로 설명할 수 없었다. 그러나 그에 대한 동계의 견해는 명확하였다. 작품을 형식에 맞고 아름답게 창작하는 것이 진실성에 우선할 수 없다는 것이다. 대작하는 사람이 망자에 대해서 그 가족보다 잘 알 수 없다. 따라서 그 대상에 대한 진실성이 담보될 수 없기 때문에 대작한 글은 허구적일 수밖에 없다. 만약 한문을 모른다면 한글로 짓는다고 하더라도 대작보다는 가치가 있다고 말하였다. 동계의 이와 같은 창작 태도는 사실적 창작 경향의 중시에 의하여 형성된 것이다.

> 옛 사람의 문장을 배우는 것은 마치 사람의 얼굴을 그리는 것 같아서 고운 곳은 곱게 그리고 못난 곳은 못나게 그려서 그 눈썹·눈·코·입·얼굴·이마·광대뼈·볼 등을 한결같이 그 사람의 생김대로 따라 그린 후에야 그 사람의 전체 얼굴을 얻게 된다. 만약 반드시 그 사람의 고운 곳만 가려서 그린다면 혹은 눈썹 하나, 눈 하나를 그리고 말뿐일 것이다.[87]

---

86) 陳必祥, 『古代散文文體槪論』, 河南人民出版社, 1986.
87) 學古人文章, 譬如寫人之眞, 姸處姸之, 媸處媸之, 其眉目鼻口面顙顴頰, 一隨其人而後, 得其人之全. 若必擇其姸處而寫之, 或一眉而已矣, 或一目而已矣.(『東谿集』, 卷1, 「左氏精英序」)

위의 인용문을 통하여 창작의 두 가지 원칙을 도출해 낼 수 있다.
첫째, 묘사를 할 때에는 부분이 아닌 전체를 그 대상으로 해야 한
다. 둘째, 대상의 미추(美醜)를 사실 그대로 묘사해야 한다. 이는 결국
전체를 묘사의 대상으로 하려면 부분적인 미추를 가려서 그리면 안
된다는 의미이다. 동계는 사물의 진상을 묘사할 때 견지하여야 할
사실적 창작 원칙을 제시한 것이다.

또 묘사 대상에 대한 왜곡이나 과장을 배제해야 한다고 하였다.

> 깊은 것은 터서 얕게 만들지 않고, 얕은 것은 파서 깊게 만들지
> 않고, 작은 것은 늘려서 크게 만들지 않으며, 큰 것은 깎아서 작게
> 만들지 않습니다. 법도와 규칙 속에 들여 넣으면서도 국한되지 않
> 고, 이리저리 날아가고 곁에서 나오는 괴상한 말로 풀어 놓으면서도
> 방자하지 않다가 그 기미에 부딪친 후에 전환하여 유희(游戱)를 붙
> 일 따름입니다.[88]

조귀명은 나삼(羅蔘)에게 보낸 위의 글에서 사실주의적 창작을 강
조하였다. 이는 당시의 진경산수화풍의 등장과 맥락을 같이 한다.
문학 창작에서 묘사 대상을 작가의 감정적 상태나 주관적 필요에
의하여 임의대로 변형하거나 왜곡해서는 안 된다는 말이다. 창작의
객체인 대상의 본질과 현상을 충실히 묘사하고 작법에 충실하되 구
애되지 않아야 한다. 작법에 구애되는 것도 창작 객체의 본질을 왜곡

---

88) 深者, 不使疎而淺也, 淺者, 不使掘而深也, 小者, 不使引而大也, 大者, 不使削而小
也. 納之乎繩趨尺步之中而非局也, 放之乎橫飛側出詭怪之辭而非恣也, 乃其觸機而
轉, 以寄其游戱焉爾.(『東谿集』, 卷10, 「答羅人伯書」)

겸재 정선[謙齋 鄭歆 : 1676～1759]의 「금강전도(金剛全圖)」

　진짜 산수를 품평하여 '그림 같다'고 하고 산수화를 품평하여 '진
짜 산수 같다'고 한다. '진짜 같다'고 하는 말은 자연스러움을 귀하게
여기는 것이고, '그림 같다'고 하는 말은 기교(奇巧)를 높게 여기는
것이다.

하는 요인으로 작용할 수 있기 때문이다. 동계가 문학 창작에서 사
실적 경향을 중시하게 된 것은 회화에서의 사실적 기법과 연관성이
있다.

> 그림은 사물을 닮은 것을 최고로 친다. 요즘 화가들은 안배(按排)
> 와 포치(布置)를 중히 여기는데, 옳지 못하다. 하늘이 산을 만들고
> 물을 만들고 초목을 만들 때 어찌 안배와 포치에 뜻을 둔 적이 있는
> 가? 그런 까닭에 안배와 포치가 공교하면 공교할수록 더욱 닮지 못하
> 는 법이다.
> 훌륭한 그림은 붓 가는 대로 그려내서 어떤 것은 산이 되고 어떤
> 것은 물이 되고 어떤 것은 초목이 되는데, 산의 높고 낮음, 물의 넓고
> 좁음, 초목의 위치가 모두 나의 사사로운 지혜를 용납하지 아니한다.
> 오직 신이 행하여진 뒤에라야 비로소 '조화를 빼앗았다'고 말할 수
> 있다.[89]

그림은 창작 객체의 현상뿐 아니라 본질에 이르기까지 가장 근접
한 것이 최고의 가치가 있다고 하였다. 조선의 화풍이 전혀 보지도
못한 중국의 산수를 임모(臨摸)하거나 작가의 관념으로 만들어 내는
것을 비판, 지양하고 우리나라 국토 자연의 실재 경관을 사실과 가깝
게 묘사하려는 사실적 경향은 정선[鄭敾 : 1676~1759]의 진경산수화
(眞景山水畵)를 산생케 하였다. 동계는 산수화란 작품의 대상인 객관

---

89) 畵, 以肖物爲至. 今之畵家重排布, 非也. 天之爲山爲水爲草木, 何嘗有意排布哉?
　　故排布愈巧而愈不肖. 夫至畵者, 信筆而寫之, 或爲山, 或爲水, 或爲草木, 而山之
　　高低, 水之闊狹, 草木之位置, 皆不容吾之私智, 而唯神之行然後, 始可語奪造化
　　爾.(『東谿集』, 卷6, 「題畵扇」)

세계를 사실과 가깝게 묘사하여야 훌륭한 작품으로서의 가치를 갖는
것이지 작가의 주관에 의하여 이리저리 늘어놓는 태도는 잘하면 잘
할수록 더욱더 객관세계의 실체와 멀어진다고 하였다. 그러나 객체
의 사실적 묘사만 중시한다면 예술은 객체의 단순한 재현으로 전락
하고 말 것이다. 객체의 사실적 묘사와 예술적 기법의 관계는 어떠해
야 하는가? 동계는 이 문제를 해명하는 매우 중요한 언급을 남기고
있어서 주목된다.

> 진짜 산수를 품평하여 '그림 같다'고 하고 산수화를 품평하여 '진짜
> 산수 같다'고 한다. '진짜 같다'고 하는 말은 자연스러움을 귀하게 여
> 기는 것이고, '그림 같다'고 하는 말은 기교(奇巧)를 높게 여기는 것이
> 다. 이는 곧 천지자연이 사람에게는 진실로 '법(法)'이 되지만 사람의
> 기교(奇巧) 역시 천연적인 것보다 나은 점이 있기 때문이다.[90]

동계는 사람들이 훌륭한 산수 자연 경관을 보고 그림 같다고 평하
는 것이나 훌륭한 그림을 보고 진짜 같다고 평하는 현상에 대하여
그 이유를 해명하고 있는데, 연암 박지원에게서도 이와 유사한 언급
이 있어서 좋은 비교가 된다.

> 같이 배를 타고 가던 사람이 돌아보고 즐거워하며 말하기를 "산수
> 가 그림 같다"고 하기에, 내가 말하기를 "그대는 산수도 모르고 그림
> 도 모르는구려. 산수가 그림에서 나왔소? 그림이 산수에서 나왔소?"

---

90) 責眞山水以似畵, 責畵山水以似眞. 似眞, 貴自然, 似畵, 尙奇巧. 是則天地自然,
　　固爲法於人, 而人之奇巧, 亦有勝於天耶.(「上揭書」)

· 라고 하였다.[91]

연암은 아무리 잘 그린 그림이라도 객관적으로 존재하는 산수 자연보다는 못하다고 생각하였다. 아름다운 산수 자연을 보고 그림 같다고 하는 말을 비판한 것은 그의 사실적 창작을 강조한 견해라고 하겠으나, 예술성 높은 그림의 가치가 인간의 심미 의식에 작용하는 측면을 소홀히 한 점도 간과할 수 없다. 이에 비하여 동계는 인간의 심미 의식에 작용하는 정교한 산수화의 가치 역시 높이 평가하고 있다. 동계는 묘사 대상을 단순히 재현하는 것을 가치 있게 생각하지 않았다. 그렇다고 실재의 사실과 다르게 작가의 주관에 따라 변형 왜곡시키는 것 역시 바람직하게 여기지 않았다. 객관세계를 묘사하되, 그것의 특징적 실체에 가장 가깝게 접근하는 것이 좋으며, 그것이 예술적으로 성공하면 묘사의 대상인 객관세계보다도 인간의 심미 의식에 더욱 큰 영향과 감동을 주는 예술적 가치를 갖게 된다고 보았다. 객관세계의 실체에 가깝게 묘사해 내는 것, 그것이 바로 앞서 보았던 '천지자연의 조화를 빼앗는다'는 말에 해당한다.

동계가 연암과는 달리, 객관세계인 산수 자연과 그것을 객체로 삼은 산수화의 관계를 양측면에서 해명할 수 있었던 것은 서화에 대한 관심에서 기인한다. 그는 필요에 따라 서화와 문학을 별개의 분야로 구분하지 않고 예술 영역의 확장된 범위 안에서 논리를 전개함으로써 두 분야의 형성과 발전을 더욱 심화시켰다. 그러므로 두 영역간의 상호 연관성에 대하여 심도 있는 규명이 필요하며, 특히 미술사적인

---

91) 同舟者顧而樂之曰: "江山如畵." 余曰: "君不知江山, 亦不知畵圖, 江山出於畵圖乎? 畵圖出乎江山乎?"(『熱河日記』, 〈關內程史〉, 「灤河泛舟記」)

시각에서의 지속적 분석이 요망된다.

동계의 도문분리론과 독창성을 중시하는 창작론에 대하여 당대의 문인들은 어떠한 반응을 보였는가?

도학과 문학의 분리는 중세 사회의 해체기에 필연적으로 도래할 수밖에 없는 현상이었다. 그러나 당시에는 여전히 도문일치론이 권위를 유지하고 있는 실정이었다. 당대의 오광운[吳光運 : 1689 ~1745]이 "반드시 공변됨으로써 정도를 회복하고 반드시 담박함으로써 고문을 회복하여야 한다"[92]라고 한 언급이나, 한 세대 뒤진 시기에 채제공[蔡濟恭 : 1720~1799]이 "옛날에는 문과 도가 하나였다. 사람들이 유가의 도를 갖게 되자 이 말이 있게 되었고, 이 말이 있게 되자 문장으로 실어서 천명하지 않을 수 없었다. 문장을 쓰는 것은 이와 같을 따름이다"[93]라고 한 언급은 당시 문단에 팽배한 도문분리 현상에 대한 반동의 양상을 띤다. 그러나 비록 당시 문단에 도문분리 현상이 상당 정도 진행되었다고 할지라도 동계의 경우와 같은 선명하고 정연한 논리 전개를 찾아보기 힘들다. 그러므로 당대에 그에 대한 반발은 심할 수밖에 없었다. 앞서 본 조이창과의 논쟁이 그 일례이다. 동계의 문학론과 창작론에 대한 당시 문인들의 반감은 당대를 대표하는 문인들인 강한 황경원(江漢 黃景源)·뇌연 남유용(雷淵 南有容)·진암 이천보(晉菴 李天輔)에게서 여실히 볼 수 있다.

그들이 동계에 대하여 지닌 반감은 대체로 두 가지로 정리할 수 있다.

---

92) 其復正道必以公, 其復古文必以淡.(『藥山漫稿』, 卷18, 「亡子玄溪子大觀墓誌銘」)
93) 古者, 文與道爲一. 夫人有是道, 方有是言, 有是言, 不得不載之文而闡焉. 文之設,
  如是而止矣.(『樊巖集』, 卷32, 「甁窩集序」)

첫째는 동계의 사상적 이단성에 대한 반감이다. 사상적 이단성에
대하여 황경원은 동계가 불교도이면서도 그 이름을 숨기고 포교 행
위까지 한다고 격렬히 비난하였다. 남유용은 『동계집』 중에서 구체
적으로 〈정체(靜諦)〉가 못마땅하니 그들 작품을 삭제하라고 요구하였
다. 〈정체〉는 대도(大道)를 해치며 후학들에게도 악영향을 끼친다는
것이다. 이천보는 황경원이나 남유용처럼 그의 사상적 이단성을 격
렬히 비난하지는 않았지만 그의 이단적 경향을 묵과하지 않았다.

동계가 이른 시기부터 노장이나 불교에 관심을 가진 이유는 그것
들이 유가의 경전과는 확연히 다른 특징을 갖고 있었고, 문학적으로
활용할 가치가 있다고 여겼기 때문이다. 그리고 실제로 그는 산문
창작에 자신이 섭렵한 이단적 사상들을 적절히 활용하였는데, 이는
주자주의로부터 어떠한 일탈도 용인하지 않던 당시에 큰 파문을 일
으키는 이단 행위가 아닐 수 없었다.94)

둘째는, 동계의 지나친 독창성의 강조에 대한 반감이다.

　① 저에게 문집의 서문을 부탁하셨는데 감히 사양하는 것은 아닙니
다. 집사[조귀명]의 문장은 스스로 터득한 기이함을 근본으로 삼고,
독견(獨見)의 묘리를 발현하여 각심(刻深)하면서도 언변이 넓으며,
정밀하고 독실하면서도 횡방(橫放)하니 그대가 말씀하신 "허깨비 같
으면서도 허깨비가 아닌 것"입니다. 그러니 남의 논찬(論贊)을 기다
리지 않더라도 저절로 알아줄 것이 틀림없는데, 제가 또 어찌 그 장단
(長短)에 대해 이러니저러니하고, 그 고하(高下)를 등급 매겨 집사의

---

94) 동계의 사상적 이단성에 대해서는 졸고, 『동계 조귀명의 문학론과 산문 세계』(성
　　균관대학교 석사학위논문, 1990) 참조.

지향(指向)을 막겠습니까?[95]

② 제가 집사[조귀명]를 대하는 것이 진실로 "문장에만 있다"고는 감히 말할 수 없으니, 제가 이 일을 비록 안다고 할지라도 오히려 집사[조귀명]에게 누가 되고 싶지 않거늘 하물며 알지 못하는 것을 억지로 하겠습니까? 그러나 굳이 써야 한다면, 저는 마땅히 먹물을 찍어 그 책에 "이것은 바로 '건천 조석여의 글'이니 그 글은 요즘 사람들의 글도 아니요, 옛사람의 글도 아니며, 다만 그 사람됨과 같을 뿐이다"라고 쓴다면 괜찮겠습니까?[96]

③ 그 아름다운 곳도 그대의 묘경에 그치니, 스스로 말하고 스스로 즐긴다면 가할 따름입니다.[97]

①은 강한(江漢)이 ②는 진암(晉菴)이 ③은 뇌연(雷淵)이, 당대의 수준으로 볼 때 지나칠 정도로 강하게 문학의 독창성을 주장한 동계에 대하여 어떻게 평가하고 있는지 알 수 있는 언급이다. ①은 황경원이 『동계집』의 서문 청탁을 거절하는 편지의 일부이다. 실제로 동계는 당대 최고의 문인으로 지칭되었음에도 불구하고 그의 문집에는 서문이 없다. 동계 자신을 가장 잘 알아준다고 한 조현명[趙顯命 : 1690~

---

95) 辱諭屬以文集序, 非敢辭也. 執事之文, 本之以自得之奇, 發之以獨見之妙, 刻深而辯博, 精篤而橫放, 執事所謂似幻而非幻者, 不竢人之論贊而其自知也已明矣, 景源又安敢議其長短, 等其高下, 以塞執事之指邪?(『江漢集』, 卷5, 「答趙翊衛書」)

96) 天輔之待執事, 固不敢曰 : "但在於文, 則天輔於此事, 雖知之, 猶不欲累執事, 況强其所不知乎? 執事苟不許之, 則天輔當泚筆而書其卷曰 : "是乃乾川趙錫汝之文, 而其文非今人之文也, 又非古人之文也, 只如其爲人而已", 其可乎?(『晉菴集』, 卷6, 「與趙錫汝」)

97) 其佳處, 亦止於足下之妙境, 自言自娛則可耳.(『雷淵集』, 卷15, 「答趙錫汝」)

1752]도 그의 지나친 문장가 자임(自任)에 대하여 '창우지학(倡優之學)'
에 힘쓴다고 혹독하게 비난한 바 있다.98) 주자학에 근거한 도문일치
론이 부정될 수 없는 절대적 권위를 갖던 당시에 문학의 독자성을
강조하면서 문학가로 자임하는 행위는 비난될 수밖에 없었다.

동계의 독창적 문학의 모색은 그의 문장이 기이함을 좋아하고 난
삽하다는 비난을 초래하였는데, 이는 남들이 쓰지 않는 자구를 구사
하고 남들이 다루지 않는 제재를 취함으로써 야기된 반응이었다. 동
계 자신도 이 점을 시인하고 창신을 위한 과도기적 현상으로 수긍하
였다.99) 한편 그는 창작수법상의 문제로 희학(戲謔)과 골계(滑稽)가
문장에 섞였다는 비난을 받았는데, 이에 대해서 동계는 선택된 소재
를 가장 적절히 표현하기 위한 수법이라고 반박하였다.100) 기이함을
좋아한다거나, 난삽하다거나, 골계, 희학, 창우지학이라는 비난은
표현에만 국한되는 문제가 아니라 내용에도 관련되는 것이다. 속되
고 패설에 가깝다 하여 본집에서 빠진 일화나,101) 기존 질서 체계에
서 볼 때 상식과 통념을 뒤엎는 논리의 전개를 보이는 작품들 역시
그와 같은 비난을 야기한 원인이 된다. 이와 같이 동계는 자신의 파격
적인 문학관과 문학론, 그리고 그 실천의 성과물인 작품으로 인하여
논쟁을 피할 수 없었고 이단이라는 꼬리표를 떼어버릴 수도 없었다.
그러나 동계는 "나를 알아주는 이가 적으니 나는 귀하다"라는 노자의
말로 자신을 위안하였다. 자신과 가장 절친하였던 조현명과 임상정

---

98) 『歸鹿集』, 卷13, 「與錫汝書」.
99) 『東谿集』, 卷10, 「答士心書」.
100) 『東谿集』, 卷10, 「又答林彦春書」.
101) 『瑣編』, 卷2, 〈趙龜命條〉.

도 그의 문학론에는 결코 동조하지 않았을 뿐만 아니라 정통 유학으로 회귀할 것을 권유하였던 것이다.[102]

이상에서 18세기 전반기에 도문일치론에서 도문분리론으로 전이되는 양상을 동계의 경우를 통하여 살펴보았다. 동계는 문학에 평생을 바쳤다. 그리고 당당하게 문학가임을 자부하였다. 동계는 산문 창작에 전념하였으니, 6권 12책 분량의 문집에는 극히 적은 수의 시만 전한다. 당대에는 사상적 이단성으로 인하여 평생 비난을 감수해야만 하였다. 그러나 그것은 문학세계를 확장하기 위한 과정과 수단이었다. 그의 사상적 개방성은 산문 작품에 충실히 반영되어 확장된 문학세계를 형성하였다. 또 그는 '자득의 의'를 중시하였는데, 그것은 개개의 작가가 터득한 개성을 의미한다. 그리고 자신만이 갖는 견식과 깨달음을 '자득의 진(眞)'이라고 하였다. 이러한 '자득의 진' 역시 개개인마다 변별성을 갖게 하는데, 동계는 방탕한 건달도 '자득한 진'이 있다고 인정하였으니 당시 도학자들이 말하는 절대적 가치 개념과는 현격한 차이가 있음을 알 수 있다. 그리고 그의 '방고이적의, 창신이적의논(倣古而適意, 創新而適意論)' 역시 창신에 논의의 무게중심이 있었다. 그러한 까닭에 그의 주변인들은 그에게 결코 동조하지 못하였고 끊임없이 질서 체제 속으로 복귀할 것을 강요하였다. 동계의 문학이론은 대부분 치열한 논쟁 속에서 만들어졌다. 그는 조현명·조이창·임상정·임상덕·임상원·조계명 등과 치열한 문학논쟁을 전개하였다. 그렇지만 동계는 그들과 대결 의식을 갖고 맞서면서 오히려 그의 문예론은 성숙한 면모를 보인다.

---

102) 『自娛錄抄集』, 「與趙錫汝書」.

동계는 비록 혹독한 비난에 맞서며 일생을 마쳤으나, 문학가로서의 위상은 그 누구도 가볍게 볼 수 없는 것이었다. 『조선왕조실록』에서 "조귀명은 문학적 재능을 지녔고", "조귀명은 평소에 문학으로 유명하였고"라고 한 언급과 영조가 직접 『동계집』의 서문을 지어 주었다는 기록을 통하여 동계가 문학으로 당대에 명성이 높았다는 사실을 확인할 수 있다. 또 이규상(李奎象)은 당대의 문장가로 황경원과 조귀명에 필적할 사람이 없다고 하면서 그의 문장을 극찬하였다. 그리고 이후의 산문 선집에서도 동계를 비중 있는 작가로 다루고 있다. 송백옥[宋伯玉 : 1837~1887]은 『동문집성(東文集成)』에 동계의 작품을 41편 수록하여 12명의 작가 중 42편을 수록한 미수 허목(眉叟 許穆) 다음으로 많은 작품을 취하였다. 또 창강 김택영[滄江 金澤榮 : 1850~1927]이 여한구가(麗韓九家)를 선정할 때 조귀명을 강한 황경원(江漢 黃景源)·항해 홍길주(沆瀣 洪吉周)와 함께 거론한 사실 등을 통해 볼 때 그가 문학사에서 점하는 위치를 충분히 알 수 있다. 동계는 우리 문학사에서 중대한 사유 체계의 전환과 그에 의하여 추동된 문학관, 문학론의 면모를 명확히 보여준다.

3. 임상정(林象鼎)의 문학론과 비평

임상정은 영조대에 활발하게 태동하였던 문학 사상의 변동 추이를 파악하는데 매우 적절한 연구 대상이다. 임상정은 당시 문명을 떨쳤던 임상원(林象元)·임상덕(林象德)과 사촌 형제간이다. 그는 조귀명과 서로의 생에서 가장 절친한 벗이라고 하였다. 또 조귀명은 임상정의 문장이 계곡 장유보다 뛰어나며 그가 없었다면 자신의 문학을 이룰 수 없었을 것이라고 공언하였다. 그와 같은 말을 들은 조귀명의 제자 최홍간(崔弘簡)[1]은 임상정을 조귀명의 종사(宗師)로 여기고 그를 찾아와 가르침을 청하기도 하였다.[2]

---

1) 최홍간(崔弘簡) : 1717(숙종 43)~1752(영조 28). 자는 성가(聖可). 최수신(崔守身)과 풍양 조씨 사이에서 장남으로 태어났다.(임규완, 「최홍간의 교유와 문학론」, 『한문학연구』 20집, 계명한문학회, 2006) 조귀명의 문하에서 10년간 수학하였다. 문집으로 『최종사문초(崔從史文草)』가 있다. 한편, 『병세재언록(幷世才彦錄)』〈문원록(文苑錄)〉에는 "최홍간(崔弘簡)과 최홍정(崔弘靖)은 모두 부제학을 지낸 최창대(崔昌大)의 아들이다. 모두 음직(蔭職)으로 벼슬을 하였고 고문(古文)에 능하였는데, 최홍간(崔弘簡)이 나았다고 한다[崔弘簡·弘靖, 皆副學昌大子. 俱蔭官, 皆能古文, 而弘簡勝云.]"라고 기록되어 있는데, 최창대는 그의 조부이다. 최석정(崔錫鼎)이 증조부이고 최명길(崔鳴吉)이 현조이니, 최홍간은 문학적 명문가 출신이라고 할 수 있다.

2) 趙公之言曰: "林公之文勝谿谷, 微林公, 吾不能成此文, 吾之遇林公, 是有命焉耳."

　임상정은 문학계의 동향에 민감하게 반응하고 문인들과의 결교에
도 적극적이어서 이하곤(李夏坤)을 직접 찾아가 그의 시문을 보기도
하였다. 이상에서 거론한 인물들은 모두 당대의 비중 있는 문학가들
이다. 그러므로 임상정의 문학 활동에 대한 파악은 당시 문학계의
일 양상을 밝히는데 매우 유효한 작업이라고 할 수 있다. 특히 임상
정의 문학세계는 조귀명과 밀접한 관계를 갖는데, 그들의 문학론은
매우 상이할 뿐만 아니라 대립적인 양상을 보인다. 그럼에도 불구하
고 임상정은 조귀명을 '문학의 스승'으로 존숭하였으며 그들은 모두
산문에 치력한 산문 작가로서의 공통적 면모를 보인다. 그와 같은
문학 활동은 의심할 여지없는 문학적 자각에 의해 가능한 것이다.
조귀명은 당대의 비난을 감수하면서도 문학과 도학이 별개의 분야임
을 증명하였고 '도학의 문장'은 문학적 가치를 논할 대상이 아님을
분명히 하였다. 그러한 문학론은 창작에도 그대로 반영되었다. 그러
나 임상정은 도학이 문학에 절대적으로 우선한다는 주장을 전개하는
동시에 문학의 지고한 가치와 창작의 지극한 즐거움에 대해서도 강
조하였다. 이와 같이 임상정에게 나타나는 이중적 성향은 조선후기
의 문학 현상 가운데 하나라고 할 수 있다. 따라서 본 장에서는 당대
문인들과의 관계 양상 속에서 이루어진 임상정의 문학론과 비평에
대한 파악을 통하여 조선후기의 문학 현상을 밝히는 작업의 일환으
로 삼고자 한다.

　於是益知執事之文章爲趙公之宗師.(『崔從史文草』,「上林翊衛書」)

1) 문장의 지상적 가치 인식

임상정에 대해서는 기왕에 소개된 자료가 없으므로 그의 생애에 대하여 간략하게 소개하도록 한다. 『나주임씨대동보(羅州林氏大同譜)』에 의하면 "공의 휘는 상정(象鼎)이고 자는 덕중(德重)이다. 숙종 신유년[1681년, 숙종 7]에 출생하여 기묘년[1699년, 숙종 25, 19세]에 진사가 되었고 관직은 장악원정(掌樂院正)을 지냈으며 을해년[1755년, 영조 31, 75세]에 졸하였다. 공은 타고나 자질이 어질고 순수하며 돈독하고 조신하였다. 어렸을 때부터 성실하고 근면하며 학문에 힘써 종제 노촌공[老村公 : 임상덕]과 함께 서로 절차탁마하여 원대한 업(業)을 기약하였고 동계 조귀명과 우의가 좋았다. 조공이 아끼고 존중하여 일찍이 말하기를, '그는 칠팔분(七八分) 나를 알아준다'고 하였고 또 '그를 대하면 물아(物我)의 마음이 제거된다'고 하였다. 영조가 태자였을 때 공이 세자시강원(世子侍講院)에서 자주 천의(天義)를 진술하여 극진한 대우를 받았다. 저술로는 『자오록(自娛錄)』 4권이 있는데 집에 보관되어 있다. 공이 일찍이 강목(綱目)의 권질(卷帙)이 너무 많다고 여겨 중요하고 정채 있는 것을 가려서 한 부의 책을 만들었다. 또 요순·삼대의 역사를 취하여 그 앞에 위치시키고 송·명·원사는 그 아래에 붙였으니 합하여 33권이고 그것을 이름하여 『역대사통(歷代史統)』이라고 하였다"고 하였다. 또 『자오록』의 뒤표지의 내지에는 임상정의 생몰 연대와 장악원정을 지낸 사실과 저술에 대한 사항이 기록되어 있는데, 『나주임씨대동보』의 내용과 일치한다. 다만 "문행(文行)으로 이름이 났다"는 사항이 추가되어 있다. 흥미로운 점은 임상정의 생애에 대한 서술에서 임상덕·조귀명과의 친분이 부각되어 있는데 그들

은 모두 당대에 문명을 떨친 인물들이다. 그러므로 그들이 임상정과 가장 절친한 관계를 맺었다는 사실은 그의 삶에서 문학이 가장 중요한 위치를 점하였음을 대변한다. 임상정이 문학에 심취하였음에도 불구하고 저작은 그다지 많이 남아 있지는 않다. 현존하는 『자오록』도 초(抄)의 형태로 되어 있어서 임상정의 문학세계의 전모를 파악하기에는 미흡한 점이 있다. 그렇지만 임상정의 문학론과 비평에 대한 실체를 파악하기에 부족할 정도는 아니다.

현존하는 『자오록』을 살펴보면 임상정은 산문 창작에 치중한 것으로 보인다.3) 산문 창작의 치중은 산문가로 자처하였던 조귀명에게서도 볼 수 있는 성향으로, 그들 간의 동인적 문학 활동에서 나타난 하나의 경향성이라고 할 수 있을 것이다. 임상정이 조귀명과 같이 적극적인 문학 활동을 하고 화려한 문명을 떨치지는 못하였지만, 문학의 가치에 대한 자각 하에서 나름대로의 창작과 비평 활동을 하였다. 물론 그의 문학 활동이 상대적으로 활발한 양상을 보이지 못한 이유는 그의 소극적인 문학관에서 기인한다. 그는 성리학적 문학관에 근거한 도본문말론(道本文末論)을 견지하고 있었다. 이론적으로는

---

3) 현존하는 『자오록』은 완전하지 못한 '초(抄)'의 형태를 하고 있으며 모두 필사본이다. 국립중앙도서관본은 『자오록초집(自娛錄抄集)』으로 책명이 되어 있는데, 시 26수·서(書) 4편·서(序) 1편·기(記) 2편·묘지(墓誌) 1편·제문 6편·행장 2편·전(傳) 1편·변(辨) 1편·명송(銘頌) 6편·만(挽) 2편·부(賦) 1편·상량문 2편·잡저 7편·〈수필록(隨筆錄)〉·〈제식(祭式)〉·〈책문(策問)〉 5편과 필사한 「수성지」가 수록되어 있다. 또 성균관대학교 소장본 『자오록』은 시가 전혀 없는 산문집이다. 이 책에는 만 5편·제문 46편(3권 앞에는 권차가 없다), 제3권에는 애사(哀辭) 5편·묘지 7편·묘표 5편·묘갈 1편·서(書) 4편, 제 4권에는 서(書) 10편·기 3편·서(序) 5편·발(跋) 6편·논(論) 5편, 제 5권에는 논 3편·전 2편·변 2편·찬(贊) 2편·명(銘) 6편·상량문 2편·잡저 17편이 수록되어 있다.

철저한 성리학적 문학관을 견지하면서도 실제로는 문학적 성취를 갈
구하였으므로 이론과 실제에 모순이 생기는 것은 당연한 귀결이다.
그러므로 임상정의 문학세계를 통하여 도학과 문학이 분기되는 시기
의 과도적인 현상을 여실히 볼 수 있다. 다음에서 그의 문학의 애호와
가치에 대한 견해를 살펴보도록 한다.

> 김전(金㻐)에게 들으니 송현(松峴)의 서 재상[徐 宰相 : 서명균]은
> 판서 김진규(判書 金鎭圭)와 취향과 기미(氣味)가 같지 않지만 문장
> 만은 유독 서로 알아주는 감정이 있었다. 서 재상이 매양 한 편을
> 발표하면 김진규가 문득 칭찬과 감탄을 마지않으며 "내가 미칠 수
> 없다"고 말하였다. 김진규의 문장이 발표되면 서 재상도 역시 그러
> 하였다.4)

위의 인용문은 서로의 취향과 기질·취미가 부합되지 않지만 문학
적인 결교는 가능하다는 하나의 일화를 예시하고 있다. 서명균(徐命
均)5)과 김진규(金鎭圭)6)는 각각 소론과 노론으로 그다지 사이가 좋지
않았던 것 같다. 그런데도 그들의 공통적인 관심사는 문학이었으므
로, 상대방의 작품에 지속적인 관심을 갖고 이해하고 감상하며 상대
방에 대한 칭송을 아끼지 않았다는 것이다. 임상정이 위의 일화를

---

4) 聞之金㻐, 松峴徐相與金判書鎭圭, 趨向氣味不類, 而文章獨有相知之感. 徐每一篇
   出, 金輒稱嘆不已, 道"我不能及". 金文出, 徐亦然.(『自娛錄』, 〈隨筆錄〉)
5) 서명균(徐命均) : 1680~1745. 자는 평보(平甫), 호는 소고(嘯皐), 본관은 달성. 영
   의정을 역임하였다.
6) 김진규(金鎭圭) : 1658~1716. 자는 달보(達甫), 호는 죽천(竹泉), 시호는 문청(文
   淸). 본관은 광산(光山)으로 김만기(金萬基)의 아들이며 동생은 인경 왕후이다. 대
   제학과 공조판서 역임. 문장에 뛰어나고 글씨와 그림에도 능하였다.

예시한 의도는, 현재적 사실을 통하여 문학이 갖는 마력을 증명하려
는 데 있다. 즉 문학에는 이해가 상충되어 소원한 관계라고 할지라도
서로 추양(推讓)하도록 만드는 마력이 있으므로 문학을 좋아하지 않
을 수 없다는 사실 논거를 예시한 것이다.

> 문장은 천하의 지극한 보배다. 지극한 보배는 사람마다 얻을 수
> 있는 것이 아니다. 그러므로 책을 좋아하는 사람이 매우 적다. 만약
> 사람마다 모두 책을 좋아한다면 온 천하가 거의 집집마다 화씨의 구
> 슬을 간직하고 사람마다 수나라의 구슬을 지니는 것처럼 문장은 다반
> 사가 될 것이다.
> 이 때문에 문장이 보배가 될 만하고 책을 좋아하는 사람은 귀하게
> 여길 만하다. 즐기는 것이 심하면 얻는 것이 깊고 심하지 않으면 얻는
> 것이 얕은데, 좋아하는 것의 분수가 다르기에 얻는 것의 깊이가 그와
> 관계 된다.
> 좋아하면서도 얻지 못하는 자는 간혹 있겠지만, 좋아하지 않는데
> 얻을 수 있는 자는 없다.
> 이른바 '좋아한다'고 하는 것은 그 지극한 맛을 진실로 아는 것이
> 마치 고기가 입맛을 돋우는 것과 같아서 비록 하루 동안만이라도 그
> 맛을 잊으려 해도 어쩔 수가 없다. 이는 대개 안배(按排)와 힘써 노력
> 하기를 기다리지 않더라도 천성에서 얻는 것이니, 매우 적어 귀하게
> 여길 만함이 당연하다.[7]

---

7) 文章天下之至寶也. 至寶, 非人人可得, 故人之嗜書者絶少. 若人而皆嗜書, 則天下
殆戶藏和璧, 人握隋珠, 而文章爲常茶飯矣. 夫是以文章爲可寶, 而人之嗜書者爲可
貴. 嗜之甚則得之深, 不甚則得之淺, 嗜之分數殊, 而得之深淺係焉. 盖嗜而不得者,
或有之矣, 未有不嗜而能得者也. 夫所謂嗜云者, 眞知其至味如芻豢之悅於口, 雖欲
一日忘之而不可得. 斯盖不待安排勉强, 而得之天性, 宜其絶少而可貴也.(『自娛錄』,
〈隨筆錄〉)

　임상정은 위의 인용문에서는 문장을 '지극한 보배'라고 규정하였
다. 보배는 희소성을 그 속성으로 하기 때문에 제한된 소수만이 얻을
수 있다는 논리를 전개하고 있다. 그것을 소유하기 위해서는 천부적
인 자질과 애호가 결합되어야만 한다고 하였다.

　'애호'는 개성적 심리 특징의 하나로 개인이 모종의 활동에 종사하
는 경향성을 가리키며, 그것은 직접적인 참여와 실천으로 나타난다.
특히, 문학 창작에 대한 애호는 창작 대상에 대한 접촉·숙지·탐색
의 갈망을 산생하게 한다. 애호는 창작 능력의 발선과 밀접한 관계가
있는데, 일반적으로는 창작 활동에 대한 애호가 강렬하고 온정적(穩
定的)일수록 창작능력은 제고된다. 애호와 능력은 상호 촉진하고 상
호 제약하는 관계라고 할 수 있다. 그러므로 임상정이 문학과 문인의
관계에 대한 논리를 전개하면서 '애호'를 거론한 것에서 그가 체계적
인 문학론을 지니고 있었음을 알 수 있다. 임상정은 문학적 성취는
문학에 대한 애호의 정도에 비례한다고 보았다. 심하게 좋아하여야
만 훌륭한 문학을 얻을 수 있다는 것이다. 그러나 좋아한다고 해서
꼭 문학적 성취를 할 수 있는 것도 아니라고 하였다. 반대로 좋아하지
않는데도 우연히 문학적인 성취를 할 수 있다는 명제도 성립되지 않
는다고 하였다. 문학을 좋아하지 않는다면 절대로 문학적인 성취를
할 수 없다는 것이다. 문학적인 성취란 열정적인 애호와 천부적인
재능이 결합된 소수만이 도달할 수 있다는 것이다. 그와 같은 문학의
마력은 마치 고기 맛과 같아서 한 번 맛을 들이면 잠시도 잊을 수가
없는 것이라고 단언하였다. 따라서 문학을 애호할 수밖에 없는 것은
본능적인 심리 작용과도 같아서 후천적인 노력에 우선하여 이미 존
재한다고 하였다.

　　나는 자질이 범상하고 용렬하여 어려서는 배우기를 좋아하지 않았
는데 가정의 권면과 독려 덕에 이름자나 대략 쓸 줄 알았다. 그러다가
늦게서야 비로소 문장이 지극한 맛이 있는 줄을 알아서 장차 경전·
사서(史書)·백가의 말에 힘을 크게 펼쳐서 그 하고자 하는 바를 구하
려 했으니, 비록 그것을 좋아한다고 말을 하더라도 괜찮다. 오로지
그것을 실행하는 데에는 힘쓰지 않아 마침내 얻은 바가 없더니, 지금
은 나이가 들고 재주와 힘은 이미 힘쓰기도 어렵게 되었다.[8]

　문학은 고유한 가치와 마력이 있으므로 자신도 문학에 열정적 애
호를 지니고 있었음을 술회하고 있다. 자신은 문장의 지극한 맛을
좋아하여 여러 종류의 서적들을 읽고 문학적 성취를 추구하였으므로
문학을 애호한다고 할 만한 자격이 있다고 하였다. '그 하고자 하는
바'란 문학 활동을 일컫는다. 그는 젊은 시절부터 문학을 평생 추구할
목표로 설정한 것이다. 그러나 문학에 대하여 애호만 하였지 실제
창작에는 경주하지 못하여 성과물이 그리 많지 않다고 탄식하였다.
임상정이 문학 창작에 다소 소극적인 양상을 보이는데 그 원인을 다
음의 시에서 찾을 수 있다.

옛날에는 태항산을 양장(羊腸)이라 했는데	羊腸舊說太行山
그 누가 이 세상에 양장을 만들어 놓았나	誰設羊腸此世間
진작 공들의 득실이 가련타는 말 믿었지만	早信諸公憐得喪
어찌 평지가 모두 다 덫인 줄을 알았겠나	豈知平地盡機關

---

8) 余資質凡庸, 幼而不好學, 賴家庭勸督, 粗記姓名. 晚而始覺文章之有至味, 將大肆
　力於經史百家之言, 以求其所欲, 雖謂之嗜之, 亦可也. 惟其行之不力, 卒無所獲, 今
　年紀婉晩, 而才力已難强矣.(「上揭書」)

문장 한 글자로도 일찍이 피를 흘렸는데	文章一字曾流血
작자 일곱 사람이 지금은 얼굴이 두껍다	作者七人今厚顔
세상 밖의 시비는 내가 관여할 바 아니니	塵外是非不吾管
바다머리에 백구의 대열을 따라서 가리라	海頭歸押白鷗班9)

위의 시에서 임상정은 험난한 세상살이와 아울러 문자 행위의 위험성에 대하여 토로하고 있다. '구절양장(九折羊腸)'이란 원래 구불구불하여 가도 가도 끝이 보이지 않고 험난한 태항산을 비유하는 말이다. 그런데 산에 있어야 할 구절양장이 세상에도 있다는 것이다. 세상사 역시 가도 가도 그 끝이 보이지 않고 험난하기만 하다는 말이다. 선대의 명공(名公)들이 역사의 득실에 마음 상해하는 말을 자신도 일찍부터 믿기는 하였지만, 현실은 평지에도 사람을 잡기 위한 함정이 도처에 있을 정도로 결코 만만하지 않다. 특히 문자 행위는 기휘를 저촉하여 필화(筆禍)를 야기할 수도 있는 위험을 내포하고 있다. '작자칠인(作者七人)'이란 『논어』에서 유래한 말로 은자(隱者)를 의미한다.10) '지금은 그들의 얼굴이 두껍다'고 하였으니, 현재는 은거의 가치가 상실되었다는 의미이다. 그러나 자신은 세상사에는 관여하지 않고 은거하여 자연과 벗하며 살고 싶다는 염원을 드러냈다. 이 시에는 세상사의 길이 험난하고, 특히 문자 행위로 인하여 화를 자초할 수도 있다는 임상정의 소극적 사고가 잘 나타나 있다.

임상정이 문학에 대한 열정이 강하고 창작을 위한 공부를 하였지만 실제로 문학적 성취는 자신의 기대에 미치지 못하였고 현재는 늙어서

---

9) 『自娛錄抄集』, 「次秋興八首」.
10) 『논어』, 「헌문(憲問)」에 "作者七人矣"라는 구절이 있다.

재주와 힘을 경주할 수 없는 지경이 되었다는 개탄에서 문학의 가치
에 대한 신념과 성취에 대한 미련 사이에 발생한 간극을 볼 수 있다.

　　이로 인하여 강개하고 한탄하는 한편 가만히 살펴보니 당세의 선
비들로 능히 좋아하는 자는 많지 않다. 형제 중에서는 우리 이호[彝
好 : 임상덕]를 얻고, 친구 중에서는 조석여[趙錫汝 : 조귀명]를 얻고,
후배 중에서는 윤중소(尹仲素)를 얻으니 세 사람은 모두 심하게 좋아
하는 자들이다. 이호와 석여는 문학적 수준이 매우 높고 탁월하여
미칠 수가 없기에 우리는 모두 그를 스승으로 삼는다. 중소는 약관인
데도 이미 늠름하게 작자의 길로 향하여 그 진보를 헤아릴 수 없으니
두려워할 만한 사람이다. 나는 좋아하면서도 얻지 못하는 자이다.
사람 중에 좋아하여 얻은 자를 보면 비록 평소 알지 못하는 사람이라
도 마음으로는 문득 애모하거늘 하물며 우리 세 사람의 경우에 어떻
겠는가?11)

　문학의 가치에 대한 인식과 애호는 자연스레 문인적 교류와 결교
를 이루게 하였다. 임상정은 당시에 자신의 주변 인물 중에서 문학적
성취가 높은 인물로, 형제 중에는 사촌 동생인 임상덕(林象德),12) 친
구 중에는 조귀명(趙龜命), 후배 중에는 윤중소(尹仲素)를 꼽았다. 그

---

11) 因是慨恨而又默察, 當世之士, 盖能嗜者, 寡矣. 於兄弟, 得吾彝好, 於朋友, 得趙錫
　　汝, 於後生中, 得尹仲素, 三人者, 皆嗜之甚者也. 彝好·錫汝, 文學甚高卓乎不可及,
　　吾皆師之. 仲素, 弱冠已凜凜向作者, 其進不可量, 可畏者也. 吾嗜之而不得者也. 見
　　人之嗜而得者, 雖素所不識, 心輒愛慕, 況於吾三人者乎?(『自娛錄』, 〈隨筆錄〉)
12) 임상덕(林象德) : 1683(숙종 9)~1719(숙종 45). 자는 윤보(潤甫)·이호(彝好), 호
　　는 노촌(老村). 37세에 요절하였으나 정약용이 그를 '관각대수(館閣大手)'라고 칭할
　　정도로 문학적 성취가 높았다. 교리와 이조정랑 등의 벼슬을 거쳤다.(박석무, 『노촌
　　집』 해제, 여강출판사, 1985)

들은 모두 문학을 몹시 좋아하는 자들로 특히 임상덕과 조귀명은 자신보다 나이가 어린데도 불구하고 스승으로 삼는다고 하였으므로 문학이 그들의 관계를 규정하는 요소로 작용하였음을 알 수 있다. 임상정은 임상덕과 조귀명을 일생에서 가장 절친한 사이로 생각하였는데,[13] 그러한 교분은 문학적 애호로 더욱 공고해진 것으로 보인다. 그들은 소극적인 차원의 문학 동호인이 아니라 서로 의견을 교환하고 비평을 가하는 적극적 차원의 문인 관계였던 것으로 보인다.[14] 임상정은 문학을 애호하는 사람을 보면 그 사람에 대해서 알지 못하더라도 애모하는 마음이 생긴다고 하였는데, 이는 상투적인 말로만 그친 것이 아니라 실제로도 그러하였다.

처음에 내가 이재대[李載大 : 李夏坤]의 이름을 들었지만 한번도 만나 본 적이 없었다. 근간에 성에 들어갔을 때 그가 정곡(貞谷)에서 당숙과 함께 같이 공부한다는 말을 듣고 드디어 찾아가 보았다. 그 사람은 이마가 넓고 수염이 좋으며 눈동자가 빛이 났다. 그와 더불어 말을 해보니 가슴속이 평탄(平坦)하고 담론이 웅변스럽고 박식하여 끝이 없었다. 그가 자신의 문장을 꺼내어 나에게 보여 주기에 읽어보니 풍부하고 호탕하며 맑고 아름다워 매우 볼만하였다. 시문이 모두 7권인데 시가 3분의 2를 차지하였다. 그가 스스로 말하기를, "평생

---

13) 兄弟而若吾彛好, 朋友而若吾錫汝, 其親愛我, 可謂至矣.(『自娛錄』, 〈隨筆錄〉)
　　*앞에서 인용하고 있는 〈수필록〉과 다른 부분임.
14) 임상덕의 「夢與德重氏, 劇談文章, 覺而有感, 聊述德重話, 綴長律一篇, 俟有便寄去也.」(『老村集』)를 보면, 그가 문학을 주제로 임상정과 담론하는 꿈을 꾸었을 정도로 그들은 적극적인 차원의 문인 관계를 형성하고 있었음을 알 수 있다. 또 「答趙錫汝書」는 임상정이 조귀명의 문학적 성향에 대하여 강도 높은 비평을 한 글인데, 문학적 경향의 불일치는 활발한 상호 비평을 가능하게 하였던 요인이 되었다.

시를 좋아하여 공력을 쌓았지만 도리어 저는 시에 능하지 못합니다." 라고 하였다. 그래서 그와 의견을 나누지 못하였지만 요컨대 대략 시가 그 사람과 같았다. 내가 한 번 보는 사이에 이미 그 사람됨과 문장을 잘 알았다.15)

임상정이 이하곤(李夏坤)16)과 처음 교분을 맺게 된 계기를 술회한 글이다. 이하곤은 문장가로 이름을 떨쳤는데, 임상정은 일면식도 없는 상태에서 그를 방문하여 그의 시문을 보고 그 사람됨과 문장에 대하여 평가를 하였으며 그의 저작 7권을 모두 보았다고 한다. 이와 같이 임상정이 지닌 문학적인 열정은 문인에 대한 애정과 문학 작품에 대한 지속적인 관심을 갖도록 만들었다. 그러므로 임상정과 임상덕·조귀명·윤중소는 단순히 형제·친구·후배라는 관계 이상의 '문학적 동지'라고 할 수 있다.

비록 그렇지만 지극한 보배를 몸에 지니고 있으면 명성이 밖으로 드러나기 마련이다. '보배'는 천하가 귀하게 여기는 것이고, '명성'은 조화가 꺼리는 것이다. 그러므로 문장 하는 선비는 운명이 기이한 경우가 많다. 이호는 몸은 비록 현달하였지만 일생 동안 기구한 일이 많았고, 석여도 허약하고 병을 잘 앓아 입에 약을 달고 살다가 죽었으

---

15) 始余聞李載大之名, 而未及一見. 間入城, 聞其在貞谷與堂叔同榻, 遂往扣之. 其人廣顙而好髯鬚眸眼燁然. 與之語, 胸懷坦平, 談論辨博不窮. 出其文示余讀之, 瞻宕瀏麗, 甚可觀也. 詩文凡七卷, 而詩居三之二焉. 自云: "平生好詩, 有積工, 而顧余不能詩." 故不能與之商論, 然要之大約亦如其人焉. 余於一見之間, 旣已得其爲人與文章也.(『自娛錄』, 〈隨筆錄〉) *앞에서 인용하고 있는 〈수필록〉과 다른 부분임.

16) 이하곤(李夏坤) : 1677~1724. 자는 재대(載大), 호는 담헌(澹軒), 본관은 경주. 음직으로 여러 차례 벼슬을 제수 받았지만 나가지 않았다. 이하곤의 문학세계에 대해서는 『담헌 이하곤 문학의 연구』(이상주, 성균관대학교 박사학위논문, 1994) 참조.

니, 또한 여기에 좌죄(坐罪)된 것이 아닌가? 그러나 두 사람은 그 이름이 이미 드러나서 지금 비록 피하려고 하지만 피하려고 하면 할수록 더욱 드러났다. 오직 중소는 아직 어려서 이름이 심하게 드러나지 않았다. 나는 항상 '스스로 재주를 감추고 또 덕으로 사람을 사랑하라'는 의미로 경계하였다.[17]

임상정이 추구한 것은 고도의 문학적 성취였으며 문학을 수단으로 한 명예의 획득이 아니었다. 오히려 문명을 떨치는 것에 대해서는 신중하지 않아서는 안 된다는 견해를 피력하고 있다. 임상덕은 37세의 젊은 나이에 요절하였고 조귀명은 자신의 병을 소재로 2편의 「병해(病解)」를 지을 정도로 일생 동안 병마에 시달렸는데, 임상정은 그들의 불행이 문명에 연유한다고 본 것이다. 물론 이 글에서 '문명의 경계'는 후배인 윤중소를 대상으로 한 것이지만, 자신에 대한 것이기도 하다. 자신이 문장에 대한 큰 열정을 지니고 있고 일생 동안 문학 창작에 매진하여 왔지만 형제인 임상덕과 친구인 조귀명 만큼 성과를 보지 못하였던 것에 대한 자기 위안일 수도 있다. 그런데 위의 인용문에서 특기할 만한 사항은 '지보재신(至寶在身)'이다. '몸에 간직한 지극한 보배'란 무엇을 의미하는 것인가? 그것이 몸에 있으면 소문이 밖으로 드러난다고 하였다. '소문'이란, '문명(文名)'을 의미하므로 '지보재신(至寶在身)'은 선천적인 문학적 재능을 의미한다. 임상정은 「답최홍간서(答崔弘簡書)」에서 문학 창작 행위를 할 수밖에 없도록

---

17) 雖然, 至寶在身, 則聲名外著. 寶者天下之所貴, 而名者造化之所忌也. 故文章之士, 多數奇. 彛好身雖顯達, 而一生多坎壈, 錫汝亦淸羸善病, 藥餌不離口亡, 亦坐此故耶? 然二人者, 其名已暴, 今雖欲避之, 而殆愈避而愈章. 獨仲素年尙少, 名不甚著. 吾常戒以自晦, 亦愛人以德之意也.(『自娛錄』, 〈隨筆錄〉)

만드는 '천기(天機)'를 '고유의 보배'라고 하였다. 그러므로 임상정은
문학의 가치를 지고한 것으로 생각하였을 뿐만 아니라, 문학 창작
능력 역시 보물과 같이 소중한 것으로 생각하였다. 또 창작 행위를
통하여 완성된 작품을 '천하의 보배'라고 하였고, 만족할 만한 창작
행위와 성과물을 보는 즐거움을 '천하의 바꿀 것이 없는 즐거움'이라
고 하였다. 그리고 대책문(對策文)에서도 "저는 일찍이 논하기를 문장
은 만세(萬歲)의 공변된 물건이고 천하의 지극한 보배라고 하였습니
다. 이것은 무수히 단련한 금이나 여러 개의 성(城)과도 바꿀 만한
구슬과 같습니다. 그러하기에 그 경중과 미악(美惡)이 저절로 일정한
값이 있으니 말로 바꿀 수 있는 것이 아닙니다"라고 하여 문학은 그
무엇과도 바꿀 수 없는 지고한 가치를 지니고 있다고 하였다.

　이상에서 본다면 임상정은 문학은 천하의 보배이며 그것은 희소성
을 그 속성으로 한다고 생각하였다. 그리고 문학 창작을 추동하는
작가의 내적 요소인 '천기'를 작가가 본래부터 소유하고 있는 보배라
고 규정하였다. 또 창작에 종사하는 즐거움이야말로 천하의 지극한
즐거움이고 그 결과물인 작품은 천하의 보배라고 하였다. 임상정은
인간의 문화 가운데에서 문학이 가장 가치 있는 것이라는 견해를 가
지고 있었던 것이다. 그리고 문학은 비록 상이한 이해관계를 지닌
사이라고 할지라도 상호 추양(推讓)할 수 있도록 만드는 효용적 가치
가 있다고 생각하였다. 이와 같이 지고의 가치를 가지고 있는 문학을
성취하기 위해서는 열정적 애호가 필수적이지만, 그것은 문학 성취
의 필요조건은 될지언정 충분조건이 되지는 않는다고 생각하였다.
희소성이 있는 보물을 좋아한다고 모두 얻을 수 없는 것과 같은 이치
이다. 따라서 임상정은 문학을 깊이 애호하면서도 성취하지 못함을

안타까워하였다. 문학의 가치에 대한 임상정의 인식은 문학을 매개
로 한 친교를 맺도록 하였는데, 이는 문학에 대한 적극적이고도 지속
적인 관심에 의한 것이다.

2) 당송팔대가문(唐宋八大家文)과 도학(道學)

임상정의 문학의 지고한 가치에 대한 인식은 문학적 성취에 대한
갈망으로 이어진다. 그러나 자신이 말했듯이 애호가 성취의 충분조
건이 아니므로, 임상정은 문학을 극심하게 애호하고도 자신이 설정
한 목표에 도달하지 못하였다고 생각하였다. 그와 같은 좌절감은 "문
학의 최고 정점에 도달하는 것이 과연 인간의 힘으로 가능한가?", "지
난한 노력을 경주하여 추구할 만한 가치가 진정으로 있는가?"라는
회의를 하도록 만들었다. 그러한 좌절과 회의는 성리학적 문학관으
로 선회하는 결과를 초래하였다. 따라서 임상정에게서는 문학의 지
고성을 강조하는 문학관과 도본문말론으로 표명되는 성리학적 문학
관이 모두 나타난다.

임상정은 문학의 정점에 도달하기 위하여 당송팔대가의 문장을 학
습하여야 한다는 견해를 가지고 있었다. 당송팔대가문을 거치지 않
고서는 어떠한 경우라도 문학적 성취를 할 수 없다고 생각하였다.
그러나 동시에 인간의 능력으로는 시대를 거슬러 올라가 당송팔대가
의 문장을 성취할 수 없다는 회의를 하였다. 그와 같은 이중성은 문학
의 가치를 인정하면서도 문학의 존재를 부정하는 논리의 파탄을 맞
는다. 그리고 그 대안으로 '도학'을 제시하게 된다. 인간의 능력으로
문학의 최고 수준에 도달하기 위해서는 지난한 노력이 필요하다. 그

러나 그러한 과정을 겪는다고 한들 성취할 수 없는 반면, 도학은 성취
의 가능성이 있다고 생각한 것이다. 도학으로 선회할 것을 강조한
논리는, 창작을 위하여 '심장을 깎아 내고 콩팥을 뽑아내는' 수련의
과정을 경험한 끝에 얻은 결론이므로, 임상정의 문학에 대한 열정이
어느 정도였는지 볼 수 있다. 그러면 임상정은 문학적 성취를 위하여
필수적인 학습의 과정으로 설정하고 있는 당송팔대가에 대하여 구체
적으로 어떤 견해를 가지고 있었는가?

한문학사에서 당송고문은 상당히 중요한 지위를 점한다. 당송고문
은 선진, 서한시대 제자(諸子)의 산문과 역사 산문의 우수한 장점을
계승하여 내용이 충실하고 구식(句式)이 장단(長短)에 구애받지 않으
며 표현이 질박하고 유창한 특징이 있다. 동시에 변문(騈文)과의 투쟁
속에서 부단한 자기 발전과 완성의 과정을 거쳐 체재와 장법(章法)
등에서 많은 창조적 성과를 거두어 독특한 예술 풍격을 이루었다.
이로 인하여 당송고문은 명청대의 산문 이론과 창작에 큰 영향을 끼
쳤다. 당송의 문원(文苑)에서 다수의 명문장가가 배출되었는데, 그 중
에서 당나라의 한유 · 유종원, 송나라의 구양수 · 소순 · 증공 · 왕안
석 · 소식 · 소철을 '당송팔대가'라고 지칭한다.[18] 그들의 작품은 풍
부한 내용성과 독특한 예술 풍격을 지니고 있기 때문에, 하나의 학습
대상으로서 부동의 위치를 점한다.

다음의 「팔대가찬(八大家贊)」에서 당송고문팔대가에 대한 임상정
의 견해를 알 수 있다.

4자 1구로 총 80구인 「팔대가찬」에는 오직 한유의 자인 '퇴지(退

---

18) 劉禹昌 · 熊札滙 譯註, 『唐宋八大家文章精華』, 湖北人民出版社, 1995.

之)'가 보일 뿐 기타 팔대가의 인적 사항에 대해서는 명기되어 있지
않다. 단, 전체의 80구는 10구씩 8명에게 각각 해당한다.

문장이 이치를 따르고 글자가 순(順)하며 표현을 자유롭게 하고
내용을 넓히니 혼연(渾然)하고 파랗게 깊은 것이 끝없는 바다와 같
다. 주공의 심정과 공자의 생각이며, 하나라 모(謨)의 문체와 은나라
반경(盤庚)의 문체이다. 진부한 말을 떨어버리고 위로는 사마천과
반고를 엿본다. 내가 삼원(三原)[19]을 외워보니 거의 '지언(知言)'이
라고 하겠다.[20]

위의 인용문은 한유에 해당하는 사항이다. 위의 글은 「남양번소술
묘지명(南陽樊紹述墓誌銘)」, 「진학해(進學解)」, 「창려문집서(昌黎文集
序)」, 「답이익서(答李翊書)」[21]에서 각각 인용하여 구성하였다. 임상
정은 진부한 표현을 배격하고 적확한 용어를 구사하며, 선진·양한
산문의 전통을 계승한 한유의 고문운동을 높이 평가한 것이다.

젊어서는 빛나는 명성을 떨쳤고 만년에는 변방으로 귀양을 가서,
산수 사이에서 자유롭게 지내 그 말을 창성하게 하였다. 옆으로 확장

---

19) 삼원(三原) : 한유의 「원인(原人)」·「원도(原道)」·「원훼(原毁)」.
20) 文從字順, 外肆中宏. 浩渾蒼淵, 如海無�. 周情孔思, 夏謨殷盤. 拚去陳言, 上窺
遷·班. 我誦三原, 庶其知言.(『自娛錄』, 「八大家贊」)
21) • 文從字順各識職.(『東雅堂昌黎集註』, 卷34, 「南陽樊紹述墓誌銘」)
 • 上規姚姒, 渾渾無涯, 周誥殷盤, 佶屈聱牙, 春秋謹嚴, 左氏浮誇, 易奇而法, 詩正
而葩, 下逮莊騷, 太史所錄, 子雲相如, 同工異曲, 先生之於文, 可謂閎其中而肆其外
矣.(『東雅堂昌黎集註』, 卷12, 「進學解」)
 • 周情孔思.(『東雅堂昌黎集註』, 「昌黎文集序」)
 • 惟陳言之務去.(『東雅堂昌黎集註』, 卷16, 「答李翊書」)

하고 서로 통하며 위 아래로 범람하여 그를 근본으로 하고 그를 참고
로 하여 공(功)을 거두어들여서 굳세고 점잖으니, 허튼 말을 하지 않
는 그가 한유는 사마천과 필적할 수 있다고 인정하였다.[22]

위의 인용문은 유종원에 해당하는 사항이다. 유종원의 광범위한
창작 학습과 작품의 성향에 대한 서술은 「답위중립논사도서(答韋中立
論師道書)」[23]를 인용한 것이고, 한유가 유종원을 사마천과 비견한 서
술은 유우석(劉禹錫)이 쓴 「유자후집서(柳子厚集序)」에서 인용한 것이
다.[24] 임상정은 유종원이 왕숙문(王叔文)의 혁신 운동에 참여하였다
가, 그 실패로 말미암아 폄적(貶謫)된 사실과 산수유기의 새로운 경지
를 개척한 것을 특징적인 면모로 제시하였다. 유종원은 「여양경조빙
서(與楊京兆憑書)」에서 자신이 폄적된 이후에 제대로 된 문학 행위를
할 수 있었다고 하였으므로,[25] 임상정이 그의 정치적 부침과 문학적
성과를 연관시킨 것은 적절한 평가라고 할 수 있다. 또 광범한 학습을
통하여 문학적 수양을 제고한 점도 높이 평가하고 있다.

---

22) 少振華聞, 晚斥荒陬. 放於山水, 以昌厥詞. 旁推交通, 泛濫上下. 本之參之, 收功健
雅. 退之不欺, 許配司馬.(『自娛錄』, 「八大家贊」)
23) 本之書以求其質, 本之詩以求其恒, 本之禮以求其宜, 本之春秋以求其斷, 本之易以
求其動, 此吾所以取道之原也. 參之穀梁氏以厲其氣, 參之孟 · 荀以暢其支, 參之
莊 · 老以肆其端, 參之國語以博其趣, 參之離騷以致其幽, 參之太史公以著其潔, 此
吾所以旁推交通而以爲之文也.(『柳河東集』, 卷34, 「答韋中立論師道書」)
24) 子厚之喪, 昌黎韓退之誌其墓, 且以書來弔曰: "哀哉! 若人之不淑. 吾嘗評其文, 雄
深雅健, 似司馬子長."(『柳河東集』, 「柳子厚集序」)
25) 自貶官來無事, 讀百家書, 上下馳騁, 乃少得知文章利病.(『柳河東集』, 卷30, 「與楊
京兆憑書」)

세상이 쇠퇴하고 풍속이 변하여 글의 폐단이 도올(檮杌)과 같이
되었다. 신실한 군자여! 글을 써서 폐단을 바로잡고 평이하게 이치를
말하고 수식하고 고쳐서 묘경에 이르렀도다. 한 번 컴컴하고 괴이한
것을 변화시켜 전고체(典誥體)로 순정하게 만들었도다. 후대가 배울
때는 이 원고를 일삼기를 청한다.26)

위의 인용문은 당시 유행하던 서곤체(西崑體)를 비판하고 한유의
고문 학습을 강조하였던 구양수에 해당하는 사항이다. 『주자어류(朱
子語類)』의 일부 내용을 인용하여 논리를 구성하였다.27) 구양수는 북
송 시문 혁신 운동의 영수로 젊어서는 한유로부터 깊은 영향을 받았
다. 정치에 종사한 후에는 윤수(尹洙)·매요신(梅堯臣)·소순흠(蘇舜
欽) 등과 함께 고문 제창에 힘쓰는가 하면 스스로 한유의 문장을 교정
하여 세상에 간행하였다. 그는 특별히 후진 양성을 중시했는데 일찍
이 지공거(知貢擧)의 지위를 빌어 고문에 능한 인재들을 널리 등용하
였다. 소순(蘇洵) 부자와 증공·왕안석 등이 모두 그의 문하에서 나왔
다. 그가 다년간 뜻을 같이 하는 사람들과 쌓아올린 노력의 결과 북송
의 시문 혁신 운동은 마침내 풍성한 성과를 거두어, 송초(宋初)의 화
려한 문풍이 사라지는 등 그 영향이 지대하였다.28) 따라서 임상정은
구양수의 적극적인 문풍 혁신 운동과 그의 지대한 영향을 높이 평가
한 것이다.

---

26) 世衰風渝, 文弊檮杌. 允矣君子, 立言矯革. 平易說理, 修改到妙. 一變幽怪, 醇乎典
   誥. 後之學之, 請事斯藥.(『自娛錄』, 「八大家贊」)
27) 歐公文亦多是修改到妙處.(『朱子語類』, 卷139, 「論文上」)
28) 『중국문학사전』 Ⅱ 작가편, 연세대학교 중국문학 편역실, 다민, 1994.

발분하여 원고를 태우며, 문을 닫고 읊조리고 외우며, 호연히 발휘
하여 하수(河水)의 큰물을 터뜨리는 것 같다. 전국시대로 치달리고
오자와 손자를 범람(汎濫)하며, 홍장(鴻匠)을 절충하고 순경(荀卿)의
문장과 같다. 두 아들은 고상(翶翔)하여 그들의 군대를 펼쳤다.29)

위의 인용문은 소순(蘇洵)에 해당하는 사항이다. 소순의 작품 성향
에 대해서는 소순의 「상전추밀서(上田樞密書)」와 「상한추밀서(上韓樞
密書)」를 근거로 하였다.30) 청나라의 장학성(章學誠)은 『교수통의(校
讐通義)』에서 소순을 병가(兵家)에 귀속시키고 소식(蘇軾)을 종횡가(縱
橫家)에 귀속시켰다. 임상정도 소순의 두 아들인 소식과 소철(蘇轍)이
부친과 성향을 달리 하는 것을 "고상하여 그들의 군대를 펼친다"고
비유하였다. 임상정은 소순의 작품이 웅건하고 분방하여 전국시대
병가(兵家)의 문풍을 지닌 것을 가장 특징적인 면모로 지적하였다.

샘의 근원 만곡(萬斛)이 가리지 않고 솟아나니 비유하건대 저 떠가
는 구름이 애당초 정해진 바탕이 없는 것과 같다. 이는 오로지 공의
문장으로 공이 실로 스스로 이름을 냈도다. 오로지 하늘이 뜻이 있어
서 이 사람에게 정화(精華)를 빌려주니 가슴속의 조화가 붓 아래에
바람 불고 천둥친다.31)

---

29) 發憤焚藁, 閉戶吟誦. 浩然發揮, 若決河�. 馳騁戰國, 汎濫吳孫. 折衷鴻匠, 荀卿之
文. 二子翶翔, 以張其軍.(『自娛錄』, 「八大家贊」)
30) • 遷·固之雄剛, 孫·吳之簡切.(『嘉祐集』, 卷11, 「上田樞密書」)
    • 洵著書無他長, 及言兵事, 論古今形勢, 至自比賈誼.(『嘉祐集』, 卷11, 「上韓樞
    密書」)
31) 泉源萬斛, 不擇而發. 譬彼行雲, 初無定質. 是惟公文, 公實自名. 惟天有意, 假此精
英. 胸中造化, 筆下風霆.(『自娛錄』, 「八大家贊」)

위의 인용문은 소식(蘇軾)에 해당하는 사항이다. 소식의 작품 성향
에 대한 서술은 소식의 「논문(論文)」과 「답사민사서(答謝民師書)」에서
인용하였는데, 이는 소식의 창작 예술론의 결정이라고 평가된다.32)
소식은 이들 글에서 충분한 표현의 자유를 구비할 것ㆍ객관적인 예술
의 규율과 완전히 부합되도록 할 것ㆍ풍부하고 다채로운 예술 수법과
풍격을 운용할 것ㆍ선명하고 생동하는 예술적 이미지를 형상화할 것
등을 주장하였는데, 임상정 역시 그러한 요점을 포착하였다.

> 동생이 형에게 받았으면서 형과 맞선다. 정확하고 고묘(高妙)하면
> 서도 어떨 때는 둘 다 겸해 얻기도 하였다. 형의 추양(推讓)을 받아
> 이름이 매우 성하게 되었다. 임금이 백성을 거느리는 계책과 세상을
> 경영하는 말이다. 그의 「복복령부(服茯苓賦)」와 「황루부(黃樓賦)」는
> 천 년간 향기로움을 전한다.33)

위의 인용문은 소철(蘇轍)에 해당하는 사항인데, 주로 소철의 작품
성향과 그의 형 소식이 그를 높이 평가한 사실을 중심으로 서술하였
다. 그 내용은 소식의 「답장문잠현승서(答張文潛縣丞書)」와 「서자유초
연대부후(書子由超然臺賦後)」에서 취하였다.34)

---

32) • 吾文如萬斛泉源, 不擇地皆出, 在平地滔滔汩汩, 雖一日千里無難, 及其與石山曲
　　折, 隨物賦形, 而不可知也. 所可知者, 常行于所當行, 常止于不可不止, 如是而已
　　矣.(『東坡全集』, 卷100, 「論文」)
　　• 所示書教及詩賦雜文, 觀之熟矣, 大略如行雲流水, 初無定質, 但常行於所當行,
　　常止於所不可止, 文理自然, 姿態橫生.(『東坡全集』, 卷75, 「答謝民師書」)
33) 弟受之兄, 而與兄軋, 精確高妙, 而或兼得. 得兄推讓, 有名孔殷. 君民之策, 經世其
　　言. 茯苓黃樓, 千載傳芬.(『自娛錄』, 「八大家贊」)
34) • 子由之文實勝僕, 而世俗不知, 乃以爲不如其爲人, 深不願人知之. 其文如其爲
　　人, 故汪洋澹泊, 有一唱三歎之聲, 而其秀傑之氣, 終不可沒, 作黃鶴賦, 乃稍自振

정밀하고 심오하며 간약하고 요점이 있으며 끌로 새기는 듯하고
준엄하고 강력하다. 여러 가지 정서를 단련하고 가공하여 발표할수록
찬란하다. 내가 그 글을 외워보니 글이 그 사람과 같았다. 독창적인
식견을 자유자재로 운영하여 표일(飄逸)하게 속세를 초월하였다. "문
사(文辭)는 그릇에 그리는 그림과 같다", "교묘한 기교나 화려한 수식
을 구사하려면 쓰임에 적절하게 할 필요는 없다"고 주장하여 우리의
문원(文園)을 열어 주었다.35)

위의 인용문은 왕안석에 해당하는 사항인데, 「상인서(上人書)」와
「제구양문충공문(祭歐陽文忠公文)」에서 그의 문학적 특징과 이론을
취하여 글을 구성하였다.36) 왕안석은 '문장은 내용을 주로 하여야
하고, 내용은 '예교치정(禮敎治政)'이나 '유보어세(有補於世)'와 관련이
되어야 한다'는 견해를 제시하여 문학의 대사회적 작용에 대한 적극
적 견해를 개진하였는데, 임상정은 왕안석의 그러한 점을 가장 특징
적인 면모로 파악한 것이다.

厲, 若欲以警發憒憒者, 而或者便爲僕代作, 此尤可笑.(『東坡全集』, 卷74, 「答張文
潛縣丞書」)
    • 子由之文, 詞理精確, 有不及吾, 而體氣高妙, 吾所不及, 雖各欲以此自勉, 而天
資所短, 終莫能脫, 至於此文, 則正確高妙, 殆兩得之, 尤爲可貴也.(「書子由超然臺
賦後」)
35) 精深簡要, 鑱刻廉悍. 鼓鑄群情, 愈出以粲. 我誦其文, 文如其人. 恣其獨見, 飄逸絶
塵. 繪畵適用, 牖我文園.(『自娛錄』, 「八大家贊」)
36) • 且所謂文者, 務爲有補於世而已矣. 所謂辭者, 猶器之有刻鏤繪畵也. 誠使巧且
華, 不必適用, 誠使適用, 亦不必巧且華, 要之以適用爲本, 以刻鏤繪畵爲之容而已.
(『臨川文集』, 卷77, 「上人書」)
    • 世之學者, 無問乎識與不識而讀其文, 則其人可知.(『臨川文集』, 卷86, 「祭歐陽
文忠公文」)

　　의리를 실행하는 것과 정치에 관한 일이 무엇이 그 문장과 같을
까? 문장으로 인하여 도(道)를 보고 도에 의거하여 말을 세운다. 육
경을 고취하여 여러 문장가를 짐작하니 누가 그와 같을 것인가? 오
로지 한나라의 유향(劉向)이다. 성세(盛世)의 음(音)이고 성하게 흐
르는 물결이로다.37)

　　위의 인용문은 증공(曾鞏)에 해당하는 사항이다. 『송사(宋史)』에서
는 그의 문장을 "위아래로 치달으면서 내면 낼수록 더욱 교묘하며
육경에 근본을 두고 사마천·한유를 계승하였으니, 당시의 솜씨 좋
은 문장가 중에 그를 뛰어넘은 자가 드물다"38)고 평하였는데, 임상정
역시 유가의 도를 중시한 증공의 문학 성향을 높이 평가한 것이다.
　　임상정이 당송팔대가를 높이 평가한 요인은 무엇인가?
　　우선 임상정은 당송팔대가들과 유학의 관련성을 중시하고 있다.
이론(異論)이 존재하지 않는 것은 아니지만, 한유는 일반적으로 유학
도통의 일원으로 간주된다. 따라서 임상정은 한유의 문학이 갖는 사상
내용성을 "주공의 심정과 공자의 생각"이라고 평하였고 그 형식은 『서
경』의 체와 같다고 평하였다. 또 『송사』 「증공전」에서 증공의 문학적
경향을 "본원육경(本原六經)"이라고 하였는데, 임상정은 '육경고취(六
經鼓吹)'라는 좀 더 적극적인 표현을 써서 증공을 평가하였다. 임상정
은 당송팔대가들이 유가적 내용과 형식을 이상적으로 계승하여 발전
시켰다는 점을 중시한 것이다.39) 그리고 그들의 작법상의 구체적인

---

37) 行義政事, 孰如其文? 因文見道, 依道立言. 鼓吹六經, 斟酌群匠. 誰其似之? 惟漢
　　劉向. 盛世之音, 藹然流浪.(『自娛錄』, 「八大家贊」)
38) 上下馳騁, 愈出而愈工, 本原六經, 斟酌於司馬遷·韓愈, 一時工作文詞者, 鮮能過
　　也.(『宋史』, 卷319, 「曾鞏」)

특징으로 '문종자순(文從字順)'과 '평이(平易)'를 들었다. 물론 '문종자순'과 '평이'는 당송팔대가들의 작품에서 공통적으로 나타나는 특징이기는 하지만 임상정은 육경을 '숙속지문(菽粟之文)'[40]이라고 규정한 바 있으므로, 그 역시 유가적 창작 이념이 충실히 구현되었다고 본 것이다. 특히, 한유와 구양수가 이전의 문풍을 혁신한 고문운동을 높이 평가하였으며 창작 수법의 측면에서도 독창성을 높이 평가하고 있다.

또 하나 주목되는 점은, 사마천·반고·손자·오기·순경·유향 등의 인물에 대한 평가이다. 사마천과 반고는 고문가들이 모범으로 삼는 인물이다. 임상정은 사마천과 반고를 문학가로 규정하고 도학과 상대적인 위치에 둘 때는 평가절하를 하였다.[41] 그러나 「팔대가찬」에서는 한유의 문학적 성취를, "사마천이나 반고를 엿본다"고 평하였고 또 유종원의 문학적 성취를 논하면서 그를 사마천과 비견한 한유의 말을 인용한 것을 본다면, 임상정은 사마천과 반고의 문학적 성과를 높이 평가하고 있음을 알 수 있다. 또 유향(劉向)은 서한의

---

39) 한유와 증공 이외에도 유종원은 "文者以明道"(「與韋中立論師道書」)라고 하였고, 구양수는 "道純則充于中者實, 中充實則發爲文者輝光"(「答祖擇之書」)라고 하였으며, 소식은 "爲文必與道俱"(「祭歐陽文忠公夫人文」)라고 하였다. 또 왕안석은 "도의를 전하고자 하는 마음은 아직도 있고 힘써 문장을 배우는 힘은 이미 다하였네. 뒷날 맹자를 엿볼 수 있다면 죽을 때까지 한공[韓愈]을 어떻게 감히 바라겠는가? [欲傳道義心猶在, 强學文章力已窮, 他日若能窺孟子, 終身安敢望韓公.]"(「奉酬永叔見贈」)라고 하였듯이 그들은 유가의 도 실천을 일생의 가장 큰 목표로 삼았으며, 문학 창작상에서도, '文貫乎道'(「上邵學士書」)라고 한 바와 같이 문장은 도를 구현하여야만 한다는 견해를 지녔다. 이같이 대부분의 당송팔대가는 도의 우선성을 강조하였다.

40) 『自娛錄』, 「答趙錫汝書」.

41) 「上揭書」.

대표적인 경학가이다. 특히 그의 「전국책서록(戰國策書錄)」은 후세 고
문가들이 아끼는 저작으로, 증공은 「전국책목록서(戰國策目錄序)」를
쓰기도 하였다. 한편 순경(荀卿)은 공자와 맹자를 잇는 유학의 대가라
고는 하지만 법가 등 각가의 학설을 취하였기 때문에 유가의 적통으
로는 보지 않는 것이 일반론이다. 더구나 손자·오기는 병가를 대표
하는 인물이다. 그럼에도 불구하고 임상정은 그들 제자백가의 문장
에서 소순이 영향을 받았다고 평가하였다. 그들의 특징을 객관적으
로 인정하여, 제자백가의 문학 유산을 흡수한 걸과 큰물을 터뜨리는
것처럼 기세 있는 문장을 창작하였다는 점을 높이 평가하고 있다.
제자백가의 충분한 학습이 창작을 위하여 필수적이라는 견해는 유종
원에 대한 평에서도 볼 수 있다.

이상과 같이 임상정은 문학 창작을 위한 학습의 자료로 육경뿐
만 아니라 사마천·반고의 사서류(史書類)와 제자백가 역시 중시하
였다.

또 소식에 대해서는 행운유수(行雲流水)와 같이 구속되지 않는 창
작의 절대적 자유를 높이 평가하였으며, 소철과 왕안석에 대해서는
문학의 정치적·사회적 기능을 중요한 특징으로 지적하고 있다. 그
것은 문학의 존재 가치에 대한 강조라고 할 수 있다.

「팔대가찬」에서 또 하나 특기할 점은 당송팔대가에 대한 학습 태
도이다. 임상정은 당송팔대가의 문장을 하나의 텍스트로 설정한 것
이 아니라 절대적인 문학 창작의 모범으로 설정하고 있었다. 따라서
팔대가의 문장을 발분하여 배우고 모조리 외워 태워 없앨 정도로 철
저하게 학습할 것을 역설하였다. 「팔대가찬」이 주로 팔대가의 문장
에서 취하여 구성한 것이라는 사실을 감안한다면, 임상정 자신도 당

송팔대가를 철저하게 학습하였다는 것을 알 수 있다. 다음의 글에서
당송팔가문에 대한 그의 견해를 더욱 명확하게 볼 수 있다.

> 내가 평생 둔하고 졸렬하여 백에 하나도 능한 것이 없고 다만 소시
> 적부터 조금 문장의 고질이 있어서 약관의 나이에 망령되게도 "문장
> 을 반드시 할 만하다"고 생각하였소.
> 일찍이 팔가제자(八家諸子)의 문장을 두루 보았고, 성품은 또 소식
> 의 문장을 몹시도 좋아하였소. 오로지 독실하게 좋아하고 깊게 맛을
> 들인 까닭에 말로 표현하고 문자로 표출하는 것이 왕왕 소식의 구기
> (口氣)가 있었소. 동계도 일찍이 나의 작품을 품평하여 "공은 어찌
> 뱃속에 소식의 혼을 장사지냈습니까? 어떻게 입만 열었다 하면 소식
> 의 말을 냅니까?"라고 하였소. 대개 동계도 또한 소식의 글을 심하게
> 좋아하는 사람이어서 그 기미(氣味)와 취향이 나와 차이가 없소. 그런
> 까닭으로 매양 내 글 중에서 소식의 글과 근사한 것이 있는 것을 볼
> 때마다 문득 흔연히 즐겨 품평을 하는데 그 말이 실상을 지나침을
> 스스로 깨닫지 못하였소. 지난번에 이른바 "아무개를 만난 것[동계가
> 임상정을 만난 것]도 운명입니다"라고 한 말 또한 이에 연유한 듯한
> 데, 그대는 이에 바로 '으뜸 스승[宗師]'이란 지목을 내게 더하니 어쩌
> 면 그렇게 잘못된 말을 심하게 하오? 비록 그렇지만 내가 일찍이 동계
> 와 더불어 문장에 대해서 상세히 논한 적이 있소. 나는 항상 말하기를
> "문장의 수준은 세대의 선후(先後)와 풍기(風氣)의 순도(純度)에 연유
> 한다. 지금 사람들이 진한의 문장을 만들 수 없는 것은 마치 골짜기가
> 언덕이 될 수 없으며 넝쿨이 소나무나 잣나무가 될 수 없는 것과 같아
> 서 그 이치가 매우 분명한 까닭에 붓을 잡은 선비가 만약 고문에 뜻을
> 둔다면 팔가를 궁극적 법칙으로 삼지 않을 수 없다. 팔가 중에서 성정
> 이 자기와 가깝고 재주와 품격이 미칠 수 있는 자를 따라서 귀숙처(歸

宿處)로 삼아야 한다"라고 하였소. 이는 나와 동계가 같이 힘쓰는 것
이오.[42)

위의 글은 당시에 문명이 있던 최홍간(崔弘簡)에게 보내는 편지의
일부이다. 최홍간같이 문학적인 재질이 있는 사람이 임상정을 찾아
가게 된 직접적인 계기는 대문장가인 조귀명의 추천에 의한 것이다.
최홍간은 임상정에게 보내는 편지에서 조귀명이 임상정에 대해 하였
던 말을 옮기고 있다. 최홍간은 자신이 어릴 때부터 조귀명이 고문에
능하다는 소리를 듣고 후에 그를 스승으로 섬겼다고 한다. 그런데
동계는 임상정의 문장이 계곡 장유(谿谷 張維)보다 뛰어나며 그가 없
었다면 자신의 문장도 이룰 수 없었다고 격찬하였다고 한다.[43) 그런
데 임상정은 조귀명이 자신을 추천하게 된 이유를 최홍간에게 밝힐
필요가 있다고 생각하여 위와 같이 말한 것이다. 임상정은 자신은
문학에 고질이 있다고 밝혔다. 상대에게 문학의 학습법에 대한 의견
을 개진하기에 앞서 그것은 자신이 이미 숙고한 사항임을 시사하였
다. 이는 논리의 타당도를 제고하기 위한 예비적 도론인 셈이다. 그

---

42) 僕平生鈍拙, 百無一能, 只是自少, 粗有文章之癖, 方年弱冠, 妄謂文章必可做, 盖
嘗泛濫於八家諸子之文, 性又酷好坡翁文. 惟其好之篤, 而味之深, 故發於言辭, 見
於文字者, 往往有坡氏口氣. 東谿嘗題吾作曰: "公豈葬坡魂於腹中耶? 何爲開口出坡
語也?" 盖東谿亦好坡文之甚者, 其氣味趨向, 與余無間. 故每見吾文有近似坡翁者,
輒欣然樂而爲之題評, 不自覺其言之溢實. 疇昔所謂遇某有命云者, 似亦由此, 而吾
子乃直以宗師之目加之, 何其言之誤之甚耶? 雖然僕嘗與東谿論文章熟矣. 僕恒言以
爲文章之高下, 由於世代之升降, 風氣之淳漓. 今之人, 不可爲秦漢之文, 猶坑谷之
不可爲丘陵, 藤蘿之不可爲松栢, 其理明甚, 故操觚之士, 苟有意於古文, 則不得不
以八家爲究竟法. 八家之中, 隨其性情之相近, 才品之可及者, 爲歸宿焉. 此僕與東
谿之所同勉者也.(『自娛錄』, 「答崔弘簡書」)
43) 『崔從史文草』, 「上林翊衛書」.

리고 자신은 팔가의 문장을 두루 보고 그 중에서 소식의 문장을 독실하게 좋아하여 자연히 언사와 문자가 소식과 유사하게 되었다고 하였다. 조귀명이 임상정에게 "뱃속에 소식의 혼을 장사지냈습니까?"라고 물었을 정도였으므로 임상정이 소식을 어느 정도로 애호하였는지는 충분히 알 수가 있다. 당송팔대가문을 태워 없앨 정도로 외우고 학습하라는 자신의 권고를 스스로 실천했다는 사실을 알 수 있다. 그리고 조귀명에게 품평의 대상이 되는 작품은 소식의 문장과 근사한 것이었다. 당송팔대가 문장의 학습 정도가 하나의 평가 기준이 되었음을 알 수 있다. 그는 이어서 조귀명에게 보낸 자신의 편지를 인용하면서 문장가가 팔대가를 궁극적 법칙으로 여겨야 하는 이유를 밝히고 있다. 산문에서 최고의 수준으로 설정하고 있는 대상은 진한문이다. 그러나 진한문은 당송문보다 시간적 거리가 더욱 멀리 떨어져 있기 때문에 도달할 수 없다는 것이다. 그러므로 당송팔대가를 중시해야만 한다는 것이다. 그러나 당송팔대가의 문장 모두를 학습한다는 것은 상당히 어려운 일이 아닐 수 없다. 그러므로 좀 더 현실적이고 효과적인 학습 방법을 제시하였으니, 당송팔대가 중에서 자신의 성정과 가장 가깝고 능력이 미칠 수 있는 대상을 최종적 학습 목표로 삼아야 한다고 하였다. 당송팔대가를 모두 학습하는 과정에서 자신이 완전히 소화·섭취할 수 있는 대상만을 최종적으로 전공하라는 것이다.

그러나 「팔대가찬」에서 볼 수 있는 견해만으로, 임상정의 문학론을 단정한다면 커다란 오류를 범하게 된다. 왜냐하면 임상정의 문학론은 이중적 성향을 띠고 있기 때문이다. 비록 당송팔대가를 찬양하고 있지만 그것은 도본문말(道本文末)의 순차적인 차원에서 개진된 논

리에 불과하다. 다음 글에서 임상정의 당송고문가에 대한 이중적 견해를 정확하게 볼 수 있다.

> 보내 준 편지를 받고 기거(起居)에 아름다운 복이 있음을 알고 문서기사(文書記事)가 의미가 있으니 그리워하는 마음에 꽤나 위안이 되오.
>
> 전에 보여준 그대의 문장을 받아서 다 읽어보았는데 말의 뜻이 깊고 문채가 빛나며 입지가 넓고 체력이 완전하고 성하여 탐독하고 완상하여 본 이래로 거의 종이가 해지는 줄도 깨닫지 못하였소. 이러한 문장은 마땅히 전체의 큰 모양을 보아야 하고 문장 사이에 혹 조그마한 하자가 있다고 할지라고 또한 어찌 보옥이나 큰 구슬의 흠이 되겠소? 그대가 나로 하여금 망령되게 비평을 가하게 하니 이것이 비록 보탬을 구하는 말로 어쩔 수 없이 그렇게 하였더라도 나에게 부탁한다면 잘못이라오.[44]

조귀명이 임상정에게 자신의 원고를 보내서 비평을 의뢰하였는데, 위의 인용문은 그에 대한 임상정의 답장 중 일부이다. 임상정은 조귀명을 당대 최고의 문장가로 칭송하였고 자신보다 무려 12살이나 연하인데도 친구라고 하였을 뿐만 아니라 자신의 스승이라고 추숭할 정도로 조귀명의 문학세계를 높이 평가하였다. 임상정이 조귀명의 작품에 지대한 애정을 기울였으리라는 것은 말할 나위도 없다. 그러

---

44) 辱書承起處佳福, 文史有味, 殊慰戀嫪. 前示盛文, 受而卒業, 辭旨淵深, 而文彩煒煒, 地步恢濶, 而體力完盛, 耽翫以來, 殆不覺紙之弊也. 此等文章, 當觀其全體大樣, 政使其間, 或有毫髮疵纇, 亦何足爲璵璠大球之病哉? 足下欲使不佞, 妄加鍼砭, 此雖求益之辭, 不得不爾, 而施之不佞, 則誤矣.(『自娛錄』, 「答趙錫汝書」)

므로 위의 글이 형식적인 인사치레로 하는 칭찬이 아님을 알 수 있다. 임상정은 조귀명의 작품에 대해서 내용이 심오하며 형식도 뛰어나다고 평가하였다. 또 작품에 내재되어 있는 작가의 세계관과 필력도 완전하고 왕성하다고 하였으니, 작가의 문학적 재질과 정력이 활발하게 반영되어 있으며 내용과 형식이 적절하게 조화된 작품으로 평가한 것이다. 그러나 임상정이 조귀명의 작품을 긍정적으로 평가한 반면에 그의 작품적 성향에 대해서는 회의하였고, 급기야 문학 활동의 중지를 요구하는 극단적 권고까지 하였다. 「답조석여서(答趙錫汝書)」는 임상정이 최홍간에게 보낸 편지에서 그 내용을 인용하고 있을 정도로 치력한 노작으로써, 조귀명을 설득하기 위하여 치밀한 논리를 전개하고 있다.45)

　　문장의 수준이 높기로는 사마천·반고보다 뛰어난 이가 없소. 이후로부터 당나라에는 한유·유종원이 있고 송나라에는 구양수·소식이 있고 우리나라에는 계곡 장유(谿谷 張維)·택당 이식(澤堂 李植)이 있어서 모두 걸출한데 그대는 그들처럼 모두 하기를 달갑게 여기지 않고 다만 사마천과 반고를 좇아 짝할 만하다고 하니 그 뜻이 또한 크다고 이를 만하오. 그러니 지금 힘쓸 바는 마땅히 계곡·택당·구양수·소식·한유·유종원을 거친 뒤에 바야흐로 좇고자 하는 바를 좇을 수 있는 것이오. 계곡·택당·구양수·소식·한유·유종원을 굴복시킨 이후에라야 짝하고자 하는 대상을 짝할 수 있소. 그대가 스스로 헤아려보건대 지금 나가는 바로는 과연 누구의 냄새와 맛을 얻을 것이며 과연 누구네 집의 계단에 이를 것인지요?46)

---

45) 임상정은 「祭趙錫汝文」에서도 이 편지에 대하여 언급하고 있다.
46) 夫文章之高, 莫尙乎遷·固. 自此以降, 唐有韓·柳, 宋有歐·蘇, 東國有溪谷·澤

임상정은 문장가 중에서 최고의 경지에 도달한 인물로 사마천과 반고를 들고 있다. 사마천과 반고에 대한 임상정의 견해는 「팔대가찬」에서 이미 본 사실이다. 그리고 중국에서는 당나라의 한유·유종원, 송나라에서는 구양수·소식을 열거하였고 우리나라에서는 장유·이식을 꼽았다. 임상정이 이와 같이 명문장가를 종적으로 나열한 이유는 무엇인가? 그것은 조귀명의 창작론을 반박하기 위한 도론이다. 조귀명이 자신이 나열한 문장가들을 모두 무시하고 또 최고의 문장가로 설정하고 있는 사마천과 반고까지도 능가할 문장을 쓸 수 있다고 하는 논리를 반박하기 위한 도론이다. 임상정은 당송고문가를 학습하여야 할 뿐만 아니라 우리나라의 명문장가들의 문장을 학습하는 과정을 반드시 거쳐야 한다고 주장하였다. 그는 그 과정으로 두 단계를 설정하였다. 단순히 학습하는 것과 학습의 대상을 완전히 뛰어넘는 것이다. 그것은 순차적 과정이므로 한 번에 이루질 수 없다고 하였다. 정리하자면 사마천이나 반고와 같은 문장가가 되기 위해서는 우리나라의 장유와 이식과 같은 문장가와 당송의 대표적 고문가인 한유·유종원·구양수·소식의 문장을 학습하고, 그 다음으로 그들을 완전히 정복하는 단계를 지나야만 된다는 것이다. 이와 같은 학습의 과정을 거치지 않은 조귀명의 문장에 대해서 임상정은 그 존재의 근거에 대해서 묻고 있다. 학습의 과정을 무시하였으므로 작품의 존재 근거가 있을 수 없다는 것이다. 즉 현재 도달해 있는 조귀명

堂, 皆其傑然, 而足下皆不屑爲, 直以遷·固爲可追配, 其志亦可謂大矣. 然則今之所務者, 當歷溪·澤·歐·蘇·韓·柳而後, 方可追所欲追者. 屈溪·澤·歐·蘇·韓·柳而後, 方可配所欲配者. 足下自度, 見今所進, 果得誰人臭味, 果到誰家階級? (『自娛錄』, 「答趙錫汝書」)

의 문학적 수준이 어느 정도인지 알 수 없다는 것이다. 앞서 「답최홍
간서(答崔弘簡書)」에서 조귀명이 임상정의 작품을 평가하는 척도가
소식에 근접한 정도였음을 본 바 있다. 따라서 문학적 수준을 평가할
수 있는 척도는 앞에 열거한 고문가들인데 그들을 조귀명이 부정하
였기 때문에 평가를 할 수조차 없다는 것이다.

　　지금 이후로 헤아려보건대 얼마나 공부해야 우뚝하게 앞에 서는
것을 볼 수 있겠소? 이것은 천박하고 몽매한 내가 알 수 있는 바가
아니니 진실로 그대가 시험 삼아 스스로 살펴보기를 원하오. 내가
괴상하게 여기는 바는, 세상의 명성이 난 사람들과 재주 있는 선비들
이 붓을 잡고 문장을 지으면서 평생 세월을 보내는데, 일생의 정력을
다하여 그대가 하고자 하는 바를 하는 자들을 도리어 다시 어떻게
한정하겠는가마는, 끝내 한 사람도 진실로 능히 한나라와 당나라를
능가하고 지나서 위로 사마천·반고의 문호(門戶)를 당기지 못하고
그 저서가 많아 수레에 다 싣지 못하고 방안에 다 들이지 못할 지경이
라도 수십 년 뒤에는 사람들에게 항아리 덮개로 사용되지 않을 것이
거의 드물다는 것이오. 이것이 어찌 힘쓰지 않아서이겠소?[47]

임상정은 조귀명이 이후로 얼마나 공부를 하여야 문학적인 효력을
볼 수 있는지 생각해 보라고 권유하고 있다. 그는 조귀명의 문학 창
작에 대한 공부가 잘못되었다고 생각하였다. 수없이 많은 사람들이

---

47) 從今以往, 度下幾許工, 可見其卓然立乎前也? 此非淺蒙之所可知, 誠願足下之試
　　自省也. 不佞竊怪世之聞人才士, 操觚摛藻, 窮年閱歲, 以竭一生之精力, 爲足下之
　　所欲爲者, 顧復何限, 而卒未有一人, 眞能凌歷漢·唐, 而上攀遷·固之戶, 至其著書
　　之多, 將車不能載, 棟不能容, 而數十年之後, 不爲人之覆瓿用者幾希. 此豈爲之不
　　力哉?(「上揭書」)

일생 동안 문학 창작에 전념하였지만 한·당을 능가해서 사마천과 반고의 수준에 도달한 사람은 그 누구도 없다고 단정하였다. 비단 작가만 그러한 것이 아니다. 그들이 지은 수많은 저작 역시 그 가치를 인정받지 못하고 후대에 겨우 항아리 덮개로 전락하는 수모를 당하게 된다는 것이다. 그런데 문제는 문장가들이 최고의 수준에 도달하지 못하고 그들의 작품이 폐기되는 이유가 노력을 하지 않기 때문이 아니라는 데에 있다. 그렇다면 그 이유는 어디에 있는 것일까?

> 그것은 반드시 까닭이 있으니, 단지 지금 사람들만 그런 것은 아니오. 구양수·소식은 전아하고 웅건하지만 간혹 한유·유종원에게 손색이 있고, 한유·유종원은 드넓고 정밀하며 심오하지만 간혹 사마천·반고에게 손색이 있소. 그런데 사마천·반고에게도 미칠 수 없으면서 위로 전·고(典·誥)를 짝한다면 또한 이것은 하등의 계책이오. 문장에 고금이 있은 지 오래되었소.
> 사마천·반고는 마침내 좇을 수 없고, 한유·유종원·구양수·소식은 마침내 거칠 수 없으면서 그 정신을 피폐시키고 그 마음의 힘을 고갈시켜 그 경지에 이르기를 바라는 것은 또한 미혹되오. 그러니 선비가 이 세상에 살면서 반드시 이것을 제외하고 마땅히 할 일은 또한 그대가 이미 아는 바이오.[48]

수없이 많은 문장가들이 평생 창작 활동에 종사하여도 명문을 후

---

48) 其必有所由然矣, 不特今之人然也. 歐·蘇之雅健, 而或遜於韓·柳, 韓·柳之渾浩精深, 而或遜於遷·固. 遷·固之不可及, 而上配典誥, 則亦斯下矣. 文章之有古今, 盖久矣. 夫遷·固, 卒不可追, 韓·柳·歐·蘇, 卒不可歷, 而欲弊其精神, 竭其心力, 以蘄至乎其域, 亦惑矣. 然則士生斯世, 必有除此, 而所當爲者, 亦足下之所已知也. (「上揭書」)

세에 남길 수 없는 이유는, 비록 명문장가들이 나름대로 장점이 있다
고 하더라도 이전 시기의 명문장과 비교하면 부족한 점이 있기 때문
이다. 따라서 송나라의 문장은 당나라의 문장에 미칠 수 없고 당나라
의 문장은 한나라의 문장에 미칠 수 없으며 한나라의 문장은『서경』
에 미치지 못한다. 그러므로 송을 지나 당을 거쳐 한나라나 선진의
『서경』의 체(體)에 도달한다는 것은 불가능하다. 왜냐하면 옛날과 지
금은 시대가 다르고 시대의 산물인 문장도 다르기 때문이다. 그러므
로 고대 문장의 경지에 도달하려는 노력과 의지는 무모하다고 단정
하였다. 그렇다면 문장가가 해야 할 일은 무엇인가?

> 그런 까닭으로 나는 항상, "문장의 수준은 세대의 성쇠(盛衰)와 관
> 계있으니, 지금 사람이 옛날의 글을 지을 수 없는 것은 마치 골짜기를
> 억지로 언덕으로 만들 수 없으며 넝쿨풀을 당겨서 소나무나 잣나무로
> 만들 수 없는 이치와 같다"고 말하오. 이는 그 풍기(風氣)가 말미암는
> 바로서 사람의 힘을 용납하기 어려운 것이오. 저 성명(性命)의 이치,
> 오상(五常)의 덕, 인간의 도리와 사물의 법칙의 아름다움은 마치 해와
> 달·별에 일정한 밝음이 있고 음양과 추위·더위에 일정한 기가 있는
> 것과 같소. 그래서 비록 드러나고 어두운 것이 때가 있고 통하고 막히
> 는 것이 사람으로 말미암지만 그 본체라면 애당초 고금의 차이가 없
> 소. 그것을 닦으면 선이 되고 길(吉)이 되고 군자가 되고 요·순이
> 되고, 그것을 거스르면 악이 되고 흉(凶)이 되고 소인이 되고 걸·주
> 가 되니 다만 추향하는 바가 어떠한 가에 달려있을 따름이오. 그런
> 까닭으로 요·순 뒤의 우임금·탕왕·문왕·무왕·주공·공자가 또
> 한 요·순과 동일하고 안자·증자 뒤의 자사·맹자와 주돈이·정
> 호·정이·주자 등 여러 군자도 또한 안자·증자와 동일하오. 49)

임상정은 인간의 능력으로 고대의 문학 수준에 절대로 도달할 수 없다는 논리의 근거로 '문학과 시대의 관련성'을 제시하였다. 즉 문학 수준의 높고 낮음은 시대의 융성, 쇠퇴와 관련 있다는 것이다.[50] 이는 문학의 발전이 역사와 사회적 현실에 규제를 받는다는 논리이다. 역사적 현실 속에서 삶을 영위하며 창작 활동을 하는 작가가 역사적 현실을 뛰어넘을 수 없는 것은 당연하므로 고대의 문학적 수준에 도달하려는 작가의 노력은 무모하다는 결론이 도출된다. 그러므로 최고의 수준에 도달하려는 노려이 문학에서는 무의미하다는 것이다. 그렇다면 인간이 노력해서 도달할 수 있는 분야는 무엇인가? 그것은 시대에 따라서 변화하지 않는 대상이어야 한다. 임상정은 그 대상으로 '성명지리(性命之理), 오상지덕(五常之德), 민이물칙지의(民

---

49) 故不佞常謂: "文章之高下, 由於世代之汚隆, 今之人, 不可爲古之文, 猶坑谷之不可强爲丘陵也, 蔓草之不可引爲松栢也." 此其風氣之所由, 而難容人力者也. 若夫性命之理, 五常之德, 民彝物則之懿, 如日月星辰之有定明, 陰陽寒暑之有定氣. 雖顯晦有時, 通塞由人, 而其本體則未始有古今之異也. 修之則爲善爲吉爲君子爲堯舜, 悖之則爲惡爲凶爲小人爲桀·紂. 顧在所趍之如何耳. 故堯·舜之後, 禹·湯·文·武·周·孔, 亦一堯·舜也, 顔·曾之後, 子思·孟子與夫濂·洛·程·朱諸君子, 亦一顔·曾也.(「上揭書」)

50) 문장이 시대의 변화와 밀접한 관계가 있어서, 시대에 따라 문장의 수준이 정해진다는 관념은 동중서(董仲舒)의『春秋繁露·楚莊王 第一』에서 비롯하여 한(漢) 유안(劉安)의『淮南鴻烈·氾論訓』, 양(梁) 유협(劉勰)의『文心彫龍·通變, 定勢, 時序』, 북제(北濟) 위수(魏收)의『魏書·文苑傳序』, 당 이연수(李延壽)의『北史·文苑傳序』, 유지기(劉知幾)의『史通·因習·雜說 下』, 유우석(劉禹錫)의「唐故尙書禮部員外郞柳君集記」, 공영달(孔穎達)의「詩大序正義」, 당 배연한(裵延翰)의「樊川文集序」, 송 구양수(歐陽脩)의「蘇氏文集序」, 왕안석(王安石)의「祿隱」, 주희(朱熹)의『朱子語類, 卷139』, 엄우(嚴羽)의『滄浪詩話·詩評』, 명 이동양(李東陽)의『麓堂詩話』, 하경명(何景明)의「漢魏詩集序」, 왕세정(王世貞)의「全唐詩說」, 호응린(胡應麟)의『詩藪·內編』, 원굉도(袁宏道)의「與江進之」, 청 전겸익(錢謙益)의「吳湯日詩序」 등에서 주장되었고, 그 이후로도 끊임없이 제기된 논리이다.(徐中玉,『通變編』, 중국사회과학출판사, 1992)

彝物則之懿)'를 제시하였다. 물론 그 세 가지는 유가의 존재와 가치의
원리이며 규율이다. 그것을 궁구하는 학문이 도학이다. 그것들은 각
각 다른 시대적 상황과 인간의 수준에 따라 약간의 성질 변화가 있기
는 하지만 일월성신과 음양한서(陰陽寒暑)와 같은 우주 자연의 운행
과 현상에 법칙성이 있는 것과 같이 불변의 성질을 지니고 있다는
것이다. 그러므로 그것들은 문학과는 달리 고금의 차이가 없다고 단
정하였다. 고대의 문학적 수준에 도달하기 위한 노력이 무모한 것이
라면 '성명지리(性命之理), 오상지덕(五常之德), 민이물칙지의(民彝物
則之懿)'는 인간의 노력 여하에 따라 그 성취의 정도가 다르지만, 만
약 노력을 경주한다면 최고의 수준까지 도달할 수 있다고 하였다.
문학에서 송나라의 구양수와 소식이 당나라의 한유와 유종원의 수준
에 도달하지 못하였다. 그러나 도학에서 송나라의 도학자들이 춘추
전국 시대의 유학자들과 동등하게 되고 그들은 결국 성인(聖人)인
요·순과 동일하게 될 수 있었다는 논리가 성립된다.

> 시대는 비록 옛날과 지금의 차이가 있으나 마음을 바르게 하고 뜻
> 을 성실히 하고 자신을 닦고 집안을 가지런히 하고 나라를 다스리고
> 천하를 평정하는 도는 천만년이 지나더라도 한 사람의 손에서 나온
> 것과 같으니, 어찌 일찍이 미치지 못할까 근심하기를 마치 하늘에
> 오르는 것 같이 하겠소? 하물며 옛날의 성현이 후대의 사람들을 위하
> 여 열어 보여준 것은 뜻이 상세하면서도 조리가 분명하며 길이 지극
> 히 가까우면서도 문호(門戶)가 지극히 올바르기에 진실로 생각을 한
> 결같이 하고 마음을 성실히 하여 구할 수 있다면 여기에 도달할 수
> 있소. 그러니 또 어찌 저들의 아득하고 어두워 의지할 바 없어 심장을
> 깎고 콩팥을 뽑아내면서도 마침내 또한 이르기 어려운 것과 같겠소?

그런 까닭에 유자(儒者)가 법을 만들어서 "사람들이 모두 요·순이
될 수 있다"[51]라고 하였고, 또 "성인이 되기를 능히 생각하라"[52]라고
하였소. 그러니 지금 문장 하는 선비로 하여금 천하에 법을 세우게
하여 말하기를 "문장은 모두 사마천과 반고가 될 수 있다"라고 할 따
름이라면 그대는 그 말을 인정하겠소? 그 역시 변론을 기다리지 아니
하고도 명백할 것이오.[53]

도학에서, 정점에 도달할 수 있는 구체적인 방법은 무엇인가? 그
것은 『대학』에서 제시한 성의(誠意)·정심(正心)·수신(修身)·제가
(齊家)·치국(治國)·평천하(平天下)의 조목이다. 그들 조목은 비록 오
랜 시간이 지났어도 구체적이고 한결같기 때문에 충분히 도달할 수
있다는 것이다. 그 뿐만 아니라 그것에 대한 구체적 방법을 성현들이
조리 있고 상세하게 제시하고 있기 때문에 더더욱 실현 가능성이 있
다고 하였다. 반면에 문학은 구체적인 설명이나 방법이 제시되어 있
지 않아서 그것을 추구하는 사람들이 처절한 고통을 경험하면서도
도달할 수 없다. 이어서 임상정은 도학의 실현 가능성과 문학의 실현

---

51) 『맹자』〈고자〉에 "조교가 묻기를 '사람이 모두 요·순처럼 될 수 있다고 하는데,
   그런 말이 있습니까?'라고 하였다[曹交問曰, 人皆可以爲堯·舜, 有諸?]"는 말이
   있다.
52) 『서경』〈다방(多方)〉에 "성인(聖人)이라도 생각하지 않으면 광인(狂人)이 되고, 광
   인이라도 능히 생각하면 성인이 된다[惟聖罔念作狂, 惟狂克念作聖.]"는 말이 있다.
53) 時雖有古今之殊, 而所以正心誠意修齊治平之道, 歷千萬年, 如出一人之手, 曷嘗患
   其不可及, 如登天然哉? 而況古昔聖賢之所以爲後人開示者, 旨訣纖悉, 而條理分
   明, 路邇至近, 而門戶至正, 苟能一意誠心而求之, 斯可以及焉. 又豈如彼之茫昧無
   憑, 刓心擢腎, 而卒亦難到者哉? 故儒者之制法曰: "人皆可以爲堯·舜", 又曰: "克念
   作聖" 今使文章之士, 立法於天下曰: "文皆可以爲遷固"云爾, 則足下其許之乎? 其亦
   不待辯而明矣.(『自娛錄』, 「答趙錫汝書」)

불가능성을 대립시켜 논리를 전개하고 있다.

> 그런 까닭에 나는 일찍이 "세상의 군자가 무익한 문장에 정신을
> 피곤하게 하고 힘을 고갈시키면서도 후대 사람들의 바자 울타리 주
> 변의 물건이 되는 것을 면치 못하는 것보다는 차라리 그 정신을 거
> 두어들이고 그 심지를 한결같이 하여 나에게 있는 귀함을 돌이켜 구
> 하여 요·순이 되는 실상을 실천하는 것이 낫다"고 생각하였소. 설
> 사 요·순은 될 수 없더라도 오히려 도를 품고 덕을 지키는 사람이
> 되는데, 실수하지 않는 것이 몸을 마치도록 수고로우면서도 한유·
> 유종원·구양수·소식의 노예가 되는 것에 불과함보다 오히려 낫지
> 않겠소?54)

임상정은 문학을 '무익지문(無益之文)'이라고 단정하여 그 가치를
부정하는 논리에 도달하였다. 그러므로 아무리 육체와 정신의 정력
을 고갈시켜 작품을 만들더라도 후대에는 바자 울타리 근처에 버려
져서 쓸모없는 물건이 되는 것을 면할 수 없다는 것이다. 그럴 바에야
문학에 쏟을 정력을 도학에 쏟는 편이 낫다고 하였다. '나에게 있는
귀한 것[在我之貴]'이란 '성(性)'을 이른다. 문학에서 도달하여야 할 목
표는 아득하여 아무리 노력을 하여도 성취할 수 없지만 도학에서 도
달하여야 할 목표는 이미 인간의 몸속에 내재해 있기 때문에 지극히
쉬운 일이라는 것이다. 따라서 도학에 정진하면 요·순이 될 수도

---

54) 故愚嘗以爲世之君子, 與其憊精竭力於無益之文, 而不免爲後人笆籬邊物, 不若收
　　其精神一其心志, 反求在我之貴, 而以踐夫可爲堯·舜之實也. 設使堯·舜不可爲,
　　猶不失爲懷道秉德之人, 不猶愈於終身勤勞, 而不過作韓·柳·歐·蘇之奴隷哉?
　　(「上揭書」)

있고 만약 요·순이 못되더라도 최소한 당송고문가의 노예가 되는 것보다는 낫다고 하였다. 당송고문가의 노예가 된다는 말은 아무리 열심히 문학에 전념하더라도 역대의 명문장가들을 뛰어 넘을 수 없고 기껏해야 당송고문가의 아류밖에 될 수 없다는 의미이다.

사람의 마음은 두 가지로 쓸 수 없는 것이 또한 분명하오. 활쏘기에 뜻을 둔 자는 반드시 바둑에 전념할 수 없고, 보기에 뜻이 있는 자는 반드시 듣기에 진념할 수 없소. 공명에 뜻을 두면 문장에 전념할 수 없고 문장에 뜻을 두면 도학에 전념할 수 없으니, 그 뜻이 부지런하지 않기 때문이 아니라오. 뜻이 분산되고 쓰임이 분기될까 근심하기 때문이라오. 지금 그대가 맑고 밝고 순수한 자질로 인의도덕의 창고에 몸을 맡기고 축적하고 함양하는 공력으로 돕고 또 공자·맹자를 평생의 표준을 삼는다면 진실로 또한 사우(士友)의 바람과 사문의 다행이될 것이오. 그런데도 이에 또 밤낮으로 사마천·반고의 문장에 마음을 기울이고 힘을 사용하여 항상 공자·맹자, 사마천·반고를 마음속에 같이 세워 두고 얽히고 설키며 서로 치달려 그 수고로움을 이기지 못하니, 어찌 재빠르게 하루 한 달 사이에 사마천·반고를 주로 삼고 공자·맹자를 뒷전으로 물리지 않을 줄 알겠소? 만약 그대가 지금부터 공자와 맹자를 물려 두고 사마천·반고에 전념하여 이로 말미암아 끝내는 사마천·반고가 이른 경지에 이르더라도 이것은 자기의 몸과 마음에 큰 이익이 있음을 보지 못합니다. 하물며 그 기필할 수 없는 것이 앞에 진술한 바와 같음에 있어서이겠소? 이것이 내가 그대를 위하여 지나치게 근심하지 아니할 수 없는 것이오.[55)]

---

55) 夫人心之無二用, 亦明矣. 志於鵠者, 必不能專於奕, 志於視者, 必不能專於聽. 功名于志, 而文章不能專, 文章于志, 而道學不能專, 非其志之不勤也. 患乎志之分而用之岐也. 今足下以淸明純粹之質, 委身於仁義道德之府, 輔之以積累涵養之功, 而

조귀명은 실제로 도학에 관심을 보이지 않았다. 그러나 조선 사회
의 현실에서 그 누구도 도학을 부정할 수는 없었듯이 그도 도학을
완전히 부정할 수 없었다. 다만 문학과 도학을 동시에 성취할 수 있는
대상으로 생각하고 있었다.

조귀명은 도학과 문학을 동시에 성취하려는 야심찬 포부를 지니고
있었다. 성선의 이치를 취함으로써 성현의 지위를 점하고, 자연의 조
화를 취함으로써 문학적 성취를 하려는 생각을 하였다. 따라서 도학
자와 문학가가 각각 존재하는 것은 그들의 능력이 부족하기 때문이
라는 생각을 하였다.56) 문학가는 설령 그렇다 하더라도 도학자들이
능력이 부족하여 문학적 성취를 하지 못하였다는 발상은 성리학자들
의 공격을 받을 수밖에 없는 발상이었다. 따라서 임상정이 위와 같이
반박을 한 것이다. 임상정은 선비가 지향하는 목표를 세 가지로 나누
고 있으니, 공명·도학·문학이다. 그런데 임상정은 그것들을 동시
에 달성할 수 없는 목표라고 단정하였다. 그것은 인간이 동시에 이질
적인 대상에 전념할 수 없는 생물적 속성에 기인한다고 보았다. 그러
므로 아무리 부지런히 노력을 한들 성취할 수 없다는 것이다. 임상정
은 도학과 문학을 동시에 성취하겠다는 조귀명의 장담을 회피하는
변명이라고 생각하였다. 실제로는 문학을 추구하면서도 도학도 동시
에 성취할 수 있다고 변명을 하다가 결국 도학은 은연중에 포기하려

又以孔·孟爲平生之標準, 誠亦士友之望, 斯文之幸也, 而乃又日夜竄心用力於遷·
固之文, 常以孔·孟·遷·固, 并立於胸中, 纏繞交鶩而不勝其勞焉, 安知駸駸日月
之間, 不使遷·固爲主, 而孔·孟退聽也哉? 政使足下從今以往, 退置孔·孟, 而專
意遷·固, 由是而卒至於遷·固之所至, 此於自己身心, 未見有大利益, 又況其不可
必如前所陳哉? 此不佞之不得不爲明者過憂也.(「上揭書」)

56) 『東谿集』, 卷10, 「答李生益翰書」.

는 의도라고 생각하였다.

> 또한 사람됨은 주돈이(周敦頤)·장재(張載)·정호(程顥)·정이(程
> 頤)·주희(朱熹)와 같은 것이 좋고 문장을 만드는 것도 주돈이·장
> 재·정호·정이·주희와 같다면 또한 괜찮을 것이오. 주돈이·장
> 재·정호·정이·주희가 어찌 일찍이 사마천·반고의 문장 짓기를
> 익히는데 뜻을 두었겠는가마는 그들의 말이 지금껏 사마천·반고와
> 더불어 함께 전해지니 그 힘쓸 바를 알 수 있소.[57)]

임상정은 조귀명이 도학과 문학을 둘로 나누어서 그 둘을 동시에
성취하여야 한다는 생각에 대해서, 위와 같은 제안을 하였다. 도학과
문학을 동시에 성취하려고 한다면 모름지기 도학을 전공하라는 것이
다. 왜냐하면 송나라의 도학자들은 완성된 인간성을 구현했을 뿐만
아니라 그 문장도 훌륭하기 때문이다. 그들은 결코 명문장가들의 작
품을 학습하지도 않았고 그들과 같이 되려고 의도하지 않았지만 현
재까지 그들의 저작이 전해지는 것이 그 근거이다. 조귀명이 목표로
삼아야 할 것은 주돈이·장재·정호·정이·주희와 같은 송나라의
도학자들이라는 것이다. 그러므로 임상정이 권하는 학습 대상은 구
체적으로 송학(宋學), 즉 성리학임을 알 수 있다. 그들을 전공하면 도
와 문을 동시에 얻을 수 있다는 것이다.

---

57) 且夫爲人, 如周·張·程·朱, 善矣, 爲文字, 如周·張·程·朱, 亦可矣. 周·
  張·程·朱, 何嘗有意於習爲遷·固之文, 而其言至今與遷·固竝傳, 則其所務者可
  知耳.(『自娛錄』, 「答趙錫汝書」)

그러나 세상에 정자·주자의 문장을 좋아하는 자들이 사마천·반고의 문장 좋아하기를 심하게 하는 자들보다 못하고, 정자·주자의 글을 읽는 자보다 사마천·반고의 글을 읽는 자가 많은 이유는 무엇이오? 베와 비단, 콩과 조는 천하의 올바른 무늬와 위대한 맛으로 사람들의 눈에 아첨하고 사람의 입을 기쁘게 하는 것이 마침내 고량진미와 수놓은 비단과 누인 명주의 아름다움만 못하오. 성현의 말은 또한 천하의 베와 비단, 콩과 조와 같아서 마침내 사람으로 하여금 성심으로 즐기게 할 수 없는 것이고 또한 제자백가를 고량진미와 수놓은 비단과 누인 명주로 여기는 자가 많소. 인지상정이란 담백한 맛을 싫어하고 진한 맛을 좋아하며, 바른 것을 싫어하고 기이한 것을 좋아하며, 비근한 것을 싫어하고 고원한 것을 좋아하니 누가 내 마음에 찰싹 붙는 것을 버리고 남의 헐거운 것을 즐기겠소? 이 성경현전 (聖經賢傳)의 뜻은 항상 세상에 밝지 아니할까 근심하는 것이라오.58)

송나라의 도학자들을 학습하면 도와 문을 동시에 얻을 수 있는데도 사람들이 도학자들의 문장보다는 문학가의 문장을 좋아한다. 또 똑같이 좋아해서 읽더라도 문학가의 문장을 더 좋아하는 이유는 어디에 있는가? 도학자의 문장은 담박하고 문학가의 문장은 자극적이기 때문이다. 인간의 속성이 자극적인 것을 좋아하기 때문에 문학가의 문장을 좋아할 수밖에 없다는 것이다. 도학자의 문장이 가치가 없기 때문에 관심을 끌지 못하는 것이 아니라, 자극적인 것을 좋아하

---

58) 然而世之好程·朱之文者, 不如好遷·固之文之甚, 讀程·朱之文者, 不如讀遷·固之文之多, 何則? 布帛菽粟, 天下之正文大味, 而其媚人目悅人口, 終不如膏粱綺紈之美. 聖賢之言, 亦天下之布帛菽粟也, 而卒不能使人誠心樂之者, 亦以諸子百家之爲膏粱綺紈者, 多也. 人情常厭淡而好濃, 厭正而好奇, 厭卑近而好高遠, 孰肯捨己之沾沾, 而樂彼之優優哉? 此聖經賢傳之旨, 常患不明於世者也.(「上揭書」)

는 인간의 속성 때문에 등한시된다는 논리이다. 결국 임상정은 도학자의 문장이 더 훌륭한 가치가 있으며 그 가치는 인간의 실생활에 밀접한 것이라고 생각하였다.

> 아! 세상의 과거(科擧) 문장에 빠지고 유속에 빠진 자들은 진실로 더불어 논할 거리도 못되고 초연히 누가 되지 않고 문단에서 고상하게 활동하는 자들도 한결같이 문장의 말단으로 내달릴 것만을 생각하고 올바른 시·서·육예에 다시 근본하지 않으니, 나는 이것을 병통으로 생각하오. 지금 그대는 젊은 나이에 출중하며 문장이 이처럼 넉넉하며 민첩하고 묘하니, 진보하여 옛 사람의 경지에 이를 것을 헤아려 볼 수 없소. 그러나 내가 일찍이 그대를 위해 대단하게 여기지 않는 이유가 있소. 이것은 그대에게 대단한 것이 되기에 부족하고, 대단하게 여길 것이 따로 있다고 생각하기 때문이오. 그대는 자질이 비록 순수하고 밝지만 기는 오히려 허하고 박하며 뜻이 비록 기를 통솔하지만 병이 항상 뜻을 빼앗기에, 장차 4,50살을 기약한 이후에 완성될 사람이라오. 나는 원컨대 그대가 우선 할 수도 없고 반드시 하지도 않는 곳에 사마천·반고를 밀어 버려두고, 오로지 공자와 맹자의 영역을 구하여 들어가, 베와 비단을 옷으로 입고 콩과 조를 실컷 먹어서 뭇사람들이 글로 여기지 않는 것을 글로 여기고 뭇사람들이 맛으로 여기지 않는 것을 맛으로 여긴다면 좋겠소. 그래서 기억하고 암송하기를 간략히 하여 정신을 채우고 기르며 문장을 조금 지어 심려를 편하고 조용히 하여 마침내 그 표준되는 바를 성취한다면 어찌 좋지 않겠소?59)

---

59) 嗟夫! 世之溺於科文, 陷於流俗者, 固不足與論, 而其超然不累, 高步詞場者, 又更一意馳騖於文章之末, 而不復本於詩書六藝之正, 愚竊病焉. 今足下妙齡秀發, 而文章之富贍敏妙如此, 其進而至於古人之閫域, 蓋不可量. 然愚不曾爲足下大者, 以斯

임상정이 존재 가치를 부정하고 있는 문학은 두 가지 유형이다.
하나는 과거(科擧)의 문장이고 또 하나는 시대의 풍조에 빠진 문장이
다. 그는 이 두 가지는 아예 거론할 가치조차 없는 것으로 취급하였
다. 그리고 과거의 문장이나 유속에 빠지지 않고 문단에서 고상히
행동하는 부류가 있지만 그들 역시 문학의 말단적인 측면만 추구한
다고 하였다. 그 이유는 유가의 경전에 근거를 두지 않았기 때문이
다. 그러므로 임상정이 존재 가치를 인정한 문자 행위란 유가의 경전
에 근거한 것만을 의미한다. 그러나 조귀명은 도학자들의 글을 문학
으로 인정을 하지 않았다. 반면 임상정은 조귀명이 대단하게 여기는
문학가의 문장을 자신은 하찮게 여긴다고 하였다. 그리고 사마천·
반고와 같은 문학가를 배척하고 공자·맹자의 유학을 전공하라고 강
력하게 권고하였다. 임상정이 조귀명의 자질과 건강 상태를 고려하
여 4,50세면 완성을 볼 수 있을 것이라고 예견까지 하였으니, 그는
조귀명이 도학을 전공하여 성취를 할 수 있다는 확신을 갖고 있었다.

내 경우는 어릴 때부터 지금까지 20년 동안 책을 읽어 과거 공부를
하였소. 분수 밖으로 함부로 행동하다가 요행히도 하늘이 속마음을
일깨워준 덕에 위를 지향할 일이 있다는 사실을 대략 알았소. 하지만
스스로 돌아보건대 나이가 많고 재주와 힘이 둔하고 천박하여 큰일을
하기에 부족하오. 그렇다고 해서 오히려 차마 포기하는 지경에 몸을

不足爲足下大, 而所大者, 特有在耳. 足下姿雖純明, 而氣猶虛薄, 志雖帥氣, 而病常
奪志, 盖將期於四十五十而後完者也. 愚願足下姑且擔閣遷·固於不可爲不必爲之
地, 專求孔·孟之門墻而入焉, 衣被布帛, 厭飫菽粟, 文衆人之所不文, 味衆人之所
不味, 簡記誦, 以充養精神, 少結撰, 以寧靜心慮, 以卒就其所標準者, 豈不善哉?
(「上揭書」)

갑자기 둘 수는 없는 노릇이지요. 그러기에 훗날 그대의 울타리와
담을 바라보면 장차 빗자루를 잡고 가르침을 청하더라도 늦지 아니할
터이지만 그대가 허락할는지 모르겠소.[60]

임상정은 마지막으로 자신의 경험상의 오류를 논거로 제시하였다.
자신이 어렸을 때부터 지금까지 20년간 과거 공부에 치력하다가 그
것보다 더 상위의 가치가 있음을 깨달았다는 것이다. 도학이 진정
공부해 볼 만한 가치기 있다는 사실을 깨닫게 되었다는 말이다. 그리
고 그것을 깨달았을 때는 이미 노쇠하였지만, 그럼에도 불구하고, 포
기할 수 없는 가치를 가진 대상이 도학이라는 것이다.

> 내가 평생 변려문에 솜씨가 좋지 못하여 20년간 과거장에서 오랫동
> 안 뜻을 펴지 못하였는데, 지금 정수리의 머리털이 모지라지려고 한
> 다. 오직 그 천성적인 자질이 서로 가깝지 않은 까닭에 좋아하지 않았
> 고, 좋아하지 않은 까닭에 끝끝내 솜씨가 좋지 못하다. 처음에 내 나이
> 20살 때 변려를 배우다가 송나라 유학자의 사륙문 중에 유독 왕조(汪
> 藻)와 유극장(劉克莊)의 여러 작품을 취하여 모방하고 학습하여 지은
> 글귀가 이따금 창창하고 굳세어 볼만한 것이 있었다. 그런데 과거장의
> 규율에는 매우 부합되지 않아서 같은 또래의 무리들이 모두 고치기를
> 권하니 내가 드디어 왕조와 유극장의 문체를 버리게 되었다. 오로지
> 근체(近體)를 익혔지만 역시 끝내 잘하지 못하였고 지난번의 이른바
> '창창하고 굳세어 볼만한 것'도 사라져서 다시 남은 것이 없다.[61]

---

60) 若愚者, 結髮讀書治擧業, 于今二十年. 分外荒淫, 幸賴天誘其衷, 稍知有向上事,
   而自顧年紀晼晩, 才力鈍淺, 不足以有爲, 而猶未忍遽置其身於暴棄之地. 他日望足
   下之藩墻, 其將操篲, 請敎之未晩也, 未知足下其許之否乎?(「上揭書」)
61) 余平生不工騈儷語, 二十年, 積困於場屋, 今顚髮欲種種矣. 惟其天資不相近, 故不

위의 인용문은 임상정이 자신의 과거 공부에 대한 이력을 술회한 것이다. 과거 문장인 변려에 익숙하지 못하여 20년 동안 과거장에서 곤란을 겪었는데 솜씨가 좋지 못한 이유는 천성적으로 좋아하지 않았기 때문이라고 하였다.[62] 그러나 과거를 통한 출세를 포기할 수 없었기에 왕조(汪藻)와 유극장(劉克莊)[63]의 사륙문을 모방하여 익혔지만 그것도 과거문에 부적절하였다는 것이다. 임상정이 조귀명에게 과거문을 거론한 것은 자신이 가장 부정적으로 생각하는 문장이 과거의 변려문인데, 그것에 문장가들이 특히 치력하기 때문이다. 그러므로 조귀명도 자신이 범한 오류를 되풀이하지 말고 더 늦기 전에 문학을 포기하고 도학에 정진하라고 권하였다.

이상 임상정이 조귀명에게 보낸 편지의 내용을 통해서 본다면 그는 문장의 가치를 부정한 것으로 파악된다. 그러나 임상정이 위와 같은 논리를 전개하였던 이유는 조귀명이 당시로서는 지나칠 정도로 문학의 독자적 가치를 중시하였고, 또 문학가로 자처하였던 반면에, 상대적으로 도학자의 문장은 아예 인정하지 않았던 논리를 반박하려는 데 있다. 따라서 임상정은 그처럼 문학적 입장이 극명한 조귀명을

喜也, 不喜, 故終不能工也. 始余年二十時, 學騈儷, 而於宋儒四六中, 獨取汪·劉
諸作, 模倣學習, 句作往往有蒼健可觀者, 而甚不合於科場嗀率, 等輩皆勸其改, 鄙
遂捨去也. 專習近體, 亦竟不能工, 而向所謂蒼健可觀者, 索然無復存矣.(『自娛錄抄
集』, 〈隨筆錄〉)

62) 『나주임씨대동보(羅州林氏大同譜)』에는 "임상정이 19세에 을묘식년시에 합격하
고도 대과에는 뜻이 없었다"라고 하였는데, 실제로는 과거 문장이 천성과 맞지 않았
고 따라서 능하지 못하였던 것으로 보인다.

63) • 왕조(汪藻) : 1079~1154. 남송의 시인. 자는 언장(彦章).
    • 유극장(劉克莊) : 1187~1269. 남송의 문학가. 이름은 작(灼), 자는 잠부(潛夫),
    호는 후촌거사(後村居士).

설득하기 위해서는 논리를 극단적으로 강화하여야 할 필요성을 느꼈
던 것이다. 실제로 임상정은 당송고문가를 매우 중시하였다. 조귀명
에게 보내는 위의 글에서도 초반부에는 조귀명이 당송고문가의 문학
적 성과를 무시하여 그들을 학습하지 아니하고 곧바로 한나라의 명
문장들을 능가하겠다고 장담한 말에 반발하여 당송고문가와 우리나
라의 명문장을 학습하여야만 한나라의 문학적 수준에 도달할 수 있
음을 논하였다. 그렇다면 임상정의 권고에 대한 조귀명의 반응은 어
떠했는가?

　내가 그대에게 충고하려는 것이 있기에 지금 남김없이 말해보려
하오. 옛날에 내가 동계에게 준 편지에 "공자와 맹자, 사마천과 반고
를 아울러 가슴속에 두었다"라고 한 말이 있으니 그 편지가 거의 수백
언이오. 동계가 오래도록 답장을 하지 않기에 내가 그 이유를 힐난했
더니, 동계가 "제가 노형의 말을 옳게 여기기에 진실로 답장을 할 필
요가 없었습니다. 만약 답장을 만들고자 한다면 반드시 하나의 신기
한 말을 찾아내어 노형의 말을 이길 수 있은 뒤에라야 가하거늘 이것
은 끝내 할 수 없었습니다. 그런 까닭에 결국 답장을 하지 못했습니다"
라고 하였소. 그 편지는 나의 원고 중에서 살펴볼 수 있소.
　지금 그대는 총명하고 영리하며 행실을 닦아 깨끗하며 단아하고
굳세어 젊은이들 중에서 빼어나오. 자품의 아름다움과 학업에 뜻을
둔 성대함은 진실로 '도를 받을 그릇'이라고 할 만하니, 훗날 반드시
다른 사람에게 양보하지 않을 사문(斯文)의 책임이 있소. 나 같은 사
람이 그대를 아껴 돕고자 하는 것이 어찌 다만 문장 한 재주로 기대
해 바랄 뿐이겠소? 당시 나의 말이 비록 동계에게 수용되지는 않았
지만 지금 그대가 만약 능히 뜻을 드리우고 버리지 않는다면 동계도
또한 반드시 저 세상에서 빙그레 웃을 것이고 나의 이전 편지가 쓸데

없는 물건이 되는 지경에는 이르지 않으리니 그대는 어떻게 생각하
오? 자기가 능하지 못한 것을 남에게 말하는 것은 마치 이전 사람이
산을 유람한 기록을 읽고 사람들을 향해 산의 광경을 말하는 것과
같소. 그러나 내가 유람하고 싶은데 가지 못하는 곳을 사람들로 하여
금 가보게 하는 것은 또한 인정상 그만 둘 수 없는 것이니 그대는
양해하시오.[64]

위의 글은 임상정이 최홍간에게 보낸 편지의 일부이다. 위의 글에
의하면 조귀명은 임상정의 권고에 대하여 회신을 하지 않았고 임상
정은 그러한 조귀명의 태도를 추궁하였다. 임상정의 힐난에 대하여,
조귀명은 권고를 수긍하기 때문에 굳이 답변할 필요를 못 느꼈다고
는 하였지만 자칫 논쟁으로 비화될 수 있는 문제였기에 일부러 의사
표명을 회피한 것이다. 그러나 임상정은 조귀명의 답변과는 달리 자
신의 논리가 수용되지 않은 것으로 간주하였다. 그가 최홍간에게 자
신이 동계에게 보낸 편지를 읽어보라고 권한 이유는 문학적 성취를
추구하는 최홍간에게도 조귀명에게 권고하였던 사항이 똑같이 적용
된다고 생각하였기 때문이다. 그러나 임상정의 마지막 말이 의미심

---

64) 抑吾有願忠於足下者, 今請畢其說. 昔者吾與東谿書, 有孔 · 孟 · 遷 · 固, 幷置胸
中之語, 書殆數百言. 東谿久而無所答, 僕嘗詰其故. 東谿曰: "吾以老兄之言爲是,
固無事乎答. 苟欲作答, 則必討一箇新奇之語, 可以勝老兄之言者而後可焉, 而此則
卒不得焉. 故不果爲也." 其書, 在於鄙稿中可考也. 今足下聰明穎脫, 修潔雅儞, 拔
出於年少叢中. 其姿稟之美, 志業之盛, 眞可謂受道之器, 異日斯文之責, 有不必讓
與別人者. 如僕之愛足下, 而欲助之者, 豈但以文章一藝期望而已哉? 當時鄙言, 雖
不能得之於東谿, 今足下若能垂意而不棄, 則東谿亦必莞爾於幽冥中, 而僕之前書,
不至爲笆籬邊物, 吾子以爲如何? 己所不能以告於人, 如讀前人遊山錄, 向人說山光
景也. 然吾所願遊而不能處, 欲人之往見者, 亦人情之不能已者, 吾子其諒之.(『自娛
錄』, 「答崔弘簡書」)

장하다. 그는 자신도 하지 못한 것을 남에게 권하고 있다고 실토를 하였는데, 어쩌면 임상정은 평생 문학을 추구하였지만 쏟아 부은 정력의 대가를 문학으로부터 얻지 못하였기 때문에 심한 회의를 하였을지도 모른다. 따라서 조귀명과 최홍간에게 자신의 경험적 오류를 근거로 문학을 포기하고 도학에 전념할 것을 강력하게 주장하였을 가능성도 배제할 수 없다. 그렇지만 조귀명이 자신의 권고를 표면적으로는 수긍하였지만 진정으로 받아들인 것이 아님을 누구보다도 그 자신이 잘 알고 있었다.

이른바, '하늘의 도는 사는 것을 북돋아 주고 죽어 가는 것을 전복시킨다'는 이치가 어찌하여 이 같소? 어째서 우뚝한 것은 쉬이 꺾어지고 희디흰 것은 쉬이 더러워지고 맑고 엷은 것은 쉬이 이지러지고 빼어나고 아름다운 것은 쉬이 훼손되고 재주가 너무 높은 것은 운명이 해치는 바이고 이름이 너무 성한 것은 물(物)이 꺼리는 바인가? 염우(冉牛)가 병이 들고[65] 정백순[程伯淳 : 정호]66)이 요절하고 등백도[鄧伯道 : 등유]에게 후사가 없었던 일은67) 또한 모두 여기에 좌죄

---

65) 백우[伯牛 : 염우]가 병을 앓자, 공자께서 문병하실 적에 남쪽 창문으로부터 그의 손을 잡고 말씀하셨다. "이런 병에 걸릴 리가 없는데, 운명인가보다. 이런 사람이 이런 병에 걸리다니! 이런 사람이 이런 병에 걸리다니!"[牛有疾, 子問之, 自牖執其手曰: "亡之, 命矣, 夫斯人也而有斯疾也, 斯人也而有斯疾也."(『論語』, 「雍也」)]

66) 정호(程顥) : 1032~1085. 자는 백순(伯淳), 호는 명도(明道), 시호는 순(純). 존칭으로 명도선생이라 불리고, 동생 정이(程頤)와 함께 이정자(二程子)로 알려졌다. 철종(哲宗)이 즉위하고 사마광이 재상이 되자, 조정에서 그를 등용하려했으나, 직전에 병사하였다.

67) 백도무아(伯道無兒) : 백도(伯道)는 진(晉) 등유(鄧攸)의 자(字). 등유가 석륵(石勒)의 병란 때 자식과 조카들을 데리고 피난을 가다가 중도에서 여러 차례 곤경을 당하자 모두 무사하지 못할까 두려워서 자식들을 버리고 조카들만 끝까지 보호하였다. 결국 등백도는 끝내 자식이 생기지 않았다.

(坐罪)된 것이니, 이른바 '문장은 명달(命達)을 싫어한다'[68]는 것이
그대를 두고 하는 말이 아니요?

아! 가슴 아프오. 처음에 그대가 문장에 크게 힘을 쏟아서 나와
문학적 교제를 맺었는데, 나를 무능하다고 여기지 않고 박식한 의논
을 빌려주고 과분한 추천과 칭찬을 더하여 반드시 이끌고 부축하여
내달려서 작자의 영역에 함께 들어가고자 하였는데, 도리어 나는 재
주와 힘이 모자라고 천박하여 이미 큰 일을 하기에 부족하였소. 또
일찍이 망령되게 "그대는 의당 공자·맹자와 사마천·반고를 가슴속
에 함께 세워 두지 말아야 한다"라고 말하였고 얼마 있다가 또 그대가
공자·맹자를 물리치고 사마천·반고를 주로 삼을 것을 걱정하였소.
그리고 얼마 뒤에는 또 그대가 사마천과 반고의 수준에는 미칠 수
없고 구양수·소식·계곡·택당의 졸개 무리가 되는 것을 면할 수
없을까 근심하였소. 일찍이 편지를 보내 서로 바로잡고 정력을 아끼
고 길러 조금씩 법도를 변화시켜 원대한 데로 나가고자 하였소. 그랬
더니 그대는 도리어 웃으면서 대답하지 않고 날카롭게 문장은 반드시
이룰 수 있고 불후의 업적은 반드시 도달할 수 있다고 하여 내가 스스
로 한계 짓는 것을 한탄하였소. 말을 하는 자들 중에는 그대가 불가에
범람하여 문장이 순정하지 못한 병폐가 있다고 의심하는 사람도 있었
소. 그래서 내가 또 편지를 보내 충고하니 그대는 "기한이 찬 후에
스스로 마땅히 벗어날 것이니 그대는 성가시게 저를 둘러 싼 논쟁
때문에 근심하지 마십시오"라고 하였소.

수십 년 사이에 문자의 일로 이처럼 서로 절차탁마하고 서로 왕복
하니 그대 또한 "나를 알아주지 않는다"고는 생각하지 않았소. 그대가
죽고 나서 비로소 완전한 원고를 얻어 읽어보니 기이한 기미와 묘한
관건(關鍵)과 짧고 긴 글들이 평소에 채 엿보지 못하였던 것이 많았

---

68) 杜甫, 「天末懷李白」.

소. 그대가 스스로 말한 바, "거울 속의 꽃"·"물 속의 달"이라는 것이
모두 빈말은 아니니 내가 전에 망령되게 논한 바는 천박한 소견으로
그대를 안다고 한 것이 허다하오.[69)]

위의 글은 임상정이 지은 조귀명의 제문이다. 임상정은 조귀명의
죽음을 애석해 하면서 그가 단명한 이유는 문학적 재질이 지나치게
뛰어났기 때문이라고 생각하였다. 임상정은 문학적 재능과 개인의
수명은 반비례한다는 관념을 가지고 있었다. 그러한 관념은 요절한
임상덕의 경우에도 적용시키고 있으며 윤중소를 경계하는 논거로 이
용되기도 하였다. 따라서 임상정은 문학이 인간의 명을 단축시킨다
는 관념을, 문학에 집착하지 말아야 한다는 논거에 적용한 것이다.
임상정은 조귀명과 자신과의 관계를 문학적인 결교에 의한 것으로
말하였다. 조귀명과 자신은 문학가가 되기 위하여 서로 권면하였지
만 자신은 재능이 부족하여 문학이 성취할 수 없는 대상임을 깨닫고
조귀명에게 도학과 문장을 동시에 추구하지 말라고 하다가 종당에는

---

69) 所謂'栽培覆傾'之理, 何爲而如此也? 豈嶢嶢者易折, 皓皓者易點, 淸而薄者易缺,
秀而嫩者易毀, 才太高者命所畸, 名太盛者物所忌? 冉牛之疾, 伯淳之夭, 伯道之無
嗣, 亦皆坐此, 而所謂'文章憎命達'者, 非子之謂也? 嗚呼! 痛哉. 始子之大肆力於文
章也, 辱與余爲文字交, 不以余爲無能, 假以餘論, 過加推詡, 必欲誘掖馳驟, 同入於
作者之域, 而顧余才力短淺, 旣不足以有爲. 亦嘗妄謂"子不當以孔·孟·遷·固, 竝
立於胸中", 旣又憂其孔·孟退聽, 而遷·固爲主, 旣又憂其遷·固不可及, 而不免爲
歐·蘇·溪·澤之卒徒. 盖嘗貽書相規, 欲其愛養精力, 稍變毁率, 以就其遠大者, 君
顧笑而不答, 銳然以文章必可做, 不朽之業必可到, 未嘗不以余之自畫爲恨. 談者或
疑子之泛濫乎佛氏, 其文有未純正之病. 余又書以規之, 君則曰: "期限滿後自當脫
然, 不煩爾憂我訟" 盖數十年之間, 以文字事, 相磨切相往還如此, 而君亦不以余爲
不相知. 及子之沒也, 始得其全稿而讀之, 其奇機妙鍵, 短語長牘, 多有平日所未及
窺者. 君所自云: "鏡中花, 水中月者", 儘非虛語, 而余之前所妄論, 多見其淺之爲知
君也.(『自娛錄』, 「祭趙錫汝文」)

도학만을 전공해야 한다고 말하였다. 그것은 「답조석여서(答趙錫汝書)」의 내용을 인용한 것이다. 그러나 조귀명은 임상정이 '문학의 경지는 인간의 능력으로 도달할 수 없다'고 한 논리와 도학으로 회귀할 것에 대한 권고를 전면적으로 부정하였다. 뿐만 아니라 동계는 임상정의 문학 부정론이 스스로를 한계 짓는 소극적 행위라고 생각하였다. 즉 문학가로서의 결교를 하였음에도 불구하고 문학을 중도에 포기하려는 것으로 간주하였다. 또 조귀명은 그의 문학에 불가의 색채가 있다는 비난을 받았던 바,[70] 임상정 역시 조귀명에게 그와 같은 성향을 수정하라고 권하였으나, 조귀명은 그 역시 일축하였다. 이와 같이 조귀명이 임상정의 권고를 받아들이지 않았지만 임상정은 조귀명이 자신을 알아주지 않았다고는 생각하지 않는다. 자신과 조귀명은 수십 년간을 문학으로 서로 연마하고 왕복하였기 때문이다. 임상정은 조귀명의 유고(遺稿)를 보고 자신이 조귀명에게 문학은 절대로 성취할 수 없는 대상이므로 포기하라는 권고가 망언임을 실토하였다. 조귀명의 작품에서 '거울 속의 꽃'과 '물 속의 달'을 발견하였기 때문이다.[71] 문학적 성취가 불가능하지 않다는 사실을 조귀명의 작품을 통하여 깨달은 것이다.

이상에서 본 바와 같이 임상정은 당송고문팔대가를 찬양하는 글을

---

70) 강한 황경원(江漢 黃景源)은 조귀명의 이단적 성향에 대하여 강한 반발감을 품었던 대표적 인물이다. 그는 「답조익위서(答趙翊衛書)」(『강한집(江漢集)』)에서 "집사의 학문은 삼씨(三氏)의 도를 합하여 하나로 만들고자 하고 있으니 어쩌면 그리도 잘못되었단 말입니까?"라고 강력하게 비판하고 있다.

71) 엄우(嚴羽)가 주장한 문학론 가운데 하나로 "如空中之音, 相中之色, 水中之月, 鏡中之象, 言有盡而意無窮"(『滄浪詩話』)이라는 말이 있는데, 이는 함축온자(含蓄蘊藉)한 경지를 의미한다.

지을 정도로 당송고문가들을 애호하였고 그들을 철두철미하게 학습할 것을 강조하였으며 스스로도 실천하였다. 따라서 그들의 학습을 무시한 조귀명을 강도 높게 비판하였다. 또 그들을 학습하는 구체적인 방법으로, 자신의 문학적 소질과 능력에 부합되는 문학가를 선정하여 학습할 것을 권하였다. 자신의 경우는 소식에게 심취하였노라고 하였다. 그러나 문학 창작 학습에서 당송팔대가의 중요성을 강조한 반면 '문학의 성취가 인간의 힘으로는 도저히 불가능하다'는 견해는 문학을 부정하도록 하였다. 그리고 상대적으로 도학 공부를 강조하여 성리학적인 문학관을 교조적으로 적용하도록 만들었다. 상반된 견해의 이중적 표명은 지난한 문학 창작 끝에 오는 좌절감에서 기인한다. 그와 같은 좌절감은 가깝게는 문학적 지우인 조귀명의 수준에 미치지 못하였고, 멀리는 철저한 학습에 의하여 도달할 수 있으리라고 믿었던 당송팔대가의 문장도 끝끝내 요원한 대상일 수밖에 없었기 때문이다.

3) '문인 상호 경시'의 비평 풍조 비판

임상정은 문학론 뿐만 아니라 비평 분야에서도 일정한 견해를 가지고 있었다. 임상정은 '문인상경(文人相輕)'에 대한 견해를 장편의 책(策)을 통하여 개진하고 있는데, 이 글은 '문인상경'에 대한 대책을 강구하라는 질문에 의거하여 자신의 문학론과 비평관을 총동원한 노작이다. 따라서 이 한편의 책을 통하여 임상정의 문학론과 비평에 대한 견해의 전체적 양상을 고찰할 수 있다.

'문인상경'은 문학비평 중에서 일종의 잘못된 경향으로 조비[曹丕

: 187~226]의 『전론(典論)』〈논문(論文)〉에서 유래하였다.

　　문인이 서로 가벼이 여기는 것은 예로부터 그러하였다. 부의[傅毅
: ?~90]와 반고[班固 : 32~92]는 백중지간(伯仲之間)일 뿐인데 반고
는 그를 과소평가하였다. 그가 동생인 반초(班超)에게 보내는 편지에
"무중[武仲 : 부의]이 글 엮는 것으로 난대령사(蘭臺令史)가 되었으
니72) 글을 쓰면 스스로 쉴 수 없다"고 하였다.73)

　　위의 인용문을 본다면 이미 한나라 시대에도 문인상경의 풍조가
있었으며, 조비의 시대에도 이것이 잘못된 비평 풍조로 성행하였음
을 알 수 있다.74) 문인상경의 원인은 비평가가 자신의 주관적 호오를
판단의 기준으로 하여 작가와 작품들 간에 존재하는 객관적 특성을
인식하지 못하기 때문이다. 문장에는 각종의 체제와 품격이 있기 때
문에 예술적 특징이 각각 다를 수밖에 없다. 또 작가 간에는 기질과
재능과 성격이 각각 다르기 때문에, 필연적으로 작가마다 각각 다른
품격상의 특징이 형성된다. 따라서 문학비평에서 자신의 장점으로
타인의 단점을 비판하는 태도는 필연적으로 창작의 실상으로부터 이
탈되어 작품의 진정한 가치를 정확히 인식하지 못하게 한다. 문인상

---

72) 장제(章帝)가 즉위하자 문학하는 선비들을 모으고 부의를 난대령사(蘭臺令史)로
　　삼았다.
73) 文人相輕, 自古而然. 傅毅之于班固, 伯仲之間耳, 而固小之. 與弟超書曰: "武仲以
　　屬文爲蘭臺令史, 下筆不能自休."(『典論, 論文』)
74) 조식(曹植)은 당시 문인들의 경향에 대하여, "사람마다 스스로 영사(靈蛇)의 구슬
　　을 가지고 있다고 말하고 집집마다 스스로 형산(荊山)의 옥을 안고 있다고 한다[人
　　人自謂握靈蛇之珠, 家家自謂抱荊山之玉.]"라고 하였는데, 이는 문인들이 스스로
　　과대평가하는 경향을 지적한 말이다.

경은 문학비평의 잘못된 태도임에도 불구하고 통시적으로 보편적 현
상을 띤다. 그러므로 임상정의 문인상경의 원인에 대한 검토는 올바
른 문학비평의 지평을 제시하기 위한 부정적 현상의 지양이라는 데
에 그 의미를 찾을 수 있다.

대책(對策)의 질문은 다음과 같다.

> 묻노라.
> 예로부터 문인들이 허다히 서로 경시하고 헐뜯으니 이는 과연 재주
> 를 믿고 이기기를 다투는 데서 연유하는 것이니 그 품평하는 바가
> 스스로 공평하고 정대할 수는 없는가?[75]

문인들이 서로 경시하고 헐뜯는 것은 자신의 재능을 과신하고 상
대방을 이기려는 경쟁심리에서 유발된다. 또 문인상경의 비평태도는
궁극적으로 작품을 공정하게 비평하지 못하는 폐단이 있다는 것이
다. 그러므로 그 원인을 분석하고 대책을 강구하여 보라는 것이다.
이 문제에 대하여 임상정은 다음과 같이 자신의 의견을 피력하였다.

> 대답합니다.
> 문인과 재주 있는 선비들이 서로 자신을 낮추지 않은 지 오래되었습
> 니다. 저는 일찍이 세상의 '도'가 변하는 것에서 보고 알았습니다. 옛
> 날 삼대의 즈음에는 성인의 학문이 크게 밝아 천하의 선비치고 시·
> 서·육예의 가르침에 종사하지 않는 사람이 없어서 재주 있는 이는

---

75) 問. 自古文人, 多相輕毀, 是果由於負藝角勝, 而其所評品, 自不得平正歟?
　 *차후의 각주에 출전 표시가 없는 것은 모두 본 대책문의 인용임.

재주 없는 이를 기르고 못난 자는 어진 자를 흠모하였습니다. 이는 마치 여름에는 갈포옷을 입고 겨울에는 갖옷을 입으며 배고플 때는 먹고 목마를 때는 마시는 것과 같아서 모두 사람이 사는 평상의 이치이고 천하 사람들이 동일한 바이니, 어찌 서로 경솔히 헐뜯는 것이 있었겠습니까? 공자와 맹자가 돌아가시고 나서 사도(斯道)가 인몰·폐지되어 진·한 이래로 붓을 잡은 선비가 다시 성인의 학문이 있는 줄 알지 못하고 이에 비로소 문사의 공부에 마음을 사용하고 부화한 말단에 힘을 다하였습니다. 그러자 천하의 사람들이 휩쓸려 그를 높였고, 이렇게 해서 '문인'이라는 이름이 확립되었습니다. '문인'이란 천하의 아름다운 이름이고, '이름'이란 다툼의 후림새입니다. 사람들이 이미 그 이름이 있는 것을 누리면 서로 재주로 높이고 서로 기술로 숭상하기에 그 형세가 비방하지 않을 수 없습니다. 이는 그 풍성(風聲)과 기습(氣習)이 세상이 변하는 것에 말미암아 그렇습니다.[76]

임상정은 문인상경의 원인과 해결책을 제시하기에 앞서 그 발생의 시원을 소급하였다. 우선 문인과 선비들이 서로 자신을 낮추지 않는 것이 오래되었다고 현재의 현상을 진단하고 그러한 조짐을 세상의 도가 변하는 것을 보고 인지하였다고 하였다. 이 언급에서 임상정의 문학비평론의 시각을 알 수 있다. 임상정은 문학비평의 제현상이 도의 성쇠와 관련 있다고 판단하였다. 문학적 제현상을 도학의 하위적

---

76) 對. 文人才士之不相下, 久矣. 愚嘗觀於世道之變而知之矣. 昔者三代之際, 聖學大明, 天下之士, 莫不從事於詩書六藝之教, 才也養不才, 而不肖者慕賢者. 此如夏葛冬裘, 飢食渴飮, 皆生人之常理, 天下之所同, 夫豈有互相輕毁者哉? 孔·孟旣沒, 而斯道湮廢, 秦·漢以來, 操觚之士, 不復知有聖人之學, 乃始用心於文詞之工, 竭力於浮華之末. 天下之人, 靡然尊之, 而文人之名立焉. 夫文人者, 天下之美名, 而名者爭之囮也. 人旣享有其名, 則相高以才, 相尙以伎, 而其勢不得不詆, 其風聲氣習之由於世變者, 然矣.

현상으로 파악하고 있는 것이다. 따라서 유가의 발전과 쇠퇴의 과정
상에서 문인상경의 원인에 대한 생각을 전개하고 있다. 삼대에는 모
두가 도학에 종사하였다. 고대의 지식인들은 자신의 지식을 계몽의
수단으로 사용하였다. 따라서 지식인들은 흠모의 대상이었다. 또 문
자 행위는 인간이 살아가는데 필수불가결한 것이었다. 따라서 그것
은 언제나 항구적이고 자연스러우며 누구나 어디에서나 동일하였다.
마치 더운 여름에는 갈포 옷을 입고 추운 겨울에는 갖옷을 입으며
배가 고플 때 먹고 목이 마를 때 물을 마시는 본능과도 같았다. 자연
의 환경에 인간이 순응하듯, 인간의 생리적 반응에 인간이 순응하듯,
실제적 필요에 응하는 것이 고대의 문자 행위였다. 자연 발생적이었
으며 지극히 실용적이었기 때문에 그것이 상호 비판의 대상이 될 소
지가 없었다. 그러나 그처럼 자연스러운 문자 행위가 파탄난 시기를
임상정은 진·한 이후로 파악하였으며, 그 시기 구분의 기점을 공자
와 맹자의 죽음으로 보고 있다.

　임상정은 문인상경에 의한 문제의 발단은 문자 행위의 주체인 문
인의 출현에 있다고 단정하였다. 문인이 출현하면서 성인(聖人)의 학
문을 폐기하고 오로지 부화한 문사(文辭)에만 힘을 쓰게 되었다는 것
이다. 정리하자면, 공자와 맹자 사후로 지식인들과 문자 행위의 본연
적 기능이 변질하여 계몽적 임무를 담당하였던 지식인들이 문인으로
변질하였고, 자연적이고 실용적인 문자 행위는 말단적 기능으로 전
락하고 말았다는 것이다. 임상정은 문제의 근본적 원인을 문인이라
는 실체의 출현과 함께 발생한 '문인'이라는 명칭의 발생에 두고 있
다. '문인'이라는 명칭은 누구나 선호하는 미명(美名)이다. 그런데 미
명은 그 자체에 분쟁이 배태되어 있다. 명예욕은 인간의 본능적 욕망

이며 그 획득의 과정에서 분쟁이 야기될 수밖에 없다. 임상정은 '명(名)'을 '분쟁의 후림새'라고 정의하였다. 후림새란 잡을 새를 꾀어 후려들이기 위하여 매어 둔 새이므로, '명(名)'은 분쟁을 끌어들이는데 사용하는 미끼란 의미이다. 서로 비방하지 않을 수 없는 이유는, 문인들은 명예를 누리면서 재주를 높이고 기술을 숭상하려는 욕망이 있고, 소수에게만 한정된 속성을 지닌 명예를 유지하기 위하여 상대를 공격하지 않을 수 없기 때문이라는 것이다. 그러므로 문인이 발생하고 명예를 획득하기 위하여 상호 비방하는 풍조가 생겨난 것은 유가의 도가 시대적으로 쇠퇴한 현상과 결정적 관계가 있다고 보았다.

> 제가 그것을 시험해 보았습니다. 세상에서 이른바 '문인'들에게 시험삼아 말하기를 "아무개의 문장은 예스럽고 아무개의 시는 기이하다"고 한다면 억센 자는 말로 어깃장을 놓고 나약한 자는 낯빛으로 언짢아합니다. 천천히 또 그에게 "아무개의 문장은 비루하고 아무개의 시는 나쁘다"고 한다면 억센 자는 말로 기뻐하고 나약한 자는 낯빛으로 기뻐합니다. 아! 이렇게 되는 것은 근본적인 이유가 있습니다. 억센 자는 상대를 꺼리고 나약한 자는 태만하니, 꺼리는 자는 남이 자기보다 나은 것을 성내고 나약한 자는 남이 자신을 이기는 것을 두려워합니다. 이에 옛날의 군자가 예로 사양하고 말을 겸손히 하는 미덕이 세상에 드러나지 않고 풍속이 날로 변해 갑니다.[77]

---

77) 愚嘗試之矣. 嘗試語於世所謂文人曰: "某之文古, 而某之詩奇." 强者咈於言, 而懦者逆於色. 徐而又告之曰: "某文卑而某詩惡." 强者悅於言, 而懦者悅於色. 嗚呼! 爲此者有本. 强者忌而懦者怠, 忌者怒人之勝己, 懦者畏人之勝己. 於是古君者禮讓辭遜之美, 不見於世, 而風俗日以渝矣.

위의 글은 한유의 「원훼(原毁)」와 논리 전개나 표현법이 유사하다. 「원훼」가 사대부 간에 발생하는 비방의 근원을 탐구한 작품이므로, 임상정이 그것에서 착상을 얻은듯하다. 임상정은 문인상경의 실태에 대한 경험적 사실을 서술하는 형식을 택하였다. 그는 '문인'의 유형을 두 가지로 나누었으니, 하나는 억센 자이고 또 다른 하나는 나약한 자이다. 또 그들의 반응을 보기 위한 시험도 두 가지로 설정하였다. 타인의 작품을 포양(襃揚)하는 말과 폄하하는 말을 각각 들려주었을 때의 반응을 본 것이다. 그리고 그 원인에 대하여 분석하였다. 기질이 억센 자에게 타인의 시문을 포양하면 노골적으로 불쾌한 언사로 반응하며 반론을 개진한다. 한편 기질이 나약한 자에게 타인의 시문을 찬양하면 말로 표현하지는 않지만 역시 불쾌한 감정이 낯빛에 드러나는 것을 숨길 수 없다. 반대로 타인의 시문을 폄하하는 이야기를 해주면 기질이 억센 자는 기쁜 감정을 말로 표현하고 기질이 약한 자는 얼굴에 그 감정을 나타낸다. 기질의 개인차에 의하여 반응과 표현의 방식에 차이가 있을지언정 '문인'이라는 부류는 모두 남에 대한 칭찬을 불쾌해 하는 반면 비판은 기뻐한다는 것이다. 그런데 문제는 문인들이 상대방에 대한 포양이나 폄하를 듣고 즉자적인 반응을 나타낸다는 데 있다. 임상정은 작품에 대한 객관적 평가의 과정도 없이 단순한 호오의 감정을 드러낸다는 실제 결과를 제시하면서 그 원인을 진단해 보았다. 결론적으로 문인들은 남을 칭찬하는 말을 차마 듣지 못하고 남이 잘되는 꼴을 차마 보지 못하는 것이 습성이 되었다는 말이다. 이와 같이 문인의 부정적인 속성을 부각시킨 후 임상정은 문인의 상대적인 개념으로 '군자(君子)'를 설정하였다. 군자는, 예(禮)로 사양하고 말을 겸손히 하는 사람이다. 그러므로 서로 이기려고

만 하고 시기하는 문인과는 정반대의 범주로 설정될 수밖에 없다.

> 저는 비록 문인은 아니지만 문인의 폐단을 익히 아니, 지금 청컨대
> 거리낌없이 말하여 집사의 물음에 대답하려 합니다.
> 선비로서 문장에 능하고 저술을 잘하는 사람을 문인이라고 말합니
> 다. 문인의 습속은 반드시 서로 헐뜯고 배척하니 어째서입니까? 절세
> 의 재주를 간직한 자는 그 자처함이 높고, 사람을 놀라게 하는 말을
> 뱉어 내는 자는 그 자부함이 큽니다. 오직 그 자처함이 높고, 그 자부
> 함이 큰 까닭에 그 마음에는 항상 이기기를 좋아하는 병통이 있습니
> 다. 그래서 비록 전대의 고상한 문장과 일세의 이름난 문장이라도
> 문득 모두 그것 보기를 마치 없는 듯이 여기고 복종하려 들지 않습니
> 다. 이것은 경시하고 헐뜯음이 그로 연유하여 생기는 바이고 문장하
> 는 선비가 재주를 겨루는 일반적 심정입니다.[78]

임상정은 문인들이 서로 헐뜯고 배척하는 원인을 더욱 심도 있게
진단하였다. 임상정 자신은 문인이 아님을 밝혔다. 앞서 보았듯이 도
학을 전공하는 군자의 상대적 부류로 문인을 설정하였기 때문에 문
인은 그 자체로도 부정적 개념이 될 수밖에 없다. 그는 문인이란, '선
비로서 문장에 능하고 저술을 잘하는 사람'이라고 정의하였다. 그는
그러한 문인의 속성을 더욱 자세하게 설명하였다. 문인들은 월등한
재주를 가지고 있기 때문에 스스로 고상하게 자처하고 신기한 말을

---

78) 愚也, 雖非文人, 而習知文人之弊, 今請極言, 以對執事之問. 竊謂士之能文章, 善
著述者, 謂之文人. 文人之習, 必相詆排, 何者? 蘊絕世之藝者, 其自處也高, 吐驚人
之語者, 其自負也大. 惟其自處也高, 而自負也大, 故其心常有好勝之病. 雖前代之
高文, 一世之名章, 輒皆視之如無, 而莫肯相服. 此輕與毁之所由生, 而文士角藝之
常情也.

창작해 내기 때문에 크게 자부하는 속성을 갖는다. 그런데 고상하게
자처하는 심리와 크게 자부하는 심리는 필연적으로 타인에게 굽히지
않으려는 속성을 갖는다. 비록 전대의 훌륭한 고전이나 일세의 명문
장이라도 그 객관적 가치를 인정하려 들지 않는 것은 문인들의 재주
를 겨루려는 속성에 기인한다고 보았다. 결국 문인들이 서로 헐뜯는
원인은 문인들의 개별적인 인격이나 품성의 결함에 있지 않다. 문인
이라는 자각의 형성과 동시에 남을 이기려는 시기와 경쟁의 심리가
발생하기 때문에, 문인이라는 집단 자체의 속성에 문인상경의 원인
이 있다고 보았다.

> 이런 까닭으로 서로 극단적으로 경시하여 포정(庖丁)의 눈에 온전
> 한 소가 없듯이 하고 서로 극단적으로 헐뜯어 세상에 온전한 구슬이
> 없는 듯이 하여 명성이 자신을 압도하는 자는 배척하여 '아관(衙官)'
> 이라 하고 저작이 옛것에 가까운 자는 '노예'라고 내려 깎습니다. 문장
> 을 논할 때면 금과 옥을 납이나 쇠붙이로 만들어 버립니다. 시를 품평
> 할 때면 눈 덮인 산마루를 가리켜 묵지(墨池)라 합니다. 독설로 눌렀
> 다가 드날렸다가 하면서 편장(篇章) 사이에 도끼를 사용하고, 흉터를
> 씻는다면서 자구(字句) 상의 하자를 찾습니다. 나는 나의 평론을 가지
> 고 저는 저 사람의 평론을 가져 피차가 서로 버티어 비웃음과 폄하를
> 서로 더합니다. 이것이 예로부터 문인들이 면하지 못하는 바이고 문
> 장의 논의가 끝끝내 올바름을 얻지 못하는 현상입니다.[79]

---

79) 是以相輕之極, 而目無全牛, 相毀之極, 而世無完璧, 名聲壓己者, 斥之爲衙官, 述
　　作近古者, 降之爲僕隷. 論其文, 則化金玉而爲鉛鐵. 品其詩, 則指雪嶺而爲墨池. 抑
　　揚談鋒而用鉞於篇章之間, 洗濯瘢垢而覓疵於句字之上. 吾將以吾之評, 而彼將以彼
　　之評, 彼是相抵而嘲貶互加. 此自古文人之所不免, 而文章之論, 卒不得其正者也.

임상정은 '문인' 그 자체에 상대를 즉자적으로 시기하고 비판하는 속성이 내재되어 있다고 진단을 한 말에 이어서 문인들의 비평 행태를 서술하였다. 문인들은 서로를 극단적으로 경시하고 헐뜯는다. 그래서 소 잡는 일의 달인인 포정(庖丁)의 눈에는 온전해 보이는 소가 없이 급소가 훤하게 보이듯이, 문인들은 상대방의 약점만을 찾아내고 상대방을 비방할 때는 구슬의 하자를 찾아내듯이 한다. 문인들의 천박한 비평 행위를 극단적으로 도살행위에 비유한 것이다. 자신보다 월등한 문인은 옛날 작품의 아류인 아관(衙官)이라고 그 가치를 평가절하하고 고아한 작품에 대해서는 옛날의 작품을 모방하였다고 폄하하여 자주성과 독창성이 없는 '노예'라고 매도한다. 문장을 비평할 때는 금옥처럼 빛나는 가치가 있는 작품을 도리어 평범한 금속인 납이나 쇠붙이로 평가절하하고, 시를 비평할 때는 눈에 덮인 산마루처럼 고상한 품격의 시를 벼루 안에 먹물이 고여 있는 묵지(墨池)로 극단적인 평가절하를 한다. 또 유기적인 작품의 편과 장을 마구 도끼질하여 해부해 내고 자구에서도 꼼꼼히 하자를 적발해 낸다. 작품의 유기적 완성도에 대해서 비평해야 하는 경우에도 오로지 하자를 찾기 위하여 작품을 마구 해체하는 천박한 짓을 범한다는 것이다. 그렇다고 해서 그와 같은 비평 행위가 일정한 기준을 가지고 있는 것도 아니다. 비평의 기준은 오로지 자신을 방어하고 상대를 공격하는 용도이므로 각인각색의 양상을 띤다. 그러므로 문인들은 아무리 우수한 작품을 창작한다고 하더라도 비웃음과 폄하의 모욕을 모면할 수 없고, 그 비평은 공정성이 보장될 수 없다.

아! 어찌 또한 그 근본을 돌이켜 생각하지 않습니까? 천금의 보배를

품은 자는 천한 구리 동전을 가지려고 다투지 않고 맛난 고기를 먹는
자는 비루한 쭉정이를 먹으려고 다투지 않고 참된 도학을 아는 자는
말단적인 문예를 좋아하지 않습니다. 진실로 도학이 중요하고 문예는
할 만하지 못하다는 사실을 안다면 그것을 하는 것도 오히려 달가워하
지 않거늘 하물며 이른바 경시하거나 헐뜯는 것이 있겠습니까? 저들
이 죽을 때까지 경시하고 헐뜯는 사이에, 마음을 쓰면서 돌이킬 줄
모르는 까닭은 바로 도를 배우지 못한 탓일 뿐입니다. 그러므로 "온갖
병통은 모두 학문으로부터 소멸된다"라고 합니다.[80]

위의 글에서 임상정은 문인상경 풍조를 일소할 수 있는 대안을 제
시하고 있다. 그 해결책이란 근본을 돌이키는 것이라고 하였는데,
'근본'이란 무엇인가? 그것은 구체적으로 '도학'을 의미한다. 앞서 임
상정은 '도'가 변하는 것을 보고 문인상경 현상을 파악하였다고 하였
는데, '도'란 유가적 질서 체계와 세계관을 의미한다. 주돈이의 '문이
재도론(文以載道論)'이 제창된 이후 문장은 성리학적 이치를 표현하는
명도(明道)의 수단으로 인식되었다. 도는 절대적이며 근본적인 가치
를 갖는데 반하여 문은 도를 드러내기 위한 부수적이고 말단적인 수
단에 불과하다는 논리이다. 성리학자의 처지에서는, 도를 도외시하
거나 소홀시하는 문인들에 대하여 부정적인 시각을 가질 수밖에 없
다. 도와 문의 본말관계를 설명하기 위하여 임상정은 도학을 천금의
보배에 비유하였고 문학은 천한 동전에 비유하였다. 또 도학은 맛있

---

80) 嗚呼! 盍亦反其本而思之? 懷千金之寶者, 不較於銅錢之賤, 食芻豢之味者, 不爭於
    秕糠之陋, 識道學之眞者, 不屑於文藝之末. 誠知道學之重, 而文藝之不足爲, 則爲
    之尙不屑, 況有所謂輕與毀者哉? 彼所以終身役心於輕毀之間而不知反者, 正坐於不
    學道耳. 故曰: "萬般病痛, 皆從學上消."

는 고기에 비유하였고 문학은 비루한 쭉정이에 비유하였다. 도학은 참되고 가치 있는 것이고 문학은 천하고 말단적이라는 것이다. 그렇기 때문에 도학의 중요성을 인식하게 된다면 문학은 할 만한 가치조차도 없다는 사실을 알게 된다고 단정하였다. 이것이 임상정이 제시한 문인상경의 풍조를 제거할 수 있는 해결 방안이다.

아예 문학을 하지 않는다면 문인이 존재하지 않을 것이고, 문인이 없다면 서로 경시하고 헐뜯는 폐해가 존재할 수 없음은 당연한 이치이다. 그러므로 문인상경이 소멸되지 않는 이유는 문인들이 도를 배우지 못했기 때문이며, 모든 폐단은 도학을 통해 해결이 가능하다고 단정하였다. 그렇다면 그것은 어떻게 가능한 것인가?

> 청컨대 그것을 증명하고자 합니다. 여러 작자가 지은 「능운(凌雲)」은 조충전각(彫蟲篆刻)에 불과하고 일개 경(經)인 『태현(太玄)』은 실로 먹다 남긴 밥이니 누구나 보지 않는 것은 아니지만 그 의미는 존재에 있습니다. 「월부(月賦)」의 아름다운 구절이 예원(藝苑)에 아름다운 이름을 남기고, 「추호(秋胡)」의 아름다운 말이 문단에 전파되어 읊어지자마자, 비로소 알고서 기롱(譏弄)을 하니, '네게서 나온 것이 네게로 되돌아간다'는 격입니다. 「한위공취백당기(韓魏公醉白堂記)」는 논(論)이라고 비방을 하고 「건주학기(虔州學記)」[81]는 책(策)이라고 지목하는데, 그 의도는 서로 헐뜯는 데에 있습니다. 여기에서 시비가 생겨나고 촌놈이 「삼도부(三都賦)」를 지음에 술 항아리의 뚜껑으로 만들려 하고, 친구가 병문안을 왔는데 자신이 상대방을 압도한다고 생각하니 한 개의 '긍(矜)' 자를 어느 누가 수긍하겠습니까? "모란이 만약 말을 하게 할 줄 알았다면 나라를 기울게 하였으리"[82]라는

---

81) 『자오록초집』에는 '建州'로 되어 있음.

시구는 "가희(歌姬)의 병풍에 쓴 시와 같다"고 조롱하고, "나무 밑에
는 하늘이 있어 봄이 적적하고, 인간 세상에는 길이 없고 달이 아득하
다"는 말은 "귀신이 지은 시에 가깝다"고 비판하였습니다. 조당(曹唐)
이 비웃고 나은(羅隱)이 기롱하니 그 사람을 알 수 있습니다. 소매를
드날리며 스스로 인정하지만 상대는 하찮게 여기고 거짓으로 꾸며
글을 만들지만 대방가에 끼어들지 못하니, 두 사람이 달 초하루에
누가 서로 경시하지 않겠습니까? 심지어 맹호연의 시구는 맹교·가
도에 필적할 만한데 혹자는 '술을 만들려고 해도 넣을 재료가 없는
것'에 비교하기도 하고83) 한유의 문장은 위진을 크게 변화시켰는데
도 고문을 훼손한다는 비방을 면하지 못하였습니다. 문인이 서로 배
척하는 습속이 진실로 시대가 다르다고 해서 차이가 있는 것이 아닙
니다.84)

문인상경의 폐단이 생겨난 것은 문인들이 도학을 배우지 못하였
기 때문이라고 단정하고, 이어서 사실 논거를 예시하였다. 예를 들
면 하안(何晏)과 강엄(江淹)85) 등이 지은 「능운부(凌雲賦)」들은 내용

---

82) 나은(羅隱)의 「목단(牡丹)」.

83) 『후산시화(後山詩話)』에서 소식이 맹호연의 시는 운(韻)이 고상하지만 재주가 부
   족한 것이 마치 궁정의 어주(御酒)인 내법주(內法酒)를 만들 수 있는 솜씨인데도
   재료가 없는 것 같은 격이라고 평하였다.[子瞻謂孟浩然之詩, 韻高而才短, 如造內法
   酒手, 而無材料.]

84) 請證之. 凌雲諸作, 不過雕篆, 太玄一經, 實爲餘食, 則不爲不觀, 其意有在. 月賦佳
   句, 流芳藝苑, 秋胡麗語, 播詠騷壇, 而始知之譏, 出爾反爾. 堂記醉白, 祗以爲論,
   學記建州, 指以爲策, 意在相毁. 焉有是非, 佁父賦都, 欲覆酒甀, 故人間疾, 自許壓
   倒, 一箇矜字, 人誰點頭? 解語傾國, 句似女嬙, 樹底人間, 語近鬼詩. 曹嘲羅譏, 其
   人可知. 揚袂自許, 見謂草莽, 贋剿爲文, 不齒大方, 二子月朝, 孰非相輕? 至若浩然
   詩句, 足配郊島, 而或比於無材之酒, 昌黎文章, 大變魏晉, 而不免於毁古之祗. 文人
   相排之習, 固不以異代而有間也.

85) 하안(何晏) : 193?~249. 위진 시대 현학(玄學)의 시조로 받들어지는 관료 겸 사상

성이 담보되지 못하고 다만 형식적인 기교에 치우친 것에 불과할 뿐이다. 또 양웅(揚雄)의 『태현경(太玄經)』은 경전과는 다른 저작을 만들려고 하였지만 결국은 『역경』의 말단적 요소만을 답습한 꼴이 되고 말았다. 그러한 작품들은 누구나 보는 것이다. 그러나 누구나 보는 저작이 바로 훌륭한 작품이라는 등식은 성립이 되지 않는다. 그들 작품의 가치는 다만 '존재' 그 자체에 있다고 생각하기 때문이다. 이상의 두 작품은 내용에 도가 결여된 경우이다. 문인상경의 폐단의 근거가 이미 작품에 내재되어 있으므로 상호 비난을 야기할 수밖에 없는 것이다.

임상정은 문학사에서 상호비판을 하였던 여러 가지 예시를 들었다. 사장(謝莊)86)은 구변이 좋은 사람이었다. 남조 송의 효무제가 안연지(顔延之)87)에게 사장(謝莊)의 「월부(月賦)」가 어떤지 물어보았다. 그러자 안연지가 대답하기를 "「월부」가 아름답기는 아름답지만 사장

가. 자는 평숙(平叔).

강엄(江淹) : 444~505. 남조시대의 문인. 유·불·도에 통달했으며 문학 활동은 송·제 시대에 주로 했는데, 문사(文辭)가 화려하다.

86) 사장(謝莊) : 421~466. 남조 송의 문학가. 자는 희일(希逸). 그는 문장뿐만 아니라 시와 부에도 능하였는데, 그의 시는 청아하고 표일(飄逸)하지만 자연스럽지 못하고 전고(典故)를 지나치게 많이 사용하여 매우 번잡하다. 부 중에서는 「월부(月賦)」가 대표작으로 달밤의 풍경과 달의 고사를 썼는데, 의경이 맑고도 고원하여 감정을 묘사하는 방법은 후대에 큰 영향을 주었다.

87) 안연지(顔延之) : 384~456. 자는 연년(延年). 시호는 헌자(憲子). 성질이 과격하고 술을 즐겼으며, 귀족들에게 흔히 볼 수 있는 것과 같이 언행에 조심성이 적어 혹평을 받기도 하였으나, 생활은 매우 검소하였고 재물을 가벼이 여겼다. 사령운(謝靈運)과 함께 '안사(顔謝)'라 일컬어지며, 작품은 연어(練語)와 대구(對句)를 중시한 형식미가 돋보인다. 『문선(文選)』에 실린 「자백마부(赭白馬賦)」·「오군영(五君詠)」·「추호시(秋胡詩)」 등이 대표작인데, 그 중에서도 「추호시」는 서사시사상(敍事詩史上) 주목할 만하다.

은 '천리나 멀리 떨어져 있지만 이 밝은 달을 함께 보고 있으리'라는 것을 비로소 알았습니다"라고 하였다. 효문제가 이번에는 사장을 불러 안연지의 말을 들려주었다. 그러자 사장이 말하기를 "안연지가 「추호시(秋胡詩)」를 짓고 '살아서 오랫동안 이별을 하고 죽어서 영원히 돌아가지 못한다'는 것을 비로소 알았습니다"라고 말하였다. 효무제는 두 사람의 말을 듣고 손바닥을 치면서 종일 탄복해 마지않았다고 한다.88) 안연지는 사장의 작품에 대하여 비방성의 평가를 하였는데 그것은 결국 자신에게로 되돌아오게 되었다.

왕안석이 소식의 「한위공취백당기(韓魏公醉白堂記)」를 보고 "이것은 바로 '한백우열론(韓白優劣論)'이다"라고 비판을 하니, 그것이 기(記)의 문체를 충족시키지 못하고 논(論)의 체재에 가깝다는 말이다. 그러자 소식이 "그래도 내 글이 왕안석의 「건주학기(虔州學記)」가 '학교책(學校策)'일 따름인 것보다는 낫다"고 응수하니, 「건주학기(虔州學記)」 역시 기(記)가 아니라 책(策)의 체재라고 비판을 한 것이다.89)

육기(陸機)90)가 서울에 들어와서 「삼도부(三都賦)」를 지으려고 하였는데 좌사(左思)91)가 그것을 이미 썼다는 말을 듣고 손바닥을 치며

---

88) 莊有口辯. 孝武嘗問顔延之曰: "謝希逸月賦何如?" 答曰: "美則美矣, 但甚始知隔千里兮共明月." 帝召莊以延之答語語之, 莊應聲曰: "延之作秋胡詩, 始知生爲久離別沒爲長不歸." 帝撫掌竟日.(『南史』, 卷20, 列傳, 第10, 「謝莊」)

89) 王莉公見東坡醉白堂記云: "此定是韓白優劣論." 東坡曰: "不若介甫虔州學記乃學校策耳."(『類說』, 卷57, 〈王直方詩話〉)

90) 육기(陸機) : 260~303. 서진의 문인. 자는 사형(士衡). 명문 출신으로 동생 운(雲)도 문재(文才)가 있어 그와 함께 '이륙(二陸)'이라 불리었다. 수사(修辭)에 중점을 두고 미사여구와 대구(對句)의 기교를 살려 육조시대의 화려한 시풍의 선구자가 되었다. 그의 「문부(文賦)」는 문학비평의 방법을 논한 것으로 유명하다. 저서로 『육사형집(陸士衡集)』이 있다.

91) 좌사(左思) : 서진의 시인. 자는 태충(太沖). 하급 관리의 집에 태어나 여동생 분

웃으면서 일어났다. 그리고 그 동생 육운(陸雲)에게 보내는 편지에, "요즘에 웬 촌놈이 「삼도부(三都賦)」를 지으려고 한다 하니 그것이 완성되기를 기다려 의당 술항아리를 덮는데 쓸 따름이다"라고 하였다고 한다. 육기는 좌사(左思)와 같은 대작가를 '촌놈'이라고 매도하고 장안의 지가(紙價)를 올린 그의 「삼도부(三都賦)」는 술항아리의 뚜껑으로 사용할 가치밖에 없다고 매도한 것이다.[92)]

임상정은 이어서 조당(曹唐)과 나은(羅隱)[93)]이 상대의 시를 서로 비판한 일화를 예시하였다.

> 나은이 조당과 만났을 때 「모란시(牡丹詩)」를 지어 말하였다.
> "모란으로 하여금 말을 할 줄 알게 한다면, 나라를 기울게 하였으리.
> 무정한 꽃이지만 사람을 감동시키네."
> 이 시를 들은 조당이 나은을 놀리며 말하였다.
> "이 시는 모란을 두고 지은 것이 아니라 가희(歌姬)의 병풍에 쓴 시일 뿐이다."
> 그러자 나은이 응수하였다.
> "그래도 그대의 귀신시보다는 낫다네."

(芬)이 궁중에 여관(女官)으로 들어갔기 때문에 고향인 임치(臨淄)에서 도읍 낙양 (洛陽)으로 나와 10년 동안 구상하여 「삼도부(三都賦)」를 지었다. 이것이 당시 문단의 영수였던 장화(張華)에게 절찬 받게 되어 일약 유명해졌다. 낙양의 지식인들이 이것을 다투어 베껴서 '낙양의 지가(紙價)를 올린다'라는 말이 생겼다.

92) 初陸機入洛, 欲爲此賦, 聞思作之, 撫掌而笑, 與弟雲書曰: "此間有傖父, 欲作三都賦, 須其成, 當以覆酒甕耳."(『晉書』, 文苑傳, 「左思」)

93) 조당(曹唐) : 당나라 말기의 시인. 자는 요빈(堯賓). 도사(道士)가 되었다가 속세로 돌아왔다. 그는 유선시(游仙詩)를 많이 지어 출세사상(出世思想)을 선양하였다.
   나은(羅隱) : 833~909. 당나라 말기의 시인. 자는 소간(昭諫), 자호는 강동생(江東生). 어려서부터 문재(文才)가 있었으며, 특히 시에 뛰어나 이름이 높았다.

조당이 물었다.

"그런 시가 어디 있다고?"

나은이 말하였다.

"'나무 밑에는 하늘이 있어 봄이 적적하고, 인간 세상에는 길이 없고 달이 아득하다'라는 시구가 귀신의 시 아닌가?"

조당은 대답을 하지 못하였다.[94]

또 의기양양하게 잘된 작품이라고 생각을 하지만 상대방은 풀더미처럼 하찮게 여기고 표절을 하여노 대방사에도 끼지 못힌다. 심지어는 맹교나 가도와 필적할 만한 맹호연과 같이 훌륭한 시인도 재주가 부족하다는 혹평을 받았고, 고문운동의 주도적 역할을 하여 위진의 부화한 형식주의적 문풍을 일변시킨 한유조차도 도리어 고문을 훼손시켰다는 비난을 면할 수 없었다. 그러므로 문인들이 서로 비방하는 폐단은 시대가 다르다고 해서 차이가 있는 것이 아니다.

저는 일찍이 논하기를, "문장은 만세(萬歲)의 공변된 물건이고 천하의 지극한 보배"라고 하였습니다. 이는 무수히 단련한 쇠나 여러 성(城)과도 바꿀 만한 구슬[95]과 같아서 그 경중(輕重)과 미악(美惡)이 자체로 일정한 값이 있어서 말로 바꿀 수 있는 것이 아닙니다. 가령 날마다 몇 천만 사람이 비방하고 헐뜯더라도 도리어 어떻게 금

---

94) 唐與羅隱相遇, 隱有題牡丹詩云: "若教解語應傾國, 任是無情亦動人." 唐因戲隱曰: "此非賦牡丹, 乃題女子障耳." 隱應聲曰: "猶勝足下鬼詩." 唐曰: "其詞安在?" 隱曰: "只樹底有天春寂寂, 人間無路月茫茫, 得非鬼詩?" 唐無言以對.(『五代史補』, 卷1,「曹唐死」)

95) 연성벽(連城璧): 전국시대의 화씨벽(和氏璧)을 이름. 여러 성(城)과도 바꿀 만한 구슬이라는 의미.

이나 옥의 실상을 훼손시키겠습니까? 그러나 세상의 문인은 만세의 공변된 물건을 얻거든 자신의 몸에 사사롭게 차지하고자 하고, 천하의 지극한 보배를 품거든 자신이 독점하고자 합니다. 이에 집집마다 하나씩 보루를 쌓고 사람마다 하나씩 망치와 끌을 지닙니다. 그러나 굽히기 싫어하는 뜻이 항상 적의 손에 미치고 기롱하고 조소하는 말이 선배에게서 피하지 못하여 저 사람은 이 사람을 일러 "썩은 흙을 거두어 모았다"하고 이 사람은 저 사람을 일러 "땅강아지·지렁이를 섞었다"고 말합니다. 그러니 진실로 저 한때의 기울고 삐걱거리는 마음을 유쾌하게는 하면서도 밀어 주고 인정해 주며 겸손히 양보하는 의리는 알지 못합니다.96)

임상정이 문인상경의 원인 가운데 하나는 문장이 공물(公物)이라는 사실을 망각하고 있기 때문이라고 하였다. 임상정은 '문장은 절대적인 가치를 갖는다'는 견해를 갖고 있었다. 따라서 "만세(萬歲)의 공물(公物)이고 천하의 지보(至寶)"라고 한 것이다. 문장의 가치는 절대적이기 때문에 비록 수없이 많은 사람들이 비방을 한다고 해서 손상될 수 있는 성질의 것이 아니다. 그런데 문제는 공적인 물건을 사유하려는 욕망에서 생겨난다. 사유욕은 타인의 점유를 저지하려는 속성이 있기 때문에 필연적으로 상대방을 비방할 수밖에 없다. 그래서 남의 비방을 막기 위하여 보루를 쌓고 자신은 남을 비방하기 위하여 망치

---

96) 愚嘗論之, "文章者, 萬世之公物, 而天下之至寶也." 此如百鍊之金, 連城之璧, 其輕重美惡, 自有一定之價, 而非言語口舌之所能易也. 假使訾而毁之者, 日累千萬人, 顧何損於金玉之實哉? 然而世之文人, 得萬世之公物, 而欲私於其身, 懷天下之至寶, 而欲專於其己. 於是家築一墻壘, 人挾一椎鑿. 厭屈之意, 常及於敵手, 譏嘲之言, 不避於先輩, 彼謂此掇拾糞壤, 此謂彼雜以螻蚓. 苟以快夫一時傾軋之心, 而不知有推許遜讓之義.

와 끝을 갖고 있다고 비유하였다. 타인의 비방을 철저하게 방어하고
무자비하게 남을 공격하지만 비방을 막을 도리란 없다. 이 지경이면
비평가는 더 이상 비평가가 아니다. 그래서 비평가를 '적(敵)'이라고
극단적 표현을 하였다. 애정이 있어야 할 선후배간에도 비방은 예외
가 아니다. 게다가 비방도 가장 속되고 원색적인 용어를 구사한다고
하였다. 이와 같은 천박한 현상이 야기되는 이유는 문장의 공리적
기능을 망각하였기 때문이다. 따라서 임상정은 문장의 공리적 기능
을 강조하고 자가익 대사힉적 기능을 천명하였다.

> 이같은 자들이 어찌 다 행실이 야박하고 의리가 없는 사람이겠습니
> 까? 단지 명예를 좋아하고 자신보다 나은 자를 꺼리는 사사로움이
> 그 마음을 질곡하고 해치며 그 속에 빠졌으면서도 스스로 깨닫지 못
> 할 뿐입니다.
> 아! 경박한 풍속과 야박한 습속이 번갈아 가면서 서로 전하고 답
> 습되어 진·한 천여 년이 지나 오늘날에 이르러 그 폐단이 극에 달
> 했습니다.[97]

이상에서 문인상경의 원인으로 제시한 두 가지를 정리하고 있다.
문인들이 상호 비난하는 것은 그들의 인격과 품성에 결함이 있기 때
문이 아니다. 그 원인은 문인 특유의 명예욕과 공리적 문장을 사유하
려는 욕망 때문이다. 그것이 만연하여 급기야 풍속과 습속이 되었고
오랜 기간 답습되어 현재의 폐단이 형성되었다고 보았다.

---

97) 凡若此者, 豈皆薄行無義之人哉? 只爲好名忌克之私, 梏喪其心, 陷於其中, 而不自
覺耳. 嗟夫! 澆風薄習, 遞相傳襲, 歷秦·漢千有餘年, 至于今日, 而其斃極矣.

지금 세상에 출현한 문장으로 공적인 것에는 교명(敎命)과 과거(科
擧)의 글이 있고, 사적인 것에는 명·뢰·만·별(銘·誄·挽·別)의
글이 있습니다. 그들 글이 해마다 새로워지고 달마다 성하여져서 상
자에 넘치고 집안에 가득한데 그 사이에 어찌 진실로 다른 사람을
감복시킬만한 명문장과 걸출한 시편이 없겠습니까? 그런데 일개 떠
돌아다니며 말하고 문장 짓는 선비가 시기하는 마음으로 상대를 대
하고 싸늘한 눈으로 글을 보아서, 조칙이 한번 반포되자마자 기롱이
사방에서 이르고, 과거(科擧)의 문장이 나오자마자 비난과 조소가 먼
저 모여듭니다.[98]

임상정은 현재에는 수많은 종류의 문체가 있다고 하였다. 그리고
그것에는 공적인 용도의 문체가 있는가 하면 사적인 용도의 문체도
있다고 하였다. 그리고 그것들은 다시 각각의 문체로 세분된다. 그와
같이 많은 종류의 문체가 존재하고 또 수많은 작가들이 수많은 작품
을 창작해 내는데 그 중에서 훌륭한 작품이 전혀 존재하지 않는다고
볼 수 없다. 그런데도 비판의 대상에서 벗어날 수 있는 작품은 하나도
없다. 심지어 가장 공적인 문체 가운데 하나로 절대적 권위가 있는
왕의 조칙도 반포되자마자 문장의 하자에 대한 비난이 쏟아지고 국
가의 시험을 거쳐 공인을 받은 과거의 문장이라고 하더라도 나오기
가 무섭게 비난과 조소의 대상이 되고 만다. 그러므로 기타의 글은
말할 것도 못된다. 그것은 역시 문인들의 시기하는 마음에 그 원인이
있다.

---

98) 今之文章之見於世者, 公則有敎命科擧之製, 私則有銘誄挽別之作. 歲新月盛, 溢篋
充棟, 其間豈無名章傑篇, 眞可以服人者, 而一種遊談翰墨之士, 方且忮心遇人, 冷
眼看文, 絲綸一頒, 而譏刺四至, 擧文纔出, 而非笑先集.

금석(金石)의 문체는 마땅히 서사(敍事)를 보아야 하거늘 그 글자 놓는 것이 온당하지 못하다고 트집을 잡기도 하고, 남에게 건네주는 시편(詩篇)은 마땅히 뜻을 표현하는 것을 취해야 하거늘 그 자구의 단련이 정밀하지 못하다고 조롱하기도 합니다. 작은 하자를 들면서 여러 가지 아름다운 점을 칭찬하지 않고 하나의 치우친 것을 지적하면서 전체는 논하지 아니하여 수레바퀴 통을 밀어 주고 자리를 양보하는 것을 깊은 수치로 여깁니다. 털을 불어 흠을 찾아내는 것을 능사로 여기고 오직 어떤 사람이 어느 날 세상에 소문이 나서 자기 위에 있게 될까 두려워합니다. 이것은 이미 식자가 근심하는 바이며 군자가 부끄러워하는 바입니다. 하물며 당파가 다른 것으로써 견제하여 편벽되게 좋아하고 미워하는 것을 따르고, 논의가 다른 것으로써 견제하여 나뉘어져 좋아하고 미워하는 것을 따르는 경우에 있어서이겠습니까? 우씨(牛氏)집에서 높이는 것이 사실은 비록 아름답지만 이씨(李氏)집에서는 반드시 배척하고, 낙인(洛人)이 비난하는 것이 사실은 비록 나쁘지만 촉인(蜀人)은 반드시 그것을 선양합니다. 벼슬과 형벌이 친하고 등지는 사이에서 생겨나고 구슬과 자갈이 포양(襃揚)하고 폄하하는 사이에서 변합니다. 그래서 마침내 당당한 성인의 세대에 민첩하고 묘하며 크고 넓은 재주와 정밀하고 심오하며 거룩하고 화려한 작품으로 하여금 비방과 칭찬을 서로 뒤집어씌우고 이름과 실상이 서로 어그러짐을 면하지 못합니다. 그래서 사원(詞苑)에 완전한 문장이 없으며 대책(大冊)에 완전한 시편이 없는 지경이 되었으니 세도(世道)와 인심이 사라지는 현상을 어떻게 손 쓸 방법이 없습니다.[99)]

---

99) 金石之體, 當觀敍事, 而或疵其下字之未穩, 贈遺之篇, 當取寫意, 而或嘲其鍊句之未精. 擧其微瑕而不稱其衆美, 摘其一偏, 而不論其全體, 以推轂讓席爲深恥. 以吹毛覓疵爲能事, 惝惝焉惟恐其人之一日, 有聞於世, 而居己之右. 此已識者之所憂, 君子之所羞, 而又況牽之以色目之異, 而好惡隨以偏, 掣之以論議之殊, 而愛憎隨以

　비평가는 각각의 구체적인 문체가 요구하고 있는 요건을 얼마나
만족시키고 있는지 평가하여야 한다. 각각의 문체들은 각각의 특징
이 있고 또 그것들을 만족시키기 위한 요건이 있다. 예를 들면 비지문
(碑誌文) 창작에서 가장 중요한 요건은 서사(敍事)이다. 그러므로 비평
을 할 때에도 우선 서사를 대상으로 하여야 한다. 그런데도 글자 사용
의 적절성과 같은 지엽적인 면만을 따지고 든다. 또 증서(贈序)와 증
시(贈詩)와 같은 종류의 글은 정의(情意)의 표출을 주로 하므로 마땅히
비평도 정의의 표출 여부에 초점을 맞추어야 한다. 그러나 자구(字句)
의 단련에 대해서 비난을 할 뿐이다. 그것은 물론 작품의 완성도를
추구하려는 합리적 이성에 토대한 비평이 아니다. 오로지 비방을 위
한 '흠 찾아내기'에 불과하다. 그래서 상대방을 추천하고 자신은 겸양
하는 미덕을 오히려 수치로 여기는 잘못된 풍조가 만연된 것이다.
완벽한 작품에서도 외양적으로는 보이지 않는 작은 하자라도 찾아내
기 위하여 털을 불어 가며 그 속에서 흠을 찾아내듯 하는데, 이는
상대방이 자신의 위에 올라서게 되는 것을 두려워하기 때문이다. 게
다가 그러한 잘못된 비평 양태를 더욱 악화시키는 것은 당파의 분열
이다. 당파는 정치적 이해에 따라 모든 면에서 대립적 양상을 띤다.
따라서 일방에서의 '호(好)'나 '선(善)'을 다른 일방에서는 무조건 '악
(惡)'으로 판정한다. 그 예로 든 것이 '우이당쟁(牛李黨爭)'과 '낙촉당
쟁(洛蜀黨爭)'이다. 우이당쟁(牛李黨爭)이란, 당나라 때의 우승유(牛僧

分. 牛家之所右者, 其實雖美, 而李家必排之, 洛人之所抑者, 其實雖惡, 而蜀人必揚
之. 袞鉞生於向背之頃, 珠礫變於褒貶之間. 遂使堂堂聖代, 敏妙宏博之才, 精深偉
麗之作, 率不免毀譽相蒙, 名實相乖. 詞苑無十分之完文, 大冊無十分之全篇, 則世
道人心之淪喪, 盖已不可爲矣.

孺)·이종민(李宗閔)을 영수로 하는 당과 이길보(李吉甫)·이덕유(李德
裕)를 영수로 하는 당파의 대립을 의미한다. 낙촉당쟁(洛蜀黨爭)은 정
이(程頤)와 소식(蘇軾)을 각각의 영수로 하는 당의 대립인데, 다음의
일화에서 그 구체적인 양태를 볼 수 있다.

국기일(國忌日)에 상국사(相國寺)에서 예불을 하였는데, 이천[伊
川 : 정이]이 채소 반찬을 들이게 하니, 자첨[子瞻 : 소식]이 그를 힐난
하며 말하였다.
"정숙[正叔 : 정이]은 부처를 좋아하지 않는데 어째서 채소 반찬을
먹습니까?"
정숙(正叔)이 말하였다.
"예(禮)에 상중(喪中)에는 술을 마시지 않고 고기를 먹지 않는다고
하였고 기일(忌日)은 상(喪)의 연장입니다."
자첨이 육식을 갖춰 내도록 명하고는 말하였다.
"유씨(劉氏)를 위하는 자는 좌단(左袒)을 하라."[100]
이에 범순부[范淳夫 : 范祖禹] 등은 채소를 먹었고, 진관(秦觀)·황
정견(黃庭堅) 등은 고기를 먹었다.[101]

---

100) 좌단(左袒) : 자신에게 동조하는 자는 표시를 하라는 의미. 한 고조가 죽자 여후
(呂后)가 정권을 잡고 여러 여씨(呂氏)를 왕으로 봉하는 등 전횡하여 유씨(劉氏)들
이 위태롭게 되었다. 이때 주발(周勃)이 사직을 안정시키고자 군문(軍門)에 들어가
"여씨를 위하는 자는 오른쪽 어깨를 드러내고[右袒], 유씨를 위하는 자는 왼쪽 어깨
를 드러내라[左袒]"고 하니 군중이 모두 왼쪽 어깨를 드러내어 유씨를 돕겠다는 의
사를 표하였다.(『史記』)
101) 國忌, 禱於相國寺, 伊川令供素饌, 子瞻詰之曰: "正叔不好佛, 胡爲食素?" 正叔
曰: "禮, 居喪不飮酒食肉, 忌日喪之餘也." 子瞻令具肉食曰: "爲劉氏者, 左袒." 於
是, 范淳夫輩食素, 秦·黃輩食肉.(『二程外書』, 卷11)

정이가 낙양인(洛陽人)이고 소식은 촉인(蜀人)이므로 낙촉당쟁이라
고 하는데 그들은 학술·사상·작풍 등에서 대립하였다. 낙촉당쟁은
처음에는 왕안석을 영수로 하는 신당(新黨)과 사마광을 영수로 하는
구당(舊黨)의 정치적 개혁파와 반개혁파 간의 정쟁이었다. 그러나 위
의 일화에서 보듯이 이후로는 이념의 상이에 의한 대립이라기보다는
감정적 차원의 호오에 의한 대립으로 변질되고 말았다. 당파의 분열
에 의한 감정적 차원의 대립은 비평을 최악의 수준으로 떨어뜨렸다.
단순히 문학비평 상에서 상대방에 대한 비난의 차원으로 그치는 것
이 아니라 그것은 일신상의 영욕이 뒤따른다. 그러므로 문학 작품의
실상과는 전혀 다른 왜곡된 평을 하도록 만든다. 문학비평이 문인들
의 시기심이라는 속성에 의한 비평보다 더 심각한 타락 양상을 띠도
록 하는 것이 정치적 대립에서 야기된 비평이다. 정치적 대립에 의한
비평은 이미 문학비평이라고 할 수도 없다. 문학이 정치적 비방의
수단으로 이용되는 것에 불과할 뿐이다. 따라서 합리적 이성에 근거
한 비평은 더 이상 존재할 여지가 없다. 비평을 잘못하면 형벌을 받기
도 하고 아부하는 비평을 하면 벼슬을 받기도 한다. 따라서 문학의
본질은 정치적 역학 관계에 의하여 왜곡될 수밖에 없고 그 진정한
가치 역시 심하게 전도된다.

　　오호라! 집사께서는 그 연유를 아십니까?
　　사람은 반드시 태산의 정상에 올라 본 뒤에야 구릉이 높지 못하다
는 사실을 알고, 사람은 반드시 북해의 드넓음을 바라본 뒤에야 강하
(江河)가 크지 못하다는 사실을 아는 법입니다. 저들은 대단하지도
않은 재주를 믿고 스스로 천하의 높고 큰 것이 모두 나에게 있다고

여깁니다. 그런 까닭으로 자신에게 대적하는 자를 비방하고 자신을
이기는 자를 헐뜯는 것은 장차 높고 큰 이름을 독점하려 들면서도,
그 이른바 '높다'는 자기의 높은 바를 높게 여기는 것이지 내가 말하는
'높다'는 것은 아니며, 그 이른바 '크다'는 것은 자기의 큰 것을 크게
여기는 것이지 내가 말하는 '크다'는 것이 아닌 줄 모릅니다. 내가
이른바 '높다'·'크다'는 것은 무엇입니까? 곧 '도(道)'와 '덕(德)'이 이
것일 따름이니, 이제(二帝)와 삼왕(三王)이 임금이 된 연유이며, 이윤
(伊尹)·부열(傅說)·주공(周公)·소공(召公)이 신하가 된 연유이며,
공자·맹자·정자·주자가 선수한 연유입니다. 그 글은『시경』·『서
경』·『역경』·『춘추』이고 그 가르침은 예·악·사·어·서·수(禮·
樂·射·御·書·數)이고 그 법은 공경·겸손·퇴양(退讓)의 절도입
니다. 그것으로 자신을 다스리면 화합하고 평화로우며 그것으로 남을
다스리면 사랑하고 용서합니다. 궁하여 아래에 있으면 왕과 공경도
신하로 삼지 못하고, 진(晉)나라와 초나라도 부를 내세우지 못하니,
뜻이 이처럼 높습니다. 현달하여 위에 있으면 천지가 제자리를 얻고
만물이 그 은택을 입으니 공이 이처럼 큽니다.[102]

　문학가들이 지고한 이상으로 삼는 가치는 '이름'이다. 그러므로 문
학가들의 '지고한 가치'에 대한 설정부터 잘못되었다는 것이다. 자신

---

102) 嗚呼! 執事知其所由然乎? 夫人必登泰山之頂然後, 知丘陵之不足高也, 人必望北
海之洋然後, 知江河之不足大也. 彼方挾其區區之藝, 自以爲天下之高大, 盡在於吾.
故凡所以詆其敵己, 毀其勝己者, 將以獨占高大之名, 而抑不知其所謂高者, 高其所
高, 而非吾所謂高也者, 其所謂大者, 大其所大, 而非吾所謂大者也. 吾所謂高大者
何也? 卽道與德是已, 二帝三王之所以爲君, 伊·傅·周·召之所以爲臣, 孔·孟·
程·朱之所以傳受也. 其文, 詩書易春秋, 其敎, 禮樂射御書數, 其法, 恭敬辭遜退讓
之節. 以之爲己, 則和而平, 以之爲人, 則愛而恕. 窮而在下, 則王公不能臣, 晉·楚
不能富, 志如此其高也. 達而在上, 則天地得位, 萬物被其澤, 功如此其大焉.

이 의미하는 바 '고대(高大)'란, '이름'이 아니라, '도(道)'와 '덕(德)'이다. '도'와 '덕'은 역대의 훌륭한 제왕이나 신하 그리고 유가의 도통을 전수한 성현들이 존재 가능하도록 한 근거이다. 그 구체적인 글은 유가의 경전이며, 그 구체적인 가르침은 유가의 육예(六藝)이며 그 구체적인 법은 유가의 행동 규범이다. 결론적으로 말한다면, 유가의 이념만이 문인들의 잘못된 비평 습속을 바로잡을 수 있는 유일한 대안이라는 것이다.

> 대저 군자가 스스로 수양하는 것이 이와 같은데도 오히려 스스로 대단하게 여긴 적이 없는 이유는, 진실로 얻은 것이 성분(性分)의 본래 있는 바와 직분의 마땅히 해야 할 바에 불과하고 남을 능가할 수 있는 것이 아니기 때문입니다. 그러니 어찌 저 쪼다 같고 악착스런 무리와 더불어 한 자 한 치의 길이를 다투어 망령되게 경시하고 헐뜯음이 있겠습니까?
>
> 아! '도덕'은 천하의 근본이고 '문예'는 천하의 말단입니다. 근본을 다스리는 자는 마음을 항상 남보다 낮추지만 오래 갈수록 높고 큼을 감당할 수 없고, 말단을 일삼는 자는 마음을 항상 남보다 높이지만 오래 갈수록 낮고 작음을 감당할 수 없습니다. 그러니 오늘의 고질적인 폐단을 다스리고 선비에게 약이 되는 것은 오직 말단을 억제하고 근본을 힘쓰는 데에 있지 않겠습니까? 진실로 일세의 사람들로 하여금 문장의 정도로 돌아가고 도덕의 창고로 달려가게 하고 간을 빼내고 콩팥을 뽑아내는 공부를 거두어 들여 마음을 바로 하고 뜻을 성실히 하는 학문을 하도록 만들어야 합니다. 그래서 문장이 남에게 미치지 못함을 부족함으로 여기지 말고 오로지 나의 학문이 닦이지 아니함을 두려워하며, 문장이 남보다 뛰어나지 않음을 근심으로 여기지 말고 오로지 나의 학문이 진보하지 않음을 두려워하게 해야 합니다.

조금씩 쌓여 가고 날로 달로 진보하여 오래 힘을 써서 도가 이루어지고 덕이 확립되면 나와 대항하는 사람을 나는 장차 그를 벗으로 취하기도 바쁜데 어느 겨를에 경시하는 짓을 하겠습니까? 나보다 나은 사람을 내가 스승으로 섬기기도 바쁜데, 어느 겨를에 헐뜯는 짓을 하겠습니까? 이것은 문단에서 팔을 걷어붙이고 거들먹거리는 사람이나, 재잘대는 무리들 중에서 승부를 다투는 사람들과 비교한다면 그 차이는 만배나 납니다.

그런 뒤에야 선비의 습속이 바로 잡힐 수 있고 야박한 풍속이 변화될 수 있습니다. 집사께서는 어떻게 생각하십니까?[103]

유가의 이념을 존재와 행동의 근거로 하는 사람은 군자로서, 문인과는 상대적인 개념으로 설정되었음은 앞에서 언급한 바 있다. 군자는 스스로 수양을 하여 높은 수준에 도달하였어도 정작 자신은 의식하지 못한다. 왜냐하면 이는 인간의 성분(性分)에 고유한 것이며 당위적인 것이기 때문이다. 유가에서 표방하는 도와 덕이란, 내적 완성을 위한 이념이지만 인간의 본성에 본래 내재하여 있기 때문에 타인과 경쟁할 수 있는 대상이 아니다. 그런데 도덕은 천하의 근본이 되는

---

103) 夫君子之所以自修也如此, 而猶未嘗自多者, 誠以所得者, 不過性分之所固有, 職分之所當爲, 而非可以凌駕於人者也. 豈與夫臃腫齷齪之輩, 競其尺寸之長, 而妄有輕毁也哉? 嗟夫! 道德者, 天下之本, 而文藝者, 天下之末也. 治其本者, 其心常下於人, 而久而不勝其高大, 事其末者, 其心常上於人, 而久而不勝其卑小. 然則治今日之痼弊, 而爲士子之藥石者, 顧不在抑其末務其本乎? 誠使一世之人, 回文章之軌, 而趨道德之府, 收撿肝擢腎之工, 而爲正心誠意之學. 無以文之不及人爲歉, 而惟恐吾學之不修, 無以文之不出人爲患, 而惟懼吾學之不進. 銖積寸累, 日征月邁, 及其用力之久, 而道成德立, 則人之與己抗者, 吾將取友之不暇, 何輕之有? 人之出己上者, 吾將師事之不暇, 何毁之有哉? 此與攘臂於詞翰之場, 角勝於啁啾之輩, 其得失相萬. 夫然後士習可正, 而儁風可變. 執事以爲如何?

반면 문예는 말단이 된다고 하였다. 그러므로 임상정의 문학론과 비평론은 여기에서 그 성격을 분명히 알 수 있다. 임상정은 문학과 문인의 존재 가치에 대하여 부정적인 시각을 표명하였다. 그것은 문인을 '쪼다 같고 악착스러운 무리'라고 극단적으로 폄하하고 있는 데서 잘 알 수 있다. 또 문인들의 고통스러운 창작 과정을 간을 뽑아내고 콩팥을 뽑아낼 정도로 끔찍한 자기파괴로 인식하였다. 따라서 임상정은 문학은 도학에 복무해야 한다는 견해를 갖고 있었고, 문인의 존재 자체를 부정하였으며, 그들의 창작 행위에 대해서도 부정적인 시각을 갖고 있었다. 기존의 문인은 도학을 학습하여 군자로 전환되어야 하며, 아예 처음부터 도학을 학습하여 문인이 되지 말아야 한다는 것이다. 도학 공부를 통하여 도성덕립(道成德立)의 수준에 이르면 경쟁 대상은 친구가 되고 자신을 능가하는 사람은 스승으로 섬기는 이상적 상태가 된다. 따라서 상호 비방은 자연히 소멸된다는 것이다. 임상정의 논리는 '도본문말'로 표명되는 성리학적 문예론의 적용이라고 하겠다.

> 생각해보건대, 천하의 사람들이 방종을 편히 여기고 근신을 고달프게 여긴지 오래되었습니다. 지금 제가 하루아침에 방종을 금하고 그들로 하여금 근신케 한다면 어느 누가 좋아서 따르려 하겠습니까? 따르지 않는다고 해서 억지로 시키고 억지로 시키면서 정성으로 하지 않으면, 복종하지 않는 것이 인지상정입니다.
>
> 임금 된 자가 천하를 인의도덕의 근원으로 거두어들이고자 하면서 사람들을 복종시키지 못한다면 그 형세는 큰일을 이룰 수 없습니다. 그런 까닭으로 학문의 권장에는 방법이 있습니다. 학문의 권장으로는 창도하는 것보다 좋은 것이 없고 창도하는 것은 성(誠)보다 좋은 것이

없습니다. 옛날의 임금은 천하의 사람들을 강제로 학문에 들어가게 만들 수 없다는 사실을 알았습니다. 그런 까닭에 자신이 그들보다 먼저 하였습니다. 천하의 정(情)은 속여 거짓으로 할 수 없다는 사실을 알았습니다. 그런 까닭에 성(誠)으로써 그들을 구제하였습니다. 자신의 마음을 닦아 정치에 나타나게 하며 자신의 몸에 근본하여 아래에 도달하게 하며 예의로써 인도하고 성현으로써 유도하며 내용 없이 형식만 갖추어진 것을 제거하고 망령됨이 없는 것을 견지하였습니다. 그런 까닭에 천하의 사람이 그 자상하고 정성스러운 뜻에 복종하여 그 방종하고 자포자기하는 생각을 소멸시켜 서로 이끌고 성인의 학문에 들어가 모두 성인의 무리가 되니, 이는 삼대의 성왕이 백성을 교화하고 풍속을 이루어 백대에 모범이 된 이유입니다.

삼가 생각건대, 우리 성왕께서 경연에 임하여 학문을 익히고 덕을 닦으면서 만민에게 표준이 되어 인솔한 지 40년 남짓에, 솔선해서 창도하지 않았다고 말할 수 없는데, 행하기를 오래 할수록 효과는 더욱 아득합니다. 천하의 선비들이 바야흐로 또 붕당을 나누어 한 가지 재주의 말단에서 각축을 벌여 다시는 경전을 궁구하고 행동을 삼가는 것을 일로 여기지 않습니다.

생각건대, 그 창도하는 것이 정성스럽지 않아서 그렇습니까? 집사께서 진실로 제 말을 받아들일 생각이 있다면, 저는 또 원하건대, 집사께서 제가 앞서 진술한 두 글자를 안에 들어가서 고한다면 다행일 것입니다. 삼가 대답합니다.[104]

---

104) 抑念之, 天下之人, 安於放肆, 而苦於收斂, 久矣. 今吾一朝, 禁其放肆, 而使之收斂, 則人孰肯樂而從之? 不從而强之, 强之而不以誠, 則人之情不服. 爲人君者, 將欲納天下於仁義道德之藪, 而使人不服, 則其勢不可以有爲, 故勸學有術. 勸學莫善於倡, 而倡莫善於誠. 古之人主, 知天下之人不可强入於學, 故以身而先之. 知天下之情不可欺之以僞, 故以誠而濟之. 修於其心, 而見于其政, 本乎其身, 而達之其下, 導以禮義, 而誘以聖賢, 去其文具, 而持以無妄, 故天下之人, 服其慈祥惻怛之意, 而消其放肆暴棄之念, 相率而入於聖門之學, 而皆爲聖人之徒焉, 此三代聖王之所以化民

문인이 군자로 전환되기 위해서는 근신의 과정이 필요하다. 그러나 방종을 좋아하고 근신을 괴롭게 여기는 것이 인간의 본성이므로, 문인을 군자로 전환시키기 위한 방법이 강구되어야 한다. 문인들이 스스로 군자의 공부를 하도록 바라는 것은, 방치에 불과할 뿐 실현의 가능성이 없기 때문이다. 그러므로 도학을 공부하게 만들기 위해서는 외부의 견인이 필요하다는 것이다. 그리고 그것은 왕의 솔선이 우선되어야 한다고 제안하였다. 솔선의 실천적 내용으로는 '성(誠)'을 제시하였다. 임상정은 숙종이 40여년이라는 오랜 기간 왕좌에 있었어도 그 효과를 보지 못한 이유는 경전을 연구하지 않고 문예의 말단적 기술만을 다루기 때문이라고 단정하였다. 결론적으로 자신이 문인상경에 대한 대안으로 제시하는 것은 '도(道)·덕(德)'이라고 하였다.

이상에서 문인상경에 대한 임상정의 견해를 살펴보았다. 글의 편폭이 긴 만큼 임상정은 자신의 견해를 독자에게 침투시키려는 강한 의지를 갖고 쓴 글로 보인다. 책문이라는 문체를 사용하였으므로 정치적 견해의 제시라는 성격이 강하다. 따라서 문인상경은 단순히 문단의 폐해로 범위를 국한시키고 논의를 전개해 나간 것이 아니라 국가적 차원에서 정치와 결부시키고 있다. 결론적으로 문인상경의 폐단을 일소하기 위한 방법이란, 왕이 솔선수범해서 도학의 공부에 매진하여야 한다는 것이다. 그런데 도학 공부는 군자가 되기 위한 것이다. 그 공부의 텍스트는 말할 것도 없이 유교의 경전이다. 기존의 문

成俗而儀刑百代者也. 恭惟我聖上臨筵, 講學修德, 表率四十年有餘, 不可謂倡之之不先, 而行之愈久而效之愈邈. 天下之士, 方且分朋角勝於一藝之末, 而不復以窮經飭行爲事. 意者, 其所以倡之者, 未誠而然歟? 執事誠有意於納愚之說, 則愚又願執事以前所陳二字, 入告于內, 幸矣. 謹對.

인들도 창작 행위를 중단하고 도학에 열중하여 군자로 전환된다면 자연히 문인은 사라질 것이고 그들의 말단적인 문자 행위와 비평 행위도 중지될 것이다. 그러므로 부정적 비평의 한 현상인 문인상경은 당연히 사라질 수밖에 없다는 것이다. 이와 같은 임상정의 문학론은 성리학의 이념을 토대로 한다. 그런데 특이한 점은 임상정이 그와 같이 경색된 성리학적 문학론을 견지하고 있었음에도 불구하고 문예 활동을 하였고, 또 도문분리론을 주장하였던 조귀명과 가장 절친한 관계를 맺었으며, 조귀명은 그로 인하여 자신의 문학이 완성될 수 있다고 공언하는 한편, 그에게 자신의 원고에 대한 비평을 요구하였다는 점이다. 임상정은 문장의 완성도를 제고하기 위한 노력, 그 자체를 인정하지 않았다. 뿐만 아니라 문인의 존재도 인정하지 않았다. 그리고 정치와 관련지어 비평 행위를 포함한 일체의 문예 활동이 치도(治道)에 해악이 된다는 견해를 지니고 있었다. 그럼에도 불구하고 그는 『건천고(乾川藁)』의 비평에 참여하였다. 이와 같은 이중성은 임상정이 어째서 이천보나 이정섭과 같이 적극적 비평을 하지 않고 가장 소극적인 차원의 평점 비평을 하였는지에 대한 단서를 제공한다고 하겠다.

4) 창작 소양의 유기성

위에서 살펴본 대책문은 임상정이 34세 전후에 지은 것으로 보인다. 그는 이 시기에 문학적 성취에 대하여 심한 회의를 하였음을 알 수 있다. 임상정이 비록 도본문말론을 주장하였지만, 이는 지난한 문학 창작의 과정을 경험하고도 성취를 보지 못한 것이 능력의 한계에

기인한다는 인식과 관련 있다. 따라서 임상정은 도학의 우선성을 강
조하는 문학론을 주장하고 있으면서도 문학 창작에 대한 구체적 언
급도 하고 있다. 그 가운데는 작자의 소양에 관하여 구체적 논의를
개진한 것이 있어서 그의 문학론의 심도를 알 수 있다.

'창작 소양'이란, 창작의 주체가 창작에 종사할 때 필수적으로 구비
하여야 하는 소질과 수양을 아울러 일컫는 것으로, 창작의 주관적
조건이라고 할 수 있다. 창작 소양은 작가의 지능적 요소와 비지능적
요소, 세계관을 포괄한다. 구체적으로는 작가의 사상・생활・지식・
독서・의지・정감・흥취・개성・관찰력・감수력・감상력・표현력
등과 밀접한 관련 양상을 갖는다. 창작 소양의 형성과 제고는 일정한
생리적 조건을 기초로 하지만 최종적으로는 후천적 학습의 과정과
창작 실천을 거쳐서 이루어진다. 임상정의 창작의 요소에 관한 견해
는 최홍간(崔弘簡)에게 보내는 편지에 상세하게 피력되어 있다.

> 동계는 재분(才分)이 높으면서도 식오(識悟)가 오묘하고 공부가 독
> 실하면서도 자부심이 컸소. 평소 거처할 때에는 항상 '불후의 업'에
> 마음을 썼소. 혹 "그대의 문장은 농암[農巖 : 김창협]만 못하다"고 말
> 하는 사람이 있으면 문득 발끈해서 불쾌하게 여기니 그의 자신감이
> 대개 이와 같았소. 마침내 성취하고도 거의 '불후(不朽)' 두 자를 저버
> 리지 않았으니 그가 궁극의 경지에 이르도록 일생의 공부를 하다가
> 죽음에 이른 뒤에야 그만둔 것이 대개 이유가 있소.[105]

---

105) 東谿, 才分高而識悟妙, 工夫篤而自負大. 平居設心, 常以不朽之業. 人或謂子之
　　文不如農巖云, 則輒怫然不悅, 其自信蓋如此. 畢竟成就, 亦庶乎無負於不朽二字,
　　則其窮一生之工, 至於死而後已者, 蓋有以也.(『自娛錄』,「答崔弘簡書」)

임상정은 당대의 문학가인 조귀명과 자신을 대비시키며 논리를 전개하면서, 동계가 문학가로서 갖추고 있는 소양을 재분(才分)·식오(識悟)·공부(工夫)·자부(自負)의 4가지로 정리하였다. 동계는 그 4가지 창작 소양을 근거로 불후의 업을 목적으로 삼았다는 것이다. 재분(才分)은 작자의 창작 소양 가운데 소질에 해당한다. 소질은 일반적으로 기질(器質)·천자(天資)·천분(天分)·천부(天賦)로도 표현되는데 재분(才分)도 그와 별반 다르지 않다. 재분(才分)은 선천적 요인으로 결정되는 작가의 생리적 능력이다. 반면 식오(識悟)·공부(工夫)·자부(自負)는 수양에 해당하는데 그것들은 사상적 기초·지식의 축적·환경의 영향·예술의 도야·실천의 단련 과정을 거쳐 형성되고 제고된다. 임상정은 조귀명이 특히 '자부(自負)'가 강한 것으로 분석하였다. 조선 최고의 문학가인 김창협(金昌協)과 비교되는 것조차도 불쾌하게 생각할 정도로 강한 자부심이 불후의 업적을 남길 수 있는 가장 큰 요인으로 파악하였다. 또 그것을 위한 끊임없는 지식의 축적도 중요한 요소로 파악하고 있다. 따라서 선천적으로 우수한 소질과 부단히 연마하여 터득되는 후천적 소양이 결합되어야만 조귀명과 같이 불후의 업을 목표로 삼을 수 있다는 것이다.

　　나 같은 사람은 동계와 비교하면 대개 눈을 휘둥그렇게 뜨고 그의 뒤에 서는 자라오. 재성(才性)이 동계에 미치지 못하고 공(工)을 쓰는 것이 동계만 못하고 문장으로 자부(自負)하는 것이 동계만 못하다오. 오로지 그 안목의 경우라면 팔대가에 익숙하지만 수단의 경우라면 솜씨가 형편없는 장인으로 떨어졌기에, 글 한 편을 지으면 만족스럽고 눈에 드는 것이 열에 한 둘도 되지 않는다오. 그래서 번번이 완성해

놓고도 화가 치밀어 파기한 것이 허다하다오. 비유하자면, 생전에 아름다운 연(燕)나라 미녀와 조(趙)나라 미녀를 본 사람은 무염(無鹽)106)이 조각으로 새기고 그림으로 그리기에는 부족하다는 사실을 알고, 아름답고 큰 집에서 살아본 사람은 움집이 들어가 살기에 부족하다는 사실을 아는 격이라오. 이는 진실로 재력(才力)이 부족하고 얕으며 분량(分量)이 한계가 있는 연유로 후세에 전할 만한 자질이 되기에 부족한 것이 또한 분명하다오. 게다가 눈병이 평생 하나의 큰 마(魔)가 되어 비록 천하의 책을 더 읽어 가슴을 넓혀 문장을 짓는 생각으로 표출해 내려 하지만, 그 형세는 어디에서부터 시작해야할지 모르는 것이었다오. 중년 이후로는 독서를 집어치우고 사색을 막아버렸다오. 몇 년 동안 면벽한 중처럼 눈을 감고 상념을 끊은 뒤에야 비로소 눈병이 나을 수가 있었다오. 그리고 마침내 개연히 크게 탄식하여 말하였소.

"내가 문장에 뜻을 두었지만 재능은 그 뜻을 충족시키기에 부족하였고 질병이 또 잇따라 그 뜻까지 빼앗아갔다. 이는 자못 하늘이 나의 진보를 막는 것으로, 문장을 짓는 일도 '명(命)'이 있을 따름이다. 자신이 능하지 못한 일을 억지로 하는 것은 지혜롭지 못하고 하늘이 하고자 하지 않는 바를 어기는 일은 상서롭지 못한 법이다."

이에 자신의 역량을 헤아리고 하늘의 명을 따라 다시 저술에 마음 쓰지 않았습니다. 그런 연후에 마음을 수고롭게 하지 않고 눈을 피곤하게 하지 않고 정신을 완전하게 수양하는 것으로 집안의 계책을 삼으며, 몸을 신칙하고 학문을 닦으며 자손을 가르치는 것으로써 몸을 편안하게 하고 명을 세우는 터전으로 삼았다오.107)

---

106) 무염(無鹽) : 무염녀(無鹽女). 전국시대 제선왕(齊宣王)의 후비(后妃)로, 무염(無鹽) 출신인 종리춘(鍾離春)을 이름. 덕이 있었으나 외모는 무척 추하였다고 한다. 이후로 추녀의 대칭(代稱)으로 쓰인다.

107) 若愚者, 其視東谿, 盖瞠然後焉者也. 才性不及東谿, 用工不如東谿, 以文章自負,

그렇다면 조귀명과 비교해 볼 때 자신은 어떠한가? 과연 천부적인 소질과 후천적인 수양의 융합 과정을 통하여 작가의 창작 소양이 형성되고 제고되었다고 할 수 있을까? 임상정은 자신의 작자적 수준에 대하여 위와 같이 토로하였다. 우선 자신은 동계의 수준에 도저히 미치지 못함을 고백하였다. 동계의 수준을 보고는 단지 눈이 휘둥그레져서 깜짝 놀라고 주눅이 들어 그의 뒤로 물러날 정도라고 말하였다. 임상정이 자신보다 12살이나 연하인 조귀명을 스승으로 인정한다고 말했을 정도이므로 단순한 겸사만은 아니다. 이어서 자신이 조귀명에 미치지 못하는 요인을 구체적으로 열거하였다. 우선 재성(才性)이 동계에 미치지 못한다고 하였다. 재성이란 앞서 말한 재분(才分)의 다른 표현이라고 하겠다. 선천적으로 타고난 작가적 소질이 부족하다는 것이다. 그리고 공(工)과 자부(自負)가 부족하다고 하였다. 후천적인 수양도 부족하다는 것이다. 그러나 자신에게 문학적 소양이 전혀 없지는 않아서 안목은 당송팔가문에 익숙하다고 하였다. 그러므로 안목은 예술적인 도야와 지식의 축적을 통해 형성되는 것이라고 할 수 있다. 그러나 그와 같은 부분적 수양이 선천적 소질이나

不如東谿. 惟其眼目則慣熟於八家, 手段則墜下於拙工, 如作一篇, 其能滿意而入眼者, 十不一二. 往往旣成而慣懣毁棄者多. 比如生而視燕姬趙女之美者, 知無鹽之不足刻畫, 處珍舘大厦之廣者, 知圭竇之不足容與. 此誠由於才力短淺分量有限, 而其不足爲傳後之資, 則亦明矣. 加以阿睹之疾, 爲平生一大魔, 雖欲益讀天下之書, 以恢其胸次, 以發其藻思, 其勢盖未由也. 中年以後, 盖嘗廢看讀杜思索. 閉睫冥心, 如面壁僧者, 逾數年後, 始得痊可. 遂慨然太息曰: "吾有志於文章, 而才具旣不足充其志, 疾病又從而奪其志. 此殆天之所以沮其進, 而爲文章, 亦有命焉耳. 夫强己之所不能, 爲不智, 違天之所不欲, 爲不祥." 於是量己順天, 而不復刻意於著述, 然後以不勞心不弊明, 完養精神爲家計, 以勅躬修學, 訓誨子孫, 爲安身立命地.(『自娛錄』, 「答崔弘簡書」)

공(工) · 자부(自負)와 같은 후천적 요인과 결합하지 못하고, 또 창작
기법 운용 능력이 부족하여 흡족한 작품을 창작하지 못한다는 것이
다. 임상정은 자신의 안목으로 설정한 목표를 연나라의 미인과 조나
라의 미인, 아름답게 꾸며지고 커다란 집에 비유하였다. 반면 자신의
수준은 천하의 박색인 무염(無鹽)이나 옹색한 움집에 비유하였다. 그
렇다면 안목과 솜씨가 일치하지 않는 원인은 어디에 있을까? 임상정
은 자신의 재력(才力)이 부족하고 얕으며 분량(分量)에 한계가 있다고
하였다. 재력과 분량은 앞서 말한 재분(才分)을 나눈 개념으로 선천적
으로 부여된 재주의 역량과, 한정 지어진 재주를 일컫는다. 또 재력
과 분량을 '자(資)'라는 개념으로 개괄하였는데, 이는 소질이라고 하
여도 무방할 것이다. "후세에 전한다"는 말은 '불후(不朽)'와 같은 의
미이다. 결국 자신은 선천적 소질의 결여로 불후의 업적을 남길 수
없다는 회한에 찬 고백이라고 하겠다. 그러나 자신이 선천적 소질의
결여 때문에 문학적 성취를 보지 못한 것만은 아니니, 후천적인 수양
도 부족하기 때문이라고 생각하였다. 수양은 앞에서 말한 공부(工夫)
와 자부(自負)인데, 그 중에서 특히 공부를 주요소로 거론하여 눈병
때문에 공부를 충분히 하지 못하였다고 하였다. 공부란 구체적으로
독서를 의미한다. 독서를 통하여 흉차를 넓힐 수 있다고 하였는데
'흉차(胸次)'란 창조적 사유를 의미한다. 또 '조사(藻思)'란 창작 재능
을 일컫는 말이므로 표현력이라고 할 수 있다. 그러므로 독서를 통한
지식의 축적이 창조적 사유를 형성하고 그것은 창작 재능으로 발현
된다는 것이다. 그런데 자신은 육체적 제약 때문에 그와 같은 지능적
요소의 실천 과정을 강화할 수 없었다는 것이다. 여기에서 임상정이
창작자의 소양으로 육체적 건강을 거론하고 있다. 「답조석여서(答趙

錫汝書)」에서, "그대는 자질이 비록 순수하고 밝지만 기는 오히려 허하고 박하며 뜻이 비록 기를 통솔하지만 병이 항상 뜻을 빼앗기에, 장차 4,50살을 기약한 이후에 완성될 사람이라오"라고 한 말이 그것이다. 후자의 인용문에서는 창작자의 육체적 건강을 기(氣)라고 표현하였다. 임상정은, 작가가 병을 앓게 되면 비록 지(志)가 기(氣)를 통솔하지만 때로 기(氣)가 전일하면 지(志)를 움직인다는 맹자의 이론108)과 같이, 문학적 성취가 천연(遷延)될 수밖에 없다는 견해를 갖고 있었다.

임상정은 문학에 열정적 '뜻[志]'을 지니고 있었다. 그런데 선천적으로 부족한 재주와 육체적 질병이 문학을 향한 뜻에 장애 요인이 되었다는 것이다. 그리고 그들 요소에 작용하는 힘을 '명(命)'이라고 규정하였다. 작가의 선천적인 소질과 후천적인 수양 그 모두를 규제하는 선험적인 법칙성이 존재한다는 것이다. 그것은 '하늘[天]'로도 표현되는 바, '천명(天命)'이라고 할 수 있겠다. 천명이 자신의 문학적 성취를 원하지 않는다면 노력은 무모한 것이다. 따라서 자신은 문학을 포기하고 학문을 닦았다고 하였다. 학문이란 물론 도학을 의미한다.

> 동계가 살아 있을 때부터 나의 이런 생각을 모르는 것이 아니어서 매양 스스로 한정하는 것을 한스럽게 여겼다오. 이는 진실로 벗이 아껴주는 지극한 정이지만, 또한 매진해 가는 길이 서로 같지 않은 것이라오. 나갈 수 있는데도 나가지 않으며, 할 수 있는데도 하지 않

---

108) 旣曰: "志至焉, 氣次焉." 又曰: "持其志, 無暴其氣者." 何也? 曰: "志壹則動氣, 氣壹則動志也. 今夫蹶者趨者, 是氣也, 反動其心."(『孟子』, 〈公孫丑〉)

는 것이 바로 '스스로 한정짓는 것'이라오. 그런데 나 같은 자는 재주
가 부족하고 병이 장애가 되어서 스스로 만족스럽지 못하게 보아 멈
추는 것이니, 이른바 '한정하는 것'이 아니라오. 지금 그대는 나의 뜻
이 빛을 감춰 밖에 드러나지 않게 하고 문채를 깎아 없애서 평범한
사람들 속에 섞여 들어가려는 것이라고 생각하니 이는 곧 그대가 나
의 본말(本末)을 알지 못하여 그런 것이라오.109)

    임상정은 문학의 성취 여부를 좌우하는 '명(命)'이 창작자의 소양에
작용한다고 생각하였기 때문에 문학을 포기할 수밖에 없었다. 그러
한 임상정의 생각을 조귀명은 대단히 소극적이라고 판단하였고 "스
스로 한계 짓는 일"이라고 충고하였다. 물론 '명(命)' 운운하는 것은,
소극적이고 스스로 한계 짓는 태도로 간주될 만하다. 그러나 임상정
은 "스스로 한계 짓는다"는 말은 능력이 있는데도 하지 않는 것이므
로 자신처럼 능력이 없는 경우에는 해당되지 않는다고 일축하였다.
그리고 '본말'을 언급하였는데, '말(末)'이란 창작의 제반 요소가 결여
된 상태에서의 바람직하지 못한 문학 창작이고, '본(本)'이란 정진하
면 도달할 수 있는 도학을 의미한다.

    내가 일찍이 보건대, 세상의 보배로운 재주와 걸출한 재능을 품고
서도 진흙탕에서 곤궁한 사람들이 허다하게 분하고 답답하게도 자신
의 기이함을 쏟아 낼 데가 없다오. 그래서 혹자는 산꼭대기와 물가에

---

109) 自東谿在時, 非不知此箇意思, 而每以自畵恨之. 此固朋友愛惜之至情, 而亦征邁
之不相同者也. 夫可以進而不進, 可以爲而不爲, 乃爲自畵. 如僕者, 才不足, 病爲
累, 自視欿然而止焉者, 非所謂畵也. 今足下, 乃謂僕之意, 欲韜光鎚彩, 混於無聞之
人, 此則足下未悉僕之本末而然也.(『自娛錄』, 「答崔弘簡書」)

서 스스로 방종하여 미쳐 날뛰면서 스스로 돌이키지 않는다오. 또
혹자는 힘써 문장을 지으며 자기의 위상을 높여 후세에 드러날 것을
추구하지요. 이들은 모두 재주는 있고 명(命)은 없어서 그 평탄함을
얻지 못하는 자들이라오.110)

'명(命)'과 소양의 여타 요소는 어떤 관계를 가지며 또 어떤 문학적
형태로 표현되는가? 임상정은 스스로를 선천적인 소질이 결여되어
있고 명도 없는 사람으로 단언하였다. 그리고 소질은 있지만 명이
없는 자의 격정적인 양태에 대해 말하였다. 재수만 있고 명이 없는
자는 어떤 방식으로든지 문학을 창작하여 그것을 후세에 전하려는
의식을 갖는다는 것이다. 그러므로 비록 명이 없더라도 선천적인 소
질만 있다면 문학 창작은 가능하다는 것이다.

나의 경우는 이와 다르다오. 나는 본래 세상 실정에 어둡고 거친
사내일 뿐이오. 세상을 놀라게 할 정도의 기이한 기(氣)와 특이한 능
력이 없으며, 과거에 합격할 정도의 교묘한 문장과 미려한 수사 능력
이 없다오. 담론(談論)에 솜씨가 없으며 진취(進取)에 서툴기에 지혜
를 자랑하는 자는 가련하게 여기고 공리가(功利家)는 비천하게 여긴
다오. 머리가 하얗게 세도록 불우하여 미관말직을 벗어나지 못하는
이유는 재주가 미치지 못하고 명(命)이 본디 정해졌기 때문이오.
재주 있는 사람은 빛이 나고 못난 사람은 드러나지 않고, 능력 있
는 사람은 뛰쳐 오르고 능력 없는 사람은 엎드려 지내는 것이 천하의

---

110) 僕嘗觀世之抱瓊才利器, 而困於泥塗者, 類多感憤鬱結, 無所泄其奇, 而或自放於
山顚水涯, 猖狂而不自反. 或力爲文詞, 高自標置, 求以表見於後世者. 此皆有才無
命, 不得其平者也.(「上揭書」)

정해진 이치라오. 나는 오로지 나의 분수를 따르고 나의 명을 즐겨
조물주와 더불어 이치의 안에서 노니니, 어찌 "빛을 감추어 밖에 드
러나지 않게 하고 문채를 깎아 없애서 대중과 섞인다"고 논란할 수
있겠소? 이른바, '본디 소유한 보배'는 비록 재분(才分)이 한정하는
바이고 병마가 막는 바로 실지로 내가 소유하지 못하였지만, 또한
옛 습관에서 정을 잊을 수 없어서, 환경에 부딪히면 마음에 느낌이
있다오. 그래서 천기(天機)가 저절로 움직이며 의장(意匠)이 조용히
움직여서 붓을 잡고 종이를 마주하면 왕왕 토끼가 튀어 오르고 매가
곤두박질하는 광경이 있소. 이런 때를 당하면 천하의 보배로 이보다
더 좋은 것이 없으며, 이 세상의 즐거움으로 이와 바꿀 만한 것이
없다고 스스로 생각한다오.111)

임상정은 명문장가가 되기 위하여 필요한 작가적 창작 소양을 언급
하고 있다. 그것을 기기(奇氣)·이능(異能)·묘문(妙文)·조전(雕篆)·
진취(進取)로 세분하였다. 여기에서 기(氣)란 기질을 의미하는 개념으
로서 앞서 육체적인 건강을 의미한 기(氣)와는 다르다. 기질(氣質)이란
심리 활동의 운동 특징을 일컫는데 그것은 주로 심리 과정의 강도·
속도·온정성(穩定性)·원활성·지향성으로 표출된다. 정서의 강약이
나 의지와 노력의 정도·지각이나 사유의 속도·주의집중 시간의 장

---

111) 僕則異於是焉. 僕本迂疎魯莽漢耳. 無奇氣異能, 可以警世者, 無妙文雕篆, 可以決
科者. 拙於談論, 疎於進取, 夸智者之所憐, 而功利家之所鄙夷也. 卽其白首坎壈, 歸
身於抱關擊柝者, 才之不逮, 而命之前定者也. 夫才者炫耀, 而不肖者晦, 能者騫騰,
而不能者伏, 天下之定理也. 吾惟循吾分, 樂吾命, 與造物者, 遊於理之內, 夫焉有韜
光鏟彩, 渾於衆之可論哉? 若所謂固有之珍寶, 雖才分之所局, 病魔之所障, 不能實
有諸己, 而亦不能忘情於舊習, 方其觸於境, 而感於懷也. 天機自動, 而意匠默運, 執
筆臨紙, 往往有兎起鶻落之光景. 當此之時, 自以爲天下之寶, 無以加, 此天下之樂,
無以易此.(「上揭書」)

단(長短)·주의전이(注意轉移)의 난이(難易) 등 외부 사물과 작자 자신의 내부에 대한 심리적 활동의 경향이 모두 기질의 구체적 내용이라고 하겠다. 기질은 주로 선천적 소질의 제약을 받지만 교육이나 환경도 일정한 영향을 끼친다. 작가의 개인적 기질은 창작에 잠재적 기능을 하며 장구한 시간을 두고 영향을 끼치는데, 그것은 작가의 심미·취미나 예술 개성과 융화된다. 그러므로 임상정이 '기이한 기질'이라고 말한 것은 타인과 구별되는 독특한 작가적 기질을 의미한다고 할 수 있다.

'능(能)'이란 능력으로, 문학창작능력을 의미한다. 문학창작능력이란, 주로 관찰감수능력·상상변형능력·직각체험(直覺體驗)능력·기억연상능력·이성사유능력·예술구상능력·형식구사능력 등을 포괄한다. 또 문학적 능력 중에서 창작 능력이라고 할 때는 제재를 선정하는 능력·주제사상을 확정하는 능력·작품을 구성하는 능력·표현능력·수개(修改)능력 등이 포괄된다. 그러므로 임상정이 의미하는 능력이란 문학적 능력, 그 중에서도 특히 창작능력이 부족하다는 말이다. 또 과거(科擧)의 문장을 만드는 능력도 없다고 하였다. 임상정이 〈수필록(隨筆錄)〉에서 밝혔듯이 그는 애당초 과거의 변려문에는 뜻을 두지 않았으니, 그것이 천성적 자질에 맞지 않는다고 생각하기 때문이었다. 그러므로 불후의 문장이나 출세를 위한 과거문 창작은 기질과 능력이 부족하고 기호가 맞지 않으므로 결국 자신은 그 어떤 종류의 문장도 제대로 만들 수 없다는 것이다. 능력은 지능요소에 해당하는 것이기 때문에 지혜를 과장하는 자들이 자신의 그러한 모습을 비웃는다. 또 과거문은 공리(功利) 추구를 위한 요건이므로 공리가(功利家)가 자신을 비천하게 여기는 근거가 된다는 것이다. 그럼에

도 불구하고 어떤 종류의 문장에도 능하지 못한 이유는 결국 작가적 소양의 부족과, 선험적 법칙성인 명(命)과 육체적 장애요인인 병마의 저애(沮礙) 때문이라고 하였다. 그와 같은 장애요인들이 설사 '본디 있는 보배'를 소유하였다고 하더라도 그것을 발현하지 못하게 한다는 것이다. 그럼에도 불구하고 자신이 창작 실천을 하는 것은 무엇 때문인가? 임상정은 여러 장애요인이 있음에도 불구하고 창작을 할 수밖에 없는 원인을, "또한 옛 습관에서 정(情)을 잊을 수 없어서 환경에 부딪히면 마음에 느낌이 있다네"라고 설명하였다. 정(情)은 정감(情感)으로서 일정한 사물에 대하여 가지고 있는 심리적 체험이라고 할 수 있는데, 그것은 외부 사물에 의하여 촉발된다. 정감의 고저·경향성·견고성·효능성 등은 모두 창작에서 중요한 의의를 갖는 것으로 작가가 창작 충동을 느끼는 것은 정감의 활동에 연유한다. '구습(舊習)'이란 창작습관을 의미한다. 창작습관은 작가의 부단한 창작 실천 과정 속에서 형성되어 자연스럽게 나타나는 습성이다. 외계 사물로부터 촉발된 정감은 창작습관에 의하여 마음속에서 구상의 단계를 거치게 되는데, 그 원동력으로 작용하는 것이 '천기(天機)' 즉, '천부(天賦)의 기지(機智)'이다. '본래 소유한 보배[固有之珍寶]'는 '천기(天機)'의 다른 표현이라고 할 수 있다. 그와 같은 창작 과정을 거치면 토끼가 튀어 오르고 송골매가 곤두박질치는 것 같이 생동감 넘치는 작품이 된다는 것이다. 그러한 창작의 과정은 작가에게 더할 수 없는 즐거움을 준다. 그러므로 문장의 가치를 '천하의 보배'라고 하며 '문학 창작'의 즐거움을 '천하의 즐거움'이라고 단언하는 것이다.

그러다가 도리어 팔가(八家)의 글에 내가 지은 글을 섞어 놓고 보면

다시 아득히 요(堯)의 천하를 잃어버린 것과 같아서 시권(詩卷)을 어루만지며 스스로 웃지 않은 적이 없다오. 후대에 전해지기에 부족한 수준의 거칠고 졸렬한 문사(文辭)는 마치 도홍경(陶弘景)[112]의 구름 같아서 차마 그대에게 줄 수 없기에 다만 혼자 즐기고 기뻐하는 자료로 삼을 수 있을 뿐이라는 사실을 더더욱 깨닫게 된다오. 내 원고를 '자오(自娛)'라고 명명한 이유도 진실로 이 때문이오. 후세에 전하는 데 뜻을 둔 자는 다만 스스로 즐길 뿐만 아니라, 또 후대의 사람들에게 알려지기를 추구하려는 것이오. 스스로 즐기는 데 뜻을 둔 자는 내 마음에 기쁘고 내 성품에 맞을 따름이지, 남이 알아주고 알아주지 않는 것에는 관심을 갖지 않소. 후세에 전해지는 데 뜻을 둔 자는 그 뜻이 외물에 부림을 당하여 수고롭지만, 스스로 즐기는 데 뜻을 둔 자는 그 마음이 내면에 전일하여 편안한 법이오. 나는 마음에 기쁘고 성품에 맞는 것을 알 따름이니 또 어찌 자기의 편안함을 버리고 남의 수고로움을 본받겠소? 그대는 나 때문에 근심하지 마오.[113]

문학적 성취를 제약하는 제반 요인들이 있음에도 불구하고 천기(天機)의 유동에 의하여 자신도 의식하지 못하는 사이에 행하여지는 창작이 더할 나위 없이 즐겁고 그 작품을 가장 가치 있는 것으로 여기지만, 문학의 모범으로 설정한 당송팔대가의 작품과 비교해 보면 갈등

---

112) 도홍경(陶弘景) : 456~536. 남조 양(梁)의 도가 사상가·의학가·문학가. 자는 통명(通明), 자호는 화양은거(華陽隱居).

113) 及其反以參之以八家之文, 則復眇然喪堯之天下, 未嘗不撫卷自笑. 益覺蕪拙之辭, 不足以傳後, 如弘景之雲, 不堪贈君, 而但可爲自娛悅之資而已. 鄙稿之名以自娛者, 良以此也. 盖意在傳後者, 不但自娛, 又欲求知於後人也. 意在自娛者, 悅於吾心, 適於吾性而已, 不關乎人之知不知. 意在傳後者, 其志役於外而勞, 意在自娛者, 其心專於內而安. 吾知悅於心, 適於性而已, 又安能舍己之安, 而效人之勞哉? 足下毋爲僕戚戚也.(「上揭書」)

과 고통이 없는 요임금의 천하에서 자족하며 즐거워하던 마음은 사라져 버리고 도술을 부리는 도홍경이 만든 구름처럼 허황되다는 것이다. 그러므로 그와 같은 작품을 다른 사람에게 주거나 후대에 전할 수 없고 오로지 자신만이 즐기는 효용이 있을 뿐이라고 자조하였다. 따라서 자신의 원고를 '자오(自娛)'라고 명명하였다는 것이다. 자신의 원고 이름에는 스스로의 한계가 명시되어 있는 것이다. 임상정은 문장은 천하에서 가장 귀중한 보물이며 창작 행위는 천하에서 그 무엇과도 바꿀 것이 없는 즐거움이라고 생각하였다. 그리고 자신은 문학 창작을 위한 천기를 지니고 있다고 생각하였다. 천기는 자신의 몸 안에 원래부터 내재되어 있는 보배이다. 그리고 자신의 정감은 언제나 외계의 사물과 접촉을 하고 그것은 문학적 구상의 단계를 거쳐 자연스럽게 창작 실천으로 이어지는 습관이 형성되어 있다. 따라서 창작의 행위를 중지할 수 없다. 그러나 자신이 도달하고자 하는 목표에는 언제나 미치지 못한다. 그 이유는 역시 창작 소양이 부족하기 때문이라고 생각하였다.

이상에서 살펴본 바를 정리하면 다음과 같다.

임상정은 창작자의 소양에 속하는 제반 요소들이 유기적으로 구비되어야만 불후의 대업을 달성할 수 있다는 견해를 지녔다. 불후의 작품을 창작하기 위해서는 선천적인 소질과 후천적인 수양이 필요하다. 선천적인 소질이란 '재분(才分)'으로 구체화된다. 임상정은 재분(才分)을 재성(才性), 재력(才力)·분량(分量)으로 표현하기도 하였다. 그리고 수양으로는 식오(識悟)와 공부(工夫)·자부(自負)·안목(眼目)·수단(手段)을 제시하였다. 후천적 수양은 지식의 축적과 예술의 도야·실천의 단련을 통하여 이루어진다. 그리고 지능적 요소로서

기질의 중요성과, 비지능적 요소로서 능력의 필수성을 강조하였다. 또 정신적 측면의 창작 요소 외에도 육체적 건강이 창작의 중요한 요소라는 견해도 피력하였다. 육체적인 창작 역량은 '기(氣)'라고 표현하였다. 그리고 그 무엇보다 중요한 창작의 요소로 거론하고 있는 것은 '천(天)', '명(命)'으로 표현한 선험적 법칙성이다. '명(命)'이 작가의 창작 요소와 활동을 절대적으로 규제한다고 보았다. 그러나 비록 명(命)이 없지만, 창작 소양이 있는 경우라면 독특한 풍격의 작품을 만들어 낼 수 있고 작가는 그것을 후세에 전하기 위하여 노력한다고 보았다. 또 명과 소질·소양 등 창작의 모든 요소가 결여되어 있거나 부족한 경우라도 문학 창작이 불가능한 것은 아니라는 견해를 갖고 있었다. 인간의 몸 안에 내재되어 있는 천기(天機)가 유동함으로써 문학적 정감이 외물과 접촉하면, 작품으로 표출되는 창작의 과정이 자연스럽게 습관으로 형성될 수 있다는 것이다.

임상정은 문학의 지고한 가치와 창작의 즐거움을 강조하였다. 또 자신은 다른 일에는 능하지 못하지만 오로지 문학에는 재능이 있다고 하였다. 그리고 그의 일생에서 가장 친한 형제·친구·후배는 문학적 결교의 성격이 강하다.

임상정은 문학적 성취를 위해서는 '애호(愛好)'가 가장 중요한 요소라고 하였다. 문학을 좋아하면 좋아할수록 그 성취의 가능성이 크다는 것이다. 그러나 문학은 지극히 소중한 보배이므로 애호한다고 해서 누구나 얻을 수 없는 희소성이 있는 대상이라고 생각하였다. 또 한편으로 문학은 공적인 물건이므로 개인이 사유할 수 없는 것이라고도 하였다. 그와 같은 문학의 희소성과 공적 가치에 대한 인식은 문학을 애호한다고 해서 꼭 얻을 수 있는 것은 아니라는 논리로 귀결

된다. 문학의 절대적 가치에 대한 의식과 애호는 필연적으로 창작이라는 실천으로 표출된다.

임상정의 문학론이 갖는 특징 가운데 하나는 당송팔대가에 대한 인식이다. 임상정은 조귀명이 당송팔대가를 무시하는 태도에 대해서 강하게 반발하였다. 임상정은 문학의 최고 정점에 도달하기 위해서는 필수적으로 당송팔대가를 학습해야 한다고 생각하였기 때문이다. 뿐만 아니라 우리나라의 문장가들인 장유(張維)와 이식(李植) 등도 반드시 학습해야만 하는 대상이라고 하였다. 당송팔대가들을 모두 철저하게 학습한 다음 그들 중에서 자신의 기질과 능력에 맞는 대상을 선정하여 다시 그를 전공하는 단계를 거쳐야 한다고 생각하였다. 당송팔대가에 대한 견해는 「팔대가찬(八大家贊)」을 통하여 볼 수 있는데, 팔대가를 포양(襃揚)한 이 작품은 대부분 그들의 저작에서 문구를 인용하여 구성한 것이다. 따라서 그 스스로도 팔대가를 철두철미하게 학습하는 일련의 과정이 이루어졌음을 알 수 있다.

임상정이 팔대가를 중시한 이유는 그들이 유학과 밀접한 관련성을 가지고 있기 때문이다. 반면 소순(蘇洵)과 같이 이단적인 성향을 가진 작가도 부정하지는 않았다. 기본적으로 문장은 유가의 도를 표현하거나 또는 도와 일정한 관련성이 있어야 한다고 생각하였지만 제자백가의 수용 역시 문학을 풍부하게 한다는 견해를 보여준다. 임상정 자신도 문학적 수양을 위하여 유가의 경전뿐만 아니라 역사서·제자백가 등의 서적을 섭렵하였다. 또 고문운동의 성과를 높이 평가하였다. 그 중에서도 문종자순(文從字順)한 작품 성향이나 독창적 경향을 높이 평가하였다. 또 그들에게 나타나는 문학의 대사회적 기능에 대한 견해도 긍정적 평가의 요소로 작용하였다. 임상정은 사마천

과 반고가 문장의 지극한 경지인데 그들에게는 갑자기 도달할 수 없으므로 시기적으로 가까운 송나라의 문학을 학습하고 당나라의 문학을 거쳐 한나라의 문학 수준에 도달하도록 해야 한다는 견해를 가지고 있었다.

임상정은 문학의 체계적인 학습 과정을 설정하고 있으면서도, 절대로 당송팔대가의 수준에는 도달할 수 없다고 단언하였다. 자신이 비록 당송팔대가의 문장을 좋아하고 그 중에서 소식을 혹심히 좋아하여 "뱃속에 소식의 혼을 장사지냈느냐?"는 말을 들을 정도였지만, 정작 전심전력하여 지은 작품을 그들과 비교해 보면 부끄럽기 짝이 없다고 한탄하였다. 그래서 결국 자신의 작품은 자신만이 보고 즐길 수준 이상은 아니라는 결론을 내리게 된다. 따라서 자신의 원고를 '자오(自娛)'로 명명하기까지 하였다. 문학적 수양을 위해서는 반드시 당송팔대가를 학습하지 않을 수 없지만, 그렇게 학습을 하여도 그들의 수준에 도달할 수 없다는 결론은 자신의 창작 경험으로부터 도출된 것이다. 문학은 시대의 산물이므로 시간을 거슬러 올라가서 그들에게 도달하기란 불가능하다는 것이다. 게다가 그 방법도 구체적으로 제시되어 있지 않기 때문에 인간의 능력으로는 한계에 봉착할 수밖에 없다는 것이다. 그러므로 임상정은 문학을 포기하라고 하였다. 그는 문학을 포기하는 대신 도학의 전공을 권유하였다.

임상정은 문학과는 달리 도학은 언제나 일정하고 구체적인 학습 방법이 상세하게 제시되어 있으므로 노력 여하에 따라 최고 수준에 도달할 수 있다고 보았다. 또 도학으로 성취하지는 못하더라도, 문학에서 아류에 불과한 작품을 만들어 예전 명문장가의 노예가 되는 것보다 낫다고 하였다.

그는 문학적 성취가 개인의 운명과 반비례한다고 한다고 생각하였다. 문학적인 성취가 높으면 높을수록 작가는 병마에 시달리거나 요절한다는 것이다. 이와 같은 관념은 단순한 운명론이라고 볼 수는 없다. 창작은 심장을 깎아내고 콩팥을 뽑아내는 것과 같이 처절한 고통을 수반한다는 사실을 자신이 직접 경험하였기 때문에 도달한 논리이다. 그러므로 자신을 파괴하면서도 성취할 수 없는 문학을 계속하는 행위가 과연 무슨 의미가 있는지 깊은 회의를 하게 된 것이다.

임상정의 문학론은 비평에도 적용이 되었다. 잘못된 비평태도 가운데 하나가 '문인상경(文人相輕)'인데, 임상정은 문인상경을 일소할 대책의 제안에서 모든 문제의 원인은 문인(文人) 그 자체에 있다고 진단하였다. 문인이란 명예를 쟁취하기 위한 속성을 지니고 있기 때문에 문인은 그 누구나 남을 시기하고 비방한다는 것이다. 따라서 문학을 전공하는 문인이 소멸되면, 자연히 문인상경의 그릇된 비평태도도 소멸될 것이라는 논리를 전개하였다. 그 대안은 문인들에게 도학을 전공하게 하여 그들을 군자로 전환시켜야 하며, 실효를 보기 위해서는 인위적인 강제가 필요하다고 하였다. 이와 같은 논리는 문인의 존재 가치를 완전히 부정한 것이다. 또 임상정 자신은 문인이 아니라고 밝히고 있다. 그러나 비록 그가 문인의 존재 가치를 부정하고 스스로도 문인이 아니라고 하였지만 그의 실체는 분명히 문학가였다. 그가 그렇게 도학을 중시하였다면 어째서 그의 저작 중에 도학과 직접적인 관계가 있는 작품은 하나도 없단 말인가? 다음의 짧은 작품 한 편만을 보더라도 그는 명백한 문인이다.

방경(方鏡)

鏡一也有鏡鏡有非鏡鏡以鏡鏡鏡鏡而已以非鏡鏡鏡不止燭形貌照
鬚髮也人知以鏡鏡而不知而非鏡鏡此鏡自鏡而人自人也 「方鏡銘」

　임상정의 「방경명」은 자신의 문학적인 재능을 한껏 발휘한 작품
이다. 마음의 거울이 중요하다는 주제를 다룬 위의 작품에서 인용
된 52자 가운데 '鏡'자가 무려 18번이나 나온다. 위와 같이 구두를
무시하면 4개의 '鏡'자가 연철되기도 한다.

鏡一也有鏡鏡有非鏡鏡以鏡鏡鏡鏡而已以非鏡鏡鏡不止燭形貌照鬚
髮也人知以鏡鏡而不知而非鏡鏡此鏡自鏡而人自人也

거울은 한가지인데 거울을 거울로 삼는 경우가 있고 거울이 아닌
것을 거울로 삼는 경우가 있다. 거울로 거울을 삼는 것은 거울을 거
울로 삼는 경우일 따름이고 거울이 아닌 것으로 거울 노릇을 하게
하는 경우는 거울이 다만 모습을 비추고 수염과 터럭을 비출 뿐만
아니다. 사람들은 거울을 거울로 삼을 줄만 알고 거울이 아닌 것으로
거울 삼을 줄은 모르니 이는 거울은 그대로 거울이고 사람은 그대로
사람이다.

위의 「방경명(方鏡銘)」이라는 작품에서 임상정의 문학적 취향을 여
실히 볼 수 있다. 마음의 거울이 중요하다는 주제를 다룬 위의 작품에
서 인용된 52자 가운데 '鏡'자가 무려 18번이나 나온다. 위와 같이
구두를 무시하면 4개의 '鏡'자가 연철되기도 한다. 의심할 여지없이
문학적인 재능을 현시하려는 의도성이 있는 작품이다. 이밖에도 임
상정의 실제 작품을 검토해 보면 문학적 의도를 가지고 창작한 것이
많다는 사실을 알 수 있다. 이와 같이 임상정의 문학론은 이론과 실재
의 괴리 현상을 보인다. 문인의 출현과 함께 서로 시기하는 속성도
같이 발생하였다고 주장하면서도, 문학의 가치를 논할 때는 이해관
계가 달라도 합리적 이성에 토대한 감상과 평가가 가능하다고 하였
다. 그러므로 임상정의 문학 부정론은 철저한 문학 학습과 지난한
창작 과정을 경험하고도 만족할 만한 수준에 도달하지 못하여 야기
된 것으로 볼 수 있다.

임상정은 창작 학습 뿐만 아니라 창작 주체인 작가의 소양과 창작

의 과정에 대해서도 구체적인 견해를 지니고 있었다. 특히 창작 소양
에 대한 견해는 자신이 문학적 성취를 이루지 못한 원인 분석과 당대
에 문명을 떨친 조귀명의 경우를 대비하여 이루어진 것이다. 임상정
은 창작의 주관적 소양을 선천적인 요소와 후천적인 요소로 구분하
였다. 또 작가의 육체적 건강도 창작의 중요한 요소로 생각하였다.
그리고 무엇보다도 중요한 것은 선험적으로 존재하는 법칙성이라고
하였다. 그는 창작 소양의 구비 정도에 따라 작가의 성패가 결정된다
고 보았다. 조귀명의 경우는 그들 요소를 구비하였지만 자신에게는
대부분 결여되어 있기 때문에 아무리 노력을 하여도 불가능하다고
생각하였다. 그러나 자신에게 창작 주체의 주관적 요소가 결여되어
있음을 잘 알고 있지만 문장을 지을 수밖에 없는 본능이 존재한다고
보았다. 그 원동력은 천기(天機)인데, 그것이 외물과 접촉을 하면 작
가적 정서를 충동하고, 다시 이것이 창작 습관과 결합하여 작품이
창작된다는 일련의 과정을 설명하였다.

　이상에서 본다면, 임상정이 비록 문학론과 비평론에서 도본문말
(道本文末)을 주장하고 자신은 문인이 아니라고 밝히고 있지만, 그의
실체는 명백한 문학가이다. 이처럼 갈등과 이중적 성향을 뚜렷하게
보여 주는 문학가는 찾아보기가 힘들다. 그러나 그의 이중적 성향은
문학의 심한 애호와 철저한 학습, 처절한 창작의 과정을 경험하고도
만족할 만한 수준에 도달하지 못하였기에 문학을 회의·부정하고 상
대적으로 도학의 성취 가능성을 주장하는 형태로 나타난 것이다. 그
래서 그의 문학론은 더욱 진실되고 실제적이다. 임상정이 보여주는
갈등과 이중성은 한 개인에게 국한되는 특수성이 아니다. 바로 조선
후기의 문단이 안고 있었던 갈등과 이중성이다.

4. 이천보(李天輔)의 문학론과 비평

　　이천보(李天輔)는 당대를 대표하는 문학가로 단정하더라도 이론이 없는 인물이다. 이규상(李奎象)[1]은 이천보를 오원(吳瑗)·남유용(南有容)·황경원(黃景源)·이덕수(李德壽)·조최수(趙最壽)·조귀명(趙龜命)·임상원(林象元)과 함께 당대 '팔문장(八文章)'의 일원으로 거론하였으며,[2] 오달운(吳達運)[3]은 이천보를 김원행(金元行)·원경순(元景淳)·원경하(元景夏)·남유상(南有常)·남유용·황경원 등과 함께 '관동팔문장(館洞八文章)'으로 명명하였다.[4] 또 김윤식(金允植)은 이천보·남유용·오원·황경원을 영조대 사대가로 지목하였다.[5] 따라서 이천보의 문학세계에 대한 검토는 영조대 전후의 문학세계에 대한 특성을 파악하는데 필수적인 작업이라고 할 수 있다.[6]

---

1) 이규상(李奎象) : 1727(영조 3)~1799(정조 23). 자는 상지(像之), 호는 일몽(一夢)·유유재(悠悠齋).
2) 『幷世才彦錄』, 〈文苑錄〉.
3) 오달운(吳達運) : 1700(숙종 26)~1747(영조 23). 자는 백통(伯通), 호는 해금(海錦). 오수찰방(獒樹察訪) 남원군수(南原郡守)를 역임. 소응천(蘇凝天)·이언근(李彦根)과 함께 호남에서 문명(文名)을 떨쳤다.
4) 『海錦集』, 卷5, 「漫筆」.
5) 『雲養續集』, 卷4, 「答人論靑丘文章源流」.

『조선왕조실록』영조 37년 1월 5일 조에 이천보의 졸기가 실려 있
는데, 그의 인적 사항과 관력(官歷), 문학적 특징을 가장 잘 개괄해
놓았다.

　　이천보의 자는 의숙(宜叔)이며 본관은 연안(延安)이다. 젊어서는
사장(詞章)을 익혔는데, 문강공(文康公) 김창흡(金昌翕)이 그의 시가
(詩歌)를 보고서 크게 칭찬을 하였다. 영조 기미년[1739년]에 을과에
합격하였으며 홍문관에 들어가 정자(正字)가 되었고, 한 세대에서 명
망이 높아 이소 참의와 승문원 부제소가 되었다. 일찍이 상소하여
조정(調停)을 넓히도록 청하니 영조가 크게 기뻐하였다. 이에 대신인
김재로(金在魯)·조현명(趙顯命)이 번갈아 가며 추천하자 바로 발탁
하여 이조참판 겸 예문관 제학으로 삼았다. 얼마 있다가 차례를 뛰어
넘어 병조판서에 임명되었으며, 또 이조판서로 자리를 옮겼다가 의정
부에 들어가 우의정이 되니 당시 나이는 52세였다. 얼마 되지 않아
영의정으로 승진하였다. 처음에 홍계희(洪啓禧)가 균역(均役)에 대한
일을 건의하니, 임금이 이천보에게 명하여 비변사에서 홍계희와 균역
에 대한 일을 의논하게 하였으나, 이천보가 끝까지 명에 응하지 않았
다. 이존중(李存中)이 김상로(金尙魯) 형제를 탄핵했다가 연좌되어
축출된 후 기용되지 못하자, 이천보가 "이존중을 어찌 버릴 수 있겠는
가?"라고 하면서 추천하여 승문원 부제조로 삼게 하였다. 홍봉한(洪
鳳漢)은 지위가 높아 조정에서 위세를 떨쳤으므로 여러 대신들이 함
께 올리려고 하였는데 유독 이천보만은 불가하다 하였다. 임금이 정
승 후보를 추천하도록 명하였으나 이천보는 끝내 홍봉한을 추천하지
않았다. 이천보가 관직에서 물러나 육화정(六化亭)에서 살다가 병으

---

6) 이천보의 작품에 대한 연구로는 졸고, 「이천보의 사환기의 문학에 대한 일고찰」
　(『연민학지』 6집, 연민학회, 1998)이 있다.

로 죽으니, 나이 64세였다. 벼슬살이하면서 언행을 삼가고 청렴결백
하였다. 그가 졸(卒)함에 이르러서는 염습에 쓸 옷 한 벌이 없었으므
로 사대부들이 모두 그의 청렴했음을 칭찬하였다. 하지만 공명(功名)
에 급급하여 조정(調停)을 소청하는가하면 조현명에게 붙어 그의 적
극적인 추천을 받아 마침내 정승 자리에까지 올랐다. 그래서 당시
사람들이 이것을 단점으로 여겼다.[7]

이천보는 영의정을 역임하기까지 요직을 두루 거쳤으며, 『조선왕
조실록』에는 무려 390여건의 기사에 그의 이름이 언급될 정도로 정
치 무대의 중심에서 활발한 활동을 하였다. 따라서 위의 졸기에서는
당연히 그의 정치 활동을 생애 서술의 축으로 삼고 있다. 이천보의
정치 활동에 대한 평가는, 대체로 정상적인 승차(陞差)를 뛰어 넘을
정도의 탁월한 능력과 소신을 굽히지 않는 신념에 초점이 맞추어져
있다. 졸기의 말미에는 영의정 발탁의 배경에 대한 의혹이 제기되어
있는데, 이는 이천보가 완소탕평파(緩少蕩平派)인 조현명과 친하였기
때문에 야기된 것이다. 그러나 기실 이천보는 권신 외척인 홍계희,
김상로 형제, 홍봉한 등 탕평파의 전횡에 대항하였고 그러한 그의

---

7) 天輔字宜叔, 延安人也. 少治詞章, 金文康公昌翕, 見其歌詩, 稱引甚盛. 英宗己未,
中乙科, 入弘文館, 爲正字, 名重一世, 爲吏曹參議承文院副提調, 嘗上疏請廣調停,
英宗大喜. 於是大臣金在魯·趙顯命, 交口薦之, 乃擢爲吏曹參判兼藝文提學. 已而
超拜兵曹判書, 改吏曹, 入議政府, 爲右議政, 時年五十二. 未幾陞領議政. 初洪啓
禧, 建均役議, 上命天輔直備邊司, 與啓禧議均役事, 天輔竟不應命. 李存中劾尙魯
兄弟, 坐斥不用, 天輔曰: "李存中, 豈可棄乎?" 乃擧爲承文副提調. 洪鳳漢貴震朝
廷, 諸大臣, 欲與同升, 獨天輔以爲不可. 上命卜相, 天輔終不卜鳳漢. 天輔退居六化
亭, 以疾卒, 年六十四. 居官謹潔. 及旣卒, 斂無一衣, 士大夫, 皆稱其廉, 而急於功
名, 疏請調停, 附於趙顯命, 大得吹噓, 卒登台府. 時人以此短之.(『朝鮮王朝實錄』,
英祖 97卷, 37年 1月 5日, 乙巳)

비타협적인 정치 활동은 높이 평가받을 만한 것이었다.[8] 그와 같이 활발한 정치 활동과 함께 이천보의 문학적 성취는 그의 일생에서 가장 특징적인 면모이다. 졸기에서는 당대 최고의 시인인 삼연(三淵)이 이천보의 시가를 절찬하였다는 사실을 기술함으로써 그의 문학적 성취를 밝혔다. 이천보의 문학적 역량은 아무래도 문학 활동의 성과물인 시문집을 통해서 볼 수밖에 없지만, 안타깝게도 원고가 소실(燒失)된 연유로 현전하는 그의 문집은 완전한 것이 아니다.

이천보의『진암집(晉菴集)』은 시 504수와 문 163편이 실려 있는 조촐한 문집이지만, 영의정까지 지낸 권신(權臣)의 문집답게 무려 4편의 서(序)와 발(跋)이 있다. 남유용(南有容)과 황경원(黃景源)이 서를 썼고 이정보(李鼎輔)와 김양택(金陽澤)이 발을 썼다. 물론 그들이 모두 이천보와 동인적 관계를 맺은 절친한 지우(知友)들이거나 친인척 관계에 있는 인물들이지만 흥미로운 사실이 있다. 그들은 하나같이 문형(文衡)을 역임한 인물들이라는 점이다.

남유용은 영조대의 제 12대[1758년 5월 25일 임명, 61세] 문형을 역임

---

8) 박광용은, "약관에 김창협의 지우를 받아 문명을 날린 이천보는 '부식명절(扶植名節)'을 앞세우면서 정계에 진출하였다. 완소탕평파 대신들이 정권을 장악한 상황에서, 그는 대체로 탕평파와 반탕평파의 중도를 취한 것으로 보인다. 왕세자[영조]가 신임의리(辛壬義理)에 투철하지 못하다는 비난이 탕평파 중에서 사림과 연합하려는 홍계희 등에 의하여 제기되고 조영순(趙榮順)들이 이에 가세하게 되었다. 또, 왕실의 외척인 소론계의 정우량(鄭羽良) 등이 이에 가세하자, 여기에는 이천보·유척기(兪拓基) 등이 반대의 입장을 취하여 척신과 탕평파의 권귀화(權貴化)를 비판하였고, 영조 31년 을해역옥(乙亥逆獄)을 기하여 완전히 동당·남당·중당으로 나뉘어 대립하게 되었다. 이 때 동당은 이천보·남유용·박지원 등의 화당(花黨) 계열과 이형규(李亨逵) 같은 홍봉한 계열로 구성되었다"라고 당시의 정치적 구도 속에서 이천보의 위치를 파악한 바 있다.(「탕평론과 정국의 변화」,『한국사론』10, 서울대, 1984)

하였고, 김양택은 남유용의 뒤를 이어 제 13대[1758년 11월 13일 임명, 47세] 문형을, 이정보는 제 15대[1762년 윤5월 26일 임명, 70세] 문형을, 황경원은 제 17대[1766년 6월 10일 임명, 58세] 문형을 역임하였다. 또 이천보보다 먼저 세상을 떠나서 이천보와 동인적 관계를 맺은 문인 중 유일하게 서발을 쓰지 못한 오원(吳瑗) 역시 영조 대에 최연소로 제 8대[1740년 4월 11일 임명, 41세] 문형을 역임하였다.[9] 문형(文衡)이란, 예문관이나 홍문관 대제학의 별칭으로, 문한관(文翰官)의 상징적인 존재로 인정되어 왔다. 문형은 국가적 차원에서 문풍(文風)을 관장하고 문화 정책을 주도하며 소위 관각문학(館閣文學)의 형성을 주도하는 지위이다. 이천보는 관료문인들과 동인적 관계를 맺고 있었는데, 그들의 정치적 처지는 독특한 문학적 성향을 형성하게 한 중요한 요인으로 작용하였다.

1) 모방의 배격과 작법의 중시

조선후기 문화의 두드러진 특징 가운데 하나는 독창성의 추구이다. 중세의 한자 문화권에 속해 있던 조선에서 독창성의 추구란, 민족적·작가적 개별성의 구현이라고 할 수 있다. 그런데 작가적 특질은 민족적 특질의 하위 범주일 수밖에 없다. 그러므로 중국의 문화와 구별되는 당대 조선 작가로서의 특질을 구현해 내는 것이 바로 이 시기 작가들이 당면한 가장 큰 과제였다.

창신(創新)은 이천보의 문학세계에서도 가장 중요한 문제였다. 이

---

9) 정옥자, 「18세기 문형들의 문학사상 – 영조대 문형」, 『진단학보』 68, 1989.

천보는 창신의 중요성을 강조하는 한편, 형식적 모방에 대하여 강한
어조로 비판하였으니, 창신론은 그의 문학론의 중심부에 자리하고
있었다. 이천보는 「죽헌집서(竹軒集序)」에서 김민택(金民澤)[10]의 시
문을 평하여, "공이 시문(詩文)에 대해서 조탁을 공교롭다고 여기지
않고 모방을 고아하다고 여기지 않았다"[11]라고 하였다. 여기에서 옛
것을 존숭하는 사고와 모방은 명확히 구별되어야 한다는 이천보의
견해를 볼 수 있다.

　기존 문학과의 차별성에 대한 추구는, 필연적으로 기존 문학에 대
한 반성을 기초로 맹목적 추종이나 형식적 모방의 부정 과정을 전제
로 한다. 조귀명이나 이정섭에 비하면, 이천보의 창신에 대한 주장은
선명하지 못하다고 할 수 있다. 그러나 창신과 표리를 이루는 모방의
배격에 대한 견해는 대단히 철저한 양상을 보인다. 또 모방의 배격은
단지 문학에만 국한되는 것이 아니라 문화의 제요소에 걸쳐 주장되
고 있다. 다음에서 모방의 배격에 대한 이천보의 견해를 살펴보기로
한다.

　　무오년[戊午年 : 1738년] 가을에 내가 오백옥[吳伯玉 : 오원]과 미
　호(渼湖)에서 유람을 할 때의 일이다. 술을 마시다가 백옥이 뱃전을
　두드리며 소자첨[蘇子瞻 : 소식]의 「적벽부」를 노래하더니 나에게 말
　하였다.

---

10) 김민택(金民澤) : 1678(숙종 4)~1722(경종 2). 본관은 광산, 자는 치중(致中), 호는
　　죽헌(竹軒). 1722년 소론이 일으킨 신임사화(辛壬士禍)로 선천(宣川)에 유배되었다
　　가 다시 투옥되어 옥사하였다. 김제겸(金濟謙)・조성복(趙聖復)과 함께 신임삼학사
　　(辛壬三學士)로 일컬어졌다.
11) 公於詩文, 不雕琢以爲工, 不摸擬以爲古.(『晉菴集』, 卷6, 「竹軒集序」)

겸재 정선(謙齋 鄭敾)의 「임진적벽(臨津赤壁)」
이화여대 박물관 소장

뱃놀이는 소식의 「적벽부」를 모방하려 하고, 정자에서의 모임은
왕희지의 「난정집서」를 모방하려는 일반적 경향이 있었다.

"임술년은 지금부터 5년 뒤인데 우리들이 그 해 16일 밤에 배를 띄우고 소자첨의 놀이를 재현해 보면 좋지 않겠습니까?"

내가 말하였다.

"세간의 헤어지고 모이는 것은 본래 일정하지 않고, 그날 하늘이 개어서 달을 볼 수 있을지도 알 수 없는 일이오. 그대는 우선 말하지 마소. 조물주가 몰래 들을까 두렵소이다."

돌아보건대, 지금 백옥의 무덤에 풀이 장차 두 번 묵으려 하는데, 김사적[金士迪 : 김한철]과 이평일[李平一 : 이형만][12]의 유람에 나는 병들어 누워 따르지 못하였다. 중간에 살아남고 죽음에 대한 감정이 이미 이와 같으니 구구한 이별과 만남을 어느 겨를에 말하겠는가? 이 밤에 하늘에는 구름이 없고 달빛은 낮과 같으니 하늘이 두 사람에게 선물한 것이 진실로 많다.

어떤 이는 말하기를 "김태백[金太白 : 김진상][13] 씨는 여강(驪江)에서부터 배를 타고 임진강 적벽을 유람하였는데, 두 분이 그 곳에서 뱃놀이를 하지 않은 것이 한스럽습니다"라고 하였다.

내가 말하였다.

"진실로 강에서 배를 타고 달을 대한다면 어디든 적벽이 아닌 곳이 없으니, 반드시 그 적벽이라는 지명을 찾아서 소자첨을 모방하려 든다면 소견이 자못 국한될 것이오. 그러니 굳이 적벽이라는 곳을 찾는 것과 임술년에 맞추려는 것이 조잡한 자취가 되는 것이라면 마찬가지

---

12) • 김한철(金漢喆) : 1701(숙종 27)~1759(영조 35). 자는 사적(士迪). 임정(任珽)・유건기(兪健基)와 함께 과시(科詩)를 잘 평한 것으로 유명하다.
  • 이형만(李衡萬) : 1711(숙종 37)~?. 본관은 경주(慶州), 자는 평일(平一). 병조참판 등을 역임하였다.
13) 김진상(金鎭商) : 1684(숙종 10)~1755(영조 31). 자는 태백(太白), 호는 퇴어(退漁), 본관은 광산(光山). 김익훈(金益勳)의 손자이고, 부제학을 역임하였다. 글씨와 시문에 능하였다. 문집으로 『퇴어당집(退漁堂集)』이 있다.

라오. 지난번 우리들의 무오년 유람이 소자첨의 임술년 적벽 유람과 다르다고 할 수 있겠소?"

백옥이 죽어서도 지각이 있다면 반드시 내가 '말을 안다[知言]'고 여길 터이니 나는 장차 김태백 씨에게 이것으로 질정해 보고자 하노라.14)

위의 글은 김한철과 이형만이 서호로 뱃놀이를 가는데 이천보는 병 때문에 따라가지 못하고 그들의 유람록에 쓴 발(跋)이다. 그런데 이 글의 전개에서 주요한 연결 고리는 소식(蘇軾)의 「적벽부」이다. 글의 도입부에서는 무오년 가을에 오원과 함께 미호(渼湖)에서 뱃놀이를 할 때 오원이 「적벽부」를 부르고는 5년 뒤인 임오년 16일에 소식의 뱃놀이를 재현하자는 제안을 하였다고 회고하였다. 이 제안에 대하여 이천보는 완곡한 표현으로 그 무의미함을 말하였다. 거절한 이유는 그 때 다시 만날 수 있을는지 사람의 일은 알 수 없고 또 소식의 「적벽부」처럼 하려면 달이 떠야 하는데 그것도 알 수 없는 일이기 때문이다.15) 그런데 자신의 걱정과도 같이 5년 뒤에 다시 유람하기를 원하였던 오원은 죽고 없으며 자신은 병들어 유람할 수 없게 된

---

14) 戊午秋, 余與吳伯玉, 遊渼湖. 酒間, 伯玉扣舷, 而歌蘇子瞻赤壁賦, 仍謂余曰: "壬戌, 自今爲五年, 吾輩於是年旣望夜泛舟, 續子瞻之遊, 可乎?" 余曰: "世間離合, 本無常, 天晴得月, 又未可知. 子姑勿言. 恐造物者竊聽之也." 顧今伯玉之墓, 草將再宿, 而士迪·平一之遊, 余臥病不得從焉. 中間存沒之感, 旣如此, 則區區離合, 何暇道也? 是夜天無雲, 月色如晝, 天之餉二子者, 固多矣. 或曰: "金太白氏, 自驪江放舟, 遊臨津赤壁, 二子之遊, 恨不於此地也." 余曰: "苟可以泛舟對月, 則無地而非赤壁, 必欲求其地名, 摸效子瞻, 則其所見者, 殆局矣. 求其地與求其年, 其爲粗跡則一也. 向者, 戊午之遊, 又安知非子瞻之壬戌乎?" 伯玉有知, 必以余爲知言, 而余將以是, 欲質於太白氏云爾.(『晉菴集』, 卷7, 「金士迪·李平一, 西湖泛月錄跋」)

15) 「적벽부(赤壁賦)」에 "月出於東山之上, 徘徊於斗牛之間."이라는 구절이 있다.

진재 김윤겸(眞宰 金允謙)의 『영남기행화첩(嶺南紀行畫帖)』 중 「환아정(換鵝亭)」
동아대학교 박물관 소장

조귀명은 우아한 풍류로 인식되었던 '왕희지 따라하기'가 모방에
불과하다고 극력 비판하였다.

상황에 대하여 탄식하였다. 그런데 또 다시 「적벽부」를 모방하지 못한 것이 한이라는 말을 듣자 오원에게 보였던 반응과는 다르게 구체적으로 그 부당성에 대해서 지적하였다. 「적벽부」에서 즐거움이 되었던 가장 중요한 요소는 밝은 달 빛 아래에서 배를 띄우고 노는 것이었다. 그러므로 그러한 주요소만 충족된다면 어느 장소, 어느 시간이라 할지라도, 「적벽부」에서의 본질적 즐거움과 차이가 없다. 반대로 소식을 모방하려고 한다면 본질이 배제된 형식적 자취의 추종에 불과하다는 것이다.

당시에는 뱃놀이는 소식의 「적벽부」를 모방하려고 하고, 정자에서의 모임은 왕희지의 「난정집서(蘭亭集序)」를 모방하려는 일반적 경향이 있었던 것으로 보인다.

> 요컨대, 옛 사람은 옛 사람의 즐거움에 맞추고 지금 사람들은 지금 사람들의 즐거움에 맞추니 같은 것은 저절로 같고 다른 것은 저절로 다르다. 이것이 왕희지의 이른바 "세상이 다르고 일이 다르지만 그 이치는 동일하다"16)이다.
> 어떤 이가 말하였다.
> "우리나라에도 회계 산음(會稽 山陰)이 있는데 이 모임을 그곳에서 하지 않아 애석하오."
> 내가 말하였다.
> "참으로 그 말처럼 하려면 반드시 환아정(換鵝亭)17) 위에 나아가서

---

16) 원 출전은 "雖世殊事異, 所以興懷, 其致一也."(『晉書』, 卷80, 列傳, 第50, 「王羲之」)임.

17) 환아정(換鵝亭) : 경상남도 산음[山陰 : 산청의 옛 지명]에 있던 정자. 지명이 산음(山陰)인지라 왕희지의 고사를 취하여 그와 같이 이름을 지었다고 한다.(『朝鮮志』) 환아정은 주변의 경호강과 함께 산수가 아름다운 곳으로 유명하였다. 50여 명의

42개의 흙 인형을 벌여 둔 뒤에라야 괜찮을 것이니 우리들과 무슨
관계가 있겠소?"[18]

동계가 남긴 위의 글을 통하여 당시의 사대부들이 왕희지의 난정
(蘭亭)에서의 모임을 모방하였던 사실을 알 수 있다. 뱃놀이는 「적벽
부」를, 정자에서의 회합은 「난정집서」를 모방하려는 풍조가 있었던
것인데, 이천보는 각각 그러한 모방 태도를 비판한 것이다. 이천보는
「적벽부」의 형식석 요건을 모방하려들지 말고, 그 흥취의 본질을 추
구하는 것이 중요하다고 생각하였던 것이다. 그래서 소식을 모방하
는 것이 소견을 국한시킨다고 하였다. 유람하는 장소와 주체의 특성
이 명백히 다른데 「적벽부」에 맞추려고 한다면 유람의 본질 자체를
상실하게 될 것이라는 지적이다. 특히 적벽이라는 지명을 찾고 임술
년이라는 시간에 맞추어 유람하려는 것은 단순한 모방 이상의 의미
를 찾을 수 없다고 비판하였다. 이천보는 모방의 폐해로 '국한(局限)'
을 언급하였다. 모방은 주체의 인식능력을 한정한다는 것이다. 이천
보의 윗 글은 비록 문학 이론은 아니지만 모방의 배격에 대한 관념이
그의 일상생활 속에서 작용하고 있음을 여실히 볼 수 있다.

다음으로는 화단(畵壇)에 만연해 있던 모방의 배격에 대한 논리 전
개를 보도록 한다.

선비들이 이곳을 찾아 70여 편의 시를 남겼다고 한다.
18) 要之古人適古人之樂, 今人適今人之樂, 同者自同, 異者自異. 此右軍所謂 "世殊事
異, 而其致一也." 或曰: "我東亦有會稽山陰, 惜此會之未設於彼也." 余謂: "苟如是
言, 必就換餓亭上, 列四十二人塑像而後可, 何如我輩乎?"(『東谿集』, 卷1, 「續蘭亭
會序」)

세상의 그림을 논하는 사람들은 반드시 원백[元伯 : 정선]19)의 그림을 삼연[三淵 : 김창흡]의 시에 비견한다. 조선의 그림은 원백에 이르러서 비로소 그 변화를 극도로 하였기 때문이다. 그렇지만 원백의 그림이 나오면서 세상의 원백을 배우는 자들이 원백의 필력은 없으면서 다만 그 법을 훔칠 뿐이다. 그러니 그림의 쇠퇴가 꼭 원백으로부터 시작되지 않은 것만도 아니다. 나는 일찍이 "지금의 시를 짓는 자 중에 삼연을 추종하지 않는 사람이 있으면 사람들은 앞 다투어 그를 괴이하다고 한다. 삼연의 학식은 없으면서도 한갓 그 기이함만을 배우는 까닭에 마침내 그 병통을 받으니 시의 쇠퇴에 대해서 삼연이 또 그 책임을 사양할 수 없을 것이다. 내가 삼연에게 복종하지 않는 것은 아니지만 세상이 떼 지어 삼연이 되는 것을 싫어한다"고 말한 적이 있다. 내말을 들은 자들은 모두 "미친 소리"라고 하였다. 지금 원백의 그림을 보고 애오라지 이 글을 써서 저 원백을 배우는 자들을 경계한다.20)

당시에 정선의 그림이 아니면 그림으로 치지 않았다고 할 정도로 그의 그림이 일세를 풍미하였다. 그의 그림을 원하는 사람이 너무나도 많았기 때문에 그의 아들에게 대신 그리게 할 정도였다고 하니,21)

---

19) 정선(鄭敾) : 1676(숙종 2)~1759(영조 35). 자는 원백(元伯), 호는 겸재(謙齋)·난곡(蘭谷). 김창집(金昌集)의 천거로 도화서 화원이 되고 양천 현감을 역임하였다. 한국 산수화의 대가로 심사정·조영석과 함께 삼재(三齋)로 칭해진다.

20) 世之論畵者, 必以元伯之畵, 配三淵之詩. 盖國朝之畵, 至元伯而始極其變. 然元伯之畵出, 而世之學元伯者, 無元伯筆力, 而徒竊其法. 畵之衰, 未必不自元伯始. 余嘗謂: "今之爲詩者, 不步趨三淵, 則人爭怪之, 而無三淵學識, 而徒學其奇, 故適足以受其病, 詩之衰, 三淵又不得辭其責矣. 吾非不服三淵, 而惡世之羣爲三淵者也." 聞者, 皆以爲狂言. 今觀元伯畵, 聊書此, 以戒夫學元伯者.(『晉菴集』, 卷7,「鄭元伯畵帖跋」)

21) 『幷世才彦錄』,「畵廚錄」.

정선을 추종하는 무리가 많을 수밖에 없었던 당시 상황을 짐작할 수
있다. 정선 그림의 특징은 생동하고 원기가 있어서 화폭 가득한 그림
에 한 점의 붓 자국이나 먹 자국도 없었다고 한다.[22] 따라서 정선을
배우려는 자는 그와 같은 필력이 있어야만 한다. 그러나 필력이 없는
정선의 추종자들은 한갓 법만을 훔쳐낼 뿐이라는 것이다. 법을 훔친
다는 것은 형식적 모방을 이른다. 그러므로 진암은 조선의 그림이
쇠퇴하게 된 것이 정선으로부터 비롯되었다고 비판을 하였다. 훌륭
한 화가의 출현에 의하여 그림이 발전하게 되기보다는 그의 모방 풍
조로 인하여 전체적인 수준이 떨어진다는 역설이다.

　「정원백화첩발(鄭元伯畵帖跋)」은 글의 성격상 그림의 가치에 대한
평가가 서술의 중심이 되어야 한다. 그러나 이천보는 조선의 그림이
쇠퇴하게 된 원인의 제공자가 정선이라고 비판을 하였다. 따라서 「정
원백화첩발」은 역설적인 서술 구조를 갖는 작품이라고 할 수 있다.
정선과 비슷한 화풍을 구사하는 사람들이 있기는 하지만 그들은 모
두 법을 훔쳐낸 자들이고 정선 이후로는 그를 필적할 만한 사람이
없다는 최고의 찬사인 셈이다. 이천보의 논리는 정선이 성취한 경지
에 도달할 수 있는 화가가 없고, 오로지 그를 모방하다가 종당에는
조선의 그림이 쇠퇴하였다는 것이다. 그러나 정선의 그림을 극단적
으로 찬양하기 위한 역설적 논리로 간주할 일만도 아니다. 그림에서
정선을 당대 최고로 거론하듯이, 시에서는 삼연 김창흡을 최고로 지
목하기 때문이다.

---

22) 「上揭書」.

> 내가 약관의 나이에 삼연 김공을 따라 시의 도를 물었다. …… 삼연
> 공은 세상에서 '일대의 종장(宗匠)'이라고 일컫기에, 그의 말 한마디
> 가 천하의 선비를 높일 수도 있고 낮출 수도 있다.[23]

이천보는 자신이 삼연에게 시를 배웠고, 삼연이 당시의 시풍을 주
도하였으며, 그의 평가는 절대적 권위를 갖는다고 하였다. 『조선왕
조실록』에 실린 이천보의 졸기에서 삼연이 이천보의 시를 극찬하였
다는 사실을 서술하는 것으로써 이천보의 문학적 위상을 대변하고
있음을 볼 때, 문단에서 삼연이 차지하는 비중이나, 삼연과 진암의
관계를 파악할 수 있다. 따라서 이천보의 삼연에 대한 추숭은 절대적
인 것임을 알 수 있다. 그런데 진암은 조선의 시가 쇠퇴한 원인이
삼연에게 있다고 극단적 단언을 하였다. 그러한 이천보의 논리에 대
하여 사람들은 모두 "미친 소리"라고 비난을 한다고 하였으니, 그의
생각은 매우 특이한 것이었음을 알 수 있다.

일반적으로 삼연이 나옴으로써 시가 흥하였다고 생각하고, 그의
시를 배우려고 노력하였기 때문이다. 그러나 이천보는 사람들이 삼
연과 같은 학식은 없으면서 형식적 특징만을 배워서 끝내 그것이 폐
단이 된다는 견해를 갖고 있었다. 궁극적으로는 당시의 시인들이 삼
연을 학습하는 것이 아니라 삼연을 모방한다고 생각한 것이다. 따라
서 "세상이 떼 지어 삼연이 된다"고 표현하였다. 삼연 때문에 시가
쇠하였다는 논리 역시 정선의 경우에서와 마찬가지로 삼연이 전무후
무한 존재라는 역설이다. 그러나 역설적인 논리의 배경에는 모방을

---

23) 不侫弱冠時, 從三淵金公, 問詩道. …… 三淵公, 世所稱一代之宗匠也, 一言足以輕
　　重天下士.(『晉菴集』, 卷6,「送李槎川赴三陟序」)

철저히 배격하는 그의 의식이 깔려 있다.

정선의 화풍을 따르고 김창흡의 시풍을 따르는 풍조가 그림이나 시를 퇴행하도록 만든다는 것이다. 이천보의 그와 같은 논리는 정선의 절등한 그림을 보면서 촉발된 것이다. 탁월한 정선의 그림은 필연적으로 모방을 야기할 수밖에 없다. 그러나 진암은 아무리 정교해도, 모방은 생명력이 없으며, 그러한 현상은 결국 문화의 지속적 발전을 말살하고 말 것이라는 강한 경계심을 표명하였다.

이천보가 문학뿐만 아니라 미술 등의 제반 문화에서 모방을 강력하게 배격하였음에도 불구하고 정작 그 자신의 작품을 둘러싼 모방의 의혹이 제기되었다. 그렇다면 그 이유는 어디에 있는 것인가?

이천보는 관료 문인으로서 순정문(醇正文)을 창작하기 위하여 노력하였다. 그는 순정문 창작을 위해 기존 문장의 규율을 철저하게 이행하여야만 하였다. 그와 같은 과정에서 모방의 의혹이 야기된 것이다. 문장의 법도에 대한 이천보의 견해를 보도록 한다.

이천보의 문학비평에서 가장 쟁점이 되는 사항은 고대 문학가와의 차별성에 관한 문제이다. 모방은 독서와 창작이 결합되는 형태의 하나이다. 독서의 기초 위에서 원작의 창작 구상·언어 풍격·표현 수법·문장의 형식 등을 본뜨는 것이다. 그러므로 모방은 창작의 연습 단계이면서 동시에 창신의 초보적 단계라고 할 수 있다. 그러나 어떠한 형태나 수준의 모방이라 할지라도 창조를 대체할 수 없다. 그래서 이천보도 모방을 배격하고 독창을 강조하였지만 독창은 기존 성과를 토대로 삼아 이루어져야 한다는 견해를 가지고 있었다. 그는 단순히 창신만 주장하지 말고 과거의 문학 유산을 충분히 섭취하여야 한다고 주장하였다.

　　그대가 나의 글에 대하여 한 논평은 너무 지나치게 칭찬하고 추켜
올리는 것이었다. 그러니 내 어찌 감당할 수 있겠는가? 그러나 이른바
"너무 법도를 따른다"는 것은 실로 그대의 말을 이해할 수가 없네.
내가 거리낌 없이 펼치지 못하는 것은 다만 거리낌 없이 펼치지 못하
는 것이 아닐세. 또한 감히 거리낌 없이 펼치지 않는 것이라네. 문장
이 비록 작은 기술이지만 바로 도 가운데 한 가지 일이라네. 『시경』에
서 "물(物)이 있으면 법칙이 있다"고 하였다. 만약 문장을 물(物)로
여기지 않는다면 그만이거니와, 진실로 물(物)로 여긴다면 유독 이것
만 이 법칙이 없겠는가? 글을 만드는 도에는 근본이 있다. 그대가
이른바 '의(意)'와 '기(氣)'가 그것이다. 의(意)로 채우고 기(氣)로 행
하면 문장의 도는 다할 수 있을 것처럼 보이지. 그러나 법으로 수식하
지 않는다면 그 문장은 역시 멀리 전할 수 없다네.[24]

　위의 편지 내용을 보면, 이문보(李文輔)[25]가 족형(族兄)인 이천보의
작품에 대하여 비평을 했던 것으로 짐작된다. 위에 글은 이문보의
비평에 대한 이천보의 반론에 해당된다. 이문보가 이천보의 작품에
서 가장 큰 단점으로, 그의 문장이 거리낌 없이 시원하게 펼쳐지지
못한다는 것을 지적하였다. 그리고 그 원인은 그가 지나치게 문장의
규율을 따르기 때문이라고 진단하였다. 문장의 규율이란 물론 형식
적 규율을 의미한다. 지나치게 형식적 규율에 규제되어 내용이 자유

---

24) 所論鄙文, 稱揚太過, 僕何敢當也. 然其所謂太循規矩者, 實不知盛敎也. 僕之不能
　　肆者, 非但不能肆, 亦不敢肆也. 文章雖小技, 而卽道中之一事也. 詩云: "有物有則",
　　使文章, 不爲物則已, 苟爲物則, 獨不有是則乎? 爲文之道, 有其本焉. 足下所謂意與
　　氣者是也. 意以實之, 氣以行之, 而文之道, 若可以盡矣. 然無法以飾之, 則其文又無
　　以傳遠.(『晉菴集』, 卷6, 「答族弟尙絅文輔」)
25) 이문보(李文輔) : 자는 상경(尙絅). 요절하였는데 시를 잘 지었다. 당대에 문명(文
　　名)이 있었다.

롭게 표현되지 못한다는 것이다. 이문보의 지적에 대하여 이천보는
'능히' 하지 못하는 것이 아니라 '감히' 하지 않는 것이라고 해명하였
다. 그 논거로 든 것이 『시경』의 "유물유칙(有物有則)"이다. 모든 물
(物)에는 각각의 고유한 법칙이 있으므로 엄연히 물(物)에 속하는 문
장도 고유의 법칙이 존재한다는 것이다. 『시경』에서 말한 칙(則)이
이문보가 말한 규구(規矩)이고 이천보가 말한 법(法)이다.

　이문보는 의(意)와 기(氣)를 문학 창작의 요소로 제시하였다.

　'의(意)'에 대한 설명으로는 삼국시내의 조비(曹丕)가 "문장은 의(意)
를 주수(主帥)로 삼고 기(氣)를 보조(輔助)로 삼고 문사(文詞)를 위사(衛
士)로 삼는다"26)라고 한 말을 필두로, 금의 조병문[趙秉文 : 1159~1232]
이 "글은 의(意)를 주로 삼는다. 문사는 뜻을 전달할 따름이다"27)라고
한 말과, 명의 황자숙(黃子肅)이 "시를 지을 때는 먼저 의(意)를 세워야
한다. 의(意)는 일신의 주인이다"28)라고 한 말이 대표적이다. 그들의
이론을 종합해 보면 의(意)는 주제의의와 근사한 개념이다. 이문보도
"의(意)로써 채운다"고 하였으므로 그가 제시한 의(意)의 의미 역시
작가의 주제의의라고 할 수 있다.

　'기(氣)'에 대한 언급은 이루 헤아릴 수 없을 정도로 호한한데, 대체
로 작가의 기질과 개성을 의미한다. 기질은 선천적인 요인이다. 그러
나 맹자의 '양기설(養氣說)'과 소철(蘇轍)의 "태사공[太史公 : 사마천]이
천하를 돌아다녀 사해(四海)와 명산대천을 두루 보고 연나라와 조나라
사이의 호걸들과 교유하였다. 그런 까닭에 그의 문장이 소탕하여 자

---

26) 以意爲主, 以氣爲輔, 以詞爲衛.(『事文類聚』, 別集, 卷5, 〈文章部〉)
27) 文以意爲主, 辭以達意而已.(『滏水集』, 卷15, 「竹溪先生文集引」)
28) 大凡作詩, 先須立意. 意者, 一身之主也.(『歷代詩話』, 「詩法」)

못 기이한 기(氣)가 있다"[29]라고 한 견해에서 볼 수 있듯이, 기는 후천
적인 수양을 통하여 제고될 수 있는 것으로서, 문학 창작의 절대적인
요소로 작용한다. 이문보가 "기(氣)로 행한다"라고 하였으므로, 그가
말한 기는 선천적 작가의 기질이 후천적 수양에 의하여 제고되어 문기
(文氣)로 작용하는 것을 의미한다. 이문보는 작가의 주제 의식과 수양
을 거친 작가의 기질만으로도 창작이 가능하다는 견해를 가지고 있었
다. 그러나 이천보는 의(意)와 기(氣)에 법(法)을 추가하여야 한다는
견해를 피력하였다. 법(法)은 문장의 법칙을 이르는 것으로 명의 당순
지[唐順之 : 1507~1560]는 "문장은 반드시 법이 있다"[30]라고 하여 '법'
의 필수성을 강조한 바 있다. 또 왕세정은 법을 구법(句法)·자법(字
法)·장법(章法)으로 세분하여 논함으로써 법을 구체화하였다.

　이천보는 법의 개념에 대한 설명을 하고 있지는 않지만 문장의 완
성도를 높여서 오래까지 전하기 위해서는 법이 필수적 요소임을 주
장하고 있는 것으로 보아 왕세정이 논한 법의 범주에 속한다고 할
수 있다.

　　내가 지난번에 그대들과 같이 처음 문장 짓기를 배울 때, 옛사람의
　　법도를 보고는, "할 만한 것이 못 된다"라고 하였네. 그러나 흥취가
　　이를 때, 기세차게 곧바로 써서 제어할 수 없는 것 같지만, 천천히
　　보면 그 말이 창광방일(猖狂放溢)하여 자못 문리(文理)를 이루지 못
　　하였네. 그래서 드디어 탄식하여 "한자[韓子 : 한유]가 말하기를 '순정

---

29) 太史公行天下, 周覽四海名山大川, 與燕趙間豪俊交遊. 故其文疏蕩, 頗有奇氣.
　　(『欒城集』, 卷22, 「上樞密韓太尉書」)
30) 文之必有法.(『明文海』, 卷245, 「董中峯文集序」)

(醇正)한 수준에 도달한 연후에 거리낌 없이 펴진다'[31]라고 하였으니, 나는 그 순정한 수준에 도달하지도 못하면서 망령되게 거리낌 없이 펼쳐지게 하려 했으니 어떻게 얻을 수가 있겠는가?"라고 말하였네. 이로부터 그 법도 보기를 마치 훌륭한 관리가 국가의 율령을 받들 듯이 하여 두려워 움츠려들고 조심하여 감히 잘못하지 않는 것이 지금 또 여러 해가 되었건만, 여전히 순정한 수준에는 도달하지 못하였다네. 오래도록 기다림이 있은 연후에야 마땅히 거리낌 없이 펼쳐질 수 있을 것일세.[32]

'법(法)'이란 구체적으로 고인(古人)의 법도를 말한다. 즉 고대 문학 창작의 형식적 법칙을 의미한다. 따라서 창작 학습을 할 때 법의 취사선택이 문제로 대두된다. 이천보도 처음에는 할 만한 것이 못된다고 법을 무시하고 흥취가 이르면 바로 써내려갔는데 무엇도 그것을 막을 수 없을 것처럼 생각하였다고 한다. 즉 의(意)와 기(氣)에만 의존하여 창작을 하였다는 말이다. 그러나 법이 결여되어 있기 때문에 즉흥적일 수밖에 없다. 따라서 창광방일(猖狂放溢)하게 되었다고 하였다.

이천보는 법의 불가결성을 증명하기 위하여, 법도에 속박되지 않고 의와 기가 문장에 흘러넘치지만 문학에서 가장 기본적이고 중요한 요소인 문리(文理)를 이루지 못하였다는 경험상의 오류를 논거로

---

31) 吾又懼其雜也, 迎而距之, 平心而察之, 其皆醇也, 然後肆焉.(『東雅堂昌黎集註』, 卷16, 「答李翊書」)

32) 僕曩時, 與足下輩, 始學爲文, 其視古人法度, 謂不足爲, 而興會所至, 沛然直書, 若不可以御之, 而徐而觀之, 則其言猖狂放溢, 殆不成文理. 遂歎曰: "韓子曰: '及其醇也, 然後肆焉.' 吾不及其醇, 而妄欲肆焉, 其可得乎?" 自是其法度, 如良有司奉國家律令, 縮縮不敢過, 今且有年, 而猶未及醇矣. 久而有待, 然後當有以肆焉.(『晉菴集』, 卷6, 「答族弟尙絅文輔」)

제시하였다. 문장의 법도가 결여된 작품은 사(肆)가 아니라 창광방일의 유폐(流弊)가 생긴다는 것이다.

이천보가 문학에서 추구하는 목표는 '순정(醇正)'이었기 때문에, 그것이 성취되어야만 문장이 거리낌없이 펴질 수 있다는 한유의 말을 인용하여 '순정'의 중요성을 역설하였다.

순정한 문장은 어떻게 성취할 수 있는가? 그것은 문장의 법도를 잘 지키는 데 있다. 따라서 자신은 문장의 법도 지키기를 마치 훌륭한 관리가 국가의 법령을 소중히 받들듯이 하였다고 하였다. 그런데도 불구하고 순정한 문장을 창작하지 못하였으므로 문장이 작법의 구속에서 벗어나 거리낌 없이 펼쳐질 수 없음이 당연하다고 하였다.

> 원경[遠卿 : 김현택]의 문장을 평론한 것은 참으로 그 문제점을 적절하게 적중시켰네. 그러나 내가 취하는 바는 바로 그 편벽된 데에 있다네. 천하의 일은 진실로 '중(中)'을 얻는 것보다 귀함이 없네. 그러나 중은 쉽게 말할 수 없네. 지금 세상의 이른바 '중'은 모두 변질되어 향원(鄕原)이 되었으니, 도(道)를 해치는 적(賊)이 되지 않는 것이 거의 없으리라.[33] 그러므로 성인은 "중도(中道)의 사람을 얻지 못할 바에는 차라리 광자(狂者)·견자(狷者)를 취할 것이다"[34]라고 하였으니 이는 과연 어째서인가? 원경의 문장은 곧 견자에 가까우니 내가 취하는 바는 바로 이것일세. 그러나 문장과 사람이 어찌 두 가지 물건이랴? 원경으로 하여금 그 편벽된 곳에 나아가 시정하게 하는 것이 또한 꼭 문장에만 있지는 않다네. 원컨대 그대가 그와 더불어 책선(責

---

33) 『논어』 〈양화〉에 "子曰, 鄕原, 德之賊也."라는 말이 있다.
34) 『논어』 〈자로〉에 "子曰, 不得中行而與之, 必也狂狷乎! 狂者進取, 狷者有所不爲也."라는 말이 있다.

善)하여 함께 성인의 중도에 들어가면 그 문장이 또한 순식간에 변화하리라.35)

「답족제상경문보(答族弟尙絅文輔)」는 크게 두 개의 단락으로 구성되어 있다. 첫 번째 단락은 이문보가 자신의 작품을 비평한 것에 대한 반박이고, 두 번째 단락은 이문보가 김현택(金玄澤)36)의 문장을 비평한 것에 대한 반박이다. 표면적으로는 이질적인 내용으로 보이지만 궁극적으로는 동일한 주제가 관류하고 있다. 첫 번째 단락의 주장을 두 번째 단락이 보강하고 있다.

이문보는 김원경의 문장을 편벽되다고 비평하였다. 일단 그 점에 대해서는 이천보도 인정하였다. 그러나 '편벽'이라는 현상에 대한 가치 규정이 이문보와 다르다. 이문보는 편벽을 단점으로 지적하였던 데 반하여 이천보는 그것이 꼭 단점만은 아니라고 반론을 전개하였다. 오히려 자신은 편벽된 점을 취하겠노라고 긍정적인 평가를 하였다. 편벽의 상대적인 개념은 '중(中)'이다. 그러나 흠잡을 것 없이 원만하지만 실은 유속(流俗)에 영합하는 향원(鄕原)과 중도(中道)는 구별되어야 한다. 이는 중도가 실현된 작품과 중도를 가장하여 유속에

---

35) 所評遠卿之文, 誠切中其病. 然僕之所取者, 正在於其偏矣. 天下事固莫貴於得其中. 然中者, 不可易言. 今世之所謂中者, 皆流而爲鄕原, 其不爲道之賊者, 無幾矣. 故聖人"與其不得中者, 寧取狂者狷者", 是果何以哉? 遠卿之文, 卽近於狷者, 僕之所取者, 乃此也. 然文與人, 豈二物哉? 使遠卿就其偏而捄之者, 亦不必在文. 願足下與之責善, 俱入於聖人之中, 則其文又當不日而化矣.(『晉菴集』, 卷6, 「答族弟尙絅文輔」)

36) 김현택(金玄澤) : 자는 원경(遠卿), 사계 김장생(沙溪 金長生)의 후손. 김진태(金鎭泰)의 아들. 효행으로 이름이 났다. 『동계집(東谿集)』에 「김원경유사(金遠卿遺事)」가 있다.

영합하는 작품은 구별 되어야 한다는 말이다. 그는 공자가 "중도의
행동을 하는 사람을 얻어서 그와 함께 하지 못한다면 차라리 광자(狂
者)나 견자(狷者)를 취하는 편이 낫다"라고 한 말을 인용하여 편벽된
문장을 긍정하는 논거로 삼았다. 김원경이 견자(狷者)에 가깝다는 것
이다. 광자(狂者)는 뜻은 대단히 고상하지만 행동이 따라가지 못하는
사람이고, 견자(狷者)는 지혜는 모자란 점이 있지만 절의를 견결하게
지키는 사람이다. "지나치게 문장의 규율에 얽매인다"는 이문보의 비
평에 대한 해명으로 이천보는 작법(作法)의 중요성을 강조하였다. '견
자(狷者)'는 김원경 뿐만 아니라, 전체적으로 조금 모자란 점이 있더
라도 우선은 작법을 견결하게 지키고 있는 자신이기도 한다. '광자(狂
者)'는 법을 무시하고 의(意)와 기(氣)만을 강조하는 작가라고 할 수
있다. 이천보가 처음에 "작법은 할 만한 것이 못된다"고 무시하고 작
품을 썼더니 창광방일(猖狂放溢)하게 되었다고 하였으니, 그것은 광
자에 근사하다. 그러므로 김원경에 대한 옹호는 바로 작법을 견지하
는 자신의 창작론에 대한 옹호이기도 한 셈이다. 그러나 광·견(狂·
狷)은 '중(中)'을 얻지 못할 경우의 차선일 뿐이지 최선은 아니다. 그
러므로 점차 '중(中)'을 추구해야 한다고 결론을 내리고 있다.

　이상에서 본 바와 같이 이천보는 작법을 중시하였고 그와 같은 성
향이 단점으로 지적되기도 하였다. 왕세정(王世貞)과 이반룡(李攀龍)
이 법에 대해서 상세한 견해를 전개한 사실에서 보듯이, 법이 기존의
작품을 학습하고 체화하기 위한 방법의 하나임은 부정할 수 없다.
이천보는 자신이 창작에서 옛사람들의 법도를 중시한 것은 순정문(醇
正文)을 창작하기 위한 것이라고 하였다. 그토록 철저하게 모방을 배
격하였던 이천보가 모방 시비에 휘말린 이유는, 바로 순정문을 창작

하기 위하여 고인의 작법을 중시하였기 때문이었다. 다음에서 이천
보와 그의 주변 문인들 간에 야기되었던 모방 시비에 대하여 살펴보
기로 한다.

2) 오원(吳瑗)의 백거이(白居易) 모방 시비

오원(吳瑗)[37]은 영조대에 문형(文衡)을 역임하였으며 당대를 대표
히는 문인으로, 이천보와 동인적 관계를 맺고 활발한 문학적 교류를
하였던 인물 가운데 한 사람이다. 이천보는 오원의 문학을 높이 평가
하고 있었지만, 그 단점에 대해서는 신랄한 비평도 서슴지 않았다.

> 두 분이 지은 시가 위로는 옛사람에게서 법(法)을 취하지 않고 아래
> 로는 지금 사람들에게 부합되기를 구하지 않으며 오직 절로 그 적합
> 한 데 각각 맞아서 마치 물에 뜬 갈매기가 물을 만난 것처럼 여유로워
> 서로 친하기도 하고 서로 잊기도 하였소.[38]

'두 사람'이란 오원과 남유용[南有容 : 1698~1773]을 지칭한다. 위의
글은 오원과 남유용의 시에 대한 평으로 이천보는 그들 시의 가장
큰 특징으로 독창성을 들었다. "옛사람들에게 법을 취하지 않았다"라
고 하였으니 기존 작품을 모방하지 않았다는 의미이다. 또 "지금 사

---

37) 오원(吳瑗) : 1700(숙종 26)~1740(영조 16). 자는 백옥(伯玉), 호는 월곡(月谷).
    김창협의 외손. 이재(李縡)의 처질(妻姪)이자 문인. 공조 참판 등을 역임하였다.
    문명이 높았으며 문집으로 『월곡집(月谷集)』이 있다.

38) 二子爲詩, 上不取法於古人, 下不求合於今人, 惟自各適其適, 而悠然若浮鷗之遇於
    水, 相親相忘也.(『晉菴集』, 卷7, 「題鐘巖酬唱錄後」)

람들에게도 부합되기를 구하지 않았다"라고 하였으니 시속에 유행하
는 작품도 추종하지 않았다는 말이다. 그들은 기존의 작법을 거부하
고 유속에 영합하지 않으며 자신의 취향과 글의 목적에 따라 창작하
는 것을 지상의 가치로 여겼다는 의미이다. 이천보는 독자성을 표현
하는 창작 행위를, 마치 갈매기가 물에서 노는 것 같이, 외물에 천성
이 교유(矯揉)되지 않는 자연스러움으로 생각하였다. 작가의 독자성
을 자연스럽게 형상화하는 시세계는 남유용·오원과 동인 관계에 있
었던 이천보 역시 가장 중시하는 가치였다. 따라서 이천보나 그가
교유하였던 문인들은 독창적 문학세계를 중시하였던 만큼 모방을 극
구 배격하였고, 그들의 작품에 모방의 의혹이 제기되면 대단히 민감
히 반응하였다.

> 지난번 시평(詩評)을 그대가 받아들이지 않았기에 지금껏 주눅이
> 들어 편치 않소. 내가 그대의 시를 "향산[香山 : 백거이]과 비슷하다"
> 고 말한 것은 그대가 향산을 배워 반드시 그와 비슷해지기를 구한다
> 는 의미가 아니오.
> 그대의 시가 활달하고 여유로우며 물결치듯 기세가 있기에, 옛사
> 람에게서 찾아보면 오로지 향산이 자못 서로 가깝다는 의미로 말한
> 것이오.[39]

이천보와 동인 관계의 문인들이 비록 독창성을 강조하였지만 모방
의 시비로부터 자유로울 수는 없었다. 독창성의 강조는 모방에 대한

---

39) 向者詩評, 不蒙足下許可, 迨今悚蹙不已. 不佞以足下之詩, 謂似香山者, 非曰足下
學香山, 而必求其似也. 盖謂足下之詩, 紆餘澹宕, 求諸古人, 惟香山頗近之矣.(『晉
菴集』, 卷6, 「與吳伯玉」)

시비를 더 빈번하게 야기하는 원인으로 작용할 수도 있다.

이천보가 오원의 작품을 백거이와 유사하다고 비평하자 오원이 수긍하지 않았고, 이에 다시 이천보가 자신의 논리를 부연하는 편지이다. 이천보가 오원의 시를 백거이와 유사하다고 평가한 이유는 '우여담탕(紆餘澹宕)'하기 때문이었다. '우여담탕'이란, 문장이 활달하면서도 풍부한 내용성이 있고 다양한 변화가 있는 것을 이른다. 이천보는 그러한 특징을 굳이 옛사람에게서 찾아본다면 백거이와 유사하기 때문에 백거이를 거론한 것이라고 설명하였다.

> 그대는 옳게 여기지 않고 끝내 향산(香山)을 능가하여 그보다 낫기를 바라고 있소. 돌아보건대, 향산이 어찌 쉽게 미칠 수 있는 대상이겠소? 세상의 시를 짓는 자들은 반드시 이백과 두보를 칭하고 서로 더불어 과장되게 인정을 하면서 "이것은 두보가 될 만하다", "이것은 이백이 될 만하다"라고 말하는데, 이는 이백이 이백이 되는 이유와 두보가 두보가 되는 이유를 알지 못하는 것이라오. 이와 같은 자는 기실 향산의 노예가 되기를 원해도 될 수 없을까 두렵거늘, 하물며 이백과 두보의 경우에는 오죽하겠소? 그러나 저는 매양 후대의 시 짓기를 배우는 자들이 이백과 두보를 배우기보다는 차라리 향산을 배우는 편이 낫다고 생각하오. 그것을 음식에 비유한다면, 이백과 두보를 배우는 것은 마치 거지 아이가 고기 이야기를 한다고 해서 굶주림을 구제할 수 없는 것과 같지만, 향산을 배우는 것은 마치 나물국과 현미밥이 오히려 한번 배부르게 할 수 있는 것과 같소.[40]

---

40) 足下不以爲可, 而終欲軼駕香山而上之. 顧香山豈易及者哉? 世之爲詩者, 必稱李·杜, 相與誇許曰: "是可以爲杜", "是可以爲李", 而不知李之所以爲李, 杜之所以爲杜. 若是者, 其實則願爲香山之隸人, 而恐不可得, 況李·杜乎? 然不佞每以爲後之學詩者, 與其學李·杜, 寧學香山. 譬之飮食, 學李·杜者, 如乞兒之談芻豢, 無救

오원이 이천보의 비평을 수긍하지 않은 이유는 하필 백거이와 비교를 하였기 때문이다. 당시의 시인들은 시인의 최고 경지인 두보와 이백에게 서로 과장되게 비견하는 풍조가 있었다. 오원 역시 이백이나 두보와 같은 최고의 시인에게 자신을 비교하지 않은 것을 불만으로 여겼을 수 있다. 그래서 이천보는 오원이 "백거이를 능가하여 그보다 낫기를 바란다"고 단정하였다.

오원이 이천보의 비평을 수긍하지 못하는 이유가 또 하나 있다. 오원이 백거이를 닮았다고 하는 평가는 미묘한 점이 있다. 백거이의 장점만 닮았다고 하면 좋겠지만, 그 단점을 닮았다는 말이 될 수도 있기 때문이다. 이천보의 오원에 대한 비평은 백거이의 장점과 유사함이 있다는 칭찬보다는 그의 단점과 유사한 하자가 있다는 점에 무게 중심이 있다. 그러므로 오원이 이천보의 비평에 대하여 민감한 반응을 보이고 수긍하지 않은 것은 당연할 수밖에 없다. 이천보는 오원이 백거이와 유사하다는 평에 대해서 불쾌하게 생각하는 자세가 잘못되었다고 질타하였다. 그는 오원이 아무리 시를 잘 쓴다고 하더라도 "백거이를 능가할 수 있느냐"고 반문하였다. 백거이에게 비교를 한 그 자체로도 대단한 일이라는 것이다. 이천보는 당시의 시인들이 이백이나 두보를 추숭하여 '이백 같다', '두보 같다'는 말을 최고의 찬사로 여기지만, 그런 풍조는 잘못된 것임을 지적하였다. 백거이와 비슷한 것은 고사하고 그를 학습하여 그의 노예가 되기를 원한다고 하더라도 불가능할 정도로 백거이가 성취한 경지는 대단하다. 그런데 그보다 더 높은 경지에 있는 이백과 두보와 대등해지기를 원할

於飢, 而學香山者, 如菜羹糲飯之猶可以一飽也.(「上揭書」)

수 없다는 것이다. 따라서 백거이를 시의 모범으로 삼는 것이 이상할
이유가 없으며 수준에도 맞는다는 것을 음식에 비유하였다. 거지가
처지에도 안 맞는 고기 이야기를 아무리 한들 먹을 수 없는 이치와
같이 시인들이 자신의 역량을 제대로 모르고 이백과 두보를 목표로
삼아서는 안 된다는 것이다. 그러나 백거이는 시인들이 목표로 삼을
수 있는 현실성이 있다고 하였다.

> 가만히 그대가 시 짓는 것을 보건대, 이는 그대의 시를 만드는 것일
> 따름이니, 바야흐로 마음에서 얻어 바로 손으로 씁디다. 비록 향산에
> 게로 나가는 자라 할지라도 오히려 향산을 모방해서 비슷하기를 구하
> 여 나의 진기(眞氣)를 손상시키려 들지 않는데, 또 어떻게 향산을 논
> 하겠소? 그러나 지금 사람들은 미목(眉目)이 어떤 이는 맑으면서 치
> 켜졌고 어떤 이는 고요하면서 응축된 모습이지만, 진(秦)나라 사람과
> 월(越)나라 사람이 왕왕 몹시 닮은 경우도 있소. 만약 그렇지 않다면
> 비록 그 의관을 똑같이 입고 그 찡그리고 웃는 모습을 본받더라도
> 오히려 사물을 본뜨는 것이 되는데 불과할 따름이지요. 그대가 진실
> 로 향산을 배우지 않았다고 하더라도, 대개 그렇게 되기를 기약하지
> 않지만 그렇게 되는 것이 있다오.
> 문장의 묘리는, 진실로 그렇게 되기를 기약하지 않아도 그렇게 되
> 어서, 지은이도 오히려 스스로 알지 못하는 데에 있소. 그러나 내가
> 어찌 '향산은 시의 경지에 도달한 사람'이라고 말하겠소?
> 그 진의(眞意)는 여유가 있지만 고운(古韻)이 부족하니, 이는 향산
> 의 문제점이 될 뿐만 아니라 또 그대의 문제점이오. 그대는 스스로
> 이 점을 해량하시오.[41]

---

41) 竊觀足下之爲詩, 是爲足下之詩而已, 方其得於心, 而注之手也. 雖進於香山者, 猶

　오원이 독창성을 강조하고 모방을 배척하였음에도 불구하고 백거이와 유사한 점이 발견되는 원인은 어디에 있는 것일까? 그것을 이천보는 '우연'이라고 하였다. 즉 대단히 먼 거리에 떨어져 있는 진(秦)나라와 월(越)나라 사람들이 얼굴 생김새가 같은 경우는 '우연'으로 밖에 설명할 수 없는 것과 마찬가지 이치라고 하였다. 그러나 우연하게 유사해진다는 말은 완곡한 표현에 불과하다. 이 글의 말미에서 "그 진의(眞意)는 여유가 있지만, 고운(古韻)이 부족하니, 이는 향산의 문제점이 될 뿐만 아니라 또 그대의 문제점이오"라고 한 말을 보면, 결국 이천보는 오원의 단점이 백거이의 단점과 유사한 현상을 비평하였다는 사실을 알 수 있다. 비록 완곡한 표현으로 우연히 비슷해진 것이라고 말하였지만 결국은 모방의 의혹을 제기한 것이다.

3) 이천보의 소식(蘇軾) 모방 시비

　이천보가 문인들에게 비평을 통하여 모방 의혹을 제기하였던 것처럼, 자신도 똑같은 비평을 받고 민감하게 반응하였다.

　황경원[黃景源 : 1709~1787]은 이천보의 작품이 소식과 유사하다는 비평을 하였다. 소식의 「적벽부」를 재현하려는 지우들의 생각을 이천보가 무의미한 모방이라고 비판한 사실을 앞서 보았다. 그는 또 오원의 작품을 비평하면서 모방은 진기(眞氣)를 손상시키는 짓이라고

不欲模擬求似, 以傷吾之眞氣, 又何論香山哉? 然今夫人之眉目, 或淸而揚, 或靜而凝, 秦之人與越之人, 往往有酷肖者. 苟不然則雖襲其衣冠, 效其嚬笑, 而猶不過爲象物而已. 足下固不學香山, 而蓋有所不期然而然者也. 凡文章之妙, 固在於不期然而然, 而作之者, 猶不自知也. 然不佞亦豈曰: "香山是詩之至者也?"蓋其眞意有餘, 而古韻不足, 是則不但爲香山之病, 又足下之病也. 足下其自諒焉.(「上揭書」)

허유[許維 : 1808~1893]의
「소장공입극상(蘇長公笠屐像)」
『간송문화』 24호

　　조선의 문인들이 가장 좋아하였던 문인은 단연 소식이었다. 임상정은 자신이 소식을 최고의 전범으로 설정하고 있을 뿐만 아니라 '소식과 근사하다'는 말을 최고의 평으로 생각하였다. 또 조귀명도 '소식을 대단히 좋아한다'고 하였다. 그러므로 남유용이 이천보에게, 이천보가 조귀명에게, 조귀명이 임상정에게, "소식과 구별이 안 갈 정도", "소식의 경지에 들어갔다"라고 한 말은 최고의 평가임에 틀림이 없다. 그러나 18세기의 문단을 주도하여 나갔던 조귀명이나 이천보는 비록 자신의 작품이 소식과 비슷하다고 하더라도 그것은 바로 모방을 의미하는 것으로 간주하였다. 그들의 문학세계에서 모방의 배격과 독창성의 추구는 하나의 문학 이념이었기 때문이다.

모방을 적극적으로 배격하였다. 그런데 자신이 도리어 그러한 비판의 대상이 된 것이다.

　천보는 말하오. 대경[大卿 : 황경원]이 방금 장문의 편지를 보내서 내가 소식을 배우려다가 그 병통을 받았다고 책망하였소. 지금 내 글을 칭하는 자들은 반드시 "소식을 배웠다"고 하지만, 나는 일찍이 심복한 적이 없소. 어째서이겠소? 내가 소식에 대해서는 일찍이 그를 좋아는 했지만 일찍이 그를 배우지는 않았기 때문이지요.

　한나라의 문장이 소식보다 수준이 높지 않은 것은 아니지만 명나라의 제자(諸子)들이 얽매여 추종하기에 내가 그것을 몹시 비루하게 여기거늘 하물며 소식을 배우는 짓을 하겠습니까? 그러나 소식의 글은, 그대의 말과 같이, 그 이치가 꼭 바르지만도 않고 그 식견이 꼭 높지만도 않습니다만, 그의 글은 광대하게 작법의 구애를 받지 않아서 자신이 말하고자 하는 바를 말할 뿐이라오. 당·송 제가의 글은 법으로 뛰어났는데, 유독 소식만은 '법이 없는 것'으로 뛰어났소. '법이 있는 것'은 모색하여 추구할 수가 있지만 '법이 없는 것'은 장차 무엇을 좇아 배우겠소? 그대가 나를 일러 "소식을 배웠다"고 하는 것은 과연 무슨 말이요?[42]

　위의 글은 이천보의 작품이 소식을 모방하였다는 황경원의 의혹을 반박하는 편지이다. 이천보는 우선 소식과의 관련성에 대하여 강력

---

42) 天輔白. 大卿足下, 卽辱長牋, 責僕以學蘇氏, 而受其病. 今之稱僕文者, 必曰: "學蘇氏", 而僕未嘗心服. 何也? 僕於蘇氏, 盖嘗好之, 而未嘗學之也. 西京之文, 非不高於蘇氏, 而皇明諸子, 拘拘步趨, 僕甚鄙之, 而況且學蘇氏爲哉? 然蘇氏之文, 其理未必正, 其識未必高, 果如足下所敎, 而其文浩浩然不爲法縛, 惟言其所欲言. 唐·宋諸家之文以法勝, 而蘇氏獨以無法勝之. 有法者, 皆可按而求之, 無法者, 將何從而學之乎? 足下之謂僕學蘇氏者, 是果何也?(『晉菴集』, 卷6, 「答黃大卿」)

하게 부인하였다. 그렇지만 일단 자신이 소식을 모방하였다는 의혹
을 해명하려면 그 근거가 필요하였다. 그 첫 번째 근거는 자신은 모방
을 배격한다는 것이다. 모방을 배격한다는 구체적 근거는 명나라의
전후칠자(前後七子)들의 복고와 모방을 극도로 싫어한다는 것이다.
또 하나의 근거는 소식의 문장법은 기존의 작법에 구애되지 않는 독
자적인 것이어서 배워서 모방할 수 있는 대상이 아니라는 것이다.

이상의 두 가지 근거가 있음에도 불구하고 자신이 소식을 모방하
였다는 의혹이 야기된 이유에 대해서도 스스로 해명을 하여야만 하
였다.

> 남덕재[南德哉 : 남유용]는 명나라의 제자(諸子)를 싫어하는 것이
> 나보다도 심한데도, 덕재의 글을 논하는 세상 사람들 중에는 "왕세
> 정·이반룡을 배웠다"고 말하는 이들도 있소. 그래서 내가 일찍이 그
> 를 변론하였지만 사람들은 믿지 않았소.
> 왕세정·이반룡은 한나라를 배우되, 한갓 그 법만 훔친 자들이고
> 덕재는 한나라의 문장 짓기를 좋아한 까닭에 그 문장이 간혹 왕세
> 정·이반룡과 같은 것이 있다오. 이는 덕재가 왕세정·이반룡을 배운
> 것이 아니라, 왕세정·이반룡과 문장 학습을 동일하게 한 것이라오.
> 그러나 덕재가 한나라의 문장을 배울 때, 어찌 왕세정·이반룡처럼
> 모방을 절절히 한 적이 있겠소?
> 나는 아이 때에 『전국책』 읽기를 좋아했소. 그런데 소식의 문장이
> 『전국책』에서 나온 것이 많기 때문에, 내가 지은 문장이 소식과 부합
> 되기를 기약하지 않아도 부합되는 것이 있었소.
> 그대는 지난번에 내가 지은 글을 보고, 그 원인은 따져 보지도 않
> 고, 그것만 가지고 소식을 배웠다고 단정하오? 기실 제가 소식을 배운

것이 아닌데다가, 이 역시 지나간 일이라오. 지금은 『전국책』도 아울러 이미 싫증이 나는데, 하물며 소식이야 오죽하겠소? 그대는 심려치 마시오.43)

이천보는 자신이 모방 시비에 휘말리게 된 이유는 문장 창작 학습의 과정에 기인한다고 하였다. 그는 남유용(南有容)을 실례로 거론하였다. 남유용은 이천보와 동인적 관계에 있는 문인으로 그 역시 철저하게 모방을 배격하고 독창적인 문학의 세계를 추구하였다. 그리고 이천보도 남유용의 그러한 작품 경향을 높이 평가하였다. 그런데 남유용조차 그들이 가장 싫어하는 왕세정·이반룡을 모방하였다는 비판을 받는다고 하였다. 왕세정과 이반룡은 칠자(七子)의 영수로, 산문은 한(漢)을 추앙하고 시는 성당(盛唐)을 추앙하고 모방하였으므로 고인의 문구를 그대로 모방한 것이 많았다. 이반룡과 왕세정이 한나라의 산문을 그대로 모방하였다는 점 때문에 남유용이 그들을 모방하였다는 비판을 받게 된 것이다. 남유용은 이반룡과 왕세정이 모방한 한나라 시대의 산문을 학습하였고, 그것이 작품에 드러났기 때문에 이반룡·왕세정의 작품과 동일한 경향이 나타나게 된 것이다. 결국 남유용은 이반룡·왕세정과 동일한 창작 학습을 하였기 때문에 그들과 유사한 경향을 보이는 것이지, 결코 그들을 모방한 것이 아니라는

---

43) 南德哉, 不喜皇明諸子, 有甚於僕, 而世之論德哉之文者, 或曰: "學王·李." 僕嘗辨之, 而人不信也. 盖王·李學西京, 而徒竊其法者也. 德哉好爲西京, 故其文間有如王·李者. 是則非學王·李也, 與王·李同其學也. 然德哉之學西京, 何嘗切切摸擬如王·李輩而已哉? 僕兒時, 喜讀戰國策. 蘇氏之文, 出於戰國者爲多, 故其爲文, 與蘇氏有不期合而合者. 足下見向時所作, 特未究其源, 而以是爲學蘇氏耶? 其實則僕非學蘇氏者也, 且是亦向時事也. 今並與戰國策而已厭之矣, 況蘇氏乎? 足下其毋慮焉.(「上揭書」)

말이다. 남유용의 모방 시비에 대한 해명은 바로 이천보 자신의 모방 시비에 대한 해명인 셈이다. 자신이 소식과 유사한 경향을 보이는 것은 소식과 자신의 학습 과정이 동일하다는 점에 기인한다는 것이다. 소식의 문장은 『전국책』에서 나온 것이 많고 자신은 어렸을 때 『전국책』을 많이 읽었기 때문에 서로 같아질 수밖에 없다는 것이다. 그렇다면 또 다른 의혹이 생기게 된다. 『전국책』을 그토록 좋아한다면 혹 『전국책』을 모방하지 않았느냐는 것이다. 그러므로 이천보는 이제는 『전국책』도 싫증이 났노라고 하여 모방 의혹의 확산을 방지하려고 하였다.

그런데 흥미로운 점은 소식에 대한 당시 문인들의 입장이다. 이천보가 "소식의 글은, 그대의 말과 같이, 그 이치가 꼭 바르지만도 않고 그 식견이 꼭 높지만도 않습니다만, 그의 글은 광대하게 작법의 구애를 받지 않아서 자신이 말하고자 하는 바를 말할 뿐이라오"라고 소식의 문장을 개괄하고 있는데, 이는 당시 문인들이 소식에 대해 갖고 있던 전형적 관점이다. 소식은 사상적으로 복잡하여 유불도가 혼효되어 있었다. 특히 생활에서는 불·도(佛·道)를 따랐다고 알려져 있다. 소식의 이러한 경향은 조선의 문인들에게는 비판의 대상이 될 수밖에 없었다. 그러나 그의 호방한 문학적 경향은 대단히 큰 영향력을 지닌 것이었다. 따라서 소식을 닮았다는 평가는 매우 미묘한 양면성을 지녔다. 예컨대, 이천보는 자신의 문장이 소식과 닮았다는 평가를 전면적으로 부인하고 논거를 제시하며 반박하였다. 그 근거로 남유용이 자신과 유사한 오해를 받고 있음을 예로 들었다. 그런데 정작 남유용은 이천보의 문학적 성향을 논하면서, "일찍이 전고(前古)의 일을 논하여 옳고 그름을 따진 저술이 모두 수천 마디였다. 인정과 시변

(時變)에 대해 말한 것은 변론과 핵심이 깊고 지극하기에, 소식의 여러 논(論) 가운데 섞어두면 식자라도 분변할 수 없을 것이다"[44]라고 하였다. 소식의 정론문(政論文)은 매우 독창적이고 기세가 웅장하고 웅변적이어서 전국시대 종횡가의 기풍이 있다고 극찬된다. 그러므로 이천보의 논(論) 작품들이 소식의 작품과 분별할 수 없을 정도라고 평한 것은 실로 극찬이 아닐 수 없다. 또 이천보 자신은 소식과의 관련성을 극구 부인하였으면서도 정작 조귀명의 문장을 평하여 "심원한 신해(神解)는 필묵을 벗어났다. 소자첨의 자연스런 풍치(風致)는 백대에 탁월하건만, 군(君)은 그의 경지로 깊이 들어가 뒤섞여 즐겁게 노닐었다"[45]라고 하였다. 조귀명은 이천보 그룹보다 더욱 강도 높고 선명한 어조로 창신론을 역설하였다. 따라서 소식을 모방하는 성향에 대하여서도 강하게 비판을 하였건만 그의 제문에는 "소식의 경지에 깊이 들어갔다"는 말이 들어가고야 말았다.

임상정은 자신이 소식을 최고의 전범으로 설정하고 있을 뿐만 아니라 '소식과 근사하다'는 평을 최고의 평으로 생각하였다. 또 조귀명도 '소식을 대단히 좋아한다'고 하였다. 그러므로 남유용이 이천보에게, 이천보가 조귀명에게, 조귀명이 임상정에게, "소식과 구별이 안 갈 정도", "소식의 경지에 들어갔다"라고 한 말은 최고의 평가임에 틀림이 없다. 당시에 소식을 문학에서는 도달하여야 할 최고의 경지로 설정하고 있었고 그에게 비견되는 것이 최고의 찬사였음은 의심

---

44) 嘗著論是非前古事, 凡累千言. 其言人情時變, 辨核深至, 置之蘇氏諸論中, 識者殆不能辨也.(『雷淵集』, 卷12, 「晉菴集序」)
45) 窅然神解, 筆墨之外. 子瞻天趣, 夐絶百代. 君入其室, 枕藉嬉遊.(『晉菴集』, 卷7, 「祭趙錫汝文」)

의 여지없는 명백한 사실이다. 그러나 18세기의 문단을 주도하여 나
갔던 조귀명이나 이천보는 비록 자신의 작품이 소식과 비슷하다고
하더라도 그것은 바로 모방을 의미하는 것으로 간주하였다. 따라서
그 관련성에 대하여 극력 부인하려 하였다. 비록 실제로는 그들의
작품에서 소식과 유사점이 있다 하더라도 궁극적으로는 모방의 의혹
으로부터 벗어나기 위하여 노력한 것이다. 그들의 문학세계에서 모
방의 배격과 독창성의 추구는 하나의 문학 이념이었기 때문이다. 그
래서 이천보는 오원에게 백거이와 유사성이 있다고 지적하였지만 오
원은 그 지적을 수긍하지 않았다. 그러나 이천보는 집요하게 모방의
의혹을 제기하고 그 원인의 제거를 요구하였다. 타인의 시문에 대하
여 모방 의혹을 제기하던 이천보 자신이 모방의 여부를 추궁하는 심
판대에 오르기도 하였다. 황경원은 이천보의 문장이 소식과 유사하
다고 주장하였다. 또 남유용은 복고와 도습을 일삼은 이반룡·왕세
정을 모방하였다는 최악의 비평을 받기도 하였다. 그러나 그들은 모
두 모방과 무관함을 입증하기 위하여 노력하였다.

모방에 대한 의혹의 제기는 순도 높은 창신에 대한 준엄한 요구라
고 할 수 있다. 그렇다면 창신을 주장하면서도 모방 의혹에 휩싸이게
된 이유는 무엇 때문인가?

이천보는 지나치게 문장의 법도를 중시하여 문장의 기세가 제대로
뻗어 나가지 못한다고 비평을 받은 바 있다. 이에 대해서 이천보는
순정한 문학을 추구하기 위해서는 작법을 중시하지 않을 수 없다는
견해를 피력하였다. 그들 사이에서 진행된 모방 시비는 작법 중시의
창작 태도와 창신 추구의 관념이 완전히 일치하지 못하였기 때문에
야기된 것이다. 그와 같은 불일치 현상은, 그들이 문인이기 이전에

관료였기 때문에 순정 문학을 추구할 수밖에 없었던 처지에서 기인
된다.

이와 같은 창신과 모방을 둘러싼 시비는 우리나라의 문학사가 한
단계 높은 수준으로 비약적 발전을 하는 문화적 현상으로 정리하여
도 대과는 아닐 것이다.

5. 이정섭(李廷燮)의 문학론과 비평

이정섭(李廷燮)[1]은 중세 문학사에서 보기 드문 비평 활동을 한 문인이다. 이정섭이 "허랑되게 문자에 종사하여 헛된 칭호만 얻었다. 늙은 나이에 비록 후회한들 깨진 시루와 같다"라고 술회하였듯이 그의 삶에서 문학은 대단히 큰 비중을 차지한다.[2]

이정섭에 관한 기록으로는 『조선왕조실록』 영조 11년[1735]조에 "이정섭과 조귀명은 평소 문명(文名)이 있었다"라는 기사와 영조 19년[1743]조에 "이정섭의 재주와 식견이 비범하다"라고 그를 추천한 기사가 있다.[3] 이외에도 그에 대한 기사는 『해동가요(海東歌謠)』와 『선원속보(璿源續譜)』 등에서 볼 수 있다. 그의 생애에 관한 대략적 내용은 신대우[申大羽 : 1735~1809]가 작성한 행장을 통해서 파악할 수 있는데, 이 글에는 김창흡이 저촌의 소년기 시문을 보고 "기재(奇

---

1) 이정섭(李廷燮) : 1688(숙종 14)~1744(영조 20). 자는 계화(季和), 호는 저촌(樗村) 또는 마악노초(磨嶽老樵). 이정섭의 가계는 김윤조 교수의 「저촌 이정섭의 생애와 문학」(『한국한문학연구』 14집, 1991) 참조.

2) 謾從文字得虛稱, 殘年縱悔同隳甑.(『樗村集』 卷2, 「又疊前韻酬洪明府」)

3) 廷燮, 龜命, 素有文名.(英祖, 卷40, 11年, 乙卯 4月)
   廷燮, 才識, 超凡.(英祖, 卷58, 19年, 癸亥 6月)

才)로다! 기재로다!"라고 찬탄하였다는 기록이 있다.[4] 이로 볼 때 저
촌은 김창협가(金昌協家)와 일정한 영향 관계가 있었던 것으로 보인
다. 다음의 「상천(上天)」에서 저촌과 김창협의 연관성을 추정해 볼
수 있다.

상천	上天
하늘이 사람과 물(物)에 줄 때	上天予人物
같은 것이 있고 다른 것이 있다	有同而有異
같은 것은 어떤 물건이며	同者是何物
다른 것은 어떤 일인가	異者是何事
모름지기 다른 것에서부터	須從所以異
같은 뜻을 알아차려야지	識破同之義
물이 어찌 이지러짐과 반듯함이 있으랴	水豈有窊正
이지러짐과 반듯함은 이 그릇을 따른다	窊正隨是器[5]

위의 시 「상천(上天)」에는 18세기 초엽부터 발생하여 격렬한 논쟁
을 거친 인물성론(人物性論)이 개괄적으로 표현되어 있다.[6] 시의 내
용에 의하면 그는 인물성동론(人物性同論)을 지지한 것으로 보인다.
이정섭이 인물성 논쟁에 본격적으로 참여하였던 사람들과 같이 정연
한 이론을 전개한 것이 아니며, 「상천」 이외에 인물성동론에 대한

---

4) 金居士昌翕見其詩文曰: "奇才! 奇才!"(『宛丘遺集』, 卷8, 「朝鮮故通訓大夫行工曹
佐郎李公行狀」)

5) 『樗村集』, 卷1.

6) 인물성동이논쟁은 김용헌의 논문을 참조할 만하다.(『조선 유학의 학파들』, 「낙학
파·율곡학의 비판적 계승」, p.358, 한국 사상 연구회 편저, 예문서원, 1996)

저술을 볼 수도 없다. 그러나 「상천」 한 편만으로도 인물성동론에 대한 그의 견해를 극명히 알 수 있다.

이정섭은 사람과 물(物)의 차이점을 먼저 알면 '같은 점'을 알게 된다고 하였다. 그렇다면 인·물(人·物) 간의 차이점이란 무엇을 말하는 것인가? 이정섭은 '성(性)'을 '물[水]'에 비유하였고 '기(氣)'를 '그릇'에 비유하였다. 물이 처음부터 이지러짐이나 반듯함이 없듯이 인간의 성(性)은 애초부터 이지러짐과 바름이 없다. 그러나 물이 원래의 일정한 모양은 없지만 담기는 그릇의 형태에 의하여 모양이 변하는 것처럼 성(性)도 기(氣)에 의하여 변질될 수 있다는 논리이다. 그러므로 인(人)과 물(物)의 같은 점은 '성(性)'이고 다른 점은 '기(氣)'라는 말이다. 이정섭의 인물성동론은 어디에서 연유한 것인가? 그의 이론은 김창협과 관계가 있을 것으로 추정된다. 다음의 시 「미음(渼陰)」에서는 그 근거를 찾을 수 있다.

미음	渼陰
이백리 길을 배로 나흘 가서	四日江行二百里
오늘 아침에야 양주에 닿았다	今朝始得到楊州
농암댁엔 정원의 꽃 적적하고	園花寂寂農巖宅
미포의 배는 봄물에 유유하다	春水悠悠渼浦舟[7]

위의 「미음(渼陰)」은 이정섭이 농암의 집을 방문하고 지은 시인데, 농암의 동생인 김창업[金昌業 : 1658~1721]은 이정섭의 고모부이다. 게다가 당시 기호 지방의 사대부들이 김창협가의 학문적 성향에 상

---

7) 『樗村集』, 卷1.

당한 영향을 받았던 사실을 감안한다면 그와 인척 관계에 있던 이정섭이 받은 영향을 짐작하기란 어렵지 않다. 일반적으로 인물성동론을 '낙론(洛論)'이라고 하며, 그 연원을 김창협으로부터 잡고 있으므로,8) 이정섭의 인물성동론은 김창협에게서 영향을 받은 것으로 추정해 볼 수 있다.9)

1) 문학영역의 확장과 효용성의 강조

이정섭의 문학세계에서 그 영역의 확장은 두 가지 측면에서 논할 수 있다. 하나는 이정섭이 문학 창작과 흔상(欣賞)의 영역을 한문학에만 국한한 것이 아니라 시조(時調)로까지 확장시켰다는 것이다. 그리고 또 다른 하나는 시의 제재 영역을 진지하게 모색하고 확장시켰다는 것이다.

먼저 시조에 대한 관심과 창작에 대한 측면을 검토하기로 한다.

이정섭이 가장 치력한 것이 한시 창작이었음은 말할 것도 없다. 그러나 그는 「청구영언후발(靑丘永言後跋)」을 쓰고 가객들과 어울리며 시조를 창작하고 흔상할 정도로 시조의 가치를 높이 평가하였다. 이처럼 시조를 자신의 문학세계로 수용할 수 있었던 것은 그의 진보적 의식에 기인한다. 이정섭은 신분의 귀천과 관계없이 모든 인간은 영명(靈明)이 구현된 존재라는 인식을 갖고 있었기 때문에 민간의 문

---

8) 장지연, 『조선 유교 연원』, p.107, 단국대학교 출판부, 1979.
9) 조귀명·임상정·이천보 역시 김창협가와 일정한 연관을 맺고 있는데, 그것으로 우리 문학사의 일면을 해명할 수 있다. 이천보는 김창흡에게 문학 수업을 하였으며 그의 추천을 받아 문명을 떨쳤다. 조귀명과 임상정의 글에서도 그들이 김창협을 추숭했던 사실을 확인할 수 있다.

화에 대해서도 그 가치를 인정하였다.10) 그리고 민간 문화에 대한
이해의 연장선상에서 시조를 향유하였고 직접 창작한 것이다.

　이정섭의 민간 문화에 대한 이해와 긍정은 여러 곳에서 산견할 수
있다. 「적성(赤城) 전사(田舍)에서 남한종(南漢宗)과 함께 시를 짓다」11)
에서 성황당에서 굿을 하는 농민들의 모습을 보고 이정섭이 흥취를
느끼고 즐거워하고 있음을 볼 수 있다. 그는 또 민간의 속설에 대해서
도 관심을 갖고 있었다. 「오늘 아침에 살쩍이가 갑자기 기어 내려오
자 아내가 보고 근심을 하였다. 대개 우환으로 오랫동안 속을 썩어서
마음이 약해져 그런 생각을 한 듯하다. 그래서 장난삼아 절구 한 수를
써서 그의 걱정을 풀어주려 한다」12)에는 "민간에서는 살쩍이가 기어
내려오면 반드시 걱정거리가 생긴다고 한다"는 자주(自註)가 있다.
'걱정거리'는 죽음을 의미한다. 사람의 명이 다하면 몸에서 기생하던
이가 기어 나온다는 속설이 있는데, 이정섭은 그와 같은 민간의 속설
도 진지하게 수용하였다. 민간 문화의 가치에 대한 인정과 수용이
문학적 현상으로 변용된 양상은 시조의 향유와 일정한 관련이 있다.
이정섭은 「추회삼첩(秋懷三疊)」에서 "백 가지 일 중에 하나도 잘하지
못하면서 단가(短歌)에는 능하여 노래 마치고 술 한 잔 붓고 오똑히
불콰해 있다"13)라고 읊은 것처럼 자신이 가장 잘하는 일을 단가(短歌)

---

10) 「감회(感懷)」(『樗村集』, 卷1)에서 "하나의 사람의 마음은 귀천이 없어서, 지극히
　　어리석은 사람도 도리어 지극히 신령하고 밝음이 있다[一箇人心無貴賤, 至愚還有
　　至靈明.]"라고 하여 인간은 신분의 귀천과 무관하게 누구나 영명함을 지닌 존재라
　　고 언명하였다.

11) 『樗村集』, 卷1, 「赤城田舍與南宗之漢宗同賦」.

12) 『樗村集』, 卷1, 「今朝鬢虱忽下, 室人見而爲憂. 俗謂鬢虱下, 則必有愁. 盖其積傷於憂
　　患, 心弱而然, 戲占一絶, 以寬其意云」.

13) 百事不能能短歌, 歌終酌酒兀然酡.(『樗村集』, 卷1)

라고 하였다. 이정섭의 행장에도 그가 평소에 노래를 잘 불렀다는
사실을 기록하고 있다.[14) 단가(短歌)가 사대부 문화의 일부분임은 말
할 것도 없지만, 이정섭의 시조에 대한 애호는 기층문화와 교감 양상
을 보인다는 특징이 있다.

  이정섭은 마악노초(磨嶽老樵)라는 호로 「청구영언발」을 썼는데, 이
글에서 사대부들이 비리하다고 천시하는 여항의 작품과 사설시조의
수록을 옹호하면서 그 논리적 근거를 제시하였다.

  가객(歌客) 김천택(金天澤)이 하루는 『해동가요(海東歌謠)』 한 책
을 가지고 와서 나에게 보여주며 말했다.
  "이 책에는 진실로 우리나라의 선배인 명공(名公)·귀인(貴人)들
의 작품이 많이 있는데, 광범위하게 수집을 하다 보니 여항과 시정의
음란한 이야기와 비리하고 외설스러운 말도 왕왕 있습니다. 노래는
진실로 작은 재주인데 또 이 때문에 누가 된다면 군자가 보는데 문제
가 없겠습니까? 선생님께서는 어떻게 생각하십니까?"
  내가 대답했다.
  "신경 쓸 것 없다. 공자가 『시경』을 산정(刪定)하면서 정풍(鄭風)과
위풍(衛風)을 버리지 않은 것은 선악을 갖추고 권계를 보존하기 위함
이었다. 시가 어찌 반드시 〈주남(周南)〉과 「관저(關雎)」라야 하며, 노
래가 어찌 반드시 순임금의 조정에서 불리던 갱재가(賡載歌)라야 하
겠는가? 오직 성정(性情)과 떨어지지 않으면 되는 것이다. 그러나 시
는 풍·아(風·雅) 이래로 나날이 옛것과 멀어졌다. …… 이후로 우리
나라에 이르러서 그 폐단이 더욱 심해졌다. 오직 가요 하나의 길에
있어서 『시경』 〈풍(風)〉의 작자가 남긴 뜻에 조금 가까워져서, 정을

---

14) 『宛丘遺集』, 卷8, 「朝鮮故通訓大夫行工曹佐郞李公行狀」.

따라서 발현하고 비리한 말에 붙여 읊조리는 사이에 뭉클하게 사람을
감동시킨다. 심지어 여항에서 부르는 노래는 곡조가 비록 바르고 세
련되지 못하지만, 안락함·원망하고 한탄함·미쳐 날뜀·거칠음의
정상(情狀)과 색태가 각기 자연의 진기(眞機)에서 나온 것이다. 나는
옛날의 '민풍을 보고 관찰하는 자'에게 채집하게 한다면, 사대부의
한시가 아니라 여항의 노래에서 채집하리라는 사실을 아니, 노래가
어찌 사소하다고 하겠는가?"

"그렇다면 선생님의 한 마디 말씀을 받아서 이 책을 빛내기를 원합
니다."

내가 말하였다.

"좋다! 내가 평생 노래 듣기를 좋아하고 더욱 너의 노래 듣기를
좋아하거늘 네가 노래로써 청하니 내가 어찌 말이 없을 수 있겠는가?"
하고 드디어 그 문답을 써서 그에게 돌려주었다.[15)

위에서 인용된 「청구영언후발(靑丘永言後跋)」은 『저촌집(樗村集)』
에 「해동가요후발(海東歌謠後跋)」이라는 제목으로 되어 있다. 『청구
영언』은 사설시조가 수록된 시조집이라는 점을 감안한다면 이정섭
이 그 발문을 썼다는 사실이 주목된다. 사설시조의 작가 계층은 신진

---

15) 歌者金天澤, 一日持海東歌謠一編, 以來眡余曰: "是編也, 固多國朝先輩名公鉅人
之作, 而以其廣收也, 委巷市井淫哇之談, 俚褻之詞, 亦往往而在. 歌固小藝也, 而又
以是累之, 君子覽之, 得無病諸? 夫子以爲奚如?"余曰: "無傷也. 孔子刪詩, 弗遺
鄭·衛, 所以備善惡而存勸戒也. 詩何必周南·關雎, 歌何必虞廷賡載? 惟不離乎性
情則幾矣. 然詩自風雅以降, 日與古背馳. ……下逮吾東, 其弊滋甚. 獨有歌謠一路,
差近風人之遺旨, 率情而發, 緣以俚語, 吟諷之間, 油然感人. 至如里巷謳歈之音, 腔
調雖不雅馴, 凡其愉佚怨歎猖狂粗莽之情狀態色, 各出於自然之眞機. 使古觀民風者
采之, 吾知不于詩而于歌, 歌其可少乎哉?"曰: "然則願徼惠夫子一言, 以賁斯卷."余
曰: "諾! 余平生好聽歌, 尤好聽汝之歌, 而汝以歌爲請, 吾安得無言?"遂書其問答而
歸之.(『樗村集』, 卷4, 「海東歌謠後跋」)

중인 작가·창곡가(唱曲家)·부녀자·기녀·민요 시창자(始唱者)·
몰락한 양반 등 여러 계층에 걸친 것으로 보인다.[16) 이정섭은 김천
택을 비롯하여 가객들의 왕래가 있었다.

김천택이 이정섭에게 발문을 요청하면서,『청구영언』에 음란하고
외설스러운 노래가 섞여 있다고 머뭇거리지만, 이정섭은 공자가『시
경』을 산정할 때 음란한 노래로 취급되는 정풍·위풍도 취하였던 예
를 들면서 노래의 가치는 성정의 유무에 달려있다고 하였다. 작가나
내용보다 우선하는 가치는 성정의 유무라는 것이다. 성정과 분리되
지 않은 작품은 비록 형식적으로 정제되지 않아서 조솔(粗率)할지라
도 작자의 진실성이 담보되어 있기 때문에 가치가 있다는 것이다.
그 내용은 안락함뿐만 아니라 원망과 한탄, 미쳐 날뛰고 거친 면모가
고스란히 투사되기도 하는데, 그것은 작가의 진기(眞機)에서 나왔기
때문에 사대부의 시보다는 민간의 노래가 사람을 감동시키며 후대에
전해질 가치가 있다고 하였다. 심지어 그는 지금 이 땅의 민간에서
불리는 가요가 최고의 시가로 꼽히는『시경』의 시처럼 가치 있다고
단언하였다.

다음의 시를 보면 이정섭이 기층민이라도 그들의 성정이 투사된
시조의 가치를 긍정하고 그것을 향유하였다는 사실을 알 수 있다.

송낭(松娘)의 노래를 듣고	聽松娘歌
늙은이가 소일하기를 따분하게 여겨서	老人消日悶無由
때로 송낭을 불러 고운 노래 들어본다	時喚松娘聽艶謳

---

16) 고정옥,『고장시조선주(古長時調選註)』, 정음사, 1949.(임형택,『한국문학사의 시
   각』, p.446에서 재인용)

노래하는데 촌 곡조 들어있다고 부끄러워 마라　唱去莫羞村調在

다시 기특하게 응하니 역시 한결같이 기쁘다　　更奇應亦一歡休[17]

　이정섭의 저술에서 자신과 같은 사대부들과 시조를 수작하였다는 기록을 볼 수 없는 반면에, 위에 인용한 「청송낭가(聽松娘歌)」에서는 사설시조의 작가이자 향유 계층의 하나인 기녀를 초치(招致)해 노래를 부르게 하고 감상하는 흥취를 시로 표현하였다. 또 '때때로'라는 표현을 보면 노래를 부를 수 있는 기녀를 자주 초치하였음을 알 수 있다. 「청가(聽歌)」라는 시에서도 어린 기녀가 송강 정철의 「장진주사(將進酒辭)」 부르는 것을 즐겼다는 사실을 확인할 수 있다.[18]

　그리고 '촌 곡조[村調]'는 시조를 의미한다. 그는 촌조(村調)를 비리하다고 생각하지 않았으니, 그것이 즉흥적인 말이 아님은 「청구영언 후발」에서 그 이론적 근거를 본 바와 같다. 또 스스로 시조를 즐겨 창작하고 가창하였던 것으로 보이는데 안타깝게도 현전하는 것은 2수 뿐이다. 다음의 시에서 이정섭의 일상에서 시조가 차지하는 비중을 볼 수 있다.

일 년 중에서 봄빛이 사분의 일이다　　　　一歲春光四分一,

절구 세 수를 원빈에게 보인다　　　　　　三絶示元賓.

일 년 중에서 봄빛이 사분의 일인데　　　　一歲春光四分一

평생 생계는 술 먹고 시 짓는 일이다　　　　百年生計酒兼詩

봄을 만나서 술 빚으니 살 필요 없고　　　　逢春釀酒無須買

---

17)『樗村集』, 卷2.

18)『樗村集』, 卷2.

시는 못 이루어도 노래는 또 좋다네　　　　　　　　詩不能成歌亦宜[19]

"일년 중에 봄빛이 사분의 일이다"라는 심상하기 그지없는 이 한 구절에서 이정섭의 무미건조한 생활을 알 수 있다. 삶의 환희로 약동하는 봄에 자신이 할 수 있는 것이라고는 "술먹고 시 짓는 일"이라고 하였는데, 일면 무미건조한 생활에 대한 자조처럼 보이기도 하고, 일면 강한 창작욕의 토로로 보이기도 한다. '시'와 '술', 그 두 가지 중에서 술은 언제나 조달이 가능하지만, 시를 짓는 일은 쉽지 않다고 하였다. 그런데 시를 못 짓는 경우에라도 노래를 짓는 일은 가능하다는 것이다. '노래[歌]'란 시조를 의미한다. 「청구영언후발」에서 말하였듯이 노래는 진기(眞機)로부터 자연스럽게 나오기 때문에 언제든지 좋을 수가 있다.

부조리한 현실 속에서 비타협적인 삶의 자세를 견지하였던 이정섭에게 위안과 즐거움이 되었던 것은 시조였다. 그런데 그것은 사대부의 풍류라고 하기보다는 기층민들과 교감하는 양상을 보인다. 이정섭은 기층민들의 인격이 사대부들과 다름없이 고결하다는 사실을 인식하였다. 오히려 지식인을 비롯한 지배층에 대한 비판을 본다면, 그는 양반 계층이 더 이상 역사의 주체가 되기 힘들다는 사실을 인식하고 있었던 것으로 파악된다. 그는 어떤 글에서도 양반 계층의 각성을 요구하지 않았다. 그들에게서 개혁의 가능성을 기대할 수 없었기 때문이다. 반면, 기층민의 고통을 마음 아파하고 그들을 수탈하는 치자들을 고발하고 그들에게 적개심을 표출하였으니, 당대에는 대단히

---

19) 『樗村集』, 卷2.

진보적인 의식 수준이 아닐 수 없다. 현실에 대한 비판의식이 문학적 현상으로 전환됨에 있어서, 시인·지식인으로서의 임무 자각과 성정(性情)·진기(眞機)에 대한 긍정은 사설시조의 가치까지도 인정하도록 하였으며, 가객들과 교류하고, 스스로 시조를 창작하고 향유하도록 만든 것이다.

이정섭의 문학 영역의 확장 중 하나는 제재의 확장이다. 환언한다면 사회와 자연의 모든 현상에서 미적 규율을 문학적으로 수용한 것이다.

다음의 시에서 이정섭이 시인으로서 감정이 고양되는 정황과 시로 자연의 본질과 전형성을 표출할 수 있다는 견해를 볼 수 있다.

가을 회포 삼첩(三疊)	秋懷三疊 其二
……	……
삼추에 병든 귀밑머리 금단(金丹)을 멀리하고	三秋病鬢金丹遠
집집마다 맑은 다듬이 소리에 이슬 자욱하다	萬戶淸砧玉露多
등불에 책을 비춰 보면서 익히고 이해하나니	黃卷照燈溫理了
짤막한 시와 국화가 표현해 낸다네	小詩與菊發揮過
돈이 있어 급하게 행락(行樂)을 사려 한다면	有錢火速買行樂
비록 백 년이 된다 하여도 얼마나 되려는지	縱使百年知幾何[20]

이정섭은 비록 병들고 노쇠한 몸이지만 불로장생을 바라고 금단(金丹)을 복용하는 비현실적인 행위는 하지 않는다고 하였다. 집집마다 다듬이질 하는 소리가 들리는 '현실' 속에서 살고 있기 때문이다. 그

---

20) 『樗村集』, 卷1.

의 창작은 이같이 철저히 현실 세계에서 이루어졌지만, 결코 즉흥적
인 것은 아니었다. 그의 시는 시적 감수, 등불에 책을 비춰가며 거듭
읽고 이해하는 학문적 연마, 현실적 제재가 융합된 결과물이다. 그는
편폭이 짧은 시이지만 이것으로도 가을의 정취를 표현[發揮]해 낼 수
있다고 하였다. '발휘(發揮)'는 '내재적 성질을 발현해 내는 것'을 의미
한다. 또 자연의 일부에 지나지 않는 국화가 가지고 있는 개별성이
가을의 본질과 전형성을 충분히 발휘할 수 있다고 하였다.

진정한 즐거움이란 무엇인가? 그것은 돈으로 살 수 있는 대상이
아니다. 그는 사물이나 현상의 이치를 터득하고 즐기는 것은 '학문'의
과정을 거쳐야만 가능하다고 보았다.

나의 시	吾詩 其四
배고프면 먹고 목마르면 마신다	飢食而渴飮
기쁘면 웃고 근심하면 찡그린다	歡笑而憂顰
나의 시는 이것을 보고	吾詩觀於此
환경에 따라 뜻이 절로 참되게 한다	隨境意自眞21)

이정섭이 문학 창작에서 중시하는 요건은 무엇에도 교유(矯揉)되지
않는 '참됨[眞]'이다. 그것은 인간이 천부적으로 지니고 있는 본능과
도 같다. 인간에게 배고프면 먹고 목마르면 마시는 생리적 현상이나
기쁘면 웃고 근심하면 얼굴을 찡그리는 감정적 현상이 있는 것은 지
극히 상식적이다. 그런데 이정섭은 이와 같은 일상적이며 상식적인
제재로부터 문학적 계시를 받았다. 배고프고 목마르고 기쁘고 슬픈

---

21) 『樗村集』, 卷2.

것은 '환경'이며, 먹고 마시고 웃고 찌푸리는 것은 '참됨'에 해당한다. 어떠한 교유(矯揉)와 가식도 없는 천연적인 환경에 참되게 반응하는 인간의 양태를 시로 형상화하겠다는 다짐이다. 이정섭은 모든 인간이 진기(眞機)를 지니고 있다고 믿었다. 이는 차별 없는 인간의 존엄성을 긍정하는 논리로서, '인간의 삶' 그 자체를 진실되게 반영하는 것이 시인 본연의 임무라는 관념을 추동한다. 여기에서 특기할 만한 사항은 문학적 제재와 그것을 형상화한 시, 창작자 간의 상호 침투 작용에 대한 견해이다. 인간의 본능과 감성을 시로 반영하는 과정에서 시인의 뜻이 참되어진다는 논리는, 제재에 내재된 진실성을 시인이 섭취해 나가는 과정이 바로 '창작'이라 의미이다.

나의 시	吾詩 其六
물은 흐르고 산은 솟아 있고	水流而山峙
물고기는 잠겼고 새는 난다	魚潛而鳥飛
형체 있는 것이 내 눈에 교차하니	有形交吾目
세상의 무엇인들 나의 시가 아닌가	何者非吾詩

　인간의 삶 만이 시의 제재가 아니다. 흐르는 물, 솟아 있는 산과 같은 자연이나 그 속에서 성(性)을 구현하며 살아가고 있는 미물들도 모두 시의 제재가 된다. 이정섭은 형체를 갖추고 시각에 감지되는 자연과 사물들에는 모두 시로 형상화될 수 있는 요소가 내재되어 있다는 강한 창작욕을 보이고 있다.

　이정섭은 자연의 모든 사물과 현상 또는 인간의 모든 본능과 감정이 시의 제재가 된다는 문학론을 견지하였는데 시인이 자의적으로

문학적 제재를 가공하거나 해석하는 것이 아니라 그것의 진실성을
시화(詩化)하는 과정 속에서 창작자의 뜻도 진실성을 섭취하게 된다
고 보았다. 그리고 현실적 제재를 무작정 작품으로 반영하는 것이
아니라, 창작 주체의 학문적 연마를 통하여 대상의 본질을 현현해
내야 한다는 견해를 지니고 있었다. 인간과 자연의 모든 현상과 사물
이 작품의 제재가 된다고 하였지만, 그것의 단순한 반영이나 모사,
재현을 주장한 것이 아니다. 오히려 이정섭은 문학적 현상으로 전환
될 수 있는 가장 적절한 제재를 모색하였다.

<table>
<tr><td>들길을 가다</td><td>野行</td></tr>
<tr><td>드넓은 들판 아득한데 풀꽃은 향기롭고</td><td>長郊漠漠草花馡</td></tr>
<tr><td>종일 시구를 찾다 어느새 시골집에 왔네</td><td>終日尋詩近野扉</td></tr>
<tr><td>말머리엔 백로 한 쌍 놀라 날아 오르고</td><td>馬首忽驚雙鷺起</td></tr>
<tr><td>논에선 사람 말소리가 다시 아스라하네</td><td>水田人語更依依22)</td></tr>
</table>

제재의 확장은 잡박한 취재와 명확하게 다르다. 「야행(野行)」에서,
이정섭이 고심하여 문학의 제재를 탐색하는 취재(取材) 모습을 볼 수
있다. 종일 시재(詩材)를 찾아 끝없이 뻗어 있는 길을 걸어 가는 이정
섭의 모습에서 진정한 시인의 모습을 발견하게 된다. 이정섭의 시는
결코 책상 머리에서 관념적으로 날조된 것이 아니었다. 종일 시구를
찾아 들길을 돌아다니던 그를 각성시키는 것은 논에서 일하는 사람
들의 말 소리였다. 이처럼 이정섭의 시적 제재는 고원한 것이 아니
라, 일상의 삶 속에서 접하는 것들이었다. 그것은 비록 내용이 비리

---

22) 『樗村集』, 卷1.

하고 형식이 거칠더라도 성정에서 나온 것이라면 가치가 있다고 한
그의 문학론과 밀접한 관계가 있다. 작가의 성정을 떠나서 결코 참된
작품이 나올 수 없듯이 작가가 사는 사회 환경과 괴리된 작품이란
있을 수 없기 때문이다.

부조리한 현실에서 비타협적인 삶을 견지한 이정섭의 세계관은 사
회현실의 모순을 문학으로 형상화하도록 만들었다. 이정섭의 작품
중 장편의 연작시는 「오시(吾詩)」・「흉년(凶年)」・「잡언(雜言)」이 있
다. 이로 볼 때 그가 가장 관심을 기울였던 것은 '시 창작'과 '사회
모순의 고발'이었음을 알 수 있다. 서명응(徐命膺)은 「잡언(雜言)」이
인정(人情)의 미세한 면을 잘 분변해 냈다고 높이 평가하였다.[23] 「잡
언」은 현실 모순에 대한 이정섭의 대처 방식이 즉자적 차원의 불평에
서 벗어나는 것임을 잘 보여 준다. 그는 당시 현실의 모순이 기존의
사회 질서 전체를 와해시킬 정도로 심각하다는 사실을 감지하였다.
따라서 그는 강한 위기의식을 갖고 있었으며, 문제의 본원과 핵심에
도달한 논리를 개진하였다. 고통 받는 농민들의 삶을 동정하고 그들
을 수탈하는 체제와 치자의 부패를 통렬하게 고발하였으며, 지식인
으로서의 임무에 대하여 고민하였다. 그의 날카로운 비판의식과 고
발정신은 문학비평의 시각 형성과 작용에 일정한 영향을 끼쳤다. 그
러나 이정섭의 문학비평은 이미 중세적 성향과는 차별성을 보여서,
기존의 문화비평적 성격으로부터 문학비평으로 상당히 근접한 양상
을 보인다.

이정섭이 현실에 대하여 강한 위기의식을 지니고 있었음은 '저촌

---

23) 讀其雜言詩, 人情辨銖錙.(『保晚齋集』, 第1, 「呈李樗邨」)

(樗村)'이라는 자호의 유래에서 알 수 있다.

> 나는 벼슬하지 않은 사람이다. 그래서 장주(莊周)의 뜻을 취하여
> 내 집을 '저헌(樗軒)'이라고 명명하였는데, 내가 살던 집에 실제로 이
> 나무가 있었던 것은 아니다. 지금 청풍(淸風) 산골로 와서 일생을 마
> 칠 계획을 삼았는데, 온 마을에 보이는 것이라고는 가죽나무 일색이
> 다. 가죽나무가 울창하여 그 나무그늘이 마치 집채만하다. 조물주의
> 뜻이 또한 우연하지 않은 것이 있는 듯하다. 드디어 느낌이 있어서
> 부(賦)를 짓는다.[24]

'저촌(樗村)'이라는 자호에는, 비록 목재로서는 아무 쓸모도 없지만
오히려 쓸모가 없기 때문에 천수를 누리는 가죽 나무와 같은 삶을
살고자 하는 염원이 깃들어 있다.[25] 이정섭이 부귀공명을 누리는 삶
을 의도적으로 포기하였다고 보기는 힘들다. 따라서 가죽 나무와 같
은 삶을 살겠다는 다짐은 출세하지 않고 재야에 머물겠다는 것이 아
니다. 오히려 부귀로부터 배제된 불우한 처지에서 야기되는 불만이
자신을 위태롭게 할지도 모른다는 위기의식이 강하게 작용하고 있었
던 것이다. 정석종 교수는 『추안급국안(推案及鞫案)』을 검토한 결과,
18세기에 해당하는 숙종·영조·정조 연간의 사건이 이 책에서 가장
많은 분량을 차지하는 것으로 미루어 17세기 말부터 18세기 전까지

---

24) 余散人也. 故嘗取莊生之旨, 名其軒曰樗軒, 非所居實有是木也. 今來淸峽爲終焉之
　　計, 而一村所見, 無非樗木. 蓊然蔚然, 綠陰如屋. 造物之意, 亦若有不偶然者. 遂感
　　而有賦.(『樗村集』, 卷2, 「寒碧樓」)
25) 惠子謂莊子曰: "吾有大樹, 人謂之樗, 其大本, 擁腫而不中繩墨, 其小枝, 卷曲而不
　　中規矩, 立之塗, 匠者不顧."(『莊子』, 「逍遙遊」)

해당하는 시기를 조선후기 왕조의 격동기로 파악하였다. 그리고 영
조대가 조선 왕조의 안정기 내지는 문화 개화의 시기로 언급되고 그
사회 변혁의 측면이 간과되고 있는 문제점을 제기한 바 있다.[26] 이정
섭 역시 끊임없이 발생하는 사건으로부터 결코 자유로울 수 없다는
피해 의식을 지니고 있었다. 그러나 그의 피해 의식은 소극적인 보신
(保身)의 차원이 아니었다. 더구나 「잡언(雜言)」이나 「흉년(凶年)」과
같이 강렬한 고발 정신이 담긴 작품을 보면, 그의 위기의식은 적극적
실천과 밀접한 관계가 있다는 사실을 알 수 있다.

이정섭의 문학세계가 형성되는 과정에는 '현실'은 매우 중요하고
도 결정적인 역할을 하고 있다. 그러므로 그의 문학론과 작품에서
관념성을 찾아보기 힘들다. 또 불필요하게 부화한 수식이나 표현도
보기 힘들다. 이정섭은 문학 작품의 생명력은 내용성에 있다고 하였
다. 진실되고 풍부한 내용성의 강조는 문학의 효용적 가치와 밀접한
관련이 있다. 문학이 효용적 가치를 지니기 위해서는 내용성이 담보
되어야 한다는 의미이다.

이정섭이 자연과 사회 환경의 본질에 대하여 성찰하고 그것을 문
학으로 수용함과 동시에 중점을 둔 사항은 효용적 가치가 있는 작품
의 창작이었다.

채희범에게 16개의 운으로 시를 지어줌　　贈蔡生景洪希範十六韻

……　　　　　　　　　　　　　　　　　　　……

문장을 논함에 왕세정·이반룡을 하인 삼고　　論文僕王李

---

26) 정석종, 『조선후기 사회변동 연구』, p.15, 일조각, 1991.

이치를 말함에 주희·장재를 신주로 여긴다	談理禰閩關
……	……
비황(飛黃)은 채찍질할 필요 없고	飛黃鞭豈待
큰 바탕엔 그리기 어렵지 않다네	大素繪非艱
부귀에는 마음을 얽매이지 말고	鐘鼎心休胃
문장에는 재주를 절제하여 쓰라	詞章技合刪
그로 인하여 실학에 힘을 쓰면	因之懋實學
덕이 한계를 거의 넘지 않으리	庶免德踰閑27)

위의 시는 이정섭이 금산(錦山)에 기거하면서 자신의 부자의 문하
로 들어와 공부하는 채희범(蔡希範)28)에게 준 것이다. 위의 시를 통해
이정섭의 생활에서 빼놓을 수 없는 것 중의 하나가 문학에 대한 담론
이라는 사실을 알 수 있다. 그들은 왕세정과 이반룡을 하인으로 취급
한다고 하였으니, 형식적 모방을 지극히 천박한 행위로 취급하고 극
력 배격하였음을 알 수 있다.

이정섭은 작가의 자질을 중시하였다. 그래서 명마인 비황(飛黃)에
게 다시 채찍질 할 필요가 없고 넓은 바탕에는 그림을 그리기가 쉬운
것처럼 자질이 뛰어나고 국량이 넓으면 외부적 자극 없이도 일을 이
룰 수 있다고 하였다. 따라서 문학적인 재주를 절제하라고 당부하였
다. 그리고 실학에 힘을 쓰라고 하였다. 이정섭은 문학적인 재주에
치중하고 효용성이 결여된 문장의 가치를 인정하지 않았다. 그는 실
용에 토대한 문학이 형식에 치중한 문학보다 우선함을 강조한 것이

---

27)『樗村集』, 卷2.
28) 채희범(蔡希範) : 1704~?. 자는 경홍(景洪), 제천(堤川)에서 거주하였음.

다. 부화한 형식에 대한 배격은 내용성의 강조에 다름 아니다. 이정
섭은 내용성이 결여된 부화한 형식을 비판하였다.

나의 시	吾詩 其一
눈 속의 대나무는 뿌리와 줄기가 늙었고	雪竹老筋幹
바람에 피는 꽃은 잠깐 좋은 얼굴빛이네	風花暫顔色
나의 시는 이것을 보고	吾詩觀於此
근본을 돋우고 수식은 제거한다	培本去葩飾29)

「오시(吾詩)」는 이정섭이 시 창작에 대한 제반 문제를 주제로 다룬
흥미로운 작품이다. 「오시」는 이정섭의 대표적 연작시로 모두 8수로
구성되어 있는데, 그 첫째 수인 위 작품은 자신의 시론에 대한 총체적
개괄이다. 자신의 시는 눈 속에 뿌리를 내린 대나무의 오래된 줄기와
뿌리를 본받지만, 훈풍 속에 잠깐 피었다 지는 아름다운 꽃과 같은
성향은 배격한다고 하였다. 눈 속에서도 대나무가 굳건하게 버티는
이유는 오래된 뿌리와 줄기의 강인한 생명력 때문이다. 그것은 비록
겉으로 드러나는 아름다움은 없다고 할지라도 사철 푸르름을 유지하
도록 하는 생명의 근원이다. 그러나 봄바람 속에 피는 꽃은 그리 오래
가지 않는 일시적 아름다움에 지나지 않는다. 따라서 자신의 창작
활동에서 지향하는 가장 큰 목표는, 근본에 힘쓰고 수식을 제거하는
것이다. 이는 「증채생경홍희범십육운(贈蔡生景洪希範十六韻)」에서 "詞
章技合刪"이라고 한 것과 논리적 맥락을 같이 한다. 일시적이며 대중
적 취향에 영합하는 형식적 아름다움보다는 강인한 생명력을 지니는

---

29) 『樗村集』, 卷2.

내용성을 중시한다는 것이다.

나의 시	吾詩 其二
못의 중심은 물결이 그대로 고요하고	淵心波自靜
여울은 얕을수록 소리가 더욱 울린다	灘淺響逾鳴
나의 시는 이것을 보고	吾詩觀於此
시어를 낼 때 부화한 소리를 금한다	吐辭禁浮聲[30]

　못의 가장 깊은 부분은 한복판으로, 그곳에는 물결이 일지 않고 고요하다. 외부의 물리적인 영향을 받지 않는다는 말이다. 반대로 얕게 흐르는 여울일수록 울리는 소리가 더욱 요란하다. 요즘의 표현으로 환언한다면 '빈 깡통이 요란하다'는 말이다. 이정섭은 못의 복판과 같이 외물에 영향을 받지 않고 깊이 있고 안정된 작품 세계를 추구하며 요란하고 부화한 작품을 배격한다는 것이다.

　물결이 일지 않고 고요한 못의 중심과 눈 속에서도 푸르른 생명력을 잃지 않도록 하는 대나무의 뿌리에는 공통적인 요소가 있다. 비록 밖으로 드러나지 않지만 외물에 영향을 받지 않는 굳건함이다. 반면, 봄바람이 불면 피어나 자태를 자랑하는 꽃과 요란한 소리를 울리며 흘러가는 얕은 여울도 공통성을 지닌다. 그것은 일시적으로 빛을 내는 아름다움과 실상보다 과장된 현상이 있지만 영원한 가치가 보장되지 않는다는 점이다. 따라서 이정섭은 「오시」의 첫째 수에 이어서 둘째 수에서도 부화한 형식을 배격하고, 깊이 있고 생명력이 있는 작품의 창작을 강조하였다.

---

30) 『樗村集』, 卷2.

나의 시	吾詩 其三
흙더미 언덕은 잘 무너져서 걱정이 되지만	土阜患善崩
가파른 바위는 위태로워도 넘어지진 않지	峭巖危不踣
나의 시는 이것을 보고	吾詩觀於此
뼈를 취하고 살은 취하지 않는다	取骨不取肉31)

「오시」의 셋째 수는 첫째 수와 둘째 수의 논리를 강화한 것이다. 흙더미 언덕은 바람 앞에 피어 있는 꽃과 같다. 흙더미 언덕은 외형적으로는 둥실한 것이 풍성하고 안정적으로 보인다. 그러나 그것은 일시적이고 가시적인 현상일 뿐이므로 언제 넘어질지 모르는 근심을 수반한다. 반면에 가파른 바위는 위태로워 보이기는 하지만 넘어지지 않는 굳건함이 있다. 따라서 이정섭은 그와 같은 자연물의 특성을 본받아서 날카롭게 솟아서 겉보기에는 위태로워도 영원한 생명력을 지니는 작품을 창작하겠노라는 것이다. '뼈'는 작품의 내용을 의미하며 '살'은 외형적 수식을 의미한다.

시 「밤중에 잠 못 이루는데 마음에 느낌이 있어 불을 켜라 하고 앉아 입으로 율시 4수를 불러서 생질 김광우에게 보인다」에서 "도가 굽혀지니 몸은 은거해야겠고 시절이 위태로우니 혀는 벙어리가 되려한다"32)라고 하였는데, 정의가 구현되지 않는 부조리한 현실에서 옳은 말을 하는 행위가 자신을 위태롭게 하리라는 위기의식을 보일 정도로 그의 고발정신은 강도 높은 것이었다. 두루뭉술하게 안정되어

---

31) 『樗村集』, 卷2.
32) 道屈身將隱, 時危舌欲瘖. (『樗村集』, 卷1, 「夜中無睡, 有感于懷, 呼燈而坐, 口占四律, 示金甥聖際光遇. 其四」)

보이지만 내적 응집력이 없는 작품은 오히려 생명력에 대한 근심을 유발한다. 저촌은 형식적 아름다움만을 추구하는 작품의 일시성을 잘 알고 있었기에, 고발정신이 담긴 작품이 비록 현재는 위태롭게 보이지만 결국은 그것이 문학의 영원성을 보장하는 요소라고 하였다. 이와 같은 문학관을 견지하고 있었기에 '저촌(樗村)'이라 자호(自號)하고 위태로운 세상에서 명철보신할 것을 다짐하지만, 그의 작품은 부조리의 폭로와 고발로 일관될 수밖에 없었다. 따라서 그러한 사회 고발 역시 문학의 제재로 수용함으로써 그의 문학 영역을 확장시킨 것이다.[33]

2) 문장의 공공성과 비평

당시의 기록에서 이정섭이 문명을 떨쳤다는 사실을 확인할 수 있지만 그를 우리 문학사에서 자리매김할 때 '문인'이라고 하기보다는 '비평가'라고 하는 편이 더 정확할 수도 있다. 왜냐하면 그는 창작 활동보다 비평 활동이 더 부각되는 양상을 보이기 때문이다. 당대의 명문장가로 칭하여지는 황경원(黃景源)이 그의 평가로 일약 유명해졌고 조귀명과 문형을 역임한 이덕수(李德壽)와 서명응(徐命膺)도 자신의 작품에 대하여 지속적인 비평을 요청하였다. 또 가객 김천택은 시조집 『청구영언』에 이정섭의 발문을 얻어 그 가치를 인정받고자 하였다. 그와 같은 비평 활동은 당대에 찾아보기 힘들 정도로 활발한 것이다. 물론 '활발한 비평 활동'이라는 표현에 다소 무리가 없지는

---

33) 이정섭의 현실 비판적 시는 졸고, 「이정섭의 시에 대한 고찰」(『한국한문학연구』 21집, 한국한문학회, 1998) 참조.

않다. 그럼에도 불구하고 당시 문학비평의 수준에 비추어 볼 때, 이
정섭이 보여주는 비평의 양상은 '활발하다'는 표현에 크게 손색이 없
다. 비평어의 형식과 내용이 중세적 틀에서 크게 벗어나지 못하고
있지만, 비평가로서의 활동 양상은 이미 중세적 성향과는 차별성을
보인다. 특히 서명응의 작품과 조귀명의 『건천고』에 대한 비평 양상
을 본다면 그가 본격적이고 정력적인 비평 활동을 하였다는 사실을
명백하게 알 수 있다. 비평의 주된 대상이 기존의 작품이 아닌 당대
의 작품이며, 비평의 활동도 지속적이기 때문이다. 또 중세 비평 특
유의 속성인 친교적이거나 우호적 관계에 의한 '호평(好評)'의 형태로
부터 벗어나고 있다는 점도 주목된다.

그러면 이정섭의 비평 시각은 무엇으로부터 추동된 것인가? 이정
섭의 작품에서 큰 비중을 차지하는 것은 사회의 모순에 대한 비판과
고발이다.

그의 연작시인 「흉년(凶年)」과 「잡언(雜言)」은 당시의 사회 모순을
심도 있게 비판하고 그 근본적 원인을 진단한 대표적인 작품이다.
그의 날카로운 비판의식과 고발정신은 문학비평 시각의 형성에 영향
을 끼친 것으로 보인다. 이정섭의 대사회적 비평의식은 문학비평 활
동으로 전환된 것이다.

이정섭의 사회 모순에 대한 비판은, 사회에 대한 지식인의 역할을
자각하고 있었기 때문에 가능한 것이다. 마찬가지로 이정섭이 합리
적 이성에 기반하여 문학 비평활동을 하였던 것도 문학과 비평의 공
적 기능에 대한 견해를 가지고 있었기 때문이다. 다음에서 이정섭이
친교적 비평을 뛰어넘을 수 있었던 근거를 볼 수 있다.

지난번에 귀고(貴稿)를 보았을 때 외람되게 소견대로 사사롭게 평한 말이 있었지만, 처음 대면하는지라 의리상 경솔하게 기록하여 올릴 수 없었습니다. 하물며 근세에 타인의 문자의 잘잘못을 따지다가 분노를 초래하는 일이 왕왕 있는 것을 본 적이 있는데, 그렇게 할 수 있겠습니까? 그런 까닭에 머뭇거리며 감히 할 수 없었습니다. 그런데 어제 보내주신 편지에서 "문장은 공공의 자산이다"라는 한마디 말씀을 본 연후에 비로소 집사께서 남의 비평 듣기를 즐기시고 허심탄회하게 받아들이는 뜻이 세속의 속 좁은 규모에서 멀리 벗어났다는 사실을 알았습니다. 또 저와 서로 더불어 주시는 후의에 감동하여 문득 분수에 넘치는 짓인 줄도 잊어버리고 별지(別紙)에 제 소견을 대략 올립니다. 집사께서는 어떻게 여기실지 모르겠습니다. 만약 이치에 합당하지 않다면 거리낌 없이 회답해 주시기 바랍니다.34)

위의 편지가 작성되기 이전에 이정섭은 이미 이덕수의 작품에 평을 한 적이 있었으며, 이어서 이덕수가 다시 작품의 비평을 요청한 것으로 보인다. 위의 글은 이정섭이 이덕수(李德壽)35)의 원고에 비평을 하여 돌려보내면서 동봉한 편지의 일부인데, 이정섭의 비평 활동의 양상과 당시 비평의 수준과 양태도 볼 수 있다. 이덕수는 1731년

---

34) 頃覵貴稿時, 猥有隨見私評之語, 而一面之始, 義不可率爾錄呈. 況見近世因議人文字得失, 而致其艴然者, 往往有之. 故次且而未敢也. 昨蒙盛諭, 見有文是公物一段說話, 然後始知執事樂聞, 虛受之意, 逈出世俗隘規, 而且感相與之厚, 輒忘僭越, 略貢愚見於別紙中. 未知執事以爲如何. 如未當理, 不憚回敎.(『樗村集』, 卷4, 「與李仁老德壽」)

35) 이덕수(李德壽) : 1673(숙종 14)~1744(영조 20). 호는 서당(西堂), 자는 인로(仁老), 본관은 전의(全義). 김창흡(金昌翕)·박세당(朴世堂)의 문인이며, 이조 판서와 대제학을 역임하였다. 문장에 능하고 글씨를 잘 썼다. 저서로는 『서당사재(西堂私載)』가 있다.

영조대 제 7대 문형을 역임하였으며, 오원(吳瑗)·이천보(李天輔)·남유용(南有容)·황경원(黃景源)·조최수(趙最壽)·조귀명(趙龜命)·임상원(林象元)과 함께 당대 팔문장의 일원으로 꼽히는 인물이다. 이로 볼 때 당시 문단에서 이덕수는 상당히 영향력 있는 위치를 점하고 있었음을 알 수 있다. 그와 같이 문단에서 비중 있는 인물이 무려 15살이나 어린 이정섭에게 비평을 요구하였던 사실을 통해 이정섭의 비평가로서의 위상과 활동을 짐작할 수 있다.[36]

이정섭은 이덕수가 허심탄회하게 비평을 받아들이는 자세를 세속의 속 좁은 규모를 멀리 벗어나는 것이라고 평가하고 있는데, 이른바 '세속의 속 좁은 규모'란 무엇을 의미하는가? 그것은 자신의 작품에 비판을 가하면 적대적인 감정을 드러내는 태도로, 비평의 열린 공간이 확보되지 못한 중세의 문학적 상황을 의미한다. 비평은 논쟁에 대하여 열린 공간을 확보하여야 하며, 논지를 확신시키려 하고, 반론도 기꺼이 수용해야 한다. 그러나 '세속의 속 좁은 규모'로 규정되는 당시의 문학적 상황은 현존하는 인물의 작품을 대상으로 하는 비평의 당대성을 말살할 수밖에 없다. 그러므로 사심 없이 비평을 수용하고 계속적인 비평을 요청한 이덕수와 그에 응한 이정섭의 비평 양상은 어느 정도 탈중세적인 성향을 갖는다고 할 수 있다.

> 문장 하는 선비들 중에 어떤 사람들은 누가 그의 글의 잘못된 점을 말해 주면 기뻐하고 충고를 즐겨 들으며 물 흐르듯이 자연스럽게 고치지만, 어떤 사람들은 발끈 성을 내며 스스로 자신의 문제점을 알면

---

36) 이덕수의 문학론에 대해서는 졸고, 「서당 이덕수의 문학론 연구」(『한문학보』 1집, 우리한문학회, 1999) 참조.

서도 일부러 고치지 않기도 한다. 고봉 기대승[高峯 奇大升 : 1527~1572]은 자신의 문장을 자부하여 어떤 사람에게도 낮추려 하지 않았다. 그가 지제교(知製敎)로 임금의 명에 응하여 시문을 지어 바쳤는데 승정원 승지가 표를 붙여 그 잘못된 곳을 지적하자, 노하여 아전을 꾸짖고 한 글자도 고치지 않았다.37)

위의 인용문은 작품에 대한 타인의 '비평'이 문인들에게 얼마나 민감한 문제인지 보여주는 실례이다. 임상정도 '문인상경(文人相輕)'의 그릇된 비평태도를 일소할 수 있는 대책을 장문의 책문(策文)으로 논하면서, 문인들의 객관성이 상실된 비평 행태를 상세히 논한 바 있다. 그와 같은 풍토에서 합리적 이성에 토대한 비평이 존재하기란 어려울 수밖에 없다. 이와 같이 열악한 풍토에서 비평의 열린 공간을 확보하기 위한 근거로 제시된 명제가 "문장은 공공의 자산이다"라는 말이다. 이 명제에 따라 비평을 공적인 의견 교환의 한 형태로 인식한 견해가 성립될 수 있다. 이정섭의 문학비평은 그의 사회 비판과 마찬가지로 매우 예리하고 강도가 높다. 따라서 그의 비평은 적대적 비판 행위로 간주될 여지도 있다. 그러한 세태를 잘 알고 있기 때문에 함부로 비평을 할 수 없다는 것인데, 이덕수와 같이 문장의 공리적 기능을 인식하는 문학가의 출현으로 인하여 이정섭과 같은 비평가의 활동 공간이 확보될 수 있었다. 문장의 공적 기능에 대한 인식은 비평의 공정성을 담보하도록 만들었다.

---

37) 文章之士, 或言其文之疵病, 則有喜而樂聞, 改之如流, 或咈然而怒, 自知其病, 而故爲不改者. 奇高峰大升, 自負其文章, 不肯下人, 以知製敎, 進應製之文, 政院承旨, 付標指其疵, 怒叱下吏, 不改一字.(『於于野譚』)

다음의 글은 이천보(李天輔)가 이사중(李思重)[38]에게 보낸 편지의
일부인데 이정섭의 비평 활동에 대한 당시 문인들의 인지도를 잘 알
수 있다.

> 근래에 들으니, 이정섭 씨가 그의 문장을 보고 돌아와 사람들에게
> "삼백년 동안 이런 작품은 없었다"라고 말하니, 사람들이 모두 어지럽
> 게 앞다투어 외워 전하였소. 이렇게 해서 대경[大卿 : 황경원]의 이름
> 이 날로 세상에 소문이 났고 세상에 대경을 헐뜯는 자들도 많아졌소.
> 제가 일찍이 대경에게 "자네가 비방을 받게 된 것은 이군[李君 : 이정
> 섭] 탓일세. 세상에 칭찬하는 사람만 있고 비방하는 사람이 없을 수
> 있겠나? 그대는 우선 근신할지어다"라고 하였소.
> 이군(李君)을 제가 알지는 못하지만, 결코 구차하게 남을 기리는
> 분이 아니오. 단지 대경을 사랑하는 마음이 우리들에게 미치지 못할
> 뿐이겠지요.[39]

위의 인용문을 통해 이정섭의 비평가로서 비중을 알 수 있다. 이천
보는 황경원이 문명을 떨치게 된 가장 직접적인 원인이 이정섭의 비
평에 있다고 하였다. 즉 이정섭이 황경원의 문장에 대하여 300년 이

---

38) 이사중(李思重) : 1698(숙종 24)~1733(영조 9). 자는 사고(士固), 호는 안소(安
   素). 『병세재언록(幷世才彦錄)』〈문원록(文苑錄)〉에는 "문학적 재주가 넉넉하고 과
   거문의 각체에 두루 능했으며, 성품이 낙천적이고 평이하며 선비를 사랑하였기에
   선비로 명성이 있는 자들이 서로 추천하지 않는 자가 없었다[文才瞻足, 遍程文之各
   體, 賦性樂易, 愛士, 士有名者, 無不相推.]"라고 기록되어 있다.

39) 近聞李君廷燮氏, 見其文, 歸而語人曰 : "三百年, 無此作." 人皆紛然誦傳. 於是大卿
   之名, 日聞於世, 而世之謗大卿者又多. 弟嘗謂大卿曰 : "子之致謗, 李君累之也. 世
   其有有譽而無謗者乎? 子且愼之." 盖李君, 弟未知其人, 然決非苟譽人者, 而但其所
   以愛大卿者, 不及吾輩也.(『晉菴集』, 卷6, 「與李士固思重」)

래로 가장 훌륭하다고 극찬을 한 일이 있는데, 그 때문에 사람들이 앞다투어 그의 문장을 외우고 또 그를 시기하는 부류도 생겨났다고 하였으니, 이정섭이 당시 문단에서 비평가로 어느 정도의 권위를 가지고 있었는지 잘 알 수 있다. 또 이천보는 이정섭과 교분 관계가 없지만 "결코 구차히 남을 기리는 분이 아니다"라고 한 말을 보면, 이천보와 같은 당대의 대표적인 문인이 그의 비평 활동을 인지하고 있었으며, 그의 비평이 정확하고 공정하다는 사실을 인정하고 있었음을 알 수 있다. 따라서 이정섭의 비평 활동은 당대의 문단에서 친분 관계를 초탈하여 주시되었으며, 그의 비평에 따라 일약 떠들썩하게 문명(文名)이 날 정도로, 큰 영향력이 있었음을 알 수 있다. 그처럼 이정섭의 비평에 공신력이 있었던 가장 큰 원인은, 문장은 '공공의 자산'이므로 작가의 손을 떠난 작품에 대해서는 공정하게 비평할 수 있다는 논리를 견지하였던 데 있다. 그와 같은 견해에 따라 행하여진 비평의 실제를 다음에서 분석하기로 한다.

3) 독창성의 결여에 대한 비평

독창성은 중세의 문학사에서 끊임없이 제기되어온 문제이다. 특히 우리나라의 중세 문화에 지대한 영향을 끼쳐온 보편주의와 복고주의는 민족적 특질·작가적 특질과 상호 모순될 수밖에 없었다. 그러므로 독창성의 강조는 중세 봉건 사회의 해체 조짐이 문화적 현상으로 나타난 것이라고 할 수 있다.

이정섭은 자신의 처지를 시인으로 규정하고, 고뇌로 점철된 생애에서 시 창작을 유일한 즐거움으로 삼았다. 또 영원한 가치가 보장되

는 작품의 창작을 모색하였던 바, 독창적 문학의 강조는 그의 시론에
서 필연적인 요소가 될 수밖에 없었다. 이정섭의 창신에 대한 논리는
「증채생경홍희범십육운(贈蔡生景洪希範十六韻)」에서 "문장을 논함에 왕
세정·이반룡을 하인 삼고"라고 하였듯이 모방·도습의 배격과 표리
를 이룬다.

밤에 류원리(柳元履)와 시를 말하다가	夜與元履談詩,
그의 경계하는 말에 감동이 되어서	感其見戒語,
드디어 그 운에 차운하여 사례하다	遂次其韻以謝之. 其三
감히 왕양명과 진헌장(陳獻章)을 비웃다가	敢哂陽明與白沙
우리도 똑같이 편벽된 곳으로 떨어졌다	吾人等是墮偏斜
비록 말이 세상을 놀라게 할 수는 있어도	直饒說得驚天地
결국 그것이 나와 무슨 관계가 있겠는가	究竟何曾涉自家40)

이정섭이 류원리(柳元履)와 밤에 시를 주제로 담론을 하다가, 왕양
명[王陽明 : 1472~1528]과 진헌장(陳獻章)41)을 비판하게 되었다. 그런
데 이정섭은 그들의 단점을 비판하다가, 정작 자신도 똑같이 객관성
을 상실하고 편벽한 데에 빠지게 되었음을 깨닫게 되었다. 그렇지만
궁극적으로는 아무리 남의 작품이 경천동지할 만큼 대단해도 그것이

---

40) 『樗村集』, 卷2.
41) 진헌장(陳獻章) : 1428~1500. 명나라의 유학자. 자는 공보(公甫), 호는 백사(白
沙)·석재(石齋). 광동성 백사(白沙) 출생. 오강재(吳康齋)에게 사사하였다. 유교경
전의 자질구레한 해석에 몰두하는 명대의 주자학에 반발하고 실천성을 강조하였기
때문에 왕양명(王陽明)의 선구적 사상가로 언급된다. 천리와 일체의 심경을 시에
융합한 유학자 시인으로 평가된다.

자신과 무관하다고 단언하였다.

나의 시	吾詩 其五
옛날이나 지금이나 똑같은 사람인데	今古一種人
조물주는 다 다른 모습으로 만들었다	造化各面目
나의 시는 이것을 보고	吾詩觀於此
옛 자취를 도습하지 않는다	不踏襲故跡42)

나의 시	吾詩 其八
광달한 백낙천	曠達白樂天
호탕한 소강절	豪橫邵康節
그대에겐 그대 시의 묘함이 있는게고	君有君詩妙
나는 내 시의 졸(拙)함을 아낀다	吾愛吾詩拙43)

「오시(吾詩)」의 연작 8수 중 2수가 독창성에 대한 것이다. 옛날이나 지금이나 모두 사람이기는 똑같지만 그들의 생김새는 제각각 다르다. 이와 마찬가지로 시의 형식은 언제나 모두 같지만 내용까지 서로 유사해서는 안 된다는 것이다. 이는 자신만의 독창적 작품을 만들겠다는 논리적 근거이다. 저촌은 독자적 문학의 경지를 개척한 시인으로 백거이와 소옹을 예로 들어서 그들에게 장점이 있음을 인정하였다. 그러나 자신의 작품이 그들에 비해 '졸(拙)'할지라도 그들을 모방하는 것보다 가치가 있다고 자부하였다. 이정섭은 자신의 시론을 개

---

42) 『樗村集』, 卷2.
43) 『樗村集』, 卷2.

진한 연작시 「오시」의 마지막 수에서 자신만의 독자적 시 세계를 추
구하겠노라는 말로 끝을 맺고 있다.

이정섭은 이덕수와 서명응의 작품에서도 모방을 발견하고 비판을
하였다.44) 다음은 이덕수의 작품에 대한 비평이다.

> 귀하의 글은 온축된 것은 많은데 글로 발현하는 것이 적습니다. 바
> 탕이 후하면서 기(氣)가 으뜸이 되고 의논도 공평하고 바르며 전아하
> 고 충실하니, 옛사람 중에서 비교한다면 대략 남풍[南豊 : 증공]45)과
> 유사합니다. 다만 문사(文辭)가 번다하고 뜻[意]이 부족한 문제점이
> 약간 있는 듯합니다. 그리고 문장을 올리고 내리며, 전환하고 꺾는 곳
> 에 간혹 장단(長短)과 완급의 순서에 어긋나는 것이 있으니 어찌 일찍
> 이 자고[子固 : 증공]의 문장을 좋아했기 때문인가요? 그러나 증공의
> 문장은 사어(辭語)가 비록 번다한듯하지만 뜻[意]이 실로 충족되고,
> 꺾고 돌리는 것이 비록 민첩하지 못한 흠이 있지만 법은 실로 간약하
> 고 엄격합니다. 그러니 이것은 자세히 따져 보아야만 합니다.46)

----

44) 이정섭의 비평의 실제를 볼 수 있는 자료로는 청초삼가(淸初三家)로 지칭되는 후
   방역(侯方域)·위희(魏禧)·왕완(汪琬)의 작품에 대하여 비평한 「여이재대하곤(與
   李載大夏坤)」과 이덕수(李德壽)의 작품에 대하여 비평한 「여이인로덕수(與李仁老德
   壽)」와 서명응의 작품에 대한 비평인 「답서군수(答徐君受)」와 조귀명의 『건천고』에
   대한 비평이 있다. 그런데 청초삼가에 대한 비평은 기존 작품의 선집(選集)에 대한
   비평이다. 선집류를 대상으로 한 비평은 당대성이 결여된 것으로, 중세에 행하여졌
   던 문학비평의 상당수는 이에 해당한다. 그리고 당대(當代)의 작가와 작품에 대한
   비평이 있다 하더라도 매우 간략하고 일시적인 경우가 대부분이다. 그런데 이정섭
   의 경우는 『건천고』와 이덕수·서명응의 작품에 지속적이고 구체적이며 다양한 형
   식의 비평을 하였음을 확인할 수 있다.
45) 증공(曾鞏) : 1019~1083. 북송의 산문가로 당송팔대가의 한 사람. 자는 자고(子
   固). 남풍(南豊) 사람이므로 '남풍선생(南豊先生)'이라고 일컫는다. 『전국책』·『설
   원(說苑)』·『신서(新序)』·『이태백집(李太白集)』 등을 정리 교감하여 문학 유산을
   보존하는데 공헌하였다.

위의 비평은 이덕수의 작품에 대한 칭찬과 비판이 혼효된 듯 보인다. 그러나 기실 신랄한 혹평이다. 첫 번째 문장을 보면, 이덕수의 작품이 온축된 내용성은 풍부하면서도 그것의 발현이 그에 걸맞지 않다는 다소의 아쉬움을 드러냈다. 그리고 이덕수는 작가의 주관적 조건으로는 자질이 풍후하고 기(氣)가 다른 요소를 선도할 정도로 강하다고 하였다. 그래서 의논이 편벽되지 않고 공평하며 전아하고 내용이 충실하다고 호평하였다. 그러나 이덕수의 문장이 내용성은 빈약하면서도 그 형식만 번다하다는 혹평이 본론에 해당한다. 그리고 그 원인으로 증공을 학습하되 그의 장점을 습득하지 못하고 단점만 잘못 배웠기 때문이라고 지적하였다. 증공의 단점은 문사가 번다하고 문장을 민첩하게 전환시키는 수사가 약하다는 것이다. 그러나 증공은 그러한 결점이 있음에도 불구하고 동시에 결점을 상쇄할 수 있는 장점을 지니고 있다. 첫째, 형식이 번다하지만 내용성이 풍부하다는 점이다. 이는 사실, 풍부한 내용을 수용한 문장의 형식이 번다해 보이는 것일 뿐이다. 둘째, 변화법을 민첩하게 구사하지 못하지만 작법이 간결하고 엄격하는 것이다. 이는 사실, 작법상 간약하고 엄격한 정법을 신중하게 추구하기 때문에 변화법을 경솔하게 사용하지 않는 것일 뿐이다. 물론 간약하면서도 내용성이 풍부하다면 그 이상 훌륭한 작품은 없을 것이다. 그러나 양자가 동시에 만족될 수 없는 경우에는 내용이나 형식 가운데 최소한 한가지만이라도 성취해야 한다는

---

46) 貴文大抵多積薄發. 質厚而氣元, 議論亦平正典實, 比之古人, 大約似南豊. 但似微有辭繁意寡之病, 而起伏轉摺處, 或有乖於長短疾徐之倫, 豈嘗好子固之文耶? 然曾文辭語, 雖若繁多而意實充足, 折旋雖欠便捷而法實簡嚴, 此不可不細勘耳.(『樗村集』, 卷4, 「與李仁老德壽」)

논리이다.

결국 이덕수의 문장에 대하여 이정섭은 내용성도 없을 뿐만 아니라 문사만 번다하다고 비판한 셈이다. 이정섭은 그와 같은 단점이 야기된 근본적 원인은, 이덕수가 증공의 작품 성향을 학습하되 장점을 배우지는 못하고 단점만 답습한 데 있다고 진단하였다.

이덕수에게 가한 비평은 개개의 작품을 대상으로 한 것이 아니라 전체적인 작품 성향을 진단한 것이다. 이덕수는 문형을 중임한 당대 최고의 문인이다. 그러한 문화 거물의 전체적 작품 성향을 진단하고 그 근본적 원인까지 분석해낸 이정섭의 규모 있는 비평안이 놀랍다고 할 수 있다. 이덕수의 작품에 대한 비평에서, 이정섭이 단순한 모방 배격의 논리를 뛰어 넘어 모방에 의하여 야기되는 폐단을 구체적으로 제시하고 그 원인까지도 진단하였다는 사실을 알 수 있다.

이정섭은 서명응의 작품에서 발견되는 모방 성향에 대해서도 간과하지 않았다.

> 아침에 보내 준 율시 세 수는 내 마음이 깊이 기울고 위안이 되게 만들었다네. 편지에 원고까지 받았다가 다 보고난 뒤 돌려보내네.
> 무릇 시는 당나라 사람·송나라 사람을 논할 것 없이 나름대로 시의 본색이 있거늘 자네의 작품은 본색을 알지 못하는 것 같은 까닭에 자구를 골라 쓸 때 억견으로 만드는 것을 면치 못하였네. 이른바 "향산[香山 : 백거이]을 모의한다"는 것은 마침내 향산을 닮지 못할 뿐일세. 그러나 이는 스스로 알고 스스로 터득하는 데 달려있을 뿐이고 한 때의 논평으로 형용할 수 있는 바가 아니니 모름지기 틈을 내서 한 번 와서 조용히 마주앉아 토론해 보세.[47]

위의 인용문은 서명응이 보낸 세 편의 율시를 읽고 즉시 비평을 하여 돌려보내는 이정섭의 편지인데, 서명응이 백거이의 시를 모의한 것에 대하여 비판을 하고 있다. 이정섭은 백거이를 모방하는 것과 그를 닮는 것은 명백히 다르다고 단정하였다. 형식적으로 외양만 모방하였기 때문에 정작 닮아야 할 본질로부터는 더욱 멀어지게 되었다는 의미이다. 이정섭은 구체적으로 '본색(本色)'을 알아야 한다고 하였다. '본색'이란 작가의 진면목·작가의 진솔함과 자연스러움·작가의 인품을 강조하며 문식(文飾)과 인위적 조작을 배격하는 것이다. 그러므로 본색은 다른 작가와 변별되는 독창적 진면목이라고 정의할 수 있다. 그런데 서명응은 본색에 대하여 제대로 알지 못하면서 억견으로 작품을 만들었다는 것이다. 그러므로 학습하고 따르고자하는 대상의 본색을 알고 동시에 자신의 본색까지 알아야만 하고 그것을 스스로 터득하여야 독창적 작품을 산생하게 된다는 것이다. 그렇지만 독창적 작품의 창작이란 그리 쉬운 일이 아니다.

나의 시	吾詩 其七
입에 붓을 물고 이따금 생각에 잠기며	含毫或沉思
산발을 하고 다시 읊조리며 흘겨본다	散髮復吟睇
진짜 나의 시를 알려고 한다면	欲識眞吾詩
붓과 먹의 밖에서 구해야 한다	求之筆墨外48)

---

47) 朝惠三律, 已深傾慰. 卽書又荷華稿覽還. 凡詩毋論唐人宋人, 自有詩之本色, 而盛作則似不識本色, 故鑄句使字, 不免以臆見爲之. 所謂摹擬香山, 竟不能肖香山耳. 然此在自知而自得之, 非一時論評所可形容, 須乘間一來 從容面討也.(『樗村集』, 卷4, 「答徐君受·3」)

48) 『樗村集』, 卷2.

「오시(吾詩)」일곱째 수는 이정섭이 자신의 시론을 실천하기 위하여 고심하는 모습을 그린 자화상이라고 할 수 있다. 「오시」의 첫째 수에서부터 여섯째 수까지 제시된 것이 마지막 여덟째 수에서 말한 이정섭만의 시를 창작하기 위한 과정에서 필요한 이론이라면, 일곱째 수는 여덟째 수에서 말하는 목표에 도달하기 위한 실천적 모습이다.

시구를 궁리하느라 입에 붓을 물고 골똘히 생각에 잠기고 산발을 하고서 만들어 놓은 시구를 보고 또 보고 하는 모습에서 이정섭이 한 편의 시를 짓기 위하여 얼마나 공력을 들이는 지 알 수 있다. 그것은 자신만의 독창적 시를 만들기 위하여 고심하는 모습이다. 그와 같은 과정을 거쳤기에 그 자부심도 대단하였다. 그는 자신의 작품이 갖는 진면목을 보려고 한다면, 문자로 표현된 형식 밖에서 찾아야 한다고 호언장담하였다. 자신의 작품은 표현 수단에 제한을 받지 않는다는 말이다.

4) '의리(義理)'의 편향적 추구에 대한 비평

『저촌집』에는 이정섭이 서명응에게 보내는 13편의 편지가 수록되어 있는데, 대부분 문학비평에 관한 내용이다. 서명응(徐命膺)[49]은 영조대 제 18대 문형을 역임하였고 국가적 편찬 사업에 참여하는 등 정치와 문화 방면에서 핵심적 역할을 수행한 인물인데, 이정섭이 그의 작품에 대해서 지속적인 비평을 한 것도 흥미롭고 그 비평의 내용

---

49) 서명응(徐命膺) : 1716(숙종 42)~1787(정조 11). 자는 군수(君受), 호는 보만재(保晚齋), 본관은 달성(達成). 실학의 대가로 북학파(北學派)의 시조로 지칭된다. 서명응의 부친인 서종옥(徐宗玉)은 이정섭의 친구이고 서명응은 그의 사위이다.

이 대단히 신랄한데 서명응이 감내하였다는 점도 놀랍다.[50] 서명응은 장인인 이정섭에게 자신의 작품을 수시로 보내 비평을 청하였다.

> 자네의 원고를 우환 중에 대략 한 번 읽어보고 편마다 짧은 평을 붙여서 돌려보내니 받아 보는 것이 어떻겠는가?
>
> 근세의 문장은 대체로 화려한 것을 숭상하고 내용이 부족하기에, 내가 그것을 문제점으로 여긴 지 오래되었네. 지금 자네가 보낸 글을 받아 보니 '의리(義理)의 문장'에 힘을 써서 한결같이 퇴계(退溪)를 표준으로 삼고자 하니 매우 좋다. 그러나 일찍이 선배의 말을 들으니, 퇴계는 일생 구차하게 글을 짓지 않았으니 비록 심상하게 짤막한 편지 한 통을 쓰더라도, 언제나 초를 잡는 것부터 여러 번 고친 후에야 내놓았다고 하네. 그러므로 그 문장이 명백하고 순수하며 종용(從容)하고 온아하여 옥을 차고 읍양하는 태도가 있는 듯하여 진실로 군자의 말이 된다네. 그런데 자네가 문장을 짓는 경우는 그렇지 않네. 생각이 이미 깊지 않고 붓놀림을 또 쉽게 하며 문사(文辭)를 만들 때는 또 조금 제멋대로 하는 생각이 있네. 이 때문에 문자가 엉성하고 천근할 뿐만 아니고 기상(氣象)이 먼저 저절로 좋지 못하게 되었다네. 만약 퇴계의 문장을 잘 배우고자 한다면 먼저 말을 어눌하게 하는 것부터 공을 들여야 차질이 생기지 않을 걸세. 글을 지을 때 진실한 의도를 표현하며, 말은 어눌하게 하고 행동은 민첩하게 해야 하니, 문장의 근본은 다만 여기에 있을 뿐이라네.[51]

---

50) 서명응의 「정이저촌(呈李樗邨)」과 「몽이저촌유감(夢李樗邨有感)」을 통해 볼 때, 이정섭에 대한 서명응의 추숭은 절대적인 것이었다. 서명응은 이정섭이 조성기(趙聖期)의 경륜과 김창협(金昌協)의 문학을 겸비한 인물이라고 평하였다.

51) 貴稿憂患中, 略綽一覽, 逐篇有短評以往, 視至如何? 近世文章, 大抵尙華少實, 愚嘗病之, 久矣. 今承盛諭, 乃欲用力於義理之文, 而壹以退陶爲準甚善. 然嘗聞先輩之言, 退陶一生不苟立言, 雖尋常尺牘, 而未嘗不起草屢易而後出之. 故其文明白純

위의 편지에서 이정섭은 근세의 문장이 내용성을 소홀히 하고 형식적인 측면에만 치력하지만 서명응은 그렇지 않다는 점을 칭찬하였다. 그러나 칭찬으로 보이는 이 말이 사실은 결점에 대한 지적이다.

퇴계는 의리(義理)의 문장을 강조하였기 때문에,[52] 의리의 문장을 추구하겠다는 서명응이 퇴계를 모범으로 삼는 것은 극히 이상적이고 또 효과적으로 보인다. 그러나 이정섭은 오히려 그것이 단점을 야기한 결정적 요인이 되었다고 판단하였다. 퇴계의 문장은 철리(哲理)의 발현을 목적으로 하기 때문에 일면 부미선조해 보인다. 그러나 그처럼 무미건조해 보이는 퇴계의 저작들이 사실은 초를 잡는 단계부터 수없이 수정하고 자구를 단련한 결정체인데, 서명응은 그와 같은 퇴계의 창작 과정과 작품 성향에 대해서 잘못 알고 있었던 것이다. 서명응은 철리적 내용을 주제로 하는 저작은, 의리(義理)만 잘 표현되면 좋다는 생각을 하고 있었다. 그러나 이정섭은 진정 퇴계와 같은 수준에 도달하기 위해서는 생각을 깊이하고 견사(遣辭)를 정밀히 해야 한다고 주장하였다.

이정섭은 서명응의 단점이 야기된 근본적 이유는 기상(氣象)이 부족하기 때문이라고 진단하였다. '기상'은 엄우(嚴羽)가 제시한 작시오법(作詩五法) 중의 하나인데,[53] 작시(作詩)에 필수적인 의태(意態)와

粹, 從容溫雅, 有佩玉挹讓之態. 信乎其爲君子之言也. 若君之所以爲文者則不然. 思之旣不深, 而筆之又容易, 遣辭之際, 又若微有自用底意思. 此不惟文字疎淺, 而氣象已先自不好了. 如欲善學退陶之文, 則先從訒言上着功, 庶幾其不倍矣. 修辭立誠, 訒言敏行, 文章之本, 亶在是乎.(『樗村集』, 卷4, 「答徐君受・1」)

52) 김주한 교수는, 이황이 이전의 성과를 종합하면서 의리(義理)의 시문, 의리의 비평을 주창하였다고 하였다.(『한국문학비평사론』, p.19, 학사원, 1993)

53) 詩之法有五, 曰體製曰格力曰氣象曰興趣曰音節.(『滄浪詩話』, 「詩辯」)

풍모(風貌)를 의미한다. 그러므로 서명응이 퇴계와 같은 의리의 문장
을 창작하기 위해서는 퇴계와 같은 기상이 전제되어야 하는데, 그것
이 결여되었다는 말이다. 이정섭은 의리의 문장을 성취하기 위해서
는 서명응이 표준으로 설정한 퇴계의 방법론과 기상이 우선 충족되어
야 할 조건이라고 지적하였다. 문장 작법의 이론적 추구보다는 '수사
입성(修辭立誠)'과 '눌언민행(訥言敏行)'의 실천이 선행되어야 함을 강
조한 것이다. '수사입성'은『주역』에 나오는 말이다.『주역』을 보면,
'수사입기성(修辭立其誠)'이 '진덕수업(進德修業)'의 뒤에 이어지는 말
로 되어 있다. 따라서 '수사입성'은 덕행의 실천을 중시하는 관념이라
고 할 수 있다.54) 그리고 '눌언민행'은『논어』에서 유래한 것인데,55)
이 역시 언사보다 행동의 우선성을 강조한 말이다. 양자는 모두 실천
도덕과 언어의 관계에 대한 언급이다. 이를 작가의 품성과 작품의
관계로 본다면, 문사(文辭)에 대한 작가의 수양을 강조하는 논리로서
덕행의 실천을 중시한 견해라고 하겠다.

　그러나 그 무엇보다 주목해야 할 사안은, 의리를 강조하고 있는
서명응의 논리에 문제가 있다는 이정섭의 생각이다. '의리지문(義理
之文)'이란, 유가적 의리와 도덕을 천명하고 유교의 사회적 기능 선양
을 목적으로 하는 글이다. 그러므로 그것은 문학가의 이론이라기보
다는 이학가의 이론이라고 할 수 있다.

　문학에서 '명의리(明義理)'를 강조한 대표적인 인물은 남송의 이학

---

54) 군자는 덕을 진전시키고 업을 닦나니, 충·신이 덕을 진전시키는 것이고, 말을
　　함에 그 성실함을 세움이 업을 보유하는 것이다.[君子進德修業, 忠信, 所以進德也,
　　修辭立其誠, 所以居業也.](『周易』, 乾卦, 文言)
55) 공자께서 말씀하셨다. "군자는 말은 어눌하게 하고, 실행에는 민첩하고자 한다."
　　[子曰: "君子欲訥於言而敏於行."](『論語』, 〈里仁〉)

가인 진덕수[眞德秀 : 1178~1235]이다. 그는 『문장정종(文章正宗)』의
편찬 의식을 밝히는 글에서 "지금 편집한 것은 의리를 밝히고 세상의
쓰임에 절실한 것을 주로 삼았다"56)라고 하였다. 또 다른 글에서도
"의리를 발휘하고 세상의 교화에 도움이 되는 것"57)이라고 하여 명의
리(明義理)를 문학의 가장 큰 목적으로 삼았다. 『사고전서총목제요(四
庫全書總目提要)』에서 『문장정종』에 대하여 "대의(大意)는 윤리를 주
로 한 것이지 문장을 논한 것이 아니다. …… 4, 500년 이래로 강학가
(講學家)를 제외하고는 이 책을 높이고 이용하는 자가 없으니 어찌
인정(人情)의 일에 가깝지 않기 때문이 아니겠는가? 끝내 천하에 억
지로 유행하게 할 수 없을 것이다"58)라고 적절히 지적하였듯이, 의리
(義理)의 발현을 중시하는 문학론은 결국 문학을 유학 선양의 수단으
로 전락시키고 문학의 본질을 부정하며 문학 작품의 예술적 가치를
경시한다. 그러므로 서명응이 주장하고 있는 '의리지문'은 문학으로
의미를 부여하기 힘들다. 그러한 견해는 다음의 비평에서 검증할 수
있다.

> 어제 저녁에는 몹시도 곤하여 일찍 잠자리에 들었더니, 아침이 되
> 어서야 어린 종이 밤중에 보낸 편지와 원고를 들였네. 이에 자네가
> 돌아와서 부모를 모시고 침식이 편안한 줄 알게 되었으니 한량없이
> 기쁘고 위안되네. 보내 준 시는 10여 일 동안 지은 것인데, 어쩌면

---

56) 夫士之于學, 所以窮理而致用也. 文雖學之一思, 要亦不外乎此. 故今所輯, 以明義
理切世用爲主.(『文章正宗』, 「文章正宗綱目」)
57) 發揮理義, 有補世敎者.(『西山文集』, 卷36, 「跋彭忠肅文集」)
58) 大意主于倫理, 而不論文. …… 四五百年以來, 自講學家以外, 未有尊而用之者,
豈非不近人情之事? 終不能强行于天下歟!(『四庫全書總目』, 卷187, 總集類2)

그리도 많은가? 수식을 일삼지 않고 다만 가슴속의 말하고자 하는
바를 바로 쓰면서도 붓의 기세가 펄펄 살아있고 또 그 생각을 충분히
나타내서 지금 세상에서는 보지 못한 것이니 또 기특하구나!

그러나 시도(詩道)의 어려움은 말을 만들고 사건을 엮는 데 있지
아니하고 말밖에 흥취(興趣)가 있게 하고 경계 밖에서 정(情)을 생성
시키는 데 있다. 또 그 이치의 정밀하고 거침과 문사(文辭)의 우아하
고 속됨은 독특한 견식을 갖추지 않고서는 쉽게 변별할 수 없다. 그런
데 지금 자네는 논(論)을 매우 쉽게 하여 또 백거이를 추존하여 삼당
(三唐)의 여러 거공(巨公)을 가리고, 위로 『시경』 300편의 실마리를
접하고자 하니 지나치다고 할 만하네. 지금 자네를 위하여 그 이유를
자세히 말하고자 하지만 말이 매우 기니 마주 앉아 낱낱이 말할 때를
기다리겠네.

자네의 원고는 아끼고 완상하는데 탐이 나서 우선 그대로 남겨두었
네. 뒤에 온전히 해서 보낼 것일세.

주부자[朱夫子 : 주희]께서 "시를 지을 때는 도연명과 유종원의 문
정(門庭)으로부터 들어가야만 한다"[59]라고 하셨다. 이 말을 근거로
본다면 백거이와 소옹은 우선 버려야 한다는 것을 알 수 있네. 어떻
게 생각하는가?[60]

---

59) 作詩, 須從陶柳門庭中來, 乃佳.(『宋名臣言行錄』, 外集, 卷12)
60) 昨夕困甚, 蚤就寢, 朝來小奚始納夜中辱書幷華稿. 乃知歸侍眠食安穩, 欣慰亡已.
來詩十許日所得, 何其富也? 不事琱繪, 直寫胸中所欲言, 而筆勢翩翩, 又足以濟其
思, 在於今世, 未之嘗見, 亦奇矣哉! 然詩道之難, 不在乎屬辭比事, 而在乎言外有
趣, 境外生情. 又其理之精粗, 辭之雅俗, 非具隻眼, 未易辨別, 而今君受, 論之甚容
易, 又推尊白傳, 欲掩三唐諸巨公, 而上接三百篇統緒, 則可謂過矣. 今欲爲君受, 細
論其所以然, 而言之甚長, 當俟面討也. 貴稿貪於愛翫, 姑留之. 後當完璧爾. 朱夫子
以謂: "爲詩, 當從陶·柳門庭入." 以此觀之, 則香山·康節, 在所姑舍, 可知之矣.
如何如何?(『樗村集』, 卷4, 「答徐君受·2」)

위의 인용문은 서명응이 10여 일 동안 지은 시를 이정섭에게 보내 비평을 구하는 편지에 응한 답장이다. 서명응은 성리학적 철리를 구현하는 문장에 치중하였는데, 이정섭은 그와 같은 문장에서 야기될 수 있는 즉흥적이고 천근한 표현 방식을 배격하였다. 문학이란, 단순히 문자를 엮고 사건을 구성하여 자신의 의견과 사건을 드러내는 것이 아니라, 문자의 구속과 한계로부터 벗어나는 정취와, 경계를 뛰어넘는 작가의 정감이 있어야만 성공한 작품이라는 것이다. 이는 이정섭이 자신의 시를 주제로 한 「오시(吾詩)」의 일곱째 수에서 "진짜 나의 시를 알려고 한다면 붓과 먹의 밖에서 구해야 한다"라고 한 것과 같은 맥락이다.

위의 비평에서 주목되는 개념은 '취(趣)'와 '정(情)'이다. 이정섭은 두 개념을 합하여 '정취(情趣)'라고 사용하기도 한다. '취(趣)'란 외계 사물과 접촉하여 산생되는 감정을 지칭하는 말로 일반적으로 '흥취(興趣)'라고도 한다.

엄우의 『창랑시화(滄浪詩話)』〈시변(詩辯)〉에 "시에는 특수한 정취가 있으니 이치와는 무관하다"[61]라고 하였다. 시인과 시작(詩作)에는 특별한 정취가 있는데, 이것은 이치의 강구와 관계가 없다는 의미로, 엄우의 시론에서 중요한 논점이다. '별취(別趣)'의 강조는 원래 엄우가 강서파(江西派)와 강호파(江湖派)의 '이의논위시(以議論爲詩)'를 공격하기 위해 제시한 논점이다. 엄우는 '시'란 마땅히 서정성이 있어야하며 음영성정을 목적으로 하여 '일창삼탄(一唱三嘆)의 음(音)'을 써내서, '표현은 다했어도 뜻은 무궁한 경지에 이르러야 한다[言有盡而意

---

61) 詩有別趣, 非關理也.

無窮]'고 주장하였는데, 중점은 흥취를 강구하는데 있다고 하였다. 따라서 '취(趣)'의 강조는, 시의 서정성을 중시하여 형상 사유와 이성 사유를 구별하기 위한 논리라고 할 수 있다.

이정섭이 '정취'를 강조한 이유는 서명응의 비문학적 논리에 의하여 야기된 단점을 지적하기 위한 것이었다. 또 구체적인 학습 방법으로 백거이와 소옹보다 도연명과 유종원을 우선 학습하여야 한다고 권고한 것으로 보아 서명응이 백거이와 소옹을 숭앙하고 학습하였음을 알 수 있다. 이정섭은「오시(吾詩)」여덟째 수에서 백거이와 소옹을 거론한 바 있다. 이정섭은 그들이 독자적인 문학적 성취와 풍격을 구축한 것은 인정하지 않을 수 없지만 절대적 가치가 있다고는 생각하지 않았다. 왜냐하면 그들이 아무리 훌륭하다고 할지라도 자신의 '졸(拙)'이 낫다고 생각하였기 때문이다.

이정섭이 백낙천과 소옹은 학습 대상에서 일단 제외시키라고 한 근거는 무엇 때문인가? 그것은 주자의 언급을 근거로 한 말이지만, 백낙천과 소옹 자체에 문제가 있기 때문이 아니라, 그를 학습하는 서명응의 편향된 학습 태도에 기인한 것으로 보인다. 문장은 시무(時務)를 위하여 힘써야 하고 문자는 기이함을 힘쓰지 않는다는 백거이의 이론을 편향적으로 추종하는 성향을 경계한 것으로 보인다. 서명응이 '의리지문'을 창작하는데 치력하였기 때문에 형식적 소략함이 야기되었는데, 그 원인 중의 하나가 백거이의 창작 성향을 편향적으로 추종하였기 때문이라고 파악한 것이다. 백거이는 실제로도 문학에 정치적 효용을 과대하게 적용시킨 바, 미학적 인식의 측면에 부족한 점이 있다고 평가된다. 그래서 작가나 작품의 평론에 편파적인 성향을 보이기도 하며 사경시(寫境詩)의 가치를 부정하기도 하였다.62)

　이정섭이 서명응에게 소옹(邵雍)의 학습을 우선 그만 두라고 한 이유는 무엇인가? 소옹은 시인이기는 하지만 근본적으로는 이학가이다. 그는 여타 이학가들의 '이문해의(以文害義)' 류의 관점을 배격하기는 하였다. 그런데 문제는 소옹이 문학 창작에서 무의도적인 창작 태도를 제창하였고, 성율(聲律)과 체제·격조를 강구하지 않는 문학 이론을 견지하였다는 점에 있다. 이는 소옹이 이학가의 처지를 반영한 논리로서, 천리를 체득해야 한다는 관념을 시가 창작에 관한 인식에 적용시킨 것이다. 따라서 그는 작자 개인의 정감을 배제하고 작가의 의식적인 시사 풍자를 배제하였다.[63] 앞에서 지적한 바와 같이 서명응이 퇴계의 의리지문을 추숭하고 그 형식미의 완성도 제고를 소홀히 하였던 단점이 소옹을 학습하는 과정에서도 형성되었다고 파악한 것이다. 소옹이 이학가의 입장에서 창작의 무의도성을 제창하였으므로 그것은 자칫 형식적 완성도 제고를 무시하는 것으로 받아들여질 소지가 있다. 그러므로 이정섭은 서명응의 작품에서 나타나는 형식적 조야함이 백거이와 소옹의 문학적 경향을 편향되게 수용하였기 때문이라고 진단하고 우선은 그들보다는 도연명과 유종원을 학습하라고 권고한 것이다. 도연명은 평범한 생활의 소재를 통하여 평범하지 않은 생활의 정취를 표현하여, 뜻 가운데 경치가 있고 경치 가운데 뜻이 있는, 정경융합(情境融合)의 예술 경계에 도달했다고 평가된다. 또 그의 시어는 평담하고 자연스러우면서도 질박하고 정련되어 있고 혼후(渾厚)하고 함축적이어서 독자적이라고 평가된다. 그러므로 백거이를 학습하여 형식적 소략함을 야기하는 것보다는 정경

62) 趙則誠 主編, 『中國古代文學理論辭典』, p.55, 吉林文史出版社, 1985.
63) 王運熙·顧易生 主編, 『中國文學批評通史』 2권, 上海古籍出版社, 1996.

(情景)이 적절히 조화된 도연명을 학습하는 것이 서명응의 단점을 교
정할 수 있는 방법이라는 의미로 보인다.

　또 유종원을 우선 학습하여야 하는 이유는 무엇인가? 소옹이 아무
리 여타의 이학가와 달리 문학의 독자적 가치를 무시하지 않았다고
하더라도 그가 이학가인 것만은 틀림없는 사실이다. 그러므로 이학
가를 학습하는 것보다, 당송고문가인 유종원을 학습하는 것이 좋다
는 견해이다. 유종원은 '방추교통(旁推交通)'을 주장하여 여러 분야의
지식과 각종 창작 기교·경험을 섭취하여 융합하는 창작 학습법을
제시하였다. 또 유종원은, "나는 매양 문장을 창작할 때마다 일찍이
감히 마음을 가볍게 하여 흔들지 않았으니 그 내용이 경박하여 후세
에 전하여지지 않을까 두렵기 때문이다. 일찍이 감히 마음을 태만하
게 하여 부연하지 않았으니 그 내용이 느슨하여 엄숙하지 않을까 두
렵기 때문이다. 일찍이 감히 기운을 혼미하게 하여 집필하지 않으니
그 내용이 어둡고 난잡할까 두렵기 때문이다. 일찍이 감히 기(氣)를
자긍하여 짓지 않았으니 그 내용이 거들먹거리고 교만할까 두렵기
때문이다"[64]라고 하였다. 이는 "문장은 실행을 근본으로 삼으니 먼
저 그 마음을 성실하게 하는데 있다"[65]라고 한 말과 일치한다.[66] 유
종원이 이상에서 한 말은 모두 주관적 소양이 중요하며 창작에 임하
는 자세는 엄숙하고 진지하며 신중해야 한다는 것이다.

　위의 창작에 대한 유종원의 저명한 견해는, 이정섭이 포착한 서명

---

64) 吾每爲文章, 未嘗敢以輕心掉之, 懼其剽而不留也. 未嘗敢以怠心易之, 懼其弛而
　　不嚴也. 未嘗敢以昏氣出之, 懼其昧沒而雜也. 未嘗敢以矜氣作之, 懼其偃蹇而驕
　　也.(『柳河東集注』, 卷34, 「答韋中立論師道書」)
65) 文以行爲本, 在先誠其中.(「報袁君陳秀才避師名書」)
66) 이는 앞서 이정섭이 말한 "修辭立誠, 訥言敏行."과도 일치하는 관점이다.

응의 단점을 교정하기에 적절한 것이라고 할 수 있다. 그러므로 이정
섭은 백거이보다는 도연명을, 소옹보다는 유종원을 학습하라고 권고
하였던 것으로 보인다. 다음의 비평에서 그와 같은 정황을 분명히
알 수 있다.

> 손수 써 보낸 시첩(詩帖)은 소중하고 위안이 되네. 자네의 작품 끝
> 에 각각 비평어를 붙였으니 받아 보는 것이 어떤가? 산삭하고 수정하
> 는 것까지는 내가 병이 들어서 할 수가 없네.
> 문장은 비록 이치를 주로 삼지만 문사(文詞)의 규칙도 쉽사리 여기
> 거나 소홀히 여길 수 없는 일일세. 지금 자네가 만든 것은 명의(命意)
> 가 이미 진부하고 누추함을 면하지 못하며, 장구(章句)가 또 문법에
> 맞지 않으니 어찌 양쪽으로 실수하는 것이 아니겠는가? 이와 같이
> 하고도 "나는 바로 내실을 귀하게 여기고 화려함을 천하게 여기며
> 이치를 숭상하고 문사는 숭상하지 않는다"라고 한다면 미치광이에
> 가깝지 않겠는가? 이는 문자의 실수가 될 뿐만 아니라 덕을 진보시키
> 고 업을 닦는 데도 크게 방해되는 바가 있는 까닭에 이렇게 누누하게
> 말하는 지경에 이른 것이네. 성심을 헤아려 주기 바라네.[67]

위에서 인용한 편지에서 이정섭이 서명응의 작품에 일일이 '비(批)'
를 붙이는 형식으로 비평을 하였음을 알 수 있다. 또 "이번에는 병이
들어서 산삭하고 고치지는 못한다"라고 한 말로 보아서 평소에는 산

---

67) 手帖珍慰. 貴作篇末, 各有批語, 視至如何? 至於刪改, 則病未之能也. 凡文章雖以
理致爲主, 而詞法亦未可易忽也. 今君之爲也, 則命意旣未免陳陋, 而章句又不中律
令, 豈非兩失之耶? 如是而曰: "我乃貴實而賤華, 尙理而不尙詞." 則無乃近於猖狂者
乎? 此不但爲文字之失, 而於進德修業, 大有所妨, 故縷縷至此. 幸諒其誠也.(『樗村
集』, 卷4, 「答徐君受·5」)

개(刪改)도 병행했던 것으로 추정할 수 있다. 이처럼 이정섭은 서명응의 작품 비평에 상당한 애정을 기울이고 치밀하면서도 다양한 비평의 방법을 사용하였던 것으로 보이는데, 이는『건천고』에 대한 비평에서 그 실상을 볼 수 있다.

이정섭은 위의 비평에서도 내용과 형식의 완정한 통일에 대하여 강조하고 있다. 서명응이 형식을 소홀히 취급하였다는 사실은 전술한 비평에서 볼 수 있었다. 형식미에 대한 경시는 성리학적 문학관에서 흔히 나타나는 폐단인데, 서명응에게는 그러한 성향이 특히 강하였던 것 같다. 또 그 자신이 공공연하게 의리만을 귀하게 여기고 문사(文詞)는 숭상하지 않는다고 말을 하는데, 그것은 '미치광이'에 가까운 것이라고 극단적인 혹평을 하였다. 이정섭은 덕이 진보하면 그것이 자연스럽게 문장으로 유로된다는 이학가의 기계론적 문학관에 비판을 가하였다. 그는 제대로 형식미를 구현하지 못할 경우에는 그것이 창작상의 실수로 한정될 뿐만 아니라, 이학가들이 가장 중시하는 덕에도 손상이 가고 업(業)을 닦는데도 방해가 된다고 단언하였다.

서명응에게 발견되는 또 다른 단점은 명의(命意)가 진부하고 누추한데다가, 장구(章句)도 문법에 맞지 않는다는 것이다. 후자는 단락의 구성 등이 내용과 조화되지 않는 것이므로 형식상의 문제로 귀결되지만 전자는 창조성이 결여된 내용상의 문제이다. 따라서 내용상의 결점 역시 비평을 피할 수 없는데도, 그것을 형식적 문제로 회피하려는 서명응의 자세를 강한 어조로 비판한 것이다. 이와 같이 서명응의 작품에서 야기되는 가장 기본적인 문제는 '의리지문'을 중시하는 편향성에서 기인한다.

보내 준 시는 대체로 전중하고 충실하지만 결국은 상투적인 말이
네. 우선 당시(唐詩)를 읽고 겸하여 호원서[胡元瑞 : 호응린]의 『시
수(詩藪)』를 보아서 시도(詩道)의 원류와, 격법(格法)의 우아하고 속
됨을 분별하여야 하네. 오랫동안 이렇게 한다면 저절로 신묘하게 깨
달을 날이 있을 것이네.

문장을 짓는 것도 지난날의 잘못을 능히 깨달으니 매우 다행스럽
네. 그러나 구양수·소동파의 문자도 세심하게 연구해야만 글을 엮는
산매경을 알 수 있다네. 만약 의례적으로 보아서 넘긴다면 끝내 이익
이 없을 것일세.[68]

이정섭은 서명응에게 호응린(胡應麟)[69]의 『시수(詩藪)』를 학습하라
고 권고하였다. 호응린이 비록 칠자(七子)의 여풍을 계승하였다고 하
지만 그의 문학은 학문에 뿌리를 두고 있으며 표절과는 전혀 다르다.
즉 칠자의 우수한 측면을 선별적으로 계승하였다고 할 수 있다. 『시
수』는 모두 20권인데, 내외편(內外編)으로 구성되어 있다. 내편은 분
체(分體), 총론(總論)으로 시가 각체의 기원과 변천을 논하고 있으며,
잡편(雜編)과 속편(續編)을 포함하는 외편은 주나라부터 명나라에 이
르기까지 시대에 따라 차례를 정하고 작가와 작품에 대하여 평론을
하였다. 그러므로 이정섭이 서명응에게 『시수』의 학습을 권한 이유

---

68) 來詩大體典實而終是套語. 且先讀唐詩, 兼看胡元瑞詩藪, 以別詩道源流格法雅俗,
   則久之, 自當有妙悟之日矣. 行文亦能覺前日之非, 幸甚. 然歐·蘇文字, 亦須細心硏
   究, 方知其綴文之三昧. 若但隨例過眼則終無益也.(『樗村集』, 卷4, 「答徐君受·6」)
69) 호응린(胡應麟) : 1551~1602. 명의 문학가. 자는 원서(元瑞), 나중에 명서(明瑞)로
   고침. 호는 석양생(石羊生), 또는 소실산인(少室山人). 난계(蘭溪) 사람. 어려서부
   터 시를 잘 지었다. 1576년에 거인(擧人)이 되었으나 이후에 여러 번 과거에서 낙방
   하자 난계산 속에 이유산방(二酉山房)을 짓고 4만여 권의 책을 모아 두고 저술에
   힘썼다.

는 자신이 말한 바와 같이 『시수』 내편의 내용인 각체의 기원과 변천
을 학습하고, 외편의 작가와 작품에 대한 평을 익혀서 그 격조에 대한
안목을 키우라는 의미이다. 시의 기초부터 체계적인 학습을 하라는
말이다.

또 문장에서는 소동파와 구양수의 문자를 세심하게 연구하여야만
창작의 삼매경을 알 수가 있다고 하였다. 앞에서 유종원을 학습하라
고 한 말에 이어서 여기에서도 소동파와 구양수를 학습하여만 한다
고 하였으므로 당송팔가문의 학습이 산문의 창작에는 필수적 요건임
을 강조한 것이다. 또한 『시수』 편찬의 기본 관점은 한·위·성당의
시를 종주로 하고 있다.

호응린은 "정자(程子)와 소옹(邵雍)은 이(理)를 말하기를 좋아하여
이치에 속박을 당하였으니 이치가 장애가 된다"[70]라고 하였다. 그러
므로 이정섭이 서명응에게 소옹의 학습을 그만두라고 했던 권고와
『시수』를 학습하라는 논리의 맥락이 동일하다고 할 수 있다. 당시(唐
詩)와 당송고문가와 『시수』를 학습하여야 한다는 말은 서명응이 '의
리지문'을 편향되게 추종하여 진정한 문학의 가치를 알지 못하기 때
문에 발생하는 폐단을 근원적으로 교정하라는 것이다. 위에 인용한
편지에서 지적된 서명응 시의 문제점은 '상투적'이라는 것이다. 서명
응은 의리의 발현만을 중시하였기 때문에 문학에서 요구되는 독창성
도 무시하였다. 그러므로 이정섭은 서명응에게 문학의 진정한 가치
를 습득하기 위한 학습을 권고한 것이다.

서명응의 작품에서 나타나는 문제점 중 하나는 문장이 단련되지

---

70) 程邵好談理而爲理縛, 理障也.

못하다는 것이다.

　　아침에 나갔다가 저녁에 돌아와 자네가 손수 써서 보낸 편지를 받
아보니 위안이 되네. 자네의 시를 다 읽어보고 지난번에 보내 준 시고
(詩稿)와 함께 돌려보내네.

　　자네는 전혀 생각을 거치지 않고 시와 문장을 쉽사리 발표하는 까
닭에 작품들이 들떠서 날리며 과장되고 경박하여 자못 침착하고 온당
힌 의사가 없으니 이것이 본래의 큰 문제점일세.

　　원컨대 지금부터라도 우선 그 문예의 필봉을 자제하고, 옛사람들
의 간약하고 정제된 문자에 종사하여, 그들이 생각을 쓴 곳을 깊이
연구하면서 오랫동안 공을 들여, 내가 아는 바가 완전히 분명해지고
적실해진 연후에 붓을 종이 위에 대는 것이 어떤가? 만약 이 버릇을
고치지 않는다면 비록 날마다 천 편을 지어낸들 마침내 진보할 이치
가 없을 것이네.[71]

　　보내 준 편지는 몇 줄의 말에 지나지 않지만 문사(文辭)의 뜻이
들떠 날리고 경박하여 전혀 침착하고 근후(謹厚)한 의사가 없네. 내면
을 향하여 성실한 공을 쓰는 자는 이 같지 않을 것이다. 자네가 아니라
면 내 어찌 이런 말을 할 수나 있겠는가?[72]

---

71) 朝出暮歸, 承手書爲慰. 貴詩謹覽訖, 幷與前稿而奉還. 盖君於詩文, 全不經思, 出
　　之容易, 故諸作大抵浮揚夸佻, 殊無沉着穩帖底意思, 此其本來大病也. 願自今姑且
　　按捺其藻鋒, 而從事於古人簡整文字, 細究其用意處, 積以歲月之功, 吾之所知十分
　　明的, 然後筆之紙上如何? 若不改此塗轍, 則雖日賦千篇, 終無進益之理矣.(『樗村
　　集』, 卷4, 「答徐君受‧10」)
72) 來書不過數行語, 而辭旨浮揚輕薄, 全無沉潛謹厚底意思. 向裏用實功者不如是矣.
　　非君, 吾豈有是言哉?(『樗村集』, 卷4, 「答徐君受‧10」)

서명응이 자신은 의리지문을 추구한다고 말하지만 이정섭의 비평
안으로는 그 때문에 야기된 근본적 문제점들이 포착되었다. 그 중
하나는 다작(多作)의 문제이다. 서명응은 짧은 시간에 다작을 하였던
것으로 보인다. 따라서 이정섭은, 서명응의 작품에 온축된 생각이 내
용으로 발현되어야 하는데, 그렇지 못하기 때문에 논리적인 근거와
타당성이 결여되어 있고 독자의 이목을 현혹시키는 과장되고 경박한
표현을 구사한다고 평가하였다. 현전하는 자료를 보더라도 서명응은
놀라울 만큼 다작을 하였다. 그의 문집인『보만재총서(保晚齋叢書)』만
해도 무려 60권 31책이며 그가 직간접으로 편찬에 참여하였던 도서
도 대단히 호한하다. 정조는『보만재총서』를 열람한 후 "조선의 400
년 역사 동안 이같은 거편(鉅篇)은 없었다"라고 하였다. 서명응 자신
도『보만재총서』의 제(題)에서 이 책이 개인 문집에서는 유일하게 '총
서(叢書)'라는 이름에 걸맞는 저술임을 강조하였다.[73] 그러나 그러한
다작 경향에 대해서 이정섭은 도리어 매우 못마땅하게 생각하였다.
이정섭이「야행(野行)」과「오시(吾詩)」에서 술회하였듯이, 자신은 시
구를 찾기 위하여 종일 막막한 들길을 돌아다니는가 하면, 산발을
하고서 붓끝을 입에 물고 구상을 하였다. 그리고 써 놓은 시구를 보고
또 보면서 단련을 거듭하였다. 그 결과 이정섭의 저작은 그리 많지
않다. 저촌은 자신의 창작 체험과는 반대로 완성도가 떨어지는 작품
을 양산하는 서명응의 창작 태도를 비판하였다.

서명응의 다작은 문학의 본질을 올바로 자각하지 못한 것에서 야
기된 결과이다. 그는 문장이란 의리를 밝히는 수단이라고 생각하고

---

73) 김문식,「서명응 저서의 종류와 특징」(『한국의 경학과 한문학』, 1996) 참조. 이
　　논문에서는 서명응의 방대한 저서를 경·사·자·집으로 나누어 검토하였다.

문학적 형식미의 제고를 무시하였다. 그는 창작 과정에서 필수적인
자구의 단련을 소홀히 하였다. 따라서 다작이 가능하였던 반면 정제
된 작품을 만들 수 없었다.

의리지문의 강조는 내용의 발현에 중점을 둔다. 그렇다면 서명응
의 작품은 내용상의 측면에서 문제점이 발견되지 않는가? 이정섭은
서명응이 다작을 하기 때문에 내용에 깊이가 없음을 지적한 바 있다.
게다가 내용상에서도 모순이 발생한다고 지적하였다.

> 보내 준 여러 작품은 모두 보았는데 이른바 「논어설(論語說)」은
> 문의(文義)와 이취(理趣)에 스스로 터득한 실상이 없는 듯하고 지엽
> 적이고 쓸 데 없는 말을 부연하여 종이 위에 기록하였으니, 이것은
> 진실로 그대의 병통이네. 하물며 편지 중에 "낙천지명(樂天知命)"이
> 라고 한 말은 현저하게 거들먹거리고 잘난 체하는 의사가 있기에 사
> 람으로 하여금 어이가 없어 뭐라고 말을 할 수 없게 만드니 어떻게
> 이런 지경에까지 이르렀는지 알 수 없네. 만약 그렇다면 「자경오잠(自
> 警五箴)」 가운데 "몸은 겸손하고 말을 신중히 한다"는 말은 또 무엇
> 때문에 하였나? 급하게 나아가서 면대하고 경계시키는 성심을 진술
> 하고자 하지만 병이 들어서 그러지 못하니 한스러울 따름일세.74)

이정섭은 위 글에서는 서명응이 가장 중시하는 '의리의 발현'이 과
연 제대로 성취되었는지 분석 비평하였다. 이정섭은 서명응이 의리

---

74) 見投諸作具覽, 而所謂論語說, 則于文義于理趣, 似無自得之實, 而敷衍枝葉無用之
辭, 錄之紙上, 此固左右病痛. 況書中樂天知命之云, 顯有傲兀自大底意思, 令人不
覺憮然失圖, 不知何以至此也. 若然則自警五箴中, 體謙愼言之說, 又何爲而發也?
亟欲委進面陳規戒之誠, 而病未之果, 可恨也已.(『樗村集』, 卷4, 「答徐君受 · 7」)

의 발현만을 지나치게 강조하기 때문에 형식이 소략한 단점이 야기
되었다고 지적한 바 있는데, 이 글에서는 형식만 잘못된 것이 아니라
내용도 문제가 있다고 비평하였다. 그것은 앞서 본 바와 같이 서명응
의 과도한 다작과 관련 있다. 즉 작가의 온축되지 않은 주제 사상이
작품으로 만들어진 결과 완성도가 현저하게 떨어진다는 것이다. 그
는 「논어설(論語說)」과 「자경오잠(自警五箴)」을 예시하였다. 「논어설」
은 자득한 논리가 아닌 상투적인 말이고 간약하지도 못한데, 이는
서명응이 원래부터 지니고 있는 단점이라고 진단하였다. 그러한 지
적은 이미 앞에서 여러 차례 보았다. 그리고 내용상의 문제점도 지적
하였다. "낙천지명(樂天知命)"이라고 한 말이 문제가 있다는 것이다.
이는 앞의 비평에서 지적하였던 "과장되고 경박함"에 해당하는 구체
적인 사례이다. 그 자체로도 실상에 맞지 않을 뿐만 아니라 「자경오
잠」에서 "몸은 겸손하고 말을 신중히 한다"라고 한 말과도 모순이 된
다는 것이다. 즉 언행을 겸손하고 신중히 하겠다고 스스로 다짐을
하였으면서도 오만스럽게 "낙천지명(樂天知命)"이라는 엄청난 말을
하고 있다는 것이다. 이러한 작품 경향에 대하여 이정섭은 어이가
없어서 더 이상 뭐라고 말을 해야 할지 모를 지경이라고 혹평을 서슴
지 않았다.

　　보여준 장폭은, 글은 매우 우회곡절(迂回曲折)하지만 문사(文辭)
　　를 만든 것은 자못 번잡하고 정채가 없네. 또 탄수[灘叟 : 이정]75)의

---

75) 이정(李霆) : 1541(중종 36)~1622(광해군 14). 본관은 전주(全州), 자는 중섭(仲
　　燮). 세종의 현손으로 익주군(益州君) 지(枝)의 아들이다. 석양정(石陽正)에 봉해졌
　　으며, 뒤에 석양군(石陽君)으로 승격되었다. 그는 묵죽화에 있어서 유덕장(柳德

덕업을 지나치게 높이 칭송하여 실정이 아닌 것이 가깝네. 옛사람은
비록 선배를 칭송할 때라도 겉으로는 아첨같이 보이는 것이 있지만,
실상은 스스로 조종(操縱)하는 것이 있어 구차하지 않을 따름이네.
내 생각으로는 지리한 말을 조금 깎아서 그 행의 수를 간결히 하고
칭송하여 기리는 말도 또한 합당히 하여 그 사람을 보여주는 자료로
만드는 것이 낫다고 생각하네. 어떻게 생각하는가?[76)]

위의 비평에서 저촌은 문장을 간결하게 하고 사실에 충실한 글을
써야 한다고 역설하였다. 실정에 맞지 않는 글을 쓰다 보니 아무래도
중언부언 수식을 하여야 하고 글의 편폭이 길어질 수밖에 없다. 또
저촌은 사실과 괴리가 있으면서도 편폭이 길다 보니 초점이 흐려져
서 잡박해지고 정채 없는 글이 되고 말았다고 비평하였다. 그러므로
사실에 근거하여 실정에 맞는 글을 쓰되 간결한 양식을 추구하라고
요구하였다. 이 역시 내용과 형식이 동시에 잘못된 성향을 지적한
것이다. 결국 서명응이 의리를 강조하지만, 실정에 맞지 않고 과장되
는 등 내용에도 문제가 있다는 것이다.

이상의 비평에 대한 논의를 정리해 보면 이정섭이 서명응의 가장
큰 단점으로 지적한 사항은, 문장은 의리를 밝히는 수단이라는 견해
이다. 물론 문장이 의리를 밝히는 수단이라는 견해 자체에는 문제가
없다. 그리고 설사 문제가 된다고 하더라도 공공연히 비판을 할 수

章)·신위(申緯)와 함께 조선시대 3대 화가로 꼽힌다. 서명응이 그에 대하여 쓴 글
로 「탄은묵죽병기(灘隱墨竹屛記)」(『保晚齋集』, 卷8)가 있다.
76) 所示長幅, 文甚紆餘, 而遣辭頗不免叢雜無精采. 且頌灘叟德業過隆, 近於不情. 古
人雖有稱譽前輩, 外看似諛者, 而其實自有操縱, 非苟而已也. 愚意則不如稍芟其支
離, 而簡其行數, 稱譽之語, 亦須稱停, 以爲示彼之地, 如何?(『樗村集』, 卷4, 「答徐
君受·12」)

있는 상황도 아니다. 그러나 '명의리(明義理)'의 편향적 강조는 명백하게 여러 가지 문제점이 야기될 수밖에 없다. 따라서 이정섭은 서명응의 작품에 나타나는 제반 문제점들을 지적함으로써 명의리(明義理)의 편향적 강조를 비판하는 논리에 접근해 가는 방법을 구사하였다. 이정섭이 서명응의 문학에 대하여 지적한 문제점은 주제의식이 온축되지 않고 형식이 엉성하고 천근하며 독창성이 없고 내용이 과장되어 실상에 맞지 않으면서도 다작을 한다는 것으로 요약할 수 있다. 그런데 그와 같은 문제점이 야기되는 이유는 서명응이 문장이란 의리를 밝히면 그만이라고 생각하고 내용과 형식의 이상적 통일도 무시하기 때문이라는 것이다. 그와 같은 논리를 비판하기 위하여 저촌은 서명응이 모범으로 삼은 퇴계도 문장의 완성도를 높이기 위하여 부단히 노력하였다는 사실을 논거로 제시하였다. 저촌은 또 구체적인 학습법도 제시하였는데, 백거이와 소옹의 학습을 그만두고 도연명과 유종원을 학습하라고 하였다. 그는, 백거이와 소옹은 명의리(明義理)의 편향성을 더욱 강화시키지만 도연명과 유종원은 그러한 편향성을 약화 내지 해소시킬 수 있다고 진단한 것이다. 그는 또 아울러 호응린의 『시수』를 학습함으로써 시의 기원과 변천 그리고 작품의 감식안을 육성하라고 권고하였다. 그리고 당송고문가인 구양수·소식을 세밀히 연구하여야만 문학의 삼매경을 알 수 있다고 하였다. 결국, 이정섭은 서명응이 의리를 편향되게 강조함으로써 문학의 진정한 의미를 말살시키고 있다고 보았다.

5) 청초삼가(淸初三家)에 대한 비평

이정섭은 이하곤(李夏坤)에게『삼가문초(三家文抄)』를 빌려 보고 그 책을 돌려보내면서 쓴 편지에『삼가문』의 수록 작가에 대한 비평을 덧붙였는데, 여기에서 그의 비평안을 잘 볼 수 있다.『삼가문초』는 청초삼가(淸初三家)로 일컬어지는 후방역(侯方域)·위희(魏禧)·왕완 (汪琬)의 산문을 초록한 선집이다. 일반적으로 후방역은 재기가 왕성 하고 문장의 기세가 호방하고 법도에 얽매이지 않았다고 평가되는 인물이다. 형 위상(魏祥)·동생 위례(魏禮)와 함께 '영도삼위(寧都三 魏)'라고 칭해지는 위희는 실학적 경향을 중시하여 '유위(有爲)·유정 (有情)·유식(有識)'의 문학을 제창하였다. 왕완은 경학에 심취하고 고 문에 치력하여 문장의 언어가 짜임새가 있고 법도가 엄밀한 특징이 있다고 평가된다.[77] 그런데 이정섭의 평은 그러한 일반론과 일치하 기도 하지만 어떠한 경우에는 상반되기도 한다.

『삼가문초』를 우환 중에 대강대강 보았는데 오래 남겨두기 어려워 삼가 받들어 돌려보냅니다.

조종[朝宗 : 후방역]의 문장은 오로지 기력(氣力)만을 숭상하여 입 의(立意)가 천박하고 명사(命辭)가 선명하지 않습니다. 오로지 「둔전 주의(屯田奏議)」와 「붕당론(朋黨論)」·「환관론(宦官論)」 등의 논(論) 은 한두 가지 기뻐할 만한 곳이 없지 않습니다.

빙숙[氷叔 : 위희]은 기존 작법에서 벗어나 자신의 방식을 창출하 였으니, 그 아름다운 곳은 정히 문사의 기세가 충만하며 굳세고 곧으 며 참된 뜻이 활발한 데 있습니다. 다만 그 단락은 구성이 부적절하고

---

77) 鄔國平·王鎭遠 著,『淸代文學批評史』, 上海古籍出版社, 1995.

체재가 소략하고 거칠어 전편을 통틀어서 작법에 부합되는 것이 적습니다. 비록 스스로 세상의 일을 충분히 익혔다고 믿지만, 논(論)·책(策)의 여러 편은 대부분 글을 따라서 해석을 만들어낸 경우가 많아 실제 쓰임새가 있는 것을 볼 수 없습니다.

둔옹[鈍翁 : 왕완]은 경전(經傳)에서 얻은 것이 많은 까닭에 식견과 의논이 가장 순수하고 바르며 글 짓는 것이 막힘이 없고 단아하고 깔끔하여 비지문(碑誌文) 등과 같은 작품 중에는 왕왕 매우 아름다운 것이 있습니다. 되놈 청나라 세상에서, 요는 명가(名家)가 되는 데 실수하지 않았지만, 단점은 기백(氣魄)이 약하고 정리(情理)가 돈독하지 못하여, 귀희보[歸熙甫 : 귀유광]78)·전수지[錢受之 : 전겸익]79)의 무리들과 비교해 보면 또 그 수준에 심히 미치지 못하니, 이른바 "문장의 수준이 후대로 갈수록 떨어진다"는 말이 어찌 믿을 만하지 않겠습니까?80)

---

78) 귀유광(歸有光) : 1506~1517. 명의 산문가. 자는 희보(熙甫), 호는 진천(震川), 곤산(昆山) 사람. 가정(嘉定)의 정정강(定亭江)에 옮겨 살면서 독서하고 강론하여 문하생이 늘 수백 명이었다. 사람들은 그를 진천선생(震川先生)이라 불렀다. 『진천선생집(震川先生集)』 30권과 『별집(別集)』 10권이 있다.

79) 전겸익(錢謙益) : 1582~1644. 명말청초의 문학가. 자는 수지(受之), 호는 목재(牧齋), 혹은 동간유노(東澗遺老). 시문으로 큰 명성을 얻어 오위업(吳偉業)·공정자(龔鼎孳)와 함께 강좌삼대가(江左三大家)로 일컬어졌는데, 그가 사실상의 영수이다. 저서로 『초학집(初學集)』 117권과 『유학집(有學集)』 50권·『보유(補遺)』 1권이 있으며 『투필집(投筆集)』 2권 등이 있다.

80) 三家文抄, 憂患中草草看過, 而難於久留, 謹此奉歸. 大抵朝宗之文, 專尙氣力, 而立意淺薄, 命辭不明瑩. 惟屯田奏·朋黨·宦官等論, 無不一二可喜處. 氷叔脫略繩墨, 自出機軸, 其佳處正在莽蒼勁直, 眞意瀏漓. 但其段絡踦齲, 體裁疎齒, 通篇合作者寡. 雖自倚以綜鍊世務, 而論策諸篇, 類多緣文生解, 未見其有實用. 鈍翁則盖得之經傳者爲多, 故其識議最純正, 行文疏暢雅潔, 如碑誌等作, 往往有絶佳者. 在於胡淸, 要不失爲名家, 所短氣魄弱, 情理不篤, 其視歸熙甫·錢受之輩, 又不逮遠甚, 所謂文以代降, 豈不信然哉?(『樗村集』, 卷4, 「與李載大夏坤」)

이정섭의 여타 산문이 그러하듯이 이 글도 편폭이 대단히 짧다. 그러나 삼가의 장단점을 전체적으로 개괄하면서 필요할 때는 구체적인 논거도 제시하여 논리적 타당성을 확보하였다.

이정섭은 후방역(侯方域)[81]의 단점으로 기력만을 숭상하고 입의(立意)가 천박하며 명사(命辭)가 선명하지 못하다고 지적하였다. 이정섭의 후방역에 대한 비평은 얼마나 타당성이 있는 것일까? 이정섭이 지적한 바와 같이 후방역의 문론(文論)에서 '기(氣)'는 가장 중요한 이론 가운데 하나이다. 후방역은 「답손생서(答孫生書)」에서 "문장에서 귀하게 여기는 것은 기이다[文之所貴者, 氣也.]"라고 하여 '氣'의 중요성을 언명하였다. 또 「여임왕곡논문서(與任王谷論文書)」에서는, 진(秦) 이전의 문장을 '염기어골(斂氣於骨)'로 규정하고 한(漢) 이후의 문장은 '운골어기(運骨於氣)'로 규정하였다.[82] 이는 진나라 이전의 문장은 내용에 중점을 두었고 한나라 이후의 문장은 형식기교에 편중하였다는 의미이다. 이와 같이 후방역은 재기가 흘러넘친다고 평가되는 작가일 뿐만 아니라 그 자신도 창작에서 기를 중시하였다. 따라서 후방역이 기력만을 숭상하였다는 이정섭의 비평은 적확한 것이라고 할 수 있다.

이정섭은 후방역의 단점으로 입의(立意)가 천박하다는 점을 지적하였다. '의(意)'는 '주제'와 그 의미가 근사하므로 '입의(立意)'는 '주제

---

81) 후방역(侯方域) : 1618~1654. 명말청초의 문학가. 자는 조종(朝宗), 호는 설원(雪苑). 젊었을 때부터 재명이 있어서 방이지(方以智)·진정혜(陳貞慧)·모양(冒襄)과 함께 명말사공자(明末四公子)라고 칭하여졌다. 그는 명문 출신으로 재주가 뛰어나고 기(氣)가 성하여 젊어서는 생활이 방탕하였으나, 30세 이후에는 마음을 고쳐 발분하여 고문(古文)에 힘써서 왕완·위희와 함께 '청초고문삼가'로 일컬어진다. 문장은 한유와 구양수를 본받았고 시는 두보를 배웠다. 저서로는 『장회당문집(壯悔堂文集)』·『사억당시집(四憶堂詩集)』이 있다.

82) 秦以前之文斂氣於骨, 而漢以後之文, 則運骨於氣.

의 확립'이라고 해석할 수 있다.[83] 주제 의식이 풍부하지 못하면 작품의 내용성 역시 빈약해질 수밖에 없으며 작품 내에서 사용된 개념어도 애매모호해질 수밖에 없다. 「둔전주의(屯田奏議)」·「붕당론(朋黨論)」·「환관론(宦官論)」 등 의론문 작품들 중에서 잘된 곳이 있다고 하였는데, 그것도 작품의 부분적인 긍정이므로, 기실 긍정적 평가라고 볼 수 없다.

이상에서 본 바와 같이 후방역은 기(氣)를 중시하는 자신의 문론에 의거하여 창작을 하였기 때문에 상대적으로 주제의식의 확립과 개념어의 명확성이 떨어지게 된 것이다. 그러므로 후방역의 주요 특징에 대한 이정섭의 지적은 일반적 평가와 정확하게 일치한다. 그러나 그것을 장점으로 인정하지 않고 오히려 단점이 야기된 근원처로 규정한 점은 이정섭만의 독특한 비평안이라고 할 수 있다.

이정섭은 후방역에 이어 위희(魏禧)[84]에 대하여 비평하였다. 이정섭은 위희가 독창성이 있고 굳세고 곧으며 특히 진의(眞意)가 활발하다는 장점을 거론하였다. 위희는 칠자의 의고를 반대하고 창신의 중요성을 강조하였으며 고인의 맹종을 배격하였다. 그는 "우리들은 고인의 뒤에 태어났으니 의당 고인의 자손이 되어야지, 고인의 노예가 되어서는 안 된다. 대개 자손이 되면 고인의 진짜 혈맥을 얻을 수 있지만, 노예가 되면 고인에게 의지하여 살아갈 따름이다"[85]라고

---

83) 尹永彬 主編, 『新編 寫作學詞典』, 山西人民出版社, 1989.
84) 위희(魏禧) : 1624~1680. 청초 산문의 대가. 자는 빙숙(氷叔)·숙자(叔子), 호는 유재(裕齋)·작정(勺庭). 영도인(寧都人). 명이 망한 후에는 벼슬길에 나아가지 않고 은거하면서 교육과 저술 활동에 힘썼다. 저서로 『위숙자문집(魏叔子文集)』·『일록(日錄)』·『좌전경세(左傳經世)』 등이 있다.
85) 我輩生古人之後, 當爲古人子孫, 不可爲古人奴隸. 蓋爲子孫, 則有得古人眞血脈,

하였다. 고인(古人)의 자손이 된다는 것은 고인의 전통을 발전적으로 계승하면서도 스스로의 개성을 지니는 것이지만, 노예는 타인에게 자유가 제한되고 독자성을 상실한 것이다. 또 「팔대가문초서(八大家文鈔敍)」에서 "나는 『사기』가 태사공이 완성하지 못한 책이라고 들었다. 만약 태사공이 살아있다면 틀림없이 다시 개정하였을 것이다"[86]라고 하였다. 또 고인의 글에는 단점이 있기 마련인데, 그와 같은 사실을 모르고 맹종하는 행위는 천하의 병을 자기의 몸에 모아들이는 짓이라고 모방을 극력 배격하였다. 따라서 위희의 작품이 기존의 작법으로부터 탈피하여 독창적 방식이 구사된 특징이 있다는 이정섭의 평가는 매우 적절하다고 할 수 있다.

이정섭은 위희가 독창성을 강조하여, 기존 작법의 틀에서 벗어나 자신만의 독특한 작품 세계를 구축한 반면 형식적인 측면에서 야기된 결점도 간과하지 않았다. 즉 단락이 마치 절뚝발이나 포개져 난 덧니와 같다고 하였으니, 이는 단락간의 균형이 맞지 않거나 중첩됨을 지적한 것이다. 또 체재(體裁)가 소략하고 거칠어 정밀한 맛이 없다고 하였으니, 비록 독자적 형식을 창출했지만 완성도가 떨어지는 문제점을 지적한 것이다. 그 외에도 글을 위한 글을 썼다는 것도 하나의 단점으로 지적하였다. 그것은 정밀한 논리를 전개하여야 하는 논(論)이나 책(策)에 검증되지 않은 이론을 전개하였다는 의미이다. 일반적으로 위희는 논·책에 장점이 있다고 하였으며, 당시의 사람들은 후방역의 서전(敍傳)과 위희의 의논(議論)을 '문단의 쌍묘(雙妙)'라고 하였다. 위희의 그와 같은 작품 경향은 그의 문학론과 밀접한

爲奴隷, 則依倣古人作活耳.(『日錄』, 「雜說」)
86) 吾聞史記爲太史公未成之書, 使太史公而在, 必當更有改定.

관련이 있다. 위희는 세무(世務)에 관심을 갖고 실학을 강조하여 문학 이론에서도 강렬하게 경세와 실용을 주장하였다. 따라서 문학을 위한 문학과 세상에 도움이 되지 않는 문장을 반대하고 현실적인 의의가 있는 의론문(議論文)을 중시하였다. 그는 "고금의 치란득실을 궁구하기 좋아하고 의논을 잘하여 나의 문집 중에서는 자못 논책이 솜씨가 좋다"[87]라고 말한 바 있다. 그의 의론문 가운데에서 「구황책(救荒策)」·「제과책(制科策)」·「변법책(變法策)」·「봉건론(封建論)」 등이 특히 저명하다. 또 "내가 평생 문장을 논함에, 세상에 쓰임이 있는 것을 주로 삼았다"[88]라고 말하였다.

이상에서 거론한 바를 종합해 보면, 위희는 문학의 실용성을 주장하였고, 그의 문학론에 의거하여 의론문에 장점이 있으며, 이는 자타가 인정하는 사항이다. 그러나 이정섭의 비평은 위의 일반론과는 상반된다. 우선 위희의 작품은 그의 주장과 같이 실용성을 염두에 두고 지은 것이 아니라, 오히려 문장을 위해 논리를 조작하였다는 단점을 지적하였다. 따라서 위희가 가장 중시하였던 실용성이 실제로는 결여되었으며, 그가 가장 자신 있다고 말한 논·책도 실용적 가치가 없다고 평가하였다.

위희의 작품에 대한 이정섭의 비평을 정리해 보면, 그는 독창성의 모색에 대해서는 그 가치를 인정하되 그로 인해 야기되는 형식적 미숙성까지 상쇄할 수 있는 것이 아님을 분명히 함으로써 '내용과 형식의 통일'을 요구하였다. 이정섭이 위희의 독창성에 대하여 포착한 것은 일반론과 다를 바 없으나, 형식적 결함에 대하여 지적한 것은 이정

---

87) 吾好窮古今治亂得失, 長於議論, 吾文集頗工論策.(「與諸子世傑論文書」)
88) 余平生論文, 主於有用於世.(「兪右吉文集敍」)

섭의 독특한 비평안이라고 평가할 수 있다. 또 그보다 더욱 흥미로운
것은 위희가 자신의 문학에서 가장 중시한 문학의 실용성과 스스로
도 장처로 자부하였던 논·책의 가치를 이정섭은 문제점으로 지적하
면서 그 근거를 제시하고 있다는 점이다. 이 역시 이정섭의 비평 수준
을 평가하는데 중요한 근거가 된다.

마지막으로 이정섭은 왕완(汪琬)89)에 대해서, 식견과 의논이 삼가
중에서 가장 순수하고 글을 짓는 것이 막힘이 없고 단아하고 깔끔한
장점이 있는데, 이는 그가 경전에 근본하었기 때문이라고 분석하였다.

왕완은 삼가 중에서 유가의 정통을 가장 독실하게 지켰다고 평가되
는 인물이다. 왕완은 문도합일을 제창하였고 유가의 경전을 최고의
전범으로 삼았다. 그는 「왕경재선생집서(王敬哉先生集序)」에서 '문장
은 관도지기(貫道之器)'라는 설에 입각하여 유가의 원시적인 '문(文)'의
관념을 회복하여야 한다고 역설하였다. 그는 '문(文)'이란 문화와 학
술을 광범위하게 지칭하는 개념으로, 도와 문의 두 영역을 포괄하며
구체적으로는『역경』·『시경』·『서경』·『예기』·『악기』등 유가의
경전이 그 전범에 해당한다고 하였다. 그러므로 왕완 작품의 가장
큰 특징을 '경전과의 관련성'으로 단정한 이정섭의 비평은 대단히 정
확하다고 할 수 있다. 이정섭은 또한 그의 작품 중에서 비지문을 긍정
적으로 평가하였다. 위희도 「답계보초서(答計甫草書)」에서 "전지(傳
誌)의 문장은 법도가 아니면 절대로 공교로울 수 없다"90)라고 하면서,

---

89) 왕완(汪琬) : 1624~1691. 청초의 산문가. 자는 초문(苕文), 호는 둔옹(鈍翁), 만년
   의 호는 요봉(堯峰). 저서로『둔옹유고(鈍翁類稿)』62권과『속고(續稿)』30권,『요
   봉문초(堯峰文鈔)』50권이 있다.
90) 至傳誌之文, 則非法度, 必不工.(『魏叔子文集』, 卷5)

왕완의 비지(碑誌)를 추중(推重)하여 "법도가 엄격하여 비지에 가장 마땅함을 얻었다"[91]라고 평가를 한 사실로 미루어 본다면 왕완의 비지문에 대한 이정섭의 평가는 위희와 일치한다. 왕완이 비지문이 뛰어난 이유는 경전과 기존의 작법을 중시하였기 때문이라는 것이다.

이정섭은 왕완의 단점으로 기백이 약하고 정리(情理)가 돈독하지 못하여 귀유광(歸有光)이나 전겸익(錢謙益)보다 떨어진다는 점을 지적하였다. 이정섭의 문학비평에서는 '기(氣)'에 일정한 비중을 두고 있다. 비록 후방역의 비평에서 그가 기력만을 숭상한다고 하였지만 기를 부정하는 논리는 아니다. 오히려 기를 평가기준의 한 항목으로 설정하고 있다. 그는 구체적으로 기력(氣力)·기백(氣魄)·기상(氣象)란 개념을 사용하였으며, 기가 문학 창작의 기본요소임을 강조하였다.

> 제가 6월 20일 이후로 한 달 남짓 시묘살이를 하면서 착실하게 공부를 하지 못하고 『전국책(戰國策)』만 가지고 설렁설렁 한 번 보았습니다. 그리고는 『전국책』의 문자가 준마처럼 날래고 자유분방한 것을 사랑하여 잔약한 초학자들에게 이 책을 읽힌다면 또한 '기(氣)'를 더할 수 있게 하리라 생각하였습니다. 그래서 드디어 8, 90편을 가려 뽑아 아이들을 가르쳤습니다. 생각하건대, 당신이 제 말을 들으면 반드시 몸에 절실하지 못함을 비웃고 스스로를 그르치고 남을 그르친다는 죄목으로 적용시킬 것입니다.[92]

---

91) 法度緊嚴, 於碑誌最得宜.
92) 僕六月念後, 出居墓下留月餘, 而不能做着實功夫, 只將戰國策, 謾看了一遍. 愛其文字駿利橫逸, 令初學孱懦者讀之, 亦足以增氣. 遂抄八九十篇, 課敎兒輩. 想高明聞之, 必哂其不切於己, 而擬之以自誤誤人之律也.(『樗村集』, 卷4, 「答柳元履」)

특이하게도, 이정섭은『전국책』을 초학자들의 학습 교재로 삼았다고 한다. 일반적으로는『소학』이나 경서류의 교재를 초학자들에게 학습시키는데, 이정섭은『전국책』에서 직접 선집하여 아동들에게 가르쳤다는데, 그와 같은 교육의 가장 큰 효용으로 '증기(增氣)'를 들었다.『전국책』을 익히면 기가 증대된다는 근거는『전국책』의 문자가 마치 준마와 같이 날래고 구속되지 않는 초일함이 있기 때문이라고 하였다. 여기에서 이정섭의 '양기법'이 유가의 전통적 방법과 다름을 알 수 있다. 동시대의 오달운(吳達運)은『사기』조차도 어린 아이들이 읽어서는 안 될 책이라고 하였다.[93] 그러므로 이정섭이 초학 아동들에게『전국책』을 교육시키는 것은 비판을 초래할 수밖에 없었다. 이정섭도 그와 같은 사실을 잘 알면서도 나름대로의 독특한 교육을 시행한 것은 아동들에게 자유로운 기를 양성시키는 것이 중요하다고 생각하였기 때문이다.

이정섭이 기(氣)를 중시하였던 만큼, 왕완의 기를 평가의 척도로 삼았다. 그는 왕완이 기백이 약하여 귀유광이나 전겸익보다 못하다고 평가하면서 그것을 시대와의 관련성으로 결론지었다. 이정섭은 왕완이 청나라의 치하에서 창작 활동을 하였기 때문에 기백이 약해질 수밖에 없다는 견해를 갖고 있었던 것으로 보인다.[94]

---

93) 史記則尤非小兒可讀之文也.(『海錦集』, 卷5, 「漫筆」)
94) 이정섭의 대청관(對淸觀)은 시 「送尹季亨陽來書狀赴燕」에서 볼 수 있다. 그는 청나라에 대하여 적개심을 갖고 있었는데 그것은 설분의식과 맞물려 있다. 그러나 그것이 단순히 감정적 차원이 아니라, 나름대로 독특한 논리를 갖추고 있다는 점이 주목된다. 이정섭은 당시의 일반적 북벌론(北伐論)과는 다른 견해를 갖고 있었다. 정권의 유지를 위하여 그 순수성이 변질된 채 구호로 전락한 것이 당시의 북벌론(이명학, 「북벌론의 비판 의식−관련 야담을 중심으로」,『대동문화연구』25집, 성균관대학교 대동문화 연구원, 1990)이었던 데 반하여, 이정섭의 북벌론은 국제 정세의 분석을

『사고전서총목제요』에는 삼가(三家)에 대한 평이 있어서 이정섭의
비평과 비교해 볼 수가 있다.[95]

> 고문의 한 줄기 명맥은 명대로부터 칠자(七子)에게서 천박하고 들
> 뜨게 되었고, 삼원(三袁)[96]에게서 섬약하고 경박하게 되었다가, 계·
> 정(啓·禎)[97]에 이르러 그 폐단이 극에 달하였다. 국초에는 풍기(風
> 氣)가 도리어 순후해져 일시의 학자들이 비로소 다시 당·송 이래의
> 규율을 익혔는데 왕완(汪琬)과 영도(寧都)의 위희(魏禧)와 상구(商丘)
> 의 후방역(侯方域)이 가장 공교하다고 일컬어진다. …… 그러나 위희
> 는 재주가 잡되고 방종하여 순수한 곳으로 귀착하지 못하였고 후방역
> 은 화려한 수식을 체득·겸비하였지만, 조금 부화하고 과장된 점이
> 있다. 오직 왕완은 학문이 깊고 문장의 법도도 정도를 회복하였다.
> 그 말이 대체로 육경에 근원하였기에 두 사람과는 크게 다르다. 그
> 기체(氣體)가 호한(浩瀚)하고 소통하고 창달하여 자못 남송의 제가들
> 과 가깝지만 그들의 길은 또한 대략 같지 않다.[98]

토대로 국제적 역학 관계를 이용하자고 하였다. 즉 그는 중국 주변의 북방 민족을
이용하고 그들과 연합하여 청나라를 정벌할 수 있다는 견해를 가지고 있었다.

95) 『사고전서총목제요』가 책의 성격상 수록도서의 내용을 개괄하는 짧은 형식으로
되어 있기 때문에 이정섭의 비평과 수평적 비교를 하기는 어렵다. 그러나 이정섭의
비평 수준을 가늠해 보기 위한 비교 자료로 이용하기에는 큰 무리가 없다.

96) 삼원(三袁) : 명나라 공안파(公安派)의 핵심 인물인 원종도(袁宗道)·원굉도(袁宏
道)·원중도(袁中道)를 이름.

97) 계·정(啓·禎) : 명말 희종[熹宗 : 재위 1620~1627]의 연호인 천계[天啓 : 1621~
1627]와 의종[毅宗 : 1628~1644]의 연호인 숭정(崇禎).

98) 古文一脈, 自明代, 膚濫于七子, 纖佻于三袁, 至啓·禎而極弊. 國初風氣還淳, 一
時學者, 始復講唐·宋以來之規矱, 而琬與寧都魏禧·商丘侯方域稱爲最工. ……然
禧才雜縱橫, 未歸於純粹, 方域體兼華藻, 稍涉於浮夸. 惟琬學術旣深, 軌轍復正. 其
言大抵原本六經, 與二家迥別. 其氣體浩瀚, 疏通暢達, 頗近南宋諸家, 蹊徑亦略不
同. (『四庫全書總目提要』, 「堯峰文鈔」)

『사고전서총목제요』와 이정섭의 삼가(三家)에 대한 비평을 비교해 보면 이정섭의 비평이 대단히 치밀하며 그 안목이 예리하다는 것을 알 수 있다. 이정섭은 삼가의 장점과 단점을 동시에 지적하면서 유기적 관련성까지도 논하였다. 그리고 필요할 경우에는 실제의 작품명을 예시하기도 하였다. 또 내용과 형식의 두 가지 측면을 동시에 비평의 대상으로 다루었으며, 그들의 문론이 실제의 작품으로 실천되었는지의 여부도 평가하였다. 그리고 그들의 단점이 야기된 원인에 대해서도 압축적인 형식으로 제시하였다. 이와 같은 점을 종합해 본다면 이정섭의 비평은 독자적 이론에 기반하고 있으며 나름대로의 독특한 형식을 갖추고 있다고 하겠다.

문학비평은 결코 문학의 내적 활동의 일부분이 아니며, 그것은 객관세계에 대한 이성적 판단으로 이루어져야 한다. 비평가는 객관세계에 대하여 이성적으로 판단하여 그 견해를 발언하며 고발할 수 있는 권리에 대하여 자각해야 한다. 그러한 자각은 물론 엄연히 존재하는 중세적 권력이나 전통으로부터 완전히 자유로울 수 없다. 그러나 비평 권리의 자각과 중세적 권력 사이에서 파생될 수밖에 없는 갈등과 불일치야말로 비평을 산생케 하는 원동력이다. 문학비평가는 사회의 메커니즘 속에서 보고자 혹은 고발자, 또는 정보의 제공자로서의 책임감과 의무감을 가지고 보편적인 인간의 존엄성을 전파하고 계몽해야 할 의무를 자각하여야 한다. 그리고 필연적으로 어떠한 지점에서 문학적 현상으로 전환해야만 한다. 그러므로 문학비평과 사회에 대한 비평은 단절될 수 없는 유기적 관계라고 할 수 있다.

이정섭은 그와 같은 진정한 비평가의 책임과 임무를 자각한 인물이다. 이정섭의 부조리한 사회현실의 모순에 대한 고발은 상당히 객

관성을 지닌 것이었다. 특히 그의 시로 형상화된 사회 모순의 고발과 비판의 객관성과 타당성은『조선왕조실록』이나 그의 행장 등의 실제 기록과 비교해 볼 때 정확하다는 사실을 확인할 수 있다.

작가의 일상생활과 결속된 비평의 내용과 형식은 상호 유기적 관련을 맺으면서, 어떠한 접점에서 문학적 현상으로 전환한다. 이정섭이 부조리한 사회의 현실로 인하여 고뇌하는 와중에서 향유할 수 있었던 유일한 즐거움은 문학 활동이었다. 따라서 고발하고자 하는 사회현실은 시로 형상화되었고 고발정신과 비판의식은 문학비평으로 전화될 수밖에 없었다. 본고에서는 그와 같은 이정섭의 문학세계 중에서 문학비평의 실제 양상을 고찰하여 보았다.

이정섭의 활발한 비평 활동은 당시로서는 보기 드문 것이다. 그런데 본고에서 주목하고 있는 사항은 그것이 개인의 돌출된 '특이함'이 아니라 조선후기에 광범위하게 진행되던 사회 변동의 한 양상이라는 점이다.

이정섭의 비평의식과 양상을 가장 선명하게 볼 수 있는 자료는『삼가문초』와 이덕수·서명응의 작품을 대상으로 한 비평이다.

『삼가문초』는 중국 문인들의 작품 선집이라는 점에서 이덕수와 서명응의 비평과는 그 양상이 다르다.『삼가문초』에는 비평의 당대성이 없다. 그러나 후방역·위희·왕완이 그리 멀리 떨어진 시기의 인물들이 아니라는 점과 비평의 형식 및 타당성에 대한 측면을 고려한다면 그 가치를 인정하지 않을 수 없다. 이정섭은 삼가를 비평하면서, 그들의 장점과 단점을 동시에 지적하고 그들 간의 유기성을 분석하는 등 독특한 비평 형식을 구사하였다. 그리고 필요한 경우에는 단점이 초래된 원인도 분석하였다. 또 매우 짧은 편폭의 글임에도

불구하고 작품명을 예시하는 등 구체적인 양상을 보인다. 이정섭의
청초삼가에 대한 비평은 일반적 평가와 일치하는 측면이 있는가 하
면 일반론과 상반되는 것도 있다. 이것으로부터 그가 독자적 비평안
을 갖추고 있었다는 사실을 알 수 있다.

　문형을 역임하는 등 당대를 대표하는 문인인 이덕수와 서명응의
작품에 가한 이정섭의 비평을 통하여 그의 비평 활동을 선명하게 볼
수 있다. 이천보는 '황경원이 문명을 떨치게 된 원인은 이정섭이 황경
원을 평가한 한 마디 말 때문'이라고 하였다. 이천보는 이정섭과 교분
이 없었음에도 불구하고 그의 비평가로서의 비중과 그의 비평이 갖
는 공신력을 인정하였다. 이정섭의 비평이 갖는 공신력은 문장에 대
한 공리적 기능의 자각에 의한 것이다. 문장은 작가의 사유물이 아니
므로 그것을 정당하게 평가해야만 한다는 비평의 공리적 기능이 도
출되는 것이다. 그와 같은 의식 하에 행해진 것이 이덕수와 서명응의
작품에 대한 비평이다. 이덕수와 서명응은 자신의 작품에 대한 평가
를 요청하였고 이정섭은 그들 작품에 대하여 지속적인 비평을 하였
다. 그러나 그들 작품에 대한 비평은 결코 친교적인 성격이 아니라는
점에서 탈중세적인 조짐을 볼 수 있다. 그리고 그들의 결점을 지적하
는 차원에서 그치지 않고 원인의 분석과, 문제를 해결할 수 있는 대안
도 제시하였다. 예컨대, 이덕수의 작품에서 나타나는 단점은 증공을
잘못 학습하여 독창성이 결여된 것에서 연유하며, 서명응의 작품에
서 나타나는 제반 결함은 의리를 강조하는 문학관에 연유한다고 진
단하였다. 특히, 서명응의 경우에는 이학가적 입장에서 벗어나야만
진정한 문학의 묘미를 알 수 있다고 권고하였다.

　이상에서 살펴본 바와 같은 이정섭의 비평 양상은 이전의 시기와

명확히 구분되는 성격을 지닌다. 더욱 중요한 것은 당시 비평의 공간에는 다수의 비평가가 활발하게 활동하는 양태로 존재하고 있었으며, 이정섭은 그 일례라는 사실이다. 그 구체적인 양상에 대한 연구의 진행을 통하여 우리 문학사의 발전적 면모를 파악할 수 있을 것이다.

6. 결론

 우리 문학사에서 조선후기, 특히 17 · 18세기는 가장 활발한 양태로 변화의 모색이 진행된 시기이다. 이때에는 문학의 예술적 가치에 대한 논쟁이 치열하게 이루어졌으며, 그 논단의 중심에는 조귀명(趙龜命) · 임상정(林象鼎) · 이천보(李天輔) · 이정섭(李廷燮)이 있었다. 그리고 다시 이들을 중심으로 이덕수(李德壽) · 이하곤(李夏坤) · 임상덕(林象德) · 조현명(趙顯命) · 이정보(李鼎輔) · 남유용(南有容) · 오원(吳瑗) · 황경원(黃景源) · 김양택(金陽澤) · 서명응(徐命膺) · 최홍간(崔弘簡) 등이 문학적 관계를 맺고 있었다. 그 중에서 이덕수 · 오원 · 남유용 · 김양택 · 이정보 · 황경원 · 서명응은 문형(文衡)을 역임하였으며, 다른 인물들도 당대를 대표하는 문인들이다.

 ‘당대 팔문장’, ‘관동팔문장(館洞八文章)’, ‘영조대 4대가’의 일원으로 지목되기도 하였던 그들은 나이와 당색과 지역을 초월하여 서로를 방문하고 문학적 담론을 나누었으며, 자신의 작품에 비평을 요청하였다. 이와 같이 17, 18세기는 창작과 비평에서 우리 문학사의 그 어느 때보다도 개방된 공간을 확보한 시기였다고 이를만하다.

 이 시기에 나타난 가장 중요한 변화는 도학과 문학의 분리현상이다. 문학에 평생을 바치고 문학가임을 자부하였던 조귀명은 ‘도문분

리론(道文分離論)'을 자신만의 독자적 이론으로 제시하였다. 그의 도
문분리론은 성리학적 문학관으로부터 일탈할 수 있는 사상적 이단성
과 관련이 있다. 그 때문에 조귀명은 끊임없는 비판을 감내해야만
했다.

조귀명은 '자득의 의(意)'를 중시하였는데, 그것은 개개의 작가가
터득한 개성을 의미한다. 그가 제시한 '방고이적의(倣古而適意), 창신
이적의(創新而適意).' 역시 작가의 의사에 맞는 창신에 무게 중심이 있
는 논리이다. 창신의 추구는 '기(奇)'를 추구한다는 비판을 야기하였
다. '기(奇)'에 대한 문제는 조귀명의 작품 비평에서도 하나의 쟁점
거리였다.

조귀명의 창작론은 창신에 초점이 맞추어져 있다. 조귀명은 의 ·
기 · 법(意 · 氣 · 法)을 문학 창작의 3가지 주요소로 제시하였는데, 그
중에서 가장 중시한 것은 '의(意)'였다. 또 객관적 사실에 의거하여
문학의 대상을 묘사해야 한다는 사실적 창작원리를 제시하였다. 조
귀명의 주변 문인들은 그의 문학론에 동조하지 못하였을 뿐만 아니
라, 질서 체제 속으로 복귀할 것을 끊임없이 종용하였다. 그렇지만
그들과 맞서면서 조귀명의 문학론은 더욱 성숙되고 강화되었다. 그
것은 바로 우리 문학사의 성숙된 면모라고도 할 수 있다.

임상정은 조귀명과 가장 절친했던 문인이다. 조귀명은 임상정이
없었다면 자신의 문장을 이룰 수 없었을 것이라고 공공연하게 말하
였고, 조귀명의 그와 같은 발언으로 임상정은 문단에서 더욱 주시되
었다.

임상정은 문장이야말로 천하의 지극한 보배이며 문학 창작의 즐거
움은 그 무엇으로도 바꿀 수 없는 것이라고 말할 정도로 문학을 애호

하였다. 그러나 문학은 지극한 보배로서 희소성이 있기 때문에 문학에 대한 열정적 애호와 천부적 창작 재능이 결합된 소수만이 문학적 성취를 할 수 있다고 생각하였다. 그는 문학을 애호할 수밖에 없는 것은 마치 본능적 심리작용과도 같아서 후천적 노력에 우선하여 존재한다고 하였다. 임상정은 그러한 논리를 뒷받침하기 위하여 창작학습뿐만 아니라, 창작 주체의 소양과 창작의 과정에 대한 논리를 개진하였다.

임상정은 창작 주체의 주관적 소양 중에서 선천적인 요소를 재분(才分)·재성(才性)·재력(才力)·분량(分量)으로 표현하였다. 또 기질과 능력도 중요한 요소로 거론하였다. 그리고 후천적 수양의 요소로 식오(識悟)·공부·자부·안목·수단 등을 열거하였으며, 육체적 건강도 결여되어서는 안 되는 창작 주체의 요소라고 하였다. 그리고 그 모든 것에 우선하는 요소로써 선험적 법칙성인 천(天)·명(命)이 존재한다고 하였다. 이상에서 거론한 요소들의 구비 여하에 따라 작가로서의 성패가 결정된다고 하였다. 그러나 임상정은 창작 주체의 주관적 요소가 자신에게는 결여되어 있지만, 문학 창작을 할 수밖에 없는 본능이 존재한다고 하였다. 그 원동력은 바로 천기(天機)인데, 그것이 외물과 접촉하면 작가적 정감을 충동하고 이것이 창작 습관과 결합하여 작품이 만들어진다는 일련의 과정을 설명하였다. 그러므로 임상정이 제시한 창작 소양의 요소로 천기를 부가할 수 있다.

임상정은 문학을 애호하고 창작 요소와 과정에 대하여 심도 있는 견해를 개진한 것과는 상반되게 도본문말(道本文末)을 주장하였으며 자신은 문인이 아니라고 단언하였다. 또 문인이 서로 경시하는 그릇된 비평 풍조의 지양에 대해서 논하는 장문의 대책문에서 문인의 존

재와 문학의 가치를 부정하는 논리를 전개하였다. 그리고 도문분리를 주장하는 조귀명을 강한 어조로 비판하였다. 그럼에도 불구하고 임상정의 작품을 살펴보면, 그는 명백한 문학가이다. 임상정은 문학을 심하게 애호하고 철저하게 문장 학습을 하였으며 처절할 정도로 창작의 과정을 경험하였다. 그러나 만족할 만한 수준에 도달하지 못하였기 때문에 문학을 회의·부정하고 상대적으로 도학의 성취 가능성을 주장하였다. 따라서 그의 문학론은 더욱 진실되고 실제적이다. 조선후기의 변화하는 문학적 상황 속에서 고민하는 문학가의 모습을 임상정에게서 볼 수 있다.

이천보는 당대의 팔문장으로 꼽히는 문학가인데, 그의 비평 활동에서 주목되는 현상은 모방에 대한 시비이다. 이천보는 문학뿐만 아니라 문화의 제 방면에서도 모방을 극력 배격하였다. 그럼에도 불구하고 이천보와 그 주변의 문인들은 서로의 작품에 대하여 모방의 의혹을 제기하였다.

이천보는 오원(吳瑗)의 작품에서 백거이와 유사한 면이 발견된다고 비평하였고, 황경원(黃景源)은 이천보가 소식(蘇軾)의 단점을 답습하였다고 비평하였다. 그들은 모두 모방을 배격하고 독창성을 추구하였고 그 성과를 서로 인정하였다. 그럼에도 불구하고 모방에 대한 의혹을 제기한 것은 완벽한 창신에 대한 준엄한 요구라고 할 수 있다. 그러면 그가 창신을 주장하였으면서도 모방 시비의 당사자가 된 원인은 어디에 있는가?

이천보는 작법을 중시한 결과, 문장의 기세가 제대로 뻗어 나가지 못한다는 비평을 받았는데, 이에 대해서 그는 순정한 문학을 추구하기 위해서는 작법을 중시하지 않을 수 없다고 하였다. 이천보는 자신

이 소식을 모방하였다는 의혹을 받게 된 이유에 대해서 소식이 학습하였던 『전국책』을 자신도 학습하였기 때문이라고 해명하였다.

결국 그들 간의 모방 시비는 작법 중시의 창작 태도와 창신 추구의 관념이 완전히 일치하지 못하였기 때문에 야기된 것이다. 그러한 불일치 현상은 그들이 문인인 동시에 관료였기 때문에 순정 문학을 추구할 수밖에 없었던 처지에서 기인한다. 그들의 비평을 통해 당시의 가장 큰 쟁점은 독창적 문학의 추구였다는 사실을 알 수 있다.

이정섭은 비평가로서의 책임과 임무를 자각한 인물로서 '비평가'라고 명명하더라도 손색이 없다. 이정섭의 문학론에서 특징적인 면은 문학 영역의 확장이다. 그는 문학을 한문학에만 국한시키지 않고 시조에까지 확장시켰다. 그는 마악노초(磨嶽老樵)라는 호로 『청구영언(靑丘永言)』의 발문을 쓰고 가객(歌客)들과 교유하였으며 그들이 부르는 시조를 감상하고 자신도 시조를 창작하였다. 그는 비리(鄙俚)하고 외설스럽다고 평가절하되는 사설시조의 가치를 높이 평가하였다. 그와 같은 견해는 하층민의 문화라고 할지라도 성정과 진기(眞機)에서 나왔다면 가치가 있다는 논리에서 추동된 것이다.

이정섭이 주장한 문학 영역의 확장 가운데 하나는 제재의 확장이다. 이는 사회와 자연의 모든 현상에서 미적 규율을 문학적으로 수용하는 것이다. 특히 그는 부조리한 사회현실의 모순을 고발하고 그 구조적 모순의 원인과 대안의 제시에 시 형식을 적절히 활용하였다. 또 학문을 통하여 사소한 자연물이라도 그 본질까지 표현해 내야 하며, 천연적 환경에 참되게 반응하는 인간의 양태를 형상화해야 한다고 주장하였다. 그리고 부화한 형식을 거부하고 효용적 가치가 있는 문학 창작을 강조하였다. 이정섭은 문학의 생명력은 내용성에 있다

고 하였는데, 내용성이란 사회현실과 자연미의 문학적 수용에 다름 아니다. 진실하고 풍부한 내용성이 있는 문학은 그 효용적 가치와 밀접한 관련이 있다. 따라서 이정섭은 문학이 효용적 가치를 지니기 위해서는 부화한 형식을 배격하고 진실한 내용성이 담보되어야 한다고 주장하였다.

이정섭의 비평은 다양한 양상을 보인다. 그는 비평 대상의 장점과 단점을 동시에 지적하고 그들 간의 유기성을 분석하는 독특한 비평 형식을 구사하였다. 또 단점을 지적하는 차원에서 그치지 않고, 그것이 초래된 원인까지 분석하였다. 이정섭이 비평의 대상으로 삼은 인물은 문형을 역임하는 등 당대의 비중 있는 작가들이다. 좀 더 정확하게 표현한다면, 이정섭이 그들을 비평의 대상으로 삼은 것이 아니라, 그들이 이정섭에게 비평을 요청한 것이다. 그는 당대의 인물과 작품을 비평의 대상으로 하였으며 친교적 성향으로부터 탈피하였다. 이러한 점에서 그의 비평 활동은 탈중세적인 성향을 보인다. 또 청초의 산문가인 후방역(侯方域)·위희(魏禧)·왕완(汪琬)에 대해서, 짧은 편폭으로, 결코 녹록치 않은 문학가들의 전체적 작품 성향을 개괄하고 분석해 냈다.

황경원(黃景源)이 문명을 떨치게 된 원인은 '이정섭의 평가 한 마디 때문'이라는 이천보의 말에서 그의 비평이 갖는 권위와 공신력을 짐작할 수 있다. 이정섭의 비평이 갖는 공신력은 문장에 대한 공리적 기능의 자각에 의한 것이다. 문장은 작가의 사유물이 아니므로 그것을 정당하게 평가하여야만 한다는 비평의 공리적 기능이 도출되었다.

이정섭의 비평은 다양하지만 독창성에 대한 요구가 다수를 차지한

다. 또 이치의 발현에 문학이 종속된다는 관점 하에서 창작된 작품에
대해서는 매우 강한 어조로 비평하였다. 그리고 이정섭은 자신의 문
학론에서 주장하였던 이론을 비평에도 적용시켰다.

이상에서 개별적으로 논의된 문학가들의 공통적 성향을 개괄해 보
면 17·18세기 문학의 특징을 파악할 수 있다.

우선 창작 요소에 대한 견해가 동일함을 볼 수 있다. 조귀명과 이천
보는 공히 의·기·법(意·氣·法)을 창작 요소로 제시하였다.

또 하나의 공통적인 특징은 당송팔대가에 대한 견해이다. 이천보는
당송제가의 문장은 '이법승(以法勝)'이라고 하여 그들을 학습할 수 있
는 대상으로 설정하였다. 임상정도 「팔대가찬(八大家贊)」이라는 글을
남길 정도로 당송팔대가의 고문을 중시하였다. 이정섭도 구양수와
소식을 세심하게 연구하여야 작문의 삼매경을 알 수 있다고 하여,
당송고문이 문학 학습에서 절대적임을 강조하였다. 그러나 유의하여
야 할 점은, 당송팔대가는 학습의 대상으로 설정하였을 뿐이므로, 모
방이나 추종과는 명확히 구분된다는 사실이다. 이천보·조귀명·임
상정은 공통적으로 소식을 높이 평가하면서도 궁극적으로는 그를 지
양하는 견해를 지니고 있다.

그들에게서 나타나는 가장 중요한 특징은 창작 주체의 독창성을
중시하는 견해이다. 앞의 두 가지 공통점도 독창성의 추구로 귀착된
다. 창작 요소에서 중시한 '의(意)'는 작가의 독창성을 의미하고 당송
팔대가에 대한 학습의 중시도 독창적 문학의 창작을 위한 학습의 과
정으로 설정된 것이기 때문이다.

이천보가 제시한 '자적(自適)'과 조귀명이 제시한 '적의(敵意)'는 창
작 주체의 독창성을 일컫는 개념이다. 또 그들이 공히 강조하고 있는

'진(眞)'은 작가의 독창성을 이루는 요소이다. 이천보는 진의(眞意) · 진기(眞氣)라는 개념을, 이정섭은 진기(眞機) · 진의(眞意)라는 개념을 사용하였다. 조귀명도 작가의 참된 뜻이 들어 있다면 비록 언문으로 쓴 작품이라도 가치가 있다고 하였으며, 임상정은 이에 동의를 표하였다. 이로 볼 때 독창성의 모색과 추구는 당시의 문학에서 가장 중요한 현안이었음을 알 수 있다.

참고문헌

1. 자료

『家稿全集』, 林象元, 奎章閣 所藏本.

『江漢集』, 黃景源, 奎章閣 所藏本, 國立中央圖書館 所藏本.

『乾川藁』, 趙龜命, 奎章閣 所藏本.

『歸鹿集』, 趙顯命, 奎章閣 所藏本.

『老村集』, 林象德, 驪江出版社 影印本.

『東谿集』, 趙龜命, 奎章閣 所藏本, 國立中央圖書館 所藏本.

『東文集成』, 宋伯玉, 奎章閣 所藏本, 國立中央圖書館 所藏本.

『羅州林氏大同譜』, 國立圖書館 所藏本.

『旅菴遺稿』, 申景濬, 奎章閣 所藏本.

『雷淵集』, 南有容, 奎章閣 所藏本.

『樊巖集』, 蔡濟恭, 奎章閣 所藏本, 國立中央圖書館 所藏本.

『瓶窩集』, 李衡祥, 奎章閣 所藏本, 國立中央圖書館 所藏本.

『保晚齋集』, 徐命膺, 奎章閣 所藏本.

『韶濩堂文集定本』, 金澤榮, 亞細亞文化社 影印本.

『瑣編』, 任天常, 奎章閣 所藏本.

『藥山漫稿』, 吳光運, 奎章閣 所藏本.

『於于野譚』, 柳夢寅, 國立中央圖書館 所藏本.

『熱河日記』, 朴趾源, 奎章閣 所藏本.

『宛丘遺集』, 申大羽, 奎章閣 所藏本.

『雲養續集』, 金允植, 國立中央圖書館 所藏本.

『自娛錄抄集』, 林象鼎, 國立中央圖書館 所藏本.

『自娛錄』, 林象鼎, 成均館大學校 所藏本.

『楞村集』, 李廷燮, 奎章閣 所藏本, 國立中央圖書館 所藏本.

『重編 燕巖先生文集』, 朴趾源, 翰墨林書局.

『晉菴集』, 李天輔, 成均館大學校 所藏本.

『崔從史文草』, 崔弘簡, 嶺南大學校 所藏本.

『海錦集』, 吳達運, 國立中央圖書館 所藏本.

『嘉祐集』, 蘇洵, 商務印書館, 1924.

『東雅堂昌黎集註』, 上海古籍出版社, 1993.

『欒城集』, 蘇轍, 上海古籍出版社.

『類說』, 曾慥 等編, 臺北藝文印書館, 1900.

『柳河東集』, 柳宗元, 上海人民出版社, 1974.

『陸士衡集』, 陸機, 商務印書館, 1936.

『弇州四部稿』, 王世貞, 上海古籍出版社, 2009.

『臨川文集』, 王安石, 上海古籍出版社, 1974.

『明文海』, 黃宗羲 編, 縮微復制中心, 2000.

『文選』, 蕭統 編著, 中華書局, 1990.

『文章正宗』, 眞德秀.

『史記』, 司馬遷, 中華書局, 1997.

『四書朱子異同條辨』, 李沛霖.

『蘇軾全集』, 蘇軾, 中華書局, 1986.

『蘇轍散文全書』, 蘇轍, 今日中國出版社, 1996.

『宋名臣言行錄』, 朱熹 纂輯, 遠流出版事業股份有限公司, 1992.

『五代史補』, 陶岳.

『王安石散文全書』, 王安石, 今日中國出版社, 1996.

『魏叔子文集』, 魏禧, 中華書局.

『柳宗元散文全書』, 柳宗元, 今日中國出版社, 1996.

『二程外書』, 程顥撰, 朱熹 編, 臺灣商務印書館, 1983.

『典論』, 曹丕, 中華書局, 1985.

『朱子語類』, 朱熹, 中華書局, 1986.

『曾鞏散文全書』, 曾鞏, 今日中國出版社, 1996.

『滄浪詩話』, 嚴羽, 臺灣商務印書館, 1983.

『昌黎先生文集』, 韓愈, 『四部叢刊』.

『春秋經典集解』, 杜預, 上海古籍出版社, 1988.

『稗編』, 唐順之, 書目文獻出版社.

『後山詩話』, 陳思道, 上海博古齋, 1921.

『歷代詩話』, 何文煥 緝, 中華書局, 1981.

『滏水集』, 趙秉文.

『滹南集』, 王若虛, 商務印書館, 1935.

2. 저서

(1) 中國

G.W.F.Hegel 著, 朱孟實 譯, 『美學』, 商務印書館, 1979.

徐中玉 主編, 『通變編』, 中國社會科學出版社, 1992.

王運熙・顧易生 主編, 『中國文學批評通史』1~6卷, 上海古籍出版社, 1996.

王洪 主編, 『古代散文百科大辭典』, 學苑出版社, 1991.

趙秉文, 『閑閑老人滏水文集』, 中華書局, 1985.

趙則誠 主編, 『中國古代文學理論辭典』, 吉林文史出版社, 1985.

劉衍文・劉永翔 著, 『古典文學鑑賞論』, 上海敎育出版社, 1991.

劉禹昌・熊札滙 譯註, 『唐宋八大家文章精華』, 湖北人民出版社, 1995.

尹永彬, 『新編寫作學詞典』, 山西人民出版社, 1989.

陳必祥, 『古代散文文體槪論』, 河南人民出版社, 1986.

鄔國平・王鎭遠 著, 『淸代文學批評史』, 上海古籍出版社, 1995.

『中國古代文學作品選』, 北京大學出版社, 1994.

(2) 飜譯書

죠르즈 풀레, 김붕구 역, 『현대 비평의 이론』, 홍성사, 1979.

(3) 國內

金英珠, 『조선후기 한문비평 연구』, 보고사, 2006.

_____, 『조선후기 문학론 연구』, 이회출판사, 2009.

金周漢, 『韓國文學批評史論』, 學士院, 1993.

李奎象, 『18세기 조선의 인물지 ; 幷世才彦錄』, 창작과비평사, 1997.

林熒澤, 『한국문학사의 시각』, 창작과비평사, 1984.

장지연, 『조선 유교 연원』, 단국대학교 출판부, 1979.

鄭奭鍾, 『朝鮮後期 社會變動 研究』, 一潮閣, 1991.

한국사상연구회 편저, 『조선 유학의 학파들』, 예문서원. 1996.

3. 논문

姜玫求, 「18세기 前期 文藝論의 一 推移 - 趙龜命의 道文分離論과 創新論을
　　　　중심으로-」, 『書誌學報』 14호, 1994.

_____, 「乾川稿를 통해 본 評點 批評의 研究」, 『書誌學報』 20호, 1997.

_____, 『東谿 趙龜命의 文學論과 散文 世界』, 성균관대학교 석사학위논문,
　　　　1990.

_____, 「西堂 李德壽의 文學論 研究」, 『한문학보』 1집, 우리한문학회, 1999.

_____, 「李廷爕의 詩에 대한 考察 - 現實批判的 詩를 中心으로 -」, 『한국한
　　　　문학연구』 21집, 한국한문학회, 1998.

_____, 「李天輔의 仕宦期의 文學에 대한 一考察」, 『연민학지』 6집, 연민학
　　　　회, 1998.

權瑚, 『墓誌銘의 文學性에 대한 一試考』, 성균관대학교 석사학위논문, 1989.

金都鍊, 「古文의 원류와 性格」, 『韓國學論集』 제2집, 국민대, 1978.

金玲竹, 『樗村 李廷爕 漢詩 研究』, 성균관대학교 석사학위논문, 2003.

金文植, 「徐命膺 著書의 種類와 特徵」, 『韓國의 經學과 漢文學』, 太學社,
　　　　1996.

金允朝, 「樗村 李廷爕의 生涯와 文學」, 『한국한문학연구』 14집, 한국한문학
　　　　회, 1991.

柳好宣, 『17C 후반~18C 전반 京華士族의 佛教受容과 그 詩的 形象化』, 고려
　　　대학교 박사학위논문, 2004.

朴光用, 「탕평론과 정국의 변화」, 『한국사론』 10, 서울대학교 국사학과, 1984.

朴相映, 『東谿 趙龜命 散文 研究』, 고려대학교 석사학위논문, 2004.

宋赫基, 「18세기 초 산문이론의 전개 양상 일고 – 이의현·신유한·조귀명의
　　　대비를 중심으로–」, 『한국한문학연구』 31집, 한국한문학회, 2003.

李明學, 「北伐論의 비판 의식 – 관련 야담을 중심으로」, 『대동문화연구』 25
　　　집, 성균관대학교 대동문화연구원, 1990.

李敏弘, 「사림과 문학에 나타난 시비평의 한 단면」, 『한국한문학연구』 7집,
　　　한국한문학회, 1984.

李丙疇, 「영·정 시대의 한문학」, 『동악어문논집』 10집, 동국대 동악어문학
　　　회, 1976.

李相周, 『湛軒 李夏坤 文學의 研究』, 성균관대학교 박사학위논문, 1994.

李鍾虎, 「18세기 초 새대부의 새로운 문예의식 – 동계 조귀명의 문예 인식과
　　　문장론」, 『碧史 李佑成 教授 停年退任 紀念論叢』, 1990.

李泰熙, 『趙龜命의 散文 研究』, 한국정신문화연구원 석사학위논문, 2000.

李弘湜, 「東谿 趙龜命의 '花王本紀' 研究」, 『한국언어문화』 26집, 한국언어문
　　　화학회, 2004.

任侑炅, 『영조조 사가의 문학론 연구 – 李天輔·吳瑗·南有容·黃景源–』,
　　　이화여자대학교 박사학위논문, 1990.

鄭奭鍾, 「戊申亂과 英祖年間의 政治的 性格」, 『東洋學』 19집, 단국대 동양학
　　　연구소, 1989.

鄭然峰, 「谿谷漫筆의 批評的 成果와 내용 분석」, 『어문논집』 26집, 고려대
　　　국문학연구회, 1986.

鄭玉子, 「眉叟 許穆 研究 – 그의 文學觀을 中心으로」, 『한국사학』 5집, 서울
　　　대학교 국사학과, 1983.

＿＿＿, 「18세기 文衡들의 文學思想–英祖代 文衡」, 『진단학보』 68, 1989.

찾아보기

ㅊ

原文 資料

원문 자료 차례

林象鼎・『自娯録』

書

答崔生弘簡書

僕與足下曾無一日□□雅而顧願識之意有素矣乃
者昆季相攜袖其□□來訪於窮巷寂寞之中有若古
人以文為贄請益於名公哲匠之為者又不以僕為
老退無能亦欲誘成平日未究之業所以振刷而責
勉之者至深切焉僕誠愧惑心不寧而面有汗者累
日矣今又辱書其相與之意蓋厚相規之言蓋勤不
知足下何所取於淺陋而乃為此鄭重也此必定下

1

平昔習聞東谿稱道老僕之言意或僕真有所蘊不
知其宗無所有而少時農馬之業偶有契於東谿之
意遂至於推詡過當也僕平生鈍拙百無一能只是
自少粗有文章之癖方年弱冠妄謂文章必可做盖
嘗泛濫於八家諸子之文性又酷好坡翁文惟其好
之篤而味之深故發於言辭見於文字者往往有坡
氏口氣東谿嘗題吾作曰公豈葵坡硯於腹中耶何
為開口出坡語也盖東谿亦好坡文之甚者其氣味
趍向與余無間故每見吾文有近似坡翁者輒欣然
樂而為之題評不自覺其言之濫宗疇昔所謂遇某

有命云者似亦由此而吾子乃直以宗師之目加之
何其言之誤之甚耶雖然僕甞與東谿論文章熟矣
僕恒言以為文章之高下由於世代之升降風氣之
淳漓今之人不可為秦漢之文猶坑谷之不可為立
陵藤羅之不可為松栢其理明甚故操觚之士苟有
意於古文則不得不以八家為宪竟法八家之中隨
其性情之相近才品之可及者為故宿焉此僕與東
谿之所同勉者也東谿才分高而識悟妙工夫篤而
自負大平居設心常以不朽之業為準的人或謂子
之文不如農巖云則輒怫然不恱其自信盖如此畢

3

竟成就亦廢于無頁于不朽二字則其竆一生之工
至于死而後已者蓋有以也若愚者其視東谿蓋瞠
然後爲者也才性不及東谿用工不如東谿以文章
自頁不如東谿惟其眼目則慣熟于八家手段則墜
下于拙工如作一篇其能蔚意而入眼者十不一二
往往既成而憤憾毀棄者多化如生而靚燕姬趙女
之美者知無盃之不足刻畫屨琭館大廈之廣者知
圭實之不足容與此誠由于才力短淺分量有限而
其不足爲傳後之資則亦明矣加以阿睹之疾爲平
生一大魔雖欲盃讀天下之書以恢其肯次以發其

藻思其勢蓋末由也中年以後蓋嘗廢著讀杜思索

閉睫冥心如面壁僧者逾數年後始得產可遂慨然

太息曰吾有志於文章而才具既不足充其志疾病

又從而奪其志此殆天之所以沮其進而為文章亦

有命焉耳夫強已之所不能為不智違天之所不欲

為不祥於是量已順天而不復刻意於著述然後以

不勞心不弊明完養精神為家計以勅躬修學訓誨

子孫為安身立命地自東貉在時非不知此簡意思

而每以自畫恨之此固朋友愛惜之至情而亦元邁

之不相同者也夫可以進而不進可以為而不為乃

5

為自畫如僕者才不不足病為累自視歉然而止焉者
非所謂畫也今足下乃謂僕之意欲韜光鏟彩混於
無聞之人此則足下未悉僕之本末而然也僕嘗觀
世之抱瓊才利器而困於泥塗者頗多感憤欝結無
所泄其奇而或自放於山巔水涯猖狂而不自反或
刀為文詞高自標置求以表見於後世者此皆有才
無命不得其平者也僕則異於是為僕本迂踈魯莽
漢耳無奇氣異能可以驚世者無妙文雕篆可以決
科者拙於談論踈於進取夸智者之所憐而功利家
之所鄙夷也即其白首坎壈故身於抱悶擊析者才

之不逮而命之前定者也夫才者炫耀而不肖者晦
能者騫騰而不能者伏天下之定理也吾惟循吾分
樂吾命與造物者遊於理之內夫焉有韜光鏟彩渾
於衆之可論裁若所謂固有之珠寶雖才分之所局
病魔之所障不能崇有諸巳而亦不能忘情於回習
方其觸於境而感於懷也天機自動而意匪黙運執
筆臨紙往往有兔起鶻落之光景當此之時自以為
天下之寶無以加此天下之樂無以易此及其反以
泰之以八家之文則又復眇然喪亮之天下末嘗不
撫卷自笑蓋覺蕪拙之餘不足以傳後如弘景之雲

不堪贈君而但可為自娛悅之資而已副稿之名以

自娛者良以此也蓋意在傳後者不但自娛又欲求

知於後人也意在自娛者悅於吾心適於吾性而已

不閱乎人之知不知意在傳後者其志役於外而勞

意在自娛者其心專於內而安吾知悅於心適於性

而已又安能舍已之安而效人之勞哉足下毋為僕

戚戚也抑吾有顧忌於足下者今請畢其說昔者吾

與東谿書有孔孟迂固並置肓中之語書殆數百言

東谿久而無所答僕嘗詰其故東谿曰吾以老兄之

言為是固無事乎荅苟欲作荅則必討一箇新奇以

8

語可以勝老兄之言者而後可焉而此則卒不得焉
故不果爲也其書在於鄙稿中可考也今足下聰明
穎脫修潔雅飼拔出於年少羣中其娶稟之美志業
之感真可謂受道之寃異日斯文之責有不必讓與
別人者如僕之愛足下而欲助之者豈徂以文章一
藝期望而已裁當時鄙言雖不能得之於必東谿今足
下若能垂意而不棄則東谿亦必竟甫於必冥中而
僕之前書不至爲芭籬邊物吾子以爲如何已哵不
能以告於人如讀前人游山錄向人說山光景也然
吾所願遊而不能慮欲人之往見者亦人情之不能

巳者吾子亮之

與北伯李子固書

示諭堂苐咸判事奉悉始不肖得見北来状本末諳
其間事情倒見其辧罪至重頭勢可怕誠不無過慮
故向所以奉書頗控而急於緩頰末暇擇音此雖出
於兄苐之至情而想必見笑於高明之聽也及渠上
来細聞其事状則宗有所訝惑者矣夫分㮽及耴耗
俗擾回使之閱文所耴耗谷又無一升移動之蘂苟
究其宗則似無可罪者設曰有罪此不過為公罪不
知胡大辜何所惡而至以萬萬痛骇不可一日留置

亦見其為此說者非惟誣聖賢而自陷於無親蔑孝
之罪也然則舜之娶妻如之何曰堯之妻舜在於瞽
瞍底豫之後堯以婚姻之事命瞽瞍瞽瞍奉夫子之
命而為之主而已書曰有鰥在下父頑母嚚象傲克
諧以孝烝烝乂不格姦帝曰女于時觀厥刑于二女
此固千古之公案定論也後之尚論者據書之斷業
而知孟子此說之為贗入則其亦得乎孟子信聖人
不信書之旨也

贊

八大家贊

文從字順外肆中宏浩渾蒼淵如海無紘周情孔思

夏謨殷盤抴去陳言上窺遷班我誦三原庶其知言

少振華聞晚斤荒陋放於山水以昌厥詞旁推交通

泛濫上下本之㳊之叔切健雅退之不欺許配司馬

世衰風渝文獎擣机凡矣君子立言矯草平易說理

修改到妙一㥦岀恨醇乎典誥後之學之請事斯藁

羨憤焚薰閉戶吟誦浩然發揮若決河浡馳騁戰國

汎濫吳孫折衷鴻匠荀卿之文二子翶翔以張其軍

泉源萬斛不擇而發譬彼行雲初無定質是惟公文

公實自名惟天有意假此精英嶒中造化筆下風霆

苹受之兄而與兄軏精確高妙而或熏得得兄推讓

有名孔殷君民之策經世其言袚苓黄樓千載傳芳

精深簡要鑱刻廉悍皷鑄群情愈出以蔡我誦其文

文如其人恣其獨見飄逸絶塵繪畫適用俌我文園

行義政事孰如其文因文見道依道立言皷吹六經

斟酌群匠誰其似之惟漢劉向盛世之音藹然流浪

頌

洞開諸門頌

於皇聖宋其德克肖天監厥德遂付四表帝受明命

九宇為宅乃勅司徒法宫是作其作伊何太寧是理

13

碑以象鼎於公為旁孫而與聞公志業之懿千里馳

書猥徵顕刻之文不肖非其任何敢冒當既累辭不

獲謹次公事行梗槩如右佑之以銘曰

湖南之豪杞梓之具宏才異能眾推識務展矣脫穎

何用不達邐𨁴特間邐試錯節邐醫民瘼碑于萬口

曷不奮騰寃厭抱員人亦有言有才無命阨以泥塗

驥足靡騁公身雖屈公蹟在石後之視之尚徵斯刻

書

答趙錫汝書

辱書𣲾起慶佳福文史有味殊慰遠嫂前示盛文受

而卒業辭吉淵深而文彩燁燁地步恢濶而體刀完
盛耽翫以来殆不覺紙之獘也此等文章當觀其全
體大樣政使其間或有毫髮疵纇亦何足爲瑛瑝大
球之病哉足下欲使不俟妄加針砭砭此雖求益之辭
不得不甫而施之不俟則誤矣夫文章之高莫尚乎
遷固自此以降唐有韓柳宋有歐蘇東國有溪谷澤
堂皆其傑然而足下皆不屑爲直以遷固爲可追配
其志亦可謂大矣然則今之所務者當歷溪澤歐蘇
韓柳而後方可追所欲追者屈溪澤歐蘇韓柳而後
方可配所欲配者足下自度見今所進果得誰人臭

味果到誰家階級從今以往度下幾許工可見其卓
然立乎前也此非淺蒙之所可知誠願足下之試自
省也不倭窈恍世之閒人才士操舸摘藻竆年閲歲
以竭一生之精力為足下之所欲為者顧復何限而
卒未有一人真能凌歴漢唐而上攀遷固之戶至其
著書之多将車不能載棟不能容而數十年之後不
為人之覆瓿用者幾希此豈為之不刀哉其必有所
由然矣不特今之人然也歐蘇之雅健而或遜於韓
柳韓柳之渾浩精深而或遜於遷固遷固之不可及
而上配典誥則示斯下矣文章之有古今盖久矣夫

迂固卒不可追韓柳歐蘇卒不可歷而欲襲其精神
駕其心力以靳至乎其域亦惑矣然則士生斯世必
有除此而所當為者亦足下之所已知也故不倿常
謂文章之高下由於世代之污隆今之人不可為古
之文猶坑谷之不可強為丘陵也蔓草之不可引為
松栢也此其風氣之所由而難容人力者也若夫性
命之理五常之德民彝物則之懿如日月星辰之有
定明陰陽寒暑之有定氣雖顯晦有時通塞由人而
其本體則未始有古今之異也修之則為善為吉為
君子為堯舜悖之則為惡為凶為小人為桀紂顧在

听趨之如何耳故堯舜之後禹湯文武周孔亦一堯舜也顏曾之後子思孟子與夫濂洛程朱諸君子亦一顏曾也時雖有古今之殊而听以正心誠意修齊治平之道歷千萬年如出一人之手昌當患其不可及如登天然而覘古昔聖賢之听以為後人開示者旨訣纖悉而餘理分明路逕至近而門戶至正苟能一意誠心而求之斯可以及焉又豈如彼之茫昧無憑別心擢賢而卒亦雖到者裁故儒者之制法曰人皆可以為堯舜又曰克念作聖今使文章之士立法於天下曰文皆可以為近圖云尒則足下其許之

18

乎其亦不待辯而明矣故愚嘗以為世之君子與其
憶精竭力於無益之文而不免為後人巴籬邊物不
若收其精神一其心志反求在我之貴而以賤夫可
為堯舜之宗也設使堯舜不可為猶不失為懷道秉
德之人不猶愈於終身勤勞而不過作韓柳歐蘇之
奴隷哉夫人心之無二用亦明矣志於鵠者必不能
專於弈志於視者必不能專於聽功名于志而文章
不能專文章于志而道學不能專非其志之不勤也
患子志之分而用之歧也今足下以清明紙粹之質
委身於仁義道德之府輔之以積累涵養之功而又

以孔孟為平生之標準誠亦士友之望斯文之幸也

而乃又日夜窮心用力於迁固之文常以孔孟迁固

并立於胷中纏繞交驚而不勝其勞焉安知駸駸日

月之間不使迁固為主而孔孟退聽也哉政使足下

從今以徃退置孔孟而專意迁固由是而卒至於迁

固之所至此於自己身心未見有大利益又況其不

可必如前所陳我此不倭之不得不為明者過憂也

且夫為人如周張程朱善矣為文字如周張程朱亦

可矣周張程朱何嘗有意於習為迁固之文而其言

至今與迁固并傳則其所務者可知耳然而世之好

程朱之文者不如好迁固之文之甚讀程朱之者不
如讀迁固之文之多何則布帛菽粟天下之正文大
味而其媚人目悦人口終不如膏粱綺紈之美聖賢
之言亦天下之布帛菽粟也而卒不能使人誠心樂
之者亦以諸子百家之為膏粱綺紈者多也人情常
厭淡而好濃厭正而好奇厭甲近而好高遠孰肯捨
已之沾沾而樂彼之優優哉此聖經賢傳之旨常患
不明於世者也嗟夫世之溺於科文陷於流俗者固
不足與論而其超然不累高步詞塲者又更一意馳
騖於文章之末而不復本於詩書六藝之正愚竊病

為今足下妙岭秀發而文章之富贍敏妙如此其進
而至於古人之閫域蓋不可量然愚不曾為足下大
者以斯不足為足下大而所大者特有在耳足下姿
雖純明而氣猶塵薄即氣而病常集志蓋將期
於四十五十而後完者也愚願足下姑且擔閣迂固
於不可為不必為之地專求孔孟之門墙而入焉衣
被布帛厭飫粟文衆人之所不文味衆人之所不
味簡記誦以充養精神少結撰以寧靜心慮以卒就
其所標準者豈不善哉若愚者結髮讀書治舉業于
今二十年分外荒濫幸賴天誘其衷稍知有向上事

而自顧年紀晼晚才力鈍淺不足以有爲而猶未忍

遽置其身於暴棄之地他日聖足下之藩墻其將操

簧請教之未晚也末知足下其許之否乎辱吾子相

與之厚故貢其愚而不知止惟明者諒之不宣

與堂崇書

下阻談晤馳想甚矣日間侍學佳否昨者傳聞左右

與人爲夜會因設雜戲竟夜而罷始吾聞之心甚憂

歎既而稔知其初無是事而出於傳者之誤夫我誠

無是則傳者之誤雖加此十倍顧何害乎然人心好

飲而後人可以証其酗人心好色而後人可以証其

遙使君平居游處曾無嗜戲之病則豈必来傳者之

誤耶此冝更加自省不當以傳者之非宗而便生怨

怒又不當挾疑怒之心而便厭切磨之言也吾嘗病

君之聰著此戲屢以言闘之而終不能療君之惑而

去君之疾是吾辭之不嚴而理之不足以棄其好也

挍君之意豈不以吾為此戲固無所害而彼之曉

曉徒以不觧故耶則吾將有以卞之夫人之所以興

萬物並生而獨貴於禽獸草木者豈為其圓首方趾

衣帛食肉而已乎稟之以仁義禮知之性秩之以君

臣父子兄弟用友之倫昭然有次芽粲然有定理明

24

可以少慰汝長逝之魂耶嗚呼莫難者葬地不可必
者山事也汝夫身後之事雖汝夫亦不可預料況於
吾乎雖然使汝夫他日有子而能以父與祖之心爲
心而追視汝如其所生則其何忍棄吾今日之言乎
顧余年望六旬齒髮已衰頹自哭汝之後心事如狂
神識盖覺喪亡假使頑冥堅忍不遽死滅要不過十
餘寒暑即可以歸見汝於汝姑之傍韓子所謂悲者
無幾而不悲無窮者真可謂爲我道也汝其知之耶
不知之耶嗚呼痛矣言有盡而情不可揭千古之訣
止於此一觴汝尚其懷余之悲而啜我之酌尚饗

祭趙錫汝文 龜命

故東谿先生趙錫汝喪卒之明年庚申季夏二十八
日友人錦城林某乃始舍爰吞辮齋隻鷄觴酒陳于
清溪之墓前文以告之曰吾聞至情無言而親至辰
無文而悲始吾與子交也固常以心不以迹以古不
以今故其相遇也軒然莫逆淡然相笑而已相別也
雖千里之遠而此心未嘗傋也一字不及而此心未
嘗踈也彼微迹以為好問遺以為禮一或不相中反
手相稽者則吾與子之所不屑也子之誤也余適轄
官子嶺外引不得執紳空不得臨壙斷絃之悲去質

之衆只寓扵寢門一慟而已間當一入京走哭灵几
之前又當草悼之寫情之文而顧意之鄭重而辭益
拙心之悲咽而語盖澁軱筆累次終亦不能就而會
爲公事所迫径還于官次今吾再入京則子之面上
之草已三宿矣夫以吾二人之契死生之際恕焉無
一語亦豈非異事而知我者莫如吾錫汝則錫汝必
當諒吾之情而庶或無憾于幽冥矣嗚呼子之逵几
已撤洩泉無所獨其衣履之所藏軆魄之所寓尚可
以髮髯于萬一而及其来此但見荒原四尺之封樣
莽燕霫狐免蹢躅而悲鳴求其雪月之襟春風之容

而無虞可觀直使人觸目摧膓不覺舉之失而淚之

逖始知古所謂宿草不哭云者殆非緣情之訓也嗚

呼子有膏肓奇疾一月輒三四作計一歲中沉淹床

蓆者居半每讀邁居賦怛然心傷如恫之在已余亦

積患阿睹分作盲廢人平居固嘗有同病相憐之意

蔫雖然余嘗謂病固不能殺人而乃天之所以生子

者必非偶然也賦子以清明純粹之資假子以精深

敏妙之文其標格風致談論見識備脆拔出於凡衆

人蓋不以學自名而撿攝身心闇然有進修之實不

以才自居而究極世務的然見理亂之源身居塵世

而有浮游物表之韻地處朱门而有偃仰山林之態

譬如空青丹砂碼碯珊瑚之精英璀璨頹皆秀氣之

所鍾居則可為席上之奇珎出則當為瑞世之瓖琵

夫天既生此絕寶則其所以愛惜全保之者必當異

於尋常廢品而卒使二竪者摧淵揜匌而後已顧此

頑璞散楞居然冬存使之白首茹悲匍匐而哭子之

墓所謂栽培覆傾之理何為而如此也豈嶢嶢者易

折皓皓者易㸃清而薄者易缺秀而嫩者易毀才太

高者命所畸名太盛者物所忌丹牛之疾伯淳之天

伯道之無嗣亦省坐此而所謂文章憎命達者非子

之謂也耶嗚呼痛哉始子之大肆刀於文章也辱與

余為文字交不以余為無能假以餘論過加推詡必

欲誘掖馳驟同入於作者之域而顧余才力短淺既

不足以有為亦嘗妄謂子不當以孔孟遷固並立於

胷中既又憂其孔孟遷聽而遷固為主既又憂其遷

固不可及而不免為歐蘇溪澤之卒徒蓋嘗貽書相

覦欲其愛養精力稍變毂率以就其遠大者君頤笑

而不答銳然以文章必可做不朽之業必可到未嘗

不以余之自畫為恨諉者或規子之泛濫于佛氏其

文有未純正之病余又書以規之君則曰期限滿後

自當脫然不煩爲憂我訟蓋數十年之間以文字事
相磨切相往還如此而君亦不以余爲不相知及子
之歿也始得其全稿而讀之其奇機妙鍵短語長牘
多有平日所未及窺者君所自云鏡中花水中月者
儘非虛語而余之前所妄論多見其淺之爲知君也
君與稚晦兄弟而有朋友者也稚晦方謀列行子之
遺文以爲傳後之圖子之錦腸繡骨雖已朽歿於黃
壤而其浩然而不朽者將在此斯可以少塞士友之
痛歟顧余平生迂拙爲世所陋而君獨過以襟期相
許古道相與蓋自托交以來雖聚散無常征邁不相

謀而片心之懸照至白首如一日而今遽轉眄而失

之環顧斯世悵悵然無可與話心者中夜思之不禁

潸淚之潛然也嗚呼言有盡而情不可極灵若有知

母曰後時而庶燭余之悲棄尚饗

　祭族姪錫憲文

族姪林君汝三以富寧府使赴任卒於北路之利城

將以五月初吉返欑于全義先塋之下前一日丙申

族老掌樂正某以數行之文一杯之奠將哭訣灵几

而適值家中忌故父子俱無以進往喪次遣從甥姪

吳聖源詣告曰嗟惟我門德厚祚薄祖先以降官達

林象鼎・『自娯録抄集』

誠亦堅於淑哲今愛第一娘子承華茁閜養德曲閨諡則芳猷
固天性而不煩姆傅之訓半容淑質自髫齡而巳著女士之稱
顧以道子之鴛姿孝占懿氏之佳卜中間歲月人事雖變於君
毫纍昔綢繆成言不差於左契佳緣巳深於種玉吉月何待於
迨氷托朱陳之至雖萬福做本奉玄黃之菲幣百年斯期

隨筆錄

李東萊明後莅萊府時家人以病覓參公送若干家人雋其餘
於市公知之以書責之後又覓參輒以送之其意蓋防其渡
雋也此足爲居官者法

尊驕之議初行也金尙書鎭圭終始以爲不可而其姪善澤力
主其議而其姪道彬終始以爲不可普澤謂人曰樂甫不如吾
也吾三寸乾蒡一義而姪子乾蒡二義樂甫姪子乾蒡一義而

1

三寸報葬二義此所以不如吾也人以為名言樂甫道楸之字
也
趙伯承為江原道暗行御史其再從兄光命為麟蹄倅八抽揀
中伯承廉察訖启以刑政太近寬緩聽斷亦欠剛明銓曹請推
考其一家人謹慤攻之以貶启至親為非道理甚者至謂麟蹄
之子不當見伯承云惟錫汝欄以伯承為是曰此可見世之心
公意廣不累於流俗者絕無而僅有也
教彭后小學到臨財無苟得一句方解釋文義且曰如此方是
賢者室婦在傍進曰我雖非賢者平生於財未有不義而苟得
者家貧如此豈免責於人而若欲用非義底物輒覺心內不
快故自然無苟得之財此所以近透徹而輔貧困也余笑曰君
雖他事不能皆由小學這一事却是小學中一句語若能事三

皆如是就禁其為賢婦人如此而逡巡如此而責困自不妨從

今以往益勉焉不怠可也

余前與錫汝講吊喪之禮余以為今人吊喪孝子拜賓繽一拜

賓即答一拜孝子又一拜賓又答一拜此使是婚姻交拜之禮

甚無謂也蓋孝子再拜謝賓之來問賓又再拜答孝子之拜乃

禮之正也錫汝曰誠然送今以進吾輩吊喪請無交拜一依禮

文為之可乎且曰方孝子哭拜時賓雖不交拜但俯伏而已略

不妄動亦非禮孝子哭拜賓便起立俟彼拜畢使答拜為可云

云其後余屢吊於人率以固習迫套不能盡踐其言至於起立

尤以駭人觀視京之行而錫汝獨能行禮一如前日所講之言

可謂能行所言而不惑於流俗然其禮猶視主人之賢否而為

之作較則亦非送吾所好之道矣

3

今俗於親知返魂之日出迎於郊外哭拜行禮於通衢大道車
塵馬蹄之間殊甚駭異昔孔子惡野哭杞梁之妻一婦人猶知
道弔之非禮賷尚之畫宮受弔至見譏於君子則有志之士宜
亦不為此然俗習已成無人不然甚則至以出弔之途近見情
誼之淺深脫俗之難蓋如此矣聞尹判書德駿獨能自異返魂
之日出迎於郊路隨至本家方始行弔禮此足以差強人意然
剝人自不脫俗俗亦豈必難脫哉

余閒坐有丐兒狹冊求言毋死貧示能飲葬故乞諸人將謀
具薄棺而葬余懲其言貌頗剛明非常漢妃乃呼而前問
其居住姓名對曰妃姓宋名帙柞居麻浦以兩班子素貧年來
不掌兄歿如僕散無以為生今三月又遭母喪而家無一物
無計斂殯不忍遽埋於山丘不得已姑塗殯於中庭父又癉疾

不能起故為此行乞得命合之粟教文之錢歸而供病父糜粥

之資耳余謂汝之行乞將為母謀棺而所得隨供病親其計將

鈌矣對曰病父一日前啖不過數合雖有日供自然略有餘剩

且不忍為死親地使生親絕粒故他不計耳問其年緣十二歲

問爾挾何冊曰論語也問前此讀幾卷書曰讀史略苐三五卷

孟子一二卷大學及論語苐三卷而已遂命之升堂使讀大學

序及論語音節通暢分明亦能略舉大義問伊川是何如人也

曰雖不及朱子而盖賢者也又問顏子何如人也曰顏子古人

儞以聖人論之曰曽子顏子較何如曰顏子生而知之之類曽子

困而知之之類也問汝讀書好邪將厭之乎迫長者命勉之耶

曰始學時殊厭難讀自數年前懇懇然心後好書自是下味勤讀

窮日夜對卷而不知厭覺得文理漸長心甚樂之今行乞如此

雖欲讀書而不可得也問城裡有汝親戚在乎夜則宿何處曰
無親戚每朝則自江上入來晝則遍行城裡暮則復出江上日
以為常辛三四日一休間汝勿弱章堪逐日詿來江上何不於
城裡討一庵止宿曰病父側無人童可離違他宿邪余揽畫食
食之試授論語麻晃禮也章一讀便能移讀申釋文義亦晓醉
問汝讀論語與史略孰好曰論語之於史略猶主之於奴自初
讀史略時便覺意內下滿及讀論語儘好余遂給一斗粟復扣
其素有米卷干秤任頗重以携去為憂余曰昔子路為親負米
於百里之外吾道理當為則不足著也汝雖西班阮已為親行
乞則浮便擔且而歸有何不可遂用索背頭而去臨去復戒以
勢侮更來對曰明日又當來此近履豈下欲來拜但此身不宜
頗來耳明间當來謂云○渼之高祖為遂安郡守云似是兩班子

余謂錫汝曰頃有一醫人要我製祭其外姑文余心知其不可
而被渠敦迫遂不免製之子以為如何錫汝曰吾頃亦為一相
親人以此事相迫吾直以不能辭之然吾心則以為彼之於所
祭者蓋至親也吾之於彼之所祭者蓋至疎也以我至疎而製
彼者至親之文誼也設令彼不善於文則當直書其情只數行
以祭足矣此又烏能則雖以諺字書情亦無不可至於嫌其不
工而倩人代製甚無謂也此所以辭而不為也余聞之甚瞿然
書此以戒曰後⬚⬚⬚⬚⬚⬚⬚⬚⬚⬚
或問余何意⬚⬚會哭明齋之日應曰孔子既哭館人又迎脱
驂以贈之者惡夫涕之無從也余平生宗識明齋面聞其計而
進笑之亦惡夫笑之無從也人之慕賢固不同前世之賢人吾
雖不及見而其立言行事之迹著在簡冊故誠知其賢而慕之

也慕之至也至有願為之死者非偽也其或幸而生者並一世則

阮親睹其德容又親聞其言論風旨又考諸其平生施為故亦

誠知其賢而慕之慕之至也雖痛矣眼喪非過也今余平日非

不聞明齋之賢西不接其面不聞其言論又未見行事之迹造

仰人口舌紛然逐隊會哭則是偽也吾豈無慕賢之心惡夫偽

西巳

李東業明浚新搆一草堂嘗與容坐其子runs傍語曰大人前後

累典郡邑而此堂適成不知者便謂營辦財力自有羡歷殊可

笑也公屬群曰汝何為出此語使吾儕旧李上舍則興堂豈有

可成之理元吾之作斯居斷莫非一草之效耳其忠宗不歸如

此卿

持卿謂余曰叔主於儕友之間過迂太踈恐不可且我不迯辱

可笑彼則来訪而吾不往謝可乎禮有往返人道之常而叔主
一切慶之無已簡于應口默吾性固簡惰喜静尤不喜與流俗
人相送故常自謂樂莫樂於安吾性悲莫悲於排吾性彼儕流
間往還何李闹熱而必屈吾性為長耶況會心人豈易得哉自
吾少時遊庠學間所往還者蓋有若而人其後年益長大心益
嚴與之遊彼一来訪而吾不往謝則彼艱之矣彼来訪而吾
又不往謝則彼責之矣起之責之而吾不為之憂則彼怒矣昔
之親者漸至於踈前之奔汝者今則舉一世無一
簡親察儕友失無濟友顧何損於吾苟有會心人則吾固樂與
之友樂與之親愛耳持卿曰既宗與他人相逐而仍與相問于
寉尚硯人不嫌其迹乎由吾内省不疚人之疑不疑不延亍也
且人尚賢而可友則以蓬峯之早賤而半衆不厭為平交況生

乎相門者乎吾與相門子弟相友而終歲不入相公之門吾之
心無愧歟彼有来訪吾無进謝而彼不以我為簡夫豈如俗子
疑之責之遂怒者乎為就吾終年闭門不出而一日不見其人
則便覺心內不樂吾豈倚友我吾豈畏人之踪其迹我
與李兄君平語及好色事李兄曰吾平生無嗜好於外物甚淡
如也獨好色一念消磨不得若能除此一事雖未敢便謂無欲
亦可為寡欲之人仍論當代人物余問李春荆尚輔何如余曰
県平生行身處事自謂堪占第一等寬其言行亦能做去不差
然居官治人寧以威嚴為主每杖一人張皇聲色要立號令元
事必欲毫髮不遺嘗為湖南伯部內民人詞訟乃欲一一親自
審決谷邑訟案一並收集阮而遝艱而歸未果為也其煩擾不
要如此若大用之付以天下國家之事似是有獘

10

權泰鈞尚游使燕商賣人賣火浣布姑則價千金久不售漸低
之乃直以七扇色微青而不甚鮮污以坐垢挼之火布自捲袴
良久出之縈如濯正使臨昌君買之欲歸獻于上公聞之耶
以試他命以刀細截而遂之遂不果獻君子稱其識體焉
貞洞陪堂叔談論語及近兼文集李堂叔論學頗
言農岩集十四卷以一言蔽之曰矜余曰金于與農岩論學頻
多其言必有所擾不當專調文章然此叨語及近世儒者座客
有曰吾平坐常謂儒者無益於國家今日世道如此壞儒只是
一簡无齊軒為俊明齊出世則亦顏沛而止故而今治國當
用智謀材能之士專務富國強兵何地余對曰儒者之有獎蓋
坐人不善做儒豈儒者之罪我儒者如飲食然人之所賴而生
者也烹錐之不善貴在庖人而遂霞飲食可于常思之儒者之

11

用舍閞時運之盛裏孔孟尚矣若濂洛諸君子及我宋夫子下
逮牛溪栗谷使當時人主終始委任不以讒言間之則至治必
可做而世道必可問蓋天之不欲平治天下久矣是以儒者之
得行其道曠百世而無之如光翁初頭出處大段驚人動世後
来言論行事漸々不厭人意彼此相敵遂成今日之黨錮照若
懲於尤翁而遂謂儒者無益於國家恐是不通之論至於治國
專取能臣專事富強於理甚舛昔姚崇宋璟俱以賢相稱然璟
雖不學問而天資剛正近道故其列君每々當道崇才略下々
於璟而於道不能萬一故却以諂諛誤君雖能趍事赴功略枝
近效而君心玩誤事々皆誤所以後来卒為林甫國忠單所懐
學之不可已也如此況專事富國强兵高鞅其趂之所為也拾
朱子栗谷而用商鞅吳起三尺童子知其是非矣

藥泉南公謂西溪子弟曰吾早出世致位卿相經歷世變甚多
意所不欲為者亀勉而為者多矣意所欲為者拘牽而不得為
者多矣若西溪兄則不然若意所不然則雖前世聖賢之言不
肯一毫屈意從之此其所以難也李兄君平日西溪先生對人
接物不事外面人事盖其天性然也藥泉之言可謂知西溪者
耳
與或人語或人曰後世學問之人與恒人分為二途此學問之
失其宗旨覆余曰不然學問之人非欲與恒人剔為二途其勢
不得不然試以言行二者觀之學問之人言語必慎聞人過失
不出其口恒人肆言不忌樂道人過學問之人惟義是行而恒
人動惟利求吾之不可苟同於彼猶彼之不欲必同於吾此安
得不分而至於二我曰子之溺於俗見亦甚矣夫學之為言學

13

為人之道也孔子曰弟子入則孝出則弟謹信而親仁如此便
是學問奚必詳言徐步談說太極陰陽等說然後謂之學問也
余笑而不辯與余俱親老而家貧余曰古人有隆冬祈寒體無
完衣而親極滋味又曰牧：營甘旨余宗愧于斯義又不知古
人何以能致此也曰此非難知也假如子有親友為邑宰者子
為養求其邑之所有彼豈有怒不副而子豈有不懼於心哉徐
鄧孝為親交買於市市人感其誠孝皆不論價而歸之吾輩只
為無此誠孝故所以古人能之而吾輩不能也余曰然
梁柰列大為余言少時間趙玄洲與鄭畸翁教兒法玄洲專致
精於文義畸翁不然惟粉多讀畸翁謂玄洲曰教童子書何異
喫飯粳米飯固好正麥飯稷飯而多喫之腹豈有不飽者耶既
讀此書又讀彼書始雖不辭其義其卒必獲其益也云

14

會洞徐相國為教官時學徒甚眾終日不能休其弟迭傍請時
督教分勞公不許曰此吾職事耳食祿而任職豈敢畏其勞于
辛窮教之教學遂訖方教其子以為常只此一事今時無人到
得
李兄君平云孔孟去今數千載之遠然今讀語孟書其言真宗
的當與吾心洽合若交手語接膝聽瀍洛關閩不過去今數百
載人之好尚性癖宜若不相遠而然其書之真有味真合意終
不如語孟以此推之程朱雖云孔孟後一人似不及孔門諸家
之真的余日三代學問專就身上做兩講不外君臣父子之倫
正心修身之法性與天道固聖人之所稀言自瀍溪太極圖出
而宋儒務為窮理之學其言漸多枝葉其法漸入新奇至朱夫
子而聖人之餘蘊畢發儒者之能事畢見然朱子亦以此取支

15

離之議流而至於我國牛栗兩先生理氣之辯四七之爭迺復
累百言若此者不可盡數至近世有拙修齋者專用一生心力
為兒索工夫於身心切近處却宗基與緊余嘗謂拙修齋可謂
以身殉學凡此皆世代漸下風氣習尚之使然也李充又曰西
溪嘗稱宋儒文字玲瓏盖謂簡約的當之味少而張皇蔓衍之
光景多也

鄭晚興者水原良民子也有才業治經毋與妻迸野耘留晚興
守舍晚興夏日讀箏蓍下而庭有麥將漂晚興趍扱之儀
而妻見雨意歸牧麥麥已扱妻即怒責晚興曰君章讀書業儒
事當讀當一意讀牧麥何與君事麥阮吾曤雨而吾牧吾職也
君今舍其業而代吾職何也晚興辛以治經登第云聞之金璡
松峴徐相與金判書鎮圭趋向氣味不類而於文章獨有相知

之盛徐每一篇出金輒稱嘆不已道義不能及金文出徐亦然

文章天下之至寶也至寶非人一可得故人之嗜書者絕少岩

人而皆嗜書則天下給戶藏和壁人握隨珠而文章為常茶飯

矣夫是以文章為可寶而人之嗜書者為可貴嗜之甚則得之

深不甚則得之淺嗜之分數殊而得之深淺係焉蓋嗜而不得

者或有之矣未有不嗜而能得者也夫所謂嗜云者真知其至

味如芻豢之悅於口雖欲一日忘之而不可得斯蓋不待安排

勉強而得之天性宜其絕少而可貴也金姿質元庸幼而不好

學賴家庭勤督粗記其姓名晚而始覽文章之有至味將大肆

力於經史百家之言以求其所欲雖謂之嗜之亦何也惟其行

之不力卒無所發今年紀娩晚而才力已難強美曰是慨恨而

又默察當世之士蓋能嗜有寡矣於兄弟得吾藝好於朋友得

17

趙錫汝於後生中得尹仲素三人者皆嗜之甚者也奚好錫汝
定學甚高卓乎不可及吾嘗師之仲素弱冠亦已凛三同作者
其進不何量可畏者也吾嗜之而不得者也見人之嗜而得者
雖素而不識心輒愛慕況於吾三人者守雖然至寶在身則鮮
名外著寶者天下之所貴而名者進化之所忌也故文章之士
多數奇憂好身雖顯達而一生多坎壈錫汝亦清羸善病藥餌
不離口云亦坐此故耶然二人者其名已暴今雖欲避之而猶
愈避而愈章獨伸素年尚少名不甚著吾常戒以自晦亦愛人
以德之意也

余富居肓湖近慶有需金使者武人也性不骫屬文惟晤通書
辭閑於吏交而已嘗言少時家貧早孤欲從師遊學而無以自
致乃約同儕數人上山庵讀書庵廢無僧徒乃約同儕朝晝讀

18

書夕則同列薪自炊居數日同儕不能堪皆拿去吾計業已喫

苦即半途而廢無志矣遂獨留不去日夜課讀不輟庵中寂無

人夜則惟奇燈火與已為二耳悄寂始非人境而皆恐之朝夕

飯熱而貪讀忘权之或至飯焦而不可食如是者三朔讀盡論

語一部自是价不復讀今所以能自記其姓名者皆其力也人

須有如此刻苦工夫方始有得此可為後生讀書者法

余資性愿謹懦弱無一能鄉黨明友皆知余之百無所為而亦

或意其不為惡也昔者子輝謂余如君覗其外豈為惡者耶此

亦進人以善之意也然所謂惡者非必如推埋作姦犯科不義

之行然後為惡也自吾一念之微以至言動事為之際苟有一

毫違於理愧於心者省思也朱子曰為學而避好名之嫌則其

為心不公而稍入於惡矣此猶未免於惡況其他于試以余所

19

自省者言之方寸之間邪思妄想欵起欵減一日之內頭緒迷
出本源如此下稍可知居幽獨則偷惰兴氣或添自克厲袵席
則眠抑之患减所未死發言而角欺撲人者有之臨事則優遊
不斷而失之是理所遺而暗於是非爭分執德滓固而錢經外
物而還元其一身之中一動之間批於惡者未知其幾端只以
其閒枝心術隱微之際而人不能知之故為意其不為惡也然
剷其愧矣弟而若吾襞好朋發而卷喜錫汝其親愛我可
謂至矣而猶不能盡爛之說其外耶然自吾師上子者稍闻矯
採之術率居喜安之時患難流離之際不敢撕須志用力之意
而天資所偏未易蒙化逸無絲髮得力慶自鄉居以来内有衣
食之累外無切磋之益黙檢身心尤悔蓋積其不宰循於愚而

20

為鄉黨閑友所賤也蓋幾希矣韓子曰聰明不及於前時道德
日負於初似今亦可為太息
仲素資稟沈靜淵粹真道之器自兒少時無嬉戲唯獨酷
嗜書籍乎屋常閉門吟誦父每時輒終日不見其面稍長已自
分別善惡路逕審書字所讀卷端曰人坐百年有若憐駒其間
有付焉惡奴終其年者有存焉善沒其世者寧為惡以死所
如為善以終誠得一可恨士友朝夕相處室使余心荒迷于夫
此在年少綺紈執裘無膏粱袞馬之欲而業為善得義起蕪此堂
易得哉頑有一沙門將鳩財建寺要余作慕緣疏余誠使仲
素為之仲素復于我曰以儒家而作佛氏語誑誘愚民始顙讀
禮而談僧樓遂謝不為此亦可見見讀之一端耳遂甫為有
子瞻董蓉子一

21

我國禮俗甚備而於武禮尤謹雖樂羣下賤居父母兄弟之表省可
觀固無無故而公食肉宴樂必金祀焚香躬迎滾以秉禮防
漸壞可駭之事甚多風俗歡於遠条余屈㑹湖有里中少嫁夫
拜墳託卹且素眠前其兹乃其夫方持舟喪故女逆夫而
眠也余甚驚駭因舉而語人乃知前此也有不偶行而無非之
者故此全遷援例而為之者又有為必寫書
為之主議者風俗之壞至此是就使之然我昔有適伊川
見被髮而祭者便如百年之後為我而其言幸乃驗吾妄知此
地異日家為秋禽㦸之城爭態美其
安三水桿者交阿人必登戌科仕終三水郡守故福安三水為
隹冠�為余吾安三水事頗詳云安三水天性猛暴剛直能面
折太過豁略無忌鄉氣宇磊落不拘人不敢綵髮故非義于其

22

兄其長者亦号有氣焰而其敬惮安三禾已甚戒時與少華博
見三禾未則欲手整坐於俟當之其兄家會邑人来索偹米奴
諸曰給之用大斗用小斗其兄曰用大三禾即正巴曰人家有
一斗矣何置大小二斗欄何意其兄巴泪曰小斗是尋常
行用大則與尚給之糧米数三禾曰吾前聞何兄家用二斗心起
之畏不敢置大小斗手今傳為一家洪吾族叔命使君此時棄
之果然即砕枝取二斗手毀破之卽起去其兄無然吾一家潤
弓矢常挾俟三杯會秋熟三杯吹然驅與博命昌新稲飰玩其
飯盦使君見餞布魚患之不能食三禾晚視之金使意其當
治炊飯煮飯巴去禾摧眼讀由吾帝故君爲夫也今師俊如君
非夫也去矣易復習弓矢命使驚請請其故三禾壽曰君既學
射爲武夫矣夫武夫尚鹿然居随處亦尚便飮食随過不尚精

然後可用非如儒士文臣可以雍容端坐居必適溫凉之宜食
必擇芻豢之味而無所妨也令君一見餞中虫便以為不可食
肴如君一自臨戰陣鋒鏑搶攘之地箪馬失啖人肉呑飲塵沙與
士卒同食尚欲忌飯甲虫守命使憃而還明日再注謝三水喜
曰當如是吾昨譙責君甚君不敢漫來令而來果夫此即呼
酒相傳其面折人皆類此以此亦宜不遂嘗為灉州判官時
狡使恭會虐滋甚滯民不能堪三水憤甚亡曰奮曰吾用先斬
後啓法為民除此賊足美宰吏卒按劍直入府牧使遮匿僅免
朝廷聞之兩罷之而校使卒用此慶後為三水宰獨與年生所
愛一奴注奴甞窃進上參數兩甞覺即具軍法斬之其強忍
非人所及使遇患難則止能立節死義無疑云
尹仲和見子固問余為人子固頗有權道語余曰夫獎人而溢

24

宗非智也子胡不曰其為人也安分而守拙嗜書而樂善悅馬

孜孜欲窶共過而不能者云余子固曰善

始余聞李載大之名而未及一見间入城聞其在貞谷典堂叔

同揭遂壮扣之其人廣顙而好聲鬚眸眼燁然典之語肯懷坦

平談論辨博不藵出其文示云余讀之贍宏瀾甚可觀九詩文

九七卷而詩居三之二焉自云平生好詩有積工而顧余不能

詩故不能與之商論然要之大約亦如其人焉余於一見之间

阮已得其為人興文章業其後堂叔謂余曰載大屢接洗馬教

官輒不就人间其由譽曰夫科第為扶樹閭巷詩尚數數

若蔭仕只為口體之奉賓者所當爲吾則家業自是綺衣食田

體非時憂而一入此途牽两多端壹若吾此舍便只此一段今

世樂入做得余聞之悅

藥泉南公當亨嘉之會成乾人才之切甚多近世名公巨卿多
出其門如崔明谷泌和崔少樓文叔閔尚書聖能悠及李師
命先其表著貴顯者也卷明谷則師往義份淡於生三事一者
自幼訓誨成立親見其東勾軸位上相卒與之周旋廊庙此誠
曠世稀事所謂閭生门下見門隶者信矣甲戌後聖能見弟遂
戌攜貳不復全其舊義云

余平生不工駢驪語二十年積困於塲屋今顏髮欲稘、矣惟
其天資柔相近故不喜也末喜故終不能工也始余年十時
學騈驪而於宋儒四六中獨取汪劉諸作模倣學習勾作注、
有蒼健可觀者而甚不合於科塲鼓率等筆皆勸其改當遂捨
去也專習近體亦竟不能工而向所謂蒼健可觀者索然無復
存矣中表兄李君平嘗謂余曰夫得失命也侭當全吾本色倪

馬加王時來則會當為之今驟改而從俗吾恐其成為邯鄲步
也李仁老于生困屈不占一鮮一遇金達甫做得快活不亦可
于余為之瞿然後余舉以語李希判尚輔曰君平之言雖好而
亦有不然者夫科舉有上數有中數有下數上數如韓信張蒼
既已辭承伏鑕辛得脫焉至為王侯將相刑法不能殺也下數
如鄧道文帝賜之銅山而卒不免餓死人主不能使之富也惟
中數則可以幹旋上下顧在用力之如何耳夫宇瑟之不相合
勢也為科文而不備科體曰會有命焉亦非道達之論也
朴承旨致道起於窮鄉選入玉堂名論盛於一時而其父曰納
粟得工書泰議帖甲尚書最好折人掌選朴於人家賓客滿坐
謂朴曰尊大人為工曹泰議果是何年科第科顏色不變徐對
曰今是京華世族莽世簪纓如我乃避鄉冷族豈有科甲可言

家尊所得乃世所謂影職而仍襲俗觚不免為其稱號耳甲便
起握其手曰子真吾友也吾今日定交矣
崔應九常言我平生見大將軍或問誰也曰朴學起也學起書
生何以稱大將軍回丁丑謁聖吾接申學起所製最佳儕人皆
預賀正草綴寫訖燭刻已過　大嚴別監素與學起相識者自
朕上起下請自袖去曰燭刻雖盡我當直授台位前廣篋有望
學起笑曰我與汝為謀早已登茅豈至於今空老乃折貼而
東賢宇也余讀棠孝錄得此訛為之擊節人有恒言必曰科場
歲之袖中別監大懇而退此非大將軍勇力而何學起應教朴
可以觀人豈不信我今人之帳後呈卷易書通嘱只坐無此勇
力而為得失所動耳间學起之風能不汗顏乎吾輩可以猛省
趙副學光甫長國子時甚有德政館人感化有後世之思每於

諱日盛備酒饌設祭於館下至今傳為古事不廢及其夫人沒
阮殯西館人始聞之遂相率奔詣喪家請入哭於庭仍市喪主
喪主以內喪辭館人革齊辭曰吾儕於本宅有奴主之義安有
奴而不可哭主之喪爭仍痛哭而入喪家不能過遂許之及葬
有日又家出錢及牛肉為助錢元五十餘貫肉楠是喪主辭以
多各受若干領其誠餘悉還給館人又堅不受喪主不得已封
其餘付館人而親者以還之身避于墓下以息紛鬧閒者皆感
歎嗟于世常謂世降人心惡今以此事觀之其誕人也忞多矣
夫人心何審惡顧係乎在上者所導耳說者皆稱趙副學為館
人說為生業故其湾館人心如此此而謂知其一不知其二者
也夫趙副學之能化人正以其蘊祥忠信愛人好德談誠敢為
皆出至誠惻怛故自然爭顯感動浔他若合下無此本領而徒

事于設惠求晷之末則豈能於身没數十年之後使人懷德慕

義如一日哉由是觀之公之賢果過人遠甚而天下真無不可

化之人此君子信能持是道以行則雖姦宄尚可革為良善又

況於伴村之民聖廟之隸哉噫

祭式

時祭

按古所謂祭者謂四時正祭也夫天道變易神理感應因

其時而祭者乃屈中求神也孝子順孫不於此盡心惡字

用情于記曰祭不欲數數則煩祭不欲踈踈則怠霜露既

降君子履之必有凄愴之心春雨露既濡君子履之必有

怵惕之心樂以迎來哀以送往夫先王制禮祭必以四時

四時之中尤以春秋兩節為大者其義精美家力可及則

篤厚而只取其肥澤者那執事誠有意於察愚之拙則愚又頭

執事以擇人東銓之意申告于 聖后岸矣謹對

問自古文人多相輕殿是果由於召藝角勝而其所評品

對文人才士之不相下久矣愚嘗観於世道之變而知之矣昔

者三代之際聖學大明天下之士莫不沕事於詩書六藝之教

才也養不才而不肯者慕賢者此如夏葛冬裘飢食渴飲皆生

人之常理天下之所同夫豈有互相輕殿者哉孔孟既没而斯

道湮廢漢以来操觚之士不復知有聖人之學乃始用心於

文詞之工調方於浮華之末天下之人靡然尊之而文人之名

立焉夫文人者天下之美名而名者爭之門也人既享有其名

則相高以才相尚以伎而其勢不得不詆其風鮮氣習之由於

世變者默矣愚嘗試之矣嘗試語於世所謂文人曰某之文古
而某之詩奇強者咈於言而懦者逐於色徐而又告之曰某文
甲而某詩惡強者悅於言而懦者悅於色焉呼為此者有本強
者忘而懦者怠忘者怒人之勝已懦者畏人之勝已於是古君
子禮讓辭遜之矣不見於世而風俗日以渝矣愚愚也雖非文人
而習如文人之弊今諸擬言以對執事之問
竊謂士之能文章善著者謂之文人文人之習也相詆排何
者蓋絕世之藝者其自廛也高而吐驚人之語者其自廛也大惟
其自廛也高而自負也大故其心常有好勝之疴雖前代之高
文一世之名章輒嘗視之如無而笑肯相眼此輕與毀之所由
生而文士角藝之常情也是以相輕之極而目無全牛相毀之
極而世無完璧名辭壓已者所之為衙官述作近古者降之為

僕隷論其文則化金玉而為鉛鐵品其詩則指雪顧而為墨池
柳揚挾鋒而用鋮於篇章之間洗濯癥坊而覓疵於句字之上
吾將以吾之評而彼將以彼之評是相抵而嘲貶互加此自反
古文人之所不免而文章之論辛不浮其正者也嗚呼盍亦反
其本而思之懷千金之寶者不較於銅錢之賤食芻豢之味者
不爭於粃糠之個識道學之真者不屑於文藝之末誠知道學
之重而文藝之不暇為則尚之尚不屑況有所謂輕與暇者哉
彼所以終身役心於輕暇之間而不知反者正坐於不學道耳
故曰萬般病痛皆從學上消
諸證之凌雲諸作不過雕篆太玄一経宗為餘食則不為不觀
其意有在月賦佳句流芳藝花秋胡麗語掃詠騷壇而始知心
談出甫反甬堂記醉白話以為論學記建州指以為策意在相

睃烏有是非倡父賦都欲霞酒訛故人河疾自許塵倒一箇裕

字人誰點頭鮮語傾國句似女障樹底人間語近兒待曹朝雁

談其人可知揚袂自許謂草莽鶩劃為文不虧大方二子月

朝執非相輕至若浩然詩句之配郊島而或比於無材之酒昌

愁文章大變覿晉而不免於睃古之詆文人相排之習不以

興代而有間也

愚嘗論之文章者萬世之公物而天下之至寶也此如百鍊之

金連城之璧其輕重美惡自有一定之價而非言語口舌之所

能易也假使譽而睃之者日累千萬人顧何損於金玉之宗戎

然而世之文人得萬世之公物而欲私於其身懷天下之至寶

而欲專於其已於是家尊一墻壑人挟一推鑿厭屑之意常及

於敵手誚嘲之言不匪於先革彼謂此掇拾糞壤此謂彼難以

墝圻苟以快夫一時傾軋之心而不知有推許遜讓之義元若
此者豈皆薄行無義之人哉只為好名忘克之私揺喪其心陷
於其中而不自覺耳嗟夫流風薄習遞相傳襲歷秦漢千有餘
年至于今日而其獘極矣
今之文章之見於世者公則有教命科舉之製私則有銘謀挽
別之佳歲新月盛溢医克棟其間豈無名章傑篇真可以眼人
者而一種遊談翰墨之士方且忮心遇人冷眼看文絲綸一領
西誄刺四至舉文徒出而非笑先集金石之體當覩叙事而或
疵其真下宇之未穩贈遺之篇富永鷺意而或嘲其錬句之未精
襲其微瑕而下稱其衆美摘其一偏而不論其全體以推轂讓
席為深乖以吹毛覓疵為能事惴惴焉惟恐其人之一日有聞
於世而居巳之右此巳讖者之所憂君子之所羞而又况乎之

35

以色目之異而好惡隨以備學之以論議之珠而愛憎隨以分

牛家之所右者其宗雖美而李家必排之洛人之所抑者其宗

雖惡而蜀人必揚之衰錢●生於胸之頂珠礫變於壤賑之

間遂使堂、聖代欽妙宏博之才精深偉麗之作卒不死毀訾

相蒙茗宗相非詞范無十分之完文大冊無十分之全篇則世

道人心之論喪蓋巳不可為矣

嗚呼執事知其所由然于夫人必登泰山之頂然後知丘陵之

不足高也人必望北海之洋然後知江河之下足大也彼方挾

其區、之藝自以為天下之高大者在於吾故亢所以詆其敵

巳踐其勝巳者將以獨占高大之名而抑不知其所謂高者高

其所高而非吾所謂高者也者其所謂大者大其所大而非吾所

謂大者也吾所謂高大者何也即道與德是巳二帝三王之所

以為君伊傅周召之所以為臣孔孟程朱之所以傳受也其文
詩書易春秋其教禮樂射御書數其法恭敬辭遜退讓之節以
之為已則和而平以之為人則愛而怨窮而在下則王公不能
臣晉楚不能富老如此其高也達而在上則天地得其位萬物
被其澤切如此其大焉夫君子之所以自修也如此而猶未嘗
自多者誠以所得者不過性分之所固有職分之所當為而非
可以凌駕於人者也豈與夫膹腫臲卼之華競其尺寸之長而
妄有輕蹩也就矣道德者天下之本而文藝者天下之末也
治其本者其心常下於人而久而不勝其高大其末者其心常
上於人而久而不勝其早小然則治今日之痼瘝而為士子之
誠使一世之人回文章之軹而趨道德之府收摧肝摧腎之工
藥石者顧不在柳其末務其本乎

而為正心誠意之學無以文之不及人為歉而惟恐吾學之未

修無以文之不出人為患而惟懼吾學之不進銖積寸累日征

目薦及其用力之久而道成德立則人之與已抗者吾將取友

之不暇何輕之有人之出已上者吾將師事之不暇何戰之有

就此與攘臂於詞翰之塲角勝於啁啾之羣其浮失相萬夫然

後士習可正而渝風可變執事以為如何

抑念之天下之人安於放肆而若於扱斂久矣今吾一朝禁其

放肆而使之扱斂則人孰肯樂而從之不逆而强之强之而不

以誠則人之情不眼為人君者將欲納天下於仁義道德之毅

而使人不眼則其勢不可以有為故勸學有術勸學莫善於倡

而倡莫善於誠古之人主知天下之人不可强入於學故以身

而先之知天下之情不可欺之以偽故以誠而齊之修於其心

西見于其政本于其身而達之其下導以禮義而誘以聖賢去
其文具而持以無斁故天下之人服其慈祥惻怛之意而消其
放肆暴棄之念相率而入於聖門之學而皆為聖人之徒焉此
三代聖王之所以化民成俗而儀刑百代者也恭惟我聖上
臨延講學修德表章甲十年有餘不可謂倡之之不先而行之
愈久而效之愈遲天下之士方且分用角勝於一藝之末而不
復以窮経飭行為事意者其所以倡之者未誠而然欤執事誠
有意於納愚之說則愚不頄軏事以前所陳二字入告于內幸
甚謹對

問辟受者人之所不可無者而一辟一受得失見焉可不
慎歟

對愚聞君子之辟受観於義衆人之辟受観於物観於義故義

李廷燮・『欛村集』

樗村集卷之二　　　　　　　　完山　李廷爕季和　著

詩

吾詩

雪竹老筋幹風花暫顏色吾詩觀於此培本去葩歸

其二

淵深波自靜灘淺響逾鳴吾詩觀於此吐辭禁浮聲

其三

土阜患善崩峭巖危不蹈吾詩觀於此取骨不取肉

其四

樗村集(卷二)　　　詩　　　一

1

檜村集

饑食而渴飲歡笑而憂顰吾詩觀於此隨境意自眞

其五

今古一種人造化各面目吾詩觀於此不蹈襲故跡

其六

水流而山峙魚潛而鳥飛有形交吾目何者非吾詩

其七

舍壹或沉思散髮復吟睨欲識眞吾詩求之筆墨外

其八

曠達白樂天豪橫邵康節君有君詩妙吾愛吾詩拙

寄元履莘池別業

故身埃之後所作無遺存者獨此紙爾可謂寂寥
之甚矣然其才調幽澹信如淵老所批盖其爲人泊
於外欲故詩亦象之而然也竊傷其人亡物舊字墨
浼敞則遂糊其紙背補其鉄畫而蔵之以俟其孤之
長而弟爲垂泣而題其後

海東歌謠後跋

歌者金天澤一日持海東歌謠一編以來眂余曰是
編也固多 國朝先輩名公鉅人之作而以其廣收
也委巷市井淫哇之談俚褻之詞亦徃徃而在歌固
小藝也而又以是累之君子覽之得無病諸夫子以

騏村集 卷四 題跋 七

朴材集刀

爲奚如余曰母傷也孔子刪詩弗遺鄭衛所以備善
惡而存勸戒也詩何必周南關雎歌何必虞廷賡載
惟不離乎性情則幾矣詩自風雅以降曰與古背
驚而魏晉已後學詩者徒馳騁事辭以爲博藻繢景
物以爲工甚至於較聲病鍊字句之法出而情性隱
矣下逮吾東其弊滋甚獨有歌謠一路差近風人之
遺言率情而發緣以俚語吟諷之間油然感人至如
里巷謳歈之音腔調雖不雅馴凢其愉佚怨歎猖狂
粗莽之情狀態色各出於自然之真機使古觀民風
者采之吾知不于詩而于歌歌其可少乎哉曰然則

願徼惠夫子一言以賁斯卷余曰諾余平生好聽歌

尤好聽汝之歌而汝以歌爲請吾安得無言遂書其

問答而歸之澤爲人精明有識解能誦詩三百盖非

徒歌者也丁未季夏下浣磨嶽老樵題

疏 附啓

陳慰使辭免書 以下四首代家君作

伏以臣於病蟄中伏見日昨政目以臣差陳慰兼進

香正使臣聞命驚惑繼以憂悶不知所出臣之狗馬

賤疾癃殘沉痼者首尾十年溝壑之期自分不遠今

於奉 命出彊之役卽亡論專對之匪任實無萬有

壽寸集へ 卷四　　疏　　八

欲與人相親恐吾儕畸窮有以累之也

承有屢空之憂爲之傷念今世所謂知舊都是冷薄

心腸吾儕雖至餓死切勿向人出求乞二字則猶爲

清淨之鬼耳

與李仁老 德壽

經宿仰惟尊候增勝頃覯貴稿時猥有隨見私評之

語而一面之始義不可率爾錄呈況見近世因議人

文字得失而致其輆然者往往有之故次且而未敢

也昨蒙盛諭見有文是公物一段說話然後始知執

事·樂聞虛受之意迥出世俗陋規而且感相與之厚

寸寸集〉卷四　書牘　十八

6

村才集

輒志儼越略貢愚見於別紙中未知執事以爲如何

如未嘗理不憚回敎僕所竊拱而俟也不宣

貴文大抵多積薄發質厚而氣完議論亦平正典實

比之古人大約似南豐但似微有辭繁意寡之病而

起伏轉摺處或有乖於長短疾徐之倫豈嘗好子固

之文耶然魯文辭語雖若繁多而意實充足折旋雖

欠便捷而法實簡嚴此不可不細勘耳

與李蕆大夏坤

三家文抄憂患中草草看過而難於久留謹此奉歸

大抵朝宗之文專尚氣力而立意淺薄命辭不明瑩

7

惟屯田奏朋黨窖官等論不無一二可喜處冰叔脫

略繩墨自出機軸其佳處正在莽蒼勁直真意瀏灕

但其段絡蹟齷體裁疏鹵通篇合作者寡雖自倚以

綜鍊世務而論策諸篇類多緣文生解未見其有實

用鈍翁則盖得之經傳者爲多故其識議最純正行

文疏暢雅潔如碑誌等作徃徃有絶佳者在於胡清

要不失爲名家所短氣魄弱情理不篤其視歸熙甫

錢受之輩又不逮逮甚所謂文以代降豈不信然哉

答柳元履

別懷黯黯銷魂猊中承手疏不啻若隔世消息也家

梣寸集〕卷四　書牘　十九

村村集了

務冗幹難勞神用客土新接理難免此惟當隨事照
顧隨分區處而但不必一味着力使吾靈臺母至爲
外物所遷化則可耳僕六月念後出居墓下留月餘
而不能做着實功夫只將戰國策謾看了一遍愛其
文字駿利橫逸令初學屛懦者讀之亦足以增氣遂
抄八九十篇課教兒輩想高明聞之必哂其不切於
已而擬之以自誤誤人之律也顧念聰明本不猶人
加之憂病相仍行年四十尚不窺易書實是皇恐羞
愧事比間竊取乾卦從本義一番研究盖母論裏面
奥吉妙訣卽如訓詁間粗淺文義亦多有疑晦難通

9

處欲血戰理會而又患心力短乏無由窮鑽開卷復
掩者屢矣向來切能容易卒業自謂已了不知曾如
何讀得耳分張之後一書仰候豈敢少忘而在楊山
則既無由付書及入城令俟出在道峰雖有便又不
知之故闕然至此然惟此心相照而已何在竿牘之
疏數乎不宣

答徐君受十三

昨書審慰阻懷貴稿憂患中略綽一覽逐篇有短評
以往視至如何近世文章大抵尚華少實愚嘗病之
久矣今承盛諭乃欲用力於義理之文而壹以退陶

10

樗村集 7

為準甚善然嘗聞先輩之言退陶一生不苟立言雖
尋常尺牘而未嘗不起草屢易而後出之故其文明
白純粹從容溫雅有佩玉抑讓之態信乎其為君子
之言也若君之所以為文者則不然思之既不深而
筆之又容易遣辭之際又若微有自用底意思此不
惟文字疎淺而氣象已先自不好了如欲善學退陶
之文則先從訒言上著功庶幾其不倍矣修辭立誠
訒言敏行文章之本實在是乎相愛之深盡言無諱
幸恕其狂也

昨夕困甚蚤就寢朝來小奚始納夜中辱書并華稿

11

乃知歸侍眠食安穩欣慰亡己來詩十許日所得何
其富也不事琱繪直寫胸中所欲言而筆勢翩翩又
足以濟其思在於今世未之嘗見亦奇矣哉然詩道
之難不在乎屬辭比事而在乎言外有趣境外生情
又其理之精粗辭之雅俗非具隻眼未易辨別而今
君受論之甚容易又推尊白傅欲掩三唐諸巨公而
上接三百篇統緒則可謂過矣今欲爲君受細論其
所以然而言之甚長當俟面剖也貴稿貪於愛翫姑
留之後當完璧爾朱夫子以謂爲詩當從陶柳門庭
入以此觀之則香山康節在所姑舍可知之矣如何

毫寸集（卷四）　書牘　二十一

木村集己

如何
朝惠三律己深傾慰卽書又荷華稿覽還此詩母論
唐人宋人自有詩之本色而盛作則似不識本色故
鑄句使字不免以臆見爲之所謂摹擬香山竟不能
肯香山耳然此在自知而自得之非一時論評所可
形容須乘間一來從容面討也亭詩未見新攜莘難
挓和容俟早晚一登而狂言出矣此意試告春府如
何
朝出暮歸承手書爲慰貴詩謹覽訖弁與前稿而奉
還盖君於詩文全不經思出之容易故諸作大抵浮

揚夸能殊無沉着穩帖底意思此其本來大病也願

自今姑且按捺其藻鋒而從事於古人簡整文字綱

究其用意處積以歲月之功吾之所知十分明的然

後筆之紙上如何若不玻此塗轍則雖日賦千篇終

無進益之理矣幸勿以狂言為可棄而試可乃己至

望至望

于帖珍慰貴作篇末各有批語視至如何至於刪改

則病未之能也凡文章雖以理致為主而詞法亦未

可易忽也今君之為也則命意既未免陳陋而章句

又不中律令豈非兩失之耶如是而曰我乃貴實而

雋村集人　卷四　書牘　二十二

賤華尚理二而不尚詞則無乃近於猖狂者乎此不但

爲文字之失而於進德修業大有所妨故縷縷至此

幸諒其誠也

來詩大體典實而終是套語且先讀唐詩兼看胡元

瑞詩藪以別詩道源流格法雅俗則久之自當有妙

悟之日矣行文亦能覺前日之非幸甚然歐蘇文字

亦須細心研究方知其綴文之三昧若但隨例過眼

則終無益也

見投諸作具覽而所謂論語說則于文義于理趣似

無自得之實而敷衍枝葉無用之辭錄之紙上此固

15

左右本來病痛況書中樂天知命之云顯有傲兀自

大底意思令人不覺憮然失圖不知何以至此也若

然則自警五箴中體謙愼言之說又何爲而發也亞

欲委進而陳規戒之誠而病未之果可恨也己相愛

之深故責備之言每傷徑直幸有以見諒

昨獻愚見固知不我斥外而書來果有勇改前轍之

意爲之感歎虛受之幾衆善之歸也每事如此則德

之進也就䄖勉之勉之所論拙齋云云大縣得之然

此老平生留意於經世之學使其出當世務雖或不

能無弊而其力量氣魄必大有可觀今若只以閒界

村村集二

高談之士了之則恐不然矣

念次書至承翔別復初侍學如宜披瀉不可言縷縷

見覼拙者之幸然愚亦有所復矣如君之言兄情之

至者一年半歲不通問而後可也豈其然或近世學

弊多是務外全無篤實底意思心常病之來示牛山

之木之云可見靜中內省之工若能終始此心進進

不怠則老朽與有光矣勉旃勉旃昌孫何必問自是

君家千里駒耳今日見其睟盤之戲心甚嘉悅恨不

令乃父見之也

新元得書審侍學佳吉良慰俺齒益添而病益深自

17

憐奈何示意備悉此事不患無地患志不勇君苟有
志從我可矣因書竊有所奉規者君能虛受否來書
不過數行語而辭旨浮揚輕薄全無沉潛謹厚底意
思向裏用實功者不如是矣非君吾豈有是言哉
為亡妹除服力疾暫出歸見手書留案傾慰何已三
程之惠多荷見念但鄙病一年重似一年足知其死
日不遠今雖服藥恐閻羅老子不肯相舍耳山稷事
偶有所懷不敢自隱來示縷縷夫然有愧悔之意遷
改之勇令人感服夫如是人孰不樂告以忠言哉抑
善後之道則有之長養丘木孝子之同情何可廢也

碧寸集〈卷四　書牘　二十四

18

材木集刁

但令村氓隨刀守護而罷其立科憲行賞罰則庶乎

其可耶竊觀左右立志過高輕於進退今日如此明

日又如彼所謂不重則不威學則不固者恐不可不

三復而服膺也如何如何

承審所苦有間良慰馳念所示長幅文甚紆餘而遣

辭頗不免叢雜無精采且頌灘叟德業過隆近於不

情古人雖有稱譽前輩外看似諛者而其實自有操

縱非苟而已也愚意則不如稍芟其支辭而簡其行

數稱譽之語亦須稱停以爲示彼之地如何

示喩縷悉當初作書之意非出於尊慕覬德之心不

19

過為一見其易說而發而遣辭之際推演文餙不免
侵過界分故自旁眼視之有不切實之病而吾所云
云亦以此也今觀來示亦似有理而鄙見又不敢自
保其必是須商量而爲之如何至如汪端明則雖非
問學之人而天資近道有大過人處未可遽以灘叟
班之也晦翁之求見夫豈偶然哉此則君言殊不然
矣

壽寸集　卷四

저자 강민구

성균관대학교를 졸업(문학박사)하고 연청(硏靑) 오호영(吳虎泳) 선생을 사사하였다. 현재 경북대학교 교수이다. 『국역 낙재 선생문집』(4책), 『교감국역 송남잡지』(13책) 등의 역서와 다수의 논문이 있다.

mgkang@knu.ac.kr

조선후기 문학비평의 이론

2010년 8월 25일 초판 1쇄 펴냄

지은이 강민구
펴낸이 김흥국
펴낸곳 도서출판 보고사

책임편집 황효은
표지디자인 윤인희

등록 1990년 12월 13일 제6-0429호
주소 서울특별시 성북구 보문동7가 11번지 2층
전화 922-5120~1(편집), 922-2246(영업)
팩스 922-6990
메일 kanapub3@chol.com
http://www.bogosabooks.co.kr

ISBN 978-89-8433-834-0 93810
ⓒ 강민구, 2010

정가 25,000원